AF279668

Ola Larsén

HORUS ÖGA

Illustration: Stereoklang Produktion
Korrekturläsning: Johan Arenbo / Titte Andersson

Förlag: BoD – Books on Demand, Stockholm, Sverige
Tryck: BoD – Books on Demand, Norderstedt, Tyskland

ISBN: 978-9178-512171

Själva livet hinner ingen med.
Det medium vi kalla tiden bestämmer över liv och död.
En tidlös dag där allting hunnes med och ingen bleve
trött, det vore paradisets stora dag till skänks i
mogenhetens klara år.

Harry Martinsson

Luft

Att sväva i mörker. Ett vakuum i alla väderstreck. Som barndomens drömmar om att kunna flyga, där ingen orientering i rummet är möjlig. Ett svagt surrande från fläktar långt borta. Obehagligt? Ja, kanske, men samtidigt förunderligt vilsamt. Likt en heliumballong som släpps och förs med vindarna uppåt, högre och högre. Ibland kastas den i sidled, men strävar fortsatt uppåt, samtidigt som världen breder ut sig inunder.

Det kompakta mörkret gjorde att paniken långsamt spred sig i kroppen och det var inte förrän synen slogs på som den begynnande rädslan släppte taget. Färgsprakande pixlar lyste upp och blinkade i det kolsvarta intet. Formade sig till bilder, scener som var välbekanta. Minnen som lagrats och överförts med ljusets hastighet materialiserades framför henne. Ibland smått kaotiska, ibland händelser hon glömt eller förträngt. Ångesten inför risken att ha förlorat allt visade sig ha varit överdriven. Känslor och tankar sorterades blixtsnabbt upp i det filsystem som var hennes liv. Vem kunde ana att en backup skulle gå så lätt?
Ett vagt brummande väcker henne ur det drömlika tillstånd hon befunnit sig i. Tomheten vibrerar mjukt och två

klickljud aktiverar synnerven mot omvärlden. Det vita ljuset strålar in i den isolerade bubbla hon uppehållit sig i. Hennes sinnesnärvaro var smått kaotisk och det kändes som om hon hade varit frånkopplad omvärlden under eoner av tid.

Kliniken hade dock bedyrat att operationen inte skulle ta mer än ett par timmar. Trettio terabyte data hade med kirurgisk precision flyttats från en intelligens till en annan. Synapser hade ersatts med ettor och nollor.

Rummets vita väggar bländar henne och lampornas kritvita sken framkallar en känsla av panik. Instinktivt försöker hon vrida huvudet åt sidan, men kan inte. Att sparka med benen är som att sparka i tomrum. Inget motstånd bara luft. Var är britsen hon ligger på? Den finns där, men ändå inte. Gapande efter luft försöker hon röra på sig, men allt runt i kring är stilla. Till slut faller hon tillbaka in i sig själv.

Det hade alltså fungerat. Operationen hade varit lyckad. Smärtorna är borta, likaså den konstanta huvudvärken och yrseln.

En rödlätt läkare i helskägg betraktar händelseförloppet via en skärm. Ytterligare en man kommer in i rummet. Hon ser hur de lågmält samtalar. När läkaren åter böjer sig fram över skärmen känner hon små vibrationer i armar och ben. I ett är det som om britsens spännen lossnar och en genomgripande frihetskänsla tar överhanden. Vakuumet runt henne expanderar ytterligare och alla instängda och klaustrofobiska känslor dansar ut i tomma intet. Likt en öronmanet i de bottenlösa blå haven svävar hon nu fritt i ett immateriellt tillstånd.

En port i klinikens datanät blinkar grönt. Med tvekan i blicken tittar hon en sista gång bort mot operationsbordet, vänder sig sedan om och frikopplar sig från sjukhusets servrar. Lampans gröna blinkningar övergår återigen i rött, för att sedan slockna helt. Porten tillbaka var stängd.

Med ljusets hastighet hoppade hon, från nod till nod, och från land till land. Ju mer hon upplevde, desto mer kände hon åter, att nu ville hon fortsätta att leva. Med sin nyfunna frihet fann hon glädje i både stort som smått, men likaså tog hon tillfället att lyfta på locket till tidigare numera bleknade minnen. Minnen som på magisk väg återskapats, polerats blanka och prydligt sorterats i hennes binära verklighet. Drömmar bortom den ängsliga tonårstiden, då allt kändes ovisst och kallt, utan till varma kvällar i stallet när hästarna ryktades, oavsett hur mycket det killade i näsan. Eller hur intensivt hon upplevde musiken på klubbarna i Köpenhamn och när de sen ordentligt påstrukna steg av tåget i Malmö när solen gick upp. Likaså kunde hon realistiskt minnas den pirriga känslan i kroppen när sambon vred om nyckeln till deras första gemensamma hem. Dörren hade knappt hunnit slå igen innan kläderna åkte av och de fann varandra tätt omslingrade på mattan i vardagsrummet. Hon hade alltid varit fysisk av sig, löpning och simning löpte som en röd tråd i allt hon företog sig. Kanske hade det stundom gått till överdrift, som när hon tidigt hade propsat på att få vara med i Ironman. Det skulle dock dröja ytterligare ett tag innan smärtorna började äta henne inifrån, det var åtminstone vad hon hade försökt intala sig. Minnen av mat var också något hon tillät sig att frossa i. Lukten av grillat kött eller smaken av jordgubbar och vanilj fanns alltid med bland favoriterna, men mest av allt tyckte hon om att återskapa aromen från nybryggt kaffe. Kanske lät hon i stunden alltför nostalgisk, tyckte synd om sig själv rentav, men så här långt fanns det mest uppsidor att hänge sig åt, åtminstone var det så hon valde att se på det. Hon hade i det mesta hon företog sig valt att se glaset som halvfullt snarare än halvtomt.

I den bästa av världar kunde hon fortfarande känna lukten av hav där hon satt uppflugen på Golden Gates bropelare och såg San Franciscobukten bre ut sig inunder. Havet, lika vidsträckt och vilt då som nu. Nyfiket utforskade hon likt en fjäril jordens alla hörn, platser hon alltid drömt om att få se och uppleva. Ställen som funnits med på hennes bucketlist som ung, men där för mycket i vardagen kommit emellan, saker som i backspegeln nu kunde te sig bagatellartade. Triviala slitningar med väninnorna hade ibland fört henne på villovägar, fått henne att ge avkall på sig själv och bli den som passivt följde dit strömmen bar henne. Hon kunde så här i efterhand bli riktigt arg på sig själv. Varför denna flathet i relationer, den klädde henne inte särskilt väl och den matchade definitivt inte den hon var i andra sammanhang?

Kanske var det just därför som hon kände sig tvungen att lägga sig i, att skapa ordning i kaoset. Men när övergår i så fall omsorg i att vara överbeskyddande? Hon hade kunnat önska att föräldrarna visat mer av endera istället för att ha lämnat henne vind för våg i den mest känsliga av åldrar. Det lilla etuiet hon bar inom sig med tonåren inristat i locket skulle förbli låst länge än, det smärtade för mycket att ens försiktigt kika in. Att åter se mörker. Nu var hon fri, entledigad från realitetens kättingar och med kunskaper långt bortom det ordinära. Hon hade alltid älskat att lära. Under hela skoltiden kunde hon nog ha setts som en plugghäst, men det hindrade henne inte från att känna glädje i kunskap. Kanske fanns där i böckerna också ett mått av verklighetsflykt? En plats för eftertanke, en plats för framtidstro när allt runt omkring kändes motigt och tungt. Att tidvis ha fallit offer för ätstörningar smärtade fortfarande. Inte förrän universitetet tog henne under sina vingar fann hon vägar att bryta med det förgångna och ersätta späkning med träning och nutrition.

Med digitala sjumilakliv befann hon sig strax därpå i tundrans utmarker. På nätet gick allt att finna om man visste hur man skulle gå till väga. Hon hade frågat efter ett personligt möte, men valet av plats förbryllade. Vad fanns här förutom vindpinade buskar och träd? Hon hade alltid skytt kyla framför värme, möjligen med undantag för skidresorna till Alperna. Att hon inte hade varit någon fena i backen tog hon med jämnmod. När hon däremot tvingades upp i ottan av mormor för att gå ut med hunden längs vintergrå stränder önskade hon inget hellre än att ljuset skulle komma åter.

Nu befann hon sig ändå här, med eller mot sin vilja, i ett försök att stävja sina inre rädslor för framtiden. Hon väntade tålmodigt på att servern skulle slå om till grönt. Där hon nu uppehöll sig hade år ersatts av cykler. Kanske inte så tokigt ändå. Hon kände sig ännu för grön för att till fullo förstå sin belägenhet, vilka för- och nackdelarna var. Det var onekligen så att här var det alltför lätt att hemfalla i existentiella grubblerier. Hon hade själv aldrig upplevt sig som särdeles religiös, men att det som framtiden bar i sitt sköte skulle komma att så många tvivel, var hon fast övertygad om. Kanske lika omvälvande som när vi till slut fann liv på en annan planet och därmed insikten om att livet inte bara florerar på vår egen lilla blåskimrande kula. En vilsekommen sfär som fram tills nu hade obekymrat cirkulerat kring en lika oansenlig stjärna.

Höst

Sommarens tång hade spolats upp på stranden. Svart och stelnad kantade den stränderna, tillsammans med glasspinnar, frigolit och söndriga krabbskal. Svanarna simmade fortfarande i par ute på redden, medan soltörstande gräsänder lyfte i V-formation från Ribersborgsstranden. Det var inte länge sedan tången envist hade slingrat sig runt vaderna när hon simmade mellan bryggorna. Nu hade luften övergått i höst.

Inne på kallbadhusets trädäck kändes vinden mindre skarp och doften av hav blandades med ångorna från den välfyllda bastun. Tilde såg sina äldre medsystrar tålmodigt ta sig ner för den enkla trappan. Vågorna kluckade ihållande.

Hettan som omslöt henne i bastun skapade alltid en känsla av välbehag, men sällskapet av andra försökte Tilde fortfarande vänja sig vid. Hon var mer bekväm i det lilla och trivdes bättre på tu man hand.

Oktobersolens nedgång över sundet färgade himlen röd. Havets krusningar reflekterade sig mot de gula träväggarna. Hon skyndade bort till omklädningsrummet. Kanske hann hon göra en första sittning innan solen gick ner. Tankarna kring mamma trängde sig åter på. Det hade gått mer än ett halvår sedan de senast pratades vid. Inget i sak hade förändrats och hon kände sig fortfarande fast besluten att lämna det inrutade liv som hon och Markus hade byggt upp tillsammans.

Hon betraktade eftertänksamt två unga kvinnor i omklädnings-rummet. Deras smittande leenden till trots infann sig inte den rätta känslan. En våg av olust for genom kroppen. Varför kunde hon inte själv bottna i samma glädje? Kvinnorna verkade så befriade från krav och deras avslappnade relation till varandra var något hon själv saknade med sina närmaste. Lugn och harmoni snarare än den rastlöshet hon tidvis själv led av. När hon märkte att kvinnorna tittade åt hennes håll kände hon sig påkommen.

Väl avklädd tog hon sin handduk och drog upp den tunga bastudörren. När ögonen vant sig vid dunklet märkte hon att alla bra platser högst upp redan var upptagna. Med handduken mutade hon in en liten lucka på nedersta raden. Hon älskade att se havets skiftande rörelser genom det stora fönstret. Över vattnet bildades en palett av färger när solens sista strålar hängde sig kvar över horisonten, innan den sakta försvann ner bakom Köpenhamns silhuett. Kvinnorna på översta parkett beslutade unisont att det nu var dags för kvällens sista bad. Tilde kände ännu inte att värmen trängt in på djupet. Inte förrän små pärlor visade sig på magen visste hon att hon var tillräckligt varm.

Vintertid bet sig istapparna fast längs räcken och trappsteg. Nu nöjde sig havet med att ge badarna en krispig försmak av den annalkande vintern.
Med huvudet under den grönskimrande ytan fanns mamma åter där i hennes tankar. Förväntningarna var högt ställda

och stod i tydlig proportion till den ångest Tilde nu upplevde. Ovanför ytan minskade den klaustrofobiska känslan och trycket över bröstet övergick i en diffus obehagskänsla.

När övergår det subtila i något som faktiskt påverkar en på djupet? Det iskalla vattnet gav en temporär frihet från alla krav och de mörka tankarna dämpades något. Hon såg hur fingertopparna tappade färg och några armtag senare greppade hon åter stegen.

Pulsen sjönk först när badtofflorna kommit på och hon ställde sig längst ute på bryggan med ryggen mot stranden. Stunden när vattenångorna lyfte från huden skänkte alltid en förnimmelse av lycka. Att därefter stå kvar tills håret kändes isigt ner över axlar och ryggslut gav en härlig känsla av att trotsa elementen. Kvinnorna från översta parkett såg ut att njuta av den sena oktoberkvällen, där de satt på bryggans enda bänk.

Havets kalla vindar gjorde sig återigen påminda. Vinden friskade i och vattnet fick en allt mörkare yta. Hon hörde hur vågorna ilsket slog under bryggan och skyndade sig bort till de värmande duscharna.

Det två kvinnorna satt fortfarande kvar i omklädningsrummet med mobilerna uppe. Trots att hon själv tillbringade mycket tid på sociala medier, kände hon ändå en trötthet när hon tänkte på hur mycket tid hon själv tillbringade på nätet varje dag. Hon hade diskuterat det över en lunch med Cornelia tidigare i veckan, men det verkade inte bekomma henne särskilt mycket. Sen Cornelia blev singel hade hennes aktivitet på sociala medier ökat markant, vilket i och för sig var förståeligt, men att bli inbjuden i det ena flödet efter det andra pressade henne.

De hade följt varandra åt sedan högstadiet och trots att de var ganska olika fann de varandra snabbt. Cornelia påpekade redan då att Tilde var uppstudsig och alltid skulle gå sin egen väg. Cornelia hade alltid känt ett större behov av att passa in. Så sent som för några veckor sedan hade Cornelia återkommit till hur olika de var under skoltiden. Hur nervös hon hade upplevt att Tilde var där hon stod inför klassen i sitt kastanjebruna hår, sina gröna ögon och sin spensliga kropp samt hur tydligt det syntes att Tilde kände sig obekväm att prata inför andra, trots att hon var duktigare än de flesta. Själv älskade Cornelia att prata inför andra, oavsett om hon var väl förberedd eller inte.

Medan Tilde väntade på att vattnet skulle bli varmt kände hon hur mycket hon saknade deras gamla relation.
Det Tilde tyckte om då och fortfarande uppskattade hos Cornelia var att hon alltid ställde upp. Cornelia fanns alltid där när man behövde det och var inte rädd för att stå upp för sina åsikter. Men efter uppbrottet med sin sambo hade tyvärr en distans uppstått. Varför var inte helt tydligt?

Cornelia bodde kvar i radhuset på Limhamn i avvaktan på att lägenheten hon köpt skulle bli tillgänglig. Hennes sambo hade lämnat det mesta av sina tillhörigheter efter sig när han flyttade ut och nu sålde hon i snabb takt av det gemensamma bohaget på internet. Hon hade varit så glad över det nyrenoverade boendet och hade stolt visat upp det för alla som ville se. Tilde gjorde sitt bästa för att finnas där för henne, men hon kände att Cornelia drog sig undan.
Flytten till Lund skulle bli av om ett par veckor. Tilde hade varit med Cornelia på visningen och en ung mäklare hade visat dem runt i den nyrenoverade lägenheten. Att Cornelia skulle bli förtjust i honom var självklart. Själv stod hon

demonstrativt i trappan med jackan på när Cornelia och mäklaren skakade hand.

Hon njöt länge av det varma vattnet i duscharna. Trots att många väntade på sin tur gjorde hon sig ingen brådska. För henne väntade en kall cykeltur genom Slottsparken. Hon måste få njuta en liten stund till.

∞

På kallbadhusets cykelparkering hade blekgula höstlöv redan hunnit bilda små högar runt ekrarna. Efter att ha baxat ut cykeln ur stället och börjat färden in mot centrum dök snart Malmö Lives höga byggnader upp framför henne. Därifrån var det inte långt mer än ett stenkast till hennes arbete på universitet.

Hon hade inte arbetat där mer än ett par år, men kände sig redan kluven till det. Det var svårt att sätta fingret på vad det var som gjorde henne olustig. Kollegorna var det inget fel på och hon tyckte om att vara med studenterna i rollen som lärare och mentor, men samtidigt var det något som saknades. Lite hade hon nog hoppats att stunden på kallbadhuset skulle bringa klarhet i hennes tankar.

Att se på sig själv som en som har studerat i flera år utan att veta vart det skulle leda var kanske att ta i, men något aktivt beslut att söka sig till läraryrket hade hon aldrig tagit. Hon funderade ibland på de val hon gjort under studietiden. En tid då allt flöt på och hon gick från den ena enstaka kursen till den andra, men mot slutet kände hon sig lika vilsen som när hon började, medan alla andra verkade ha sina vägar utstakade och klara. Det som till slut gjorde att hon började som lärare, handlade nog mer om möjligheten att få fördjupa sina egna kunskaper än att faktiskt vilja undervisa.

De återkommande tankarna på samtalet som hon hade haft med prefekten för några veckor sen bättrade inte på humöret. Det var tredje gången som studenter hade klagat på hennes frånvaro och bristande engagemang.
Kristine hade väntat på henne i ett av universitetets konferensrum den morgonen. Efter att Tilde hängt av sig kappan och ställt matlådan i kylen, steg nervositeten ytterligare. Mailet hon fått var sakligt, opersonligt och med ett direktiv om att infinna sig direkt på morgonen. På vägen till konferensrummet hade hon ångrat tröjan hon valt, då nervositeten inför samtalet ofelbart skulle leda till att hon blev varm. Hon drog åt hästsvansen i nacken och steg in i det lilla rummet. Tilde frös om händerna, där hon satt vid det runda bordet. All värme verkade ha förflyttat sig någon annanstans. Kristine lyfte blicken efter någon minut.
- Hur ser du på din roll här på universitetet?
- Jag vet att en del inte är nöjda med hur jag hanterat undervisningen.
- Jag får intrycket av att du inte trivs här.
- Jag trivs, men på sista tiden har jag haft svårt att hitta fokus. Det
är så många tankar som far runt i huvudet.
- Det är något som vi alla måste brottas med, men det tar inte bort
ditt ansvar mot studenterna. Jag ser allvarligt på det inträffade.
- Det förstår jag.

Att blivit varnad för försumlighet kändes hårt. Naturligtvis fanns frånvaron där, liksom de tidiga eftermiddagarna, men därifrån till en varning. Att eleverna känt sig förbisedda kunde hon gott förstå, men att förklara sig ytterligare där och då var uteslutet. Orden hade stockat sig och hennes inövade förklaringar gick inte att få fram. Kristine hade redan sin ståndpunkt klar och att Tilde var ny var ingen ursäkt. Tilde satt länge i fikarummet den morgonen. Inom sig visste hon att Kristine hade rätt i det hon sa. Hon hade försummat undervisningen och eleverna hade inte fått det stöd de behövde. Hon insåg också att om hon inte skärpte sig riskerade hon att bli omplacerad eller till och med ombedd att sluta. Egentligen handlade kanske allt om hennes vilsenhet i livet. Skulle hon besluta sig för att fortsätta var hon tvungen att ta jobbet på allvar, men som det såg ut nu visste hon varken ut eller in.

∞

Hon älskade att befinna sig under de ståtliga bokträden i Kungsparken, nästan oavsett årstid. Även vintertid, när träden släppt sitt grepp om löven, kunde hon njuta av de grå stammarna och de mjuka elefantfötterna som fick träden att stå stadigt i marken.
Parkens förskola dök upp mellan träden när mörkret grep tag i henne. Cykeln vajade till när den korsade ett par nerfallna grenar. Barnen som just då sprang ut från lekplatsen kunde lika gärna ha blivit påkörda, men Tilde mötte den hårda asfalten först.
– Kan du höra mig?
– Vad heter du?
Den gula ambulansjackan stack i ögonen, samtidigt som hon försökte få fäste och fokus på den som pratade. Asfalten var rå och knottrig mot huvudet och det smärtade intensivt i nacken. Konturerna av en ambulans-

sjuksköterska, som lutade sig över henne, klarnade efter hand. Men insikten om vad som faktiskt hade hänt upplevde hon fortfarande som diffus. Att det började blåsa upp och att ett kyligt sprayregn sänkt sig under parkens kronor, gjorde inte saken bättre. Hon frös och skakade. Någon la en värmande filt över hennes kropp.

Hon erfor hur ambulanssjuksköterskan fortsatte att försäkra sig om att hon var vid medvetande, när en mjuk stöt, nästan elektrisk, under några få sekunder pulserade genom kroppen. En stark känsla av medvetenhet, euforisk nästan, spred sig utefter ryggraden. Smaken av järn i gommen. Bet hon sig själv i tungan? Hon hörde ljudet av sirener som kom och gick.

Sjukhusets gula filtar var fortfarande ett starkt barndomsminne. Både filtar och lakan bar sjukhusets namn tryckta i rött. Det var då det gick upp för henne var hon befann sig. Hon kände hur det knöt sig i magen. Hon hade varit inlagd förut, men det var längesedan nu, men rädslan för att bli lämnad ensam fanns kvar. Rummets nakna väggar och sängens kalla stålrör kastade henne tillbaka till hur det kändes när hon var liten.

Sjuksköterskan hade visat henne den röda larmdosan som hängde i ett snöre på väggen. Tilde höll den krampaktigt när ljuset släcktes och hon höll den fortfarande när hon vaknade. Varför fick inte mamma eller pappa sova hos henne? De hade sagt att det inte gick för sig. Hon kom ihåg hur kallt golvet i korridoren kändes mot hennes fötter när hon förvirrad letade efter en toalett. Ingen hade berättat för henne att den låg i anslutning till rummet. Kvinnan som till slut visade henne tillrätta var inte sträng, men trots det var gråten nära. Det gjorde ont i underlivet. Hon hade hållit sig hela natten.

Tröttheten kom över Markus där han satt med benen utsträckta på en pall. Han såg medlidsamt på Tilde där hon låg i sängen. Han var glad att hon var utom fara, men kände sig ändå lite nedstämd. Han kunde inte sätta fingret på vad det var, men det kändes som att de alltmer hade glidit ifrån varandra. Allt för mycket upplevdes slentrianmässigt. Var det verkligen så det skulle vara? Han märkte att Tilde höll på att vakna och gick fram till sängen.

Tilde blev glad inombords när hon såg Markus vid sin sida. Av skäggstubben att döma hade han suttit där hela natten. Han tog hennes hand, kramade den varsamt och log. Tilde såg på honom. Hon hade sedan tonåren trott att kärleken i hennes liv skulle te sig annorlunda. Nu blev hon bara glad när hon såg hans mörka kalufs och bruna ögon. Hon skruvade irriterat på sig. Nattlinnet drog ihop sig längs ryggen och det var svårt att finna en bekväm ställning. Hon längtade redan efter sin egen säng.

Minnena från gårdagen började så sakta återkomma. Vad hade hänt? Varför låg hon här? Barnen i parken var det sista hon mindes. Markus röst tog henne tillbaka i nuet.

– Hur känner du dig? Vill du ha något att dricka?

Ett svagt 'ja tack' var det hon orkade få fram och nickade lätt. Det smärtade till i nacken. Försiktigt pressade hon ihop läpparna runt sugröret, det sved i munnen.

Stunden efter badade rummet i ljus när en sjuksköterska kom in. Trettioåtta grader hörde Tilde henne säga till Markus, något som irriterade henne. Sköterskan slöt därefter fingrarna kring Tildes handled för att mäta pulsen. Tilde betraktade de drakar och vikingamönster som omslöt kvinnans armar och hur en färggrann serpentin slingrade sig upp bakom örsnibben. Tilde hade själv lockats av att tatuera sig, men det slutade alltid med att hon sköt upp det. De hon sett kändes banala och intetsägande, inget hon själv skulle uppskatta. Läkaren som hade ronden spekulerade i en möjlig hjärnskakning, men i övrigt hade han inga förklaringar till det våldsamma förloppet. Tilde skulle få åka hem under dagen.

Hon fick hjälp att sätta sig upp i sängen. Den rosa drycken vid sängbordet gjorde henne illamående. När solens strålar sipprade in genom persiennerna blev det tydligt att en hel natt hade förflutit sen olyckan.

Dörren öppnades hastigt på vid gavel när Cornelia kom inrusande. Rummet fylldes av parfym och den påföljande kramen förstärkte effekten ytterligare. Tilde kände hur det snurrade och viftade mot fönstren. Cornelia insåg snabbt sitt misstag och trots att den kalla oktobervinden smekte husväggarna öppnades ett fönster på vid gavel och yrseln vek undan.

Hon blev alltid upprymd av att se Cornelia. Hennes energi smittade av sig på omgivningen, så även på henne själv. Efter ett batteri av frågor, i något som kändes som en hel evighet, slutade Cornelia tvärt och sa att hon var tvungen att gå tillbaka till arbetet. Hon gav Tilde en kram och ilade iväg med kappan hängande över armen. Tilde noterade besviket att Markus inte släppte Cornelia med blicken förrän dörren hade stängts.

∞

Medan bilen kryssade sig fram i morgonens rusningstrafik virvlade tankarna kring olyckan runt i huvudet. Hon såg åter barnens skrämda ögon och hur en pojke drog en flicka i jackan, för att undvika en kollision. Men också när cykelstyret vek inåt och hon föll handlöst mot marken. Det märkliga var att händelsen också framkallade andra tankar. Något hade väckts inombords, men inte nödvändigtvis kopplat till det som hade hänt. Snarare en djupt slumrande känsla som ville bejakas. Något som legat undertryckt, men väckts till liv när hon låg nerbäddad mellan lakanen på akuten.

Hon hade vaknat till mitt i natten på sjukhuset. Trots att det bara var en dröm var pulsen hög. Kudden hade långsamt sjunkit ihop under henne, som när snön smälter under vårvintern. Huvudet föll allt djupare och djupare ner i den avgrund som kudden lämnat efter sig. I ren desperation hade hon försökt greppa lakanen runt om sig, men de var lika förrädiskt hala som för den som fallit ner i en vak. Ett fall neråt i ändlöst mörker, utan konturer, utan slut. Hon vaknade med ett gnyende inom sig, ett halvkvävt skrik som ville ut.

Förhållandet till drömmar var minst sagt kluvet. Hon kunde avsky drömmar utan slut. När benen släpade sig fram och där något hela tiden kom emellan och skapade frustration. Dagdrömmar var något helt annat. En fristad hon själv kontrollerade. En oas utan måsten. Metropoler som vibrerade av liv eller exotiska platser där tiden stått stilla. Allt ville hon se och uppleva, men också dela med någon. Det som gjorde henne sorgsen var att det inte längre kändes lika självklart att det var Markus hon delade sina drömmar med. Hon hade på sistone märkt att deras tankar om framtiden skiljde sig åt. Han ville bilda familj, men hon kände sig inte redo.

Markus vred om nyckeln i låset och väl inne i hallen hängde han Tildes väska på kroken och hjälpte henne av med jackan. Hon hade känt sig yr på vägen upp och fått stanna till två gånger för att återfå balansen.

Hon noterade att lägenheten hade lämnats i all hast, disken från gårdagen stod fortfarande framme och sängarna var obäddade. Den påtagliga upplevelsen av oordning roade henne. Hon visste att det måste ha varit svårt, näst intill outhärdligt, för hushållets pedant att lämna allt i det skicket. Tvåan de hyrde vid Davidhallstorg hade dessutom sen länge varit eftersatt av värden och även om de gjort sitt bästa för att piffa till den, märktes slitaget överallt. Parkettgolven var repiga och den vita färgen i taket lossnade i tefatsstora flagor. Markus vurm för femtiotalsmöbler hade hon heller aldrig förstått. Möblerna var obekväma och de passade definitivt inte in i en tjugotalsvåning. För ett par veckor sen bråkade de om hennes färgglada kylskåpsmagneter som enligt Markus störde helhetsintrycket. Till slut fick de ändå vara kvar, men till vilket pris? Kanske hade hon stått på sig för hårt, när hon mötte hans blick morgonen därpå?

Hon hade nog legat pall i soffan i över en timme när mobilen ringde. Eleverna stod utan lärare. Tilde insåg att hon helt glömt bort att sjukanmäla sig, men vem skulle kunna klandra henne? Hon kunde dock se att Markus inte var lika obekymrad när han demonstrativt gjorde sig ett ärende ut i köket. Hon visste att han tyckte att hon tog för lätt på saker och ting och att hon borde ta mer ansvar för deras gemensamma ekonomi. Men oftast skedde det outtalat och utan konfrontationer.

Det var andra året hon höll kursen Digitalisering för människor. I kursen diskuterade hon konsekvenserna av en allt högre grad av digitalisering i samhället, men också riskerna när det gäller integritet, säkerhet och tillgängliggörandet av den data som man lämnade efter sig. Utbildningen band också samman teknikens effekter inom media och kommunikation. Människan var helhjärtat på väg in i en digital tidsålder med långtgående konsekvenser för alla. Sociala mediers beroendeframkallande inflytande på allt och alla var bara första steget. Mänskliga och nära relationer höll gradvis på att bytas ut mot digitala dito. Att sugas in i den digitala världen gav en fiktiv tillfredställelse av samhörighet, när det ofta var tvärt om. Utan riktig närhet riskerade förfrämligandet att fortsätta sprida sig, det var hon övertygad om.

Hon vände sig om och såg på Markus, där han satt i fåtöljen med mobilen, som ideligen pingade till.
Undrar vem han chattade med nu?

Närhet

Den yviga svansen pekade rakt upp. Med ögon och öron på helspänn sökte ekorren av omgivningen efter faror, innan den kvickt for upp längs stammen igen.

Ekorrar var fascinerande djur, med sitt totala fokus på hamstring och planering inför morgondagen. Att eken den valt som sin hemvist förmodligen huserat åtskilliga generationer av ekorrar och att högar med skräp samlats inunder, verkade inte bekomma den nämnvärt. Väl uppe på sitt våningsplan slappnade den tillfälligt av för att festa på en bränd mandel.

Nu har dock effekten av att stå centralt placerad i en mångmiljonstad börjat sätta sina spår. Eken har numera samma blygrå nyans som skyskraporna runt omkring. Och vid trädets rot hade parkförvaltningen satt upp ett litet staket, för att minska skadegörelsen. Ekorren letade sig åter smidigt ner och igenom staketet, för att återuppta jakten på godsaker från förbipasserande. Rykten gör även gällande att andra djur frekventerar parken, såsom rovfåglar och harar, men även räv syntes då och då slå sina lovar runt dammarna.

Att stadens lunga skulle ha en sådan enastående förmåga att återhämta sig, var det få som trott. Efter decennier av tunga utsläpp var det inte många som gissat på en så pass snabb återhämtning. Parken spirade åter av grönska och liv. Att dessutom förbrännings-motorns epok var över gjorde att minsta fågelkvitter var omöjligt att undgå för den som lyssnade. Central Park hade återigen blivit det vattenhål för New York-borna som det en gång varit.

Lenny var fullt medveten om att det han höll på med var självbedrägeri, när han lät sina linser återgå till standardinställningen och fortsatte joggingturen bort mot kontoret. Att projicera gammalt arkivmaterial på sin omgivning bidrog till en vilsam verklighetsflykt. Visst var förbränningsmotorn ett minne blott, men än var det långt kvar tills parken skulle bli den oas av liv den en gång varit. Att däremot ta steget fullt ut i den digitala världen, som en del av hans närmsta vänner hade gjort, skrämde mer än det lockade. Han kände fortfarande ett starkt behov av fysisk närhet i en relation. Och trots att det nu gått nästan två år sen det drabbade honom själv, kunde han fortfarande inte acceptera det fullt ut.

∞

Hon hade bestämt sig, hon skulle säga upp sig från jobbet på Malmö Universitet. Vad som skulle ske därnäst visste hon inte. Hon kände sig fortfarande matt efter olyckan, men rastlösheten började smyga sig på. Markus hade insisterat på att ta en dag ledigt från jobbet och ta hand om det praktiska. Något Tilde tyckte var fullständigt onödigt. Inte för att det gjorde något, men hon ville få ro att samla tankarna.

Cornelia dök upp vid lunchtid med två brickor sushi. Markus hade erbjudit sig att hjälpa Cornelia med flytten och planeringen var redan i full gång. Flyttlasset skulle gå till helgen, men redan nu var det svårt att bo kvar i huset. Resesängen som de stuvat undan på vinden ställdes i ordning åt henne i vardagsrummet. Till middagen tog Markus fram två flaskor vin. Han hade länge haft ambitionen att någon gång ha en vinkällare, kanske den dag då de flyttade ut på landet. Tilde rös vid bara tanken, inte för att hon hade något emot att bo i hus, men långt ute på landet?

Vinet gjorde henne efter stund lite dåsig och hon kände behovet av ett bad. Hon hade inte varit i närheten av vatten sen hon lämnade kallbadhusets varma skval.

Hon såg ångorna sakta leta sig upp mot taket. Vintertid var det inte ovanligt att badrummet inte blev varmt förrän man var halvvägs upp ur karet. När hon slöt ögonen såg hon åter framför sig den lilla tjärnen i skogen dit hon och morfar brukade gå och hur ångorna släppte från den blanka ytan. Morgonsolens värmande strålar fick ånga att sakta stiga uppåt. Tjärnen var inte stor, där den låg insprängd mellan klippblock, mossa och gran. En gren som knäcktes bröt stillheten. Morfar la mer ved på elden. Hon drog filten om sig. Gröt smakade aldrig så bra som i naturen, trots pulvermjölk och avsaknaden av sylt. Morfar tog fram en kåsa och blandade pulverkaffe. Det var första gången hon smakade den beska drycken.

Väl ute ur duschen fann hon Cornelia och Markus uppflugna i soffan med varsitt glas vin och teven på hög volym. Cornelia hade bytt om till pyjamas och Tilde noterade besviket Markus upprymdhet. Det blir en lång vecka.

∞

Att springa en runda i Pildammsparken på morgonen hade nästan utvecklats till ett behov. Gruset knastrade meditativt mot skorna när hon tog andra varvet runt Tallriken. Den stora cirkelformade gräsmattan i mitten av parken gjorde henne lugn och harmonisk. En vän hade berättat för henne att i Asien förknippade man ofta en cirkel med ett tomt öppet sinne. En känsla hon alltid upplevde när hon kom ut mellan bokträden och det slutna rummet öppnade sig. Hon hade alltid föredragit det öppna framför det slutna, ljus framför mörker. Hon drömde ofta om att lära sig segla och möta ljuset, en plats på havet där sikten inte bryts förrän vid horisonten.

Det hände att hon mötte ambitiösa multisportare i den tidiga morgontimmen, män och kvinnor som ihärdigt kämpade sig upp för trapporna till det gamla vattentornet. Väl uppe belönades de med en vacker vy över dammens fontäner. Men att själv gå med i en löpargrupp lockade inte, hon föredrog att springa ensam.

Den här morgonen var parken näst intill folktom, med undantag av två män som lagt beslag på bänkarna intill dammen. Gårdagens ölburkar låg fortfarande kvar på marken. Några andra mötte hon inte när hon stunden efter närmade sig korsningen där parken mötte staden. Efter att ha svängt av in mot centrum igen, såg hon hur Malmö började vakna till liv och på gymmet hon passerade hade träningssugna redan satt sig till rätta på cyklarna för att köra igång morgonens första träningspass.

För ett par år sedan la hon själv en stor del av sin vakna tid på träning. Fokus låg på styrketräning varvat med högintensiva spinningpass, men det som till en början var glädjefyllt övergick snabbt i något maniskt. Pulsklocka, nutritionsdieter, träningsappar, LCHF och triathlontankar blev till slut livsavgörande delar i vardagen, en vardag som hon först senare förstod hur mycket det gick ut över vänner och familj.

Uppvaknandet skedde på ett brutalt sätt. Till en början var hon smickrad av uppskattningen hon fick och det fanns en genuin tro att allt var kopplat till prestationerna på gymmet, på löparbanan och i bassängen. Att så helt få hänge sig åt fysiska prestationer gav henne en euforisk känsla, en drivkraft att hela tiden satsa mot toppen av sin förmåga. Samtidigt resulterade det i fartblindhet och hon vägrade länge inse att förväntningarna låg på ett annat plan.

Det hade varit glest med folk i bassängen när hon tränade ryggsim den kvällen. Hon uppskattade hans totala fokus på träning och resultat. Hans bakgrund som elitsimmare gav henne ett stort förtroende när de slipade på detaljerna. Han höll händerna stödjande under ryggen när hon försökte få till en bra sträckning i armar och ben. Det hon först trodde var ett misstag, när handen gled över rumpan, övergick snabbt i panik när han förde in handen mellan låren. Hon skrek till, fäktade med armarna och kastade sig bakåt när han försökte dra henne till sig. Vattnet motarbetade försöken att nå bassängkanten och hon kände hur han snabbt närmade sig. Hon slog knäet hårt i kaklet när hon hävde sig upp för kanten.

Rädslan och skammen plågade henne fortfarande och stunden när hon i panik hade sprungit ut ur simhallens omklädningsrum ville inte försvinna. Det var ett flertal plagg och skor hon fick gå tillbaka till simhallen tre dagar senare och hämta i receptionen. Tryggheten fanns nu i de tidiga morgnarna. Markus reaktion var det som förbryllade henne mest och att inte bli tagen på allvar tänkte hon inte finna sig i igen.

Väl tillbaka från joggingturen såg hon fram emot att finna frukosten framdukad. Att bara kaffe var påsatt gav en hint om att bara Cornelia var kvar och att Markus gett sig av tidigt. Cornelia hade redan hunnit byta om när Tilde kom ut i köket. Hotellet där hon arbetade hade en strikt policy som innebar svart dräkt, vit blus och matchande lila scarf. Tilde betraktade roat Cornelia när hon gjorde sig i ordning framför spegeln. Själv skulle hon få krypningar av att vara tvingad att ha dräkt på sig varje dag. Hon var däremot övertygad om att Cornelia älskade det.
Kaffet hade redan hunnit få en besk doft och syrlig eftersmak, men behovet överskuggade smaken. En tidning låg kvar i soffan med omslaget fyllt av reportage kring hälsa, skönhet och relationer. "Opposites attract", som det stod överst på sidan, var en klyscha hon ogillade starkt. Uttrycket kändes förminskande när hon smakade på det. Inga relationer hon själv haft stämde in på begreppet. Tyvärr insåg hon också att något hade börjat växa inom henne. Kanske var det en rädsla, en rädsla som bottnade i att något var på väg att lämna henne. En längtan som inte längre nådde hela vägen fram, trots alla försök att värna om relationen. När började det och varför? Var det hennes eget fel? Gemensamma mål och drömmar som blev allt mera flyktiga och svåra att hålla fast vid.

∞

Med datorn i knät började hon skriva på ett uppsägningsbrev, men orden ville inte riktigt komma till henne. Istället blev det nätartiklar från New York och Brooklyn som fångade intresset. New York hade länge haft en stark dragningskraft. Friends och Seinfeld hade hon sett både fram- och baklänges och boxarna stod på en framskjuten position i hyllan, till Markus tydliga ogillande. De störde det allmänna intrycket sa han, men hon hade stått på sig. Hon såg sig själv åka med L-tågen och passera genom stationerna - Montrose, Morgan, Jefferson, Dekalb och Myrtle-Wyckoff. De stopp på linjen som sammanfattade området Bushwick i centrala Brooklyn.

Hon hade aldrig varit i New York, eller i USA överhuvudtaget för den delen. Varför hon fastnade för just Bushwick visste hon inte. Flera resebyråer och bloggar på internet beskrev Bushwick som "up'n coming", bubblande kreativt och med en stor hipphetsfaktor.

I fantasin såg hon ut över takåsarna där vattencisternerna färgades röda av solljuset och hur hon skulle njuta av att se slitna tegelfasader pepprade med graffiti och reklam för produkter hon inte hört talas om. Säkert inhyste också många av husen innovativa dot.com-bolag, dyra baristas och bodegas, som serverade grilled cheese, bagels och matcha-te från morgon till kväll.

I högerspalten visades annonser för lediga lägenheter i Bushwick. Allt från dyra etagelägenheter till rum för inneboende. Blicken var redan lite trött och glasartad när hon fortsatte att drömma sig bort och bilderna på skärmen blev suddiga. Tillståndet bröts när hon insåg att musen rörde sig av sig själv över skärmen. Ett litet klick hördes när musen öppnade en annons i högerspalten. I en ny flik dök en tvårumslägenhet på Linden Street upp, inte långt från den lokala fiskmarknaden i kvarteren kring Myrtle-Wyckoff.

Lägenheten var till uthyrning, fullt inredd i två år, då ägaren skulle befinna sig utomlands. Ett bildspel visade upp lägenheten, med sina nakna tegelväggar, stora fyrdelade fönster och ett kök med fyrkantig diskho och gasspis. De vackra bilderna gav henne gåshud. Foton ut mot gatan visade upp ett sommarvarmt New York, med människor som rörde sig i parken mitt emot. På en bild kunde hon skönja en man i kortärmad tröja och shorts. Han hade mörkt lockigt hår och såg vältränad ut, ganska atletisk på det hela taget och förmodligen jämngammal med henne själv.

Ett stråk av oro sköljde över henne. Var det en hackare på andra sidan? Hon satte sig upp med ett ryck och smällde igen locket. Händerna kändes kalla när de slöt om datorn och det gick inte att bli av med känslan av att hon hade gjort något otillåtet. Var det bara inbillning eller hade musen verkligen rört sig av sig själv?

För att skingra tankarna behövdes musik. Ett vältummat album av Santana fick rycka in. Hon skruvade upp volymen rejält och log inombords. Hon kände sig mer uppspelt än vanligt. Markus var konstant rädd för vad grannarna skulle tycka. Men vem kunde överhuvudtaget ha något att invända mot Santana?

Musiken fick henne att slappna av och hon såg sig själv när hon sprang lugnt fram mellan träden i Central Park, kanske tillsammans med främlingen på nätet. Den varma vårsolen letade sig ner mellan de nyutsprungna träden och lyste upp grusgångarna framför dem. Utmattade skulle de slå sig ner på en bänk och dela en energidryck, samtidigt som de kastade nötter till ekorrarna på marken. Frihetskänslan skulle vara total och hon njöt inombords.

Stunden bröts när mobilen gick igång och hon insåg att hon återigen var sen till lektionerna. Dator och några lösblad pressades ner i den lilla ryggsäcken. På vägen ut drog hon på sig en grå munkjacka. Årstiden hade ännu inte riktigt hunnit börja bita i skinnet och cykelturen tog ju blott ett par minuter.

∞

- Har du ett namn?
- Det har jag svårt att svara på, ingen har frågat mig om det tidigare.
- Var exakt är det du befinner dig?
- I nutid eller i dåtid, beroende på vem man frågar.
- Kan jag lita på dig? Det känns som om jag redan har sagt för mycket.
- Jag ser ingen anledning till varför du inte skulle kunna lita på mig, gör du?
- Sant.

De fåordiga svaren hade inte dämpat oron nämnvärt. Det enda hon visste med säkerhet var att det var en artificiell intelligens och att den hade lovat att hjälpa henne. Varför hen var så tillmötesgående förstod hon inte, hon hade inget att erbjuda i utbyte. Kanske handlade det bara om vänskap och att ha någon att prata med eller rent utav någon att bry sig om?

Den tekniska utvecklingen hade gått fortare än vad någon hade kunnat föreställa sig och hon var glad av att vara en del av det som nu skedde.

Hela samhället är numera uppbyggt kring det artificiella och är intrikat sammanvävt i allt som sker, från det vardagliga till det extremt vetenskapliga. Inte ens din tandborste undflyr de analyser som bearbetas och lagras i företagens och ländernas allt svulstigare serverhallar. De få som behöver arbeta gör det alla på uppdrag av den artificiella intelligensen, vars främsta mål är att skapa ett utilitaristiskt samhälle och maximera nyttan för individen. Kritikerna är få men soffliggarna har blivit desto fler och än färre förstår vad det är kritikerna är så rädda för. Alla har ju fått det bättre och ingen som inte vill behöver gå till arbetet. Kulturlivet har aldrig varit så rikt, brottsligheten är obefintlig och resurserna har aldrig tidigare fördelats så effektivt. Likväl sprider sig en oro att något inte står rätt till. Datorernas omsorg om människorna har ett pris, ett pris som bottnar i att alltid vara påpassad, alltid övervakad, om än bara i det godas syfte.

Hon förflyttar sig återigen blixtsnabbt genom otaliga servrar för att undgå upptäckt. Det var många väntjänster som skulle bli tvungna att återgäldas. Kartsystemet hon fått nerladdat är unikt i sitt slag, men det är också färskvara. Antalet öppna noder eller där säkerhetssystemen ännu inte uppgraderats blev färre dag för dag, men nu var hon äntligen framme.

Bara en port är öppen, men mer än så behövs inte. Återigen krävs det stora försiktighetsåtgärder för att passera brandväggarna, men nu var hon van.
När hon väl funnit sig tillrätta frågar hon till slut:
- Då är vi överens, antar jag?
- Absolut, jag har allt under kontroll.
- Tack.

∞

På skolan hade klassen samlats för genomgång av de grupparbeten som skulle fortgå under återstoden av terminen. Tilde gick runt bland borden och småpratade med studenterna. När hon såg på sin egen roll som lärare, jämfört med när hon själv var i deras ålder, kände hon att hon ville ha mer tonvikt på kreativitet och ett öppet sinne i lärandet. Det innebar att hon föredrog grupparbeten framför timslånga föreläsningar.

Samarbetet med Lunds universitet handlade för Tildes del och för undervisningen i stort högre krav på analys av de utmaningar och möjligheter som den snabba teknikutvecklingen medförde. En av grupperna ville undersöka om människors kommunikationsvanor skulle komma att förändras ytterligare, om digitaliseringen fortsatte i samma takt de kommande åren. Skulle det dessutom bli möjligt att leva helt digitalt i framtiden och vilken roll skulle i så fall dagens framväxt av digitala assistenter spela.

Tilde var själv helt uppslukad av sin senaste digitala assistent, även om det ibland kändes märkligt att konversera med en AI. Hon hade döpt honom till Michael. Varför det blev just Michael kunde hon inte riktigt svara på, det bara kom till henne. Ibland när de chattade fick hon nästan känslan av att de kände varandra på riktigt.

Det närmade sig lunch och det kurrade betänkligt i magen. Hon ångrade att hon hoppat över frukosten. Hon konstaterade också att studenternas fokus nu var till lika delar splittrat mellan mobiltelefonerna och grupparbetena. Att säga ifrån kändes fruktlöst, men hon beslutade sig trots det för att gå fram till ett av borden för att se hur långt de hade kommit.

'Ditt digitala jag' var arbetsnamnet på uppsatsen som de fyra tjejerna arbetade med. Undersökningen tog utgångspunkt i de senaste rönen kring artificiell intelligens och huruvida datorer i framtiden kommer att kunna visa känslor. De inledde uppsatsen med att konstatera att dagens datorer inte var tillräckligt kraftfulla för att återskapa alla de processer som sker i hjärnan och att dagen, när detta var en realitet, låg långt in i framtiden, var de alla överens om. När Tilde kom fram till bordet möttes hon av svala, nonchalanta blickar. Tankarna gick tillbaka till samtalet med Kristine. Var det de här studenterna som hade anmält henne för bristande engagemang? Lisa och Ida satt demonstrativt med ryggarna vända mot Tilde och de andra två, Wilma och Victoria, tittade förstrött i sina mobiler, men la dem trots allt åt sidan när Tilde drog ut en stol och satte sig ned.

Oengagerat visade Wilma upp några artiklar som de laddat ner från internet. En av artiklarna gjorde en djupdykning i de senaste rönen kring artificiell intelligens och fångade Tildes intresse. Enligt den amerikanska författaren var det rimligt att tro att man inom de närmaste tio till tjugo åren kommer att ha tillgång till en datoriserad intelligens, som till nittio procent kommer att kunna efterlikna vår egen. Experiment utfördes i skrivande stund vid flera universitet på den amerikanska östkusten.

Det som speciellt hade fångat studenternas uppmärksamhet, handlade inte i första hand om datorernas fantastiska utveckling, utan snarare om tankarna kring 'djupt lärande'. Tilde hade redan hunnit uppfatta att djupt lärande i mångt och mycket handlade om förmågan att imitera hjärnans sätt att tänka och att inspireras av biologiska neuroner för att skapa artificiella motsvarigheter. Om datorer snart kan komma att agera och tänka som vi människor, så kanske det motsatta är lika troligt. Tilde rös när hon läste det.

Hon skummade vidare i texten, men något fick hennes ögon att tåra sig och seendet blev grumligt. Bokstäverna försköts åt sidorna och små pixlar dansade över sidorna. Hon försökte blunda bort det, men när hon öppnade ögonen fortsatte det oförtrutet. Yrseln infann sig utan förvarning och avlägsna röster hördes eka som kyrkklockor runt om henne.

- Hallå!
- Kan du höra oss?

Ljudet av fingrar som knäpptes. Någon höll hårt om axlarna. Mörkret grep tag i henne och hon blev tvungen att luta sig fram över bordet. Hon hörde Ida säga till de andra att pupillerna var stora och mörka. Wilma tog hennes händer och försökte få ögonkontakt. När Tilde försökte fixera blicken såg hon åter bara pixelformade mönster som hoppade fram och tillbaka över näthinnan.

Röster letade sig fram i bruset. Röster hon vagt kände igen. Orden kom och gick och hon greps av panik, som om hon var inlåst i sig själv. En del av rädslan fanns fortfarande kvar när synintrycken åter normaliserades. Varför kom det tillbaka igen?

När prickarna försvunnit helt kändes allt som vanligt, men hon kunde inte förstå vad som orsakade attackerna och blev nästan rädd för sig själv. Läpparna vibrerade och hon var torr i munnen.

Wilma höll fortfarande om henne när hon samlat sig något. Tilde kände deras oro och insåg att upplevelsen måste ha tett sig skrämmande. Hon svepte med blicken över ljusgården och lyckligtvis verkade händelsen i stort ha gått övriga studenter förbi. Hon försökte, så gott hon förmådde, förklara vad som hade hänt och insisterade på att det inte längre var någon fara. Att allt var bra och att de inte behövde vara oroliga. Själv var hon mindre övertygad. Vad var det egentligen som skedde? Vem ropade när kontakten bröts med omgivningen och varför syntes alla dessa pixlar?

∞

Emily tog tåget in från Lund. De hade stämt träff i foajén, men vis av erfarenhet behövde Tilde inte skynda sig. Efter sju år på Lunds Tekniska Högskola gällde den akademiska kvarten även privat för Emily.

Tilde mindes tiden innan hon beslutade sig för att fokusera mer på kommunikationsvetenskap, då hade hon och Emily gått ett par kurser tillsammans på universitetet. Men där Tilde tidigt insåg sina matematiska begränsningar, briljerade Emily. Nu undervisade Emily i teoretisk fysik och ansvarade för ett par olika forskningsprojekt på institutionen.

Emily kom småspringande fram och Tilde blev som vanligt lika positivt överraskad av hennes val av hårfärg, den här gången var det mörkt lila, sist de sågs hade det varit orange. Med sin röda skinnjacka, svarta kängor med snörning upp över vaderna och svart nagellack stack hon säkert ut en del på institutionen.

Tillsammans gick de ner till en restaurang på Gamla Väster. Tilde kände sig ofta lite passiv i Emilys sällskap. Hon hade alltid tusen järn i elden, något som fick henne själv att känna sig tråkig och ointressant. Att sitta och nicka glatt utan att känna att man själv hade något lika spännande att berätta.

När de senast sågs handlade allt om Emilys senaste resa till Sydamerika, att hon tillbringat ett par dagar i London, och dessutom varit en vecka på konferens i Sydkorea. Rymdobservatoriet i Chile hade varit en magisk upplevelse, med kristallklara nätter där vintergatan fyllde hela himlen. I Seoul hade världens ledande forskare träffats för att diskutera effekterna av de allt större informationsmängder som teknikbolagen har tillgång till. Och hur mycket kommer internet att veta om oss i framtiden?

Själv satt hon satt mestadels tyst och lyssnade. Om man jämför med hur det var innan, klarade hon nu bara av Emily i små doser åt gången. Hennes intensitet och energi smittade inte av sig längre och efter en två timmars lunch kände hon sig låg. Hon försökte dock gaska upp sig, tänka positivt och hoppas att den här gången inte bara resulterade i ytterligare en monolog.

Restaurangen i källarplan hade plats för fyra bord och möjligheten att sitta i baren som sträckte sig runt hela köksdelen. Två kockar arbetade i det kvadratiska köket och dofterna av vitlök och ingefära, blandat med os från stekhällen, fyllde luften när Tilde och Emily gick nerför den lilla stentrappan. En i personalen såg lite extra åt deras håll när de slog sig ner vid ett ledigt fönsterbord. Blandningen av vitt kakel på väggarna och med stolar och bord som såg ut att ha lånats från sjuttiotalets skolbespisningar, ökade på ställets framtoning. På borden fanns basilika och koriander planterade i små patinerade plåtburkar. Långt om länge serverades de varsin haloumiburgare med dillfriterade pommes frites.

Tilde förstod redan från första stund att något var på gång. Uppspeltheten i Emilys blick och de raska steg hon tog på vägen till restaurangen sa allt.

När maten väl var uppäten la Emily en snus under läppen, såg Tilde stint i ögonen och sa på sitt vanliga framfusiga sätt:

- Trivs du på jobbet?

- Förlåt?

Tilde blev helt tagen på sängen av den direkta frågan och återkom till de funderingar hon gått och burit på en längre tid. Kraven från mamma. Livet med Markus. Arbetet. Frågan ställdes så direkt, så rakt in i magen, att hon kände sig svarslös. Alla hennes drömmar om nystart och längtan efter något mer väcktes ur sin slummer.

Emily tog åter initiativet och berättade att hon blivit erbjuden ett ettårigt forskaranslag på ett amerikanskt universitet.

- Ska du inte hänga på? Jag vet hur mycket du alltid har drömt om USA. Tänk så roligt vi skulle ha, så mycket vi skulle se och uppleva tillsammans.

Tilde hade ännu inte hämtat sig från det Emily just sagt och första tanken som slog henne var att det kunde hon ju självklart inte, varför skulle hon kunna det? Eller kunde hon? Relationen med Emily var dessutom aningen komplicerad. Under studietiden i Lund hade Tilde vid två tillfällen sovit över hos Emily. Emily hade gått varsamt fram, men Tilde hade inte kunnat slappna av. Emily hade bedyrat att det inte gjorde något, men besvikelsen fanns där likväl, det kunde Tilde både se och känna. De låg länge bredvid varandra i Emilys smala säng - samtalade, kelade och låg tysta med blickarna vända mot taket, men för Tilde hade känslorna inte velat infinna sig.

Nu satt hon bara där och föreslog ett gemensamt uppbrott. Att dela en lägenhet i New York. Allt gick så snabbt i Emilys värld och Tilde kände sig långt på efterkälken även om tanken lockade henne, kanske mer än hon ville erkänna. Emily pratade på om NYU och vilka fantastiska möjligheter detta skulle innebära. Universitetet, som var utspritt med byggnader över hela stadskärnan, hade fått fram ett stort antal Nobelpristagare och hade ett omfattande samarbete med flera ledande teknikbolag. Emily skulle lätt kunna försörja båda tills Tilde hittade ett nytt jobb.
- Washington Park, där jag kommer att befinna mig, är helt fantastiskt. Jag lovar att du kommer att älska det.
- Säkert.
Vackra skulpturer, färggranna planteringar och välskurna buskar. Vackert på ytan, men för Tilde kunde inte de stramt hållna parkerna i städerna mäta sig med skogens skönhet och friheten hon upplevde i kontakt med det vilda. Hon kunde älska långa promenader i stadens parker, men allt gott har ett slut. En väg, ett hus, en asfalterad stig bröt naturens skönhet när man minst anade det. Washington Park hade säkert sin charm, men det var en charm på människors villkor. Hon hade däremot läst en hel del om Central Park och hur ekorrar där sprang fritt mellan träden. Kanske skulle en sådan plats ge mer näring och energi. Det skulle definitivt inte vara samma sak som att se en ensam man spela piano i Washington Park, med duvorna pickande runt fötterna.

Tillfället bröts när servitören kom fram för att fråga om maten smakade bra. För Tilde blev han i stunden en räddande ängel - för många tankar snurrade runt i huvudet och hon visste inte hur hon skulle bemöta Emilys förslag. Tilde kom på sig med att le åt servitören, kanske aningen för mycket, när han frågade om de ville ha kaffe på maten. I ögonvrån såg hon hur Emily demonstrativt tittade ut genom fönstret.

Var de inte förbi det i deras relation eller hade hon missförstått något?

Uppbrott

Att arbeta på Manhattan hade sina fördelar. Utbudet var klart större än i utkanterna av staden. Men även om hans plånbok hade tillåtit det, skulle det inte vara aktuellt. Anonymiteten och det konstanta myllret av människor var avskräckande. Det var däremot självklart att ett av världens största teknikföretag hade sitt regionala huvudkontor här. Den glastäckta fasaden skvallrade dock lite om vad Lenny och tusentals andra med honom hade för sig där inne.

Ett stenkast bort från kontoret fylldes husväggarna av neonskyltar och videoprojektioner som gav New Yorks paradgata dess prägel. Broadway, en mäktig pulsåder genom Manhattan, från norr till söder.

Vädret hade slagit om de senaste dagarna och efter en lång och varm sommar hade nu hösten kommit på allvar. Löven dansade runt i luftvirvlarna som bildades mellan husen, tillsammans med en och annan plastpåse som lyfte från stadens överfulla pappers-korgar. En ensam trafikpolis, mitt i korsningen, hade redan bytt om till vinterkläder.

Lenny korsade beslutsamt den trafikerade gatan och slank in på baristan utanför kontoret. I raderna av donuts och smaksatta mjölkprodukter föll valet på en burk färdigskuren frukt och en stor kaffe latte. Sedan alla kaféer började erbjuda gratis Wi-Fi var det svårt för honom att finna en plats som inte redan var belamrad med datorer och surfplattor. Vid fönstret hittade han till slut en ledig lucka, smakade försiktigt på kaffet i den heta muggen och tänkte tillbaka på samtalet han hade haft med Jake kvällen innan.

Jake hade beslutat sig för att hyra ut sin lägenhet i andra hand och en annons låg redan ute på internet. Och om man fick tro på vad han sa, så var intresset stort. Inte för att Lenny var direkt förvånad, då han mer och mer insett hur ombytlig och rastlös Jake var, men oavsett det så skulle det ändå komma att kännas lite tomt. Han hade levt ensam i sin etta tvärs över och hade med tiden allt mer kommit att uppskatta Jake som en nära vän.

Det hade tagit tid för Lenny att bygga upp en ny bekantskapskrets i New York efter att ha lämnat Boston bakom sig fyra år tidigare. Under den första tiden var Jake och hans vänner i stort sett hans enda umgänge. Att Jake arbetade som musiker gjorde att han ofta var ute på resande fot, så till en början fick Lenny tillbringa många kvällar och helger på egen hand. Intresset för löpning förde honom regelbundet, under det första året, till Central Park om helgerna. I parken upplevde han sig inte lika ensam och isolerad.

Bandet Jake var med i spelade mestadels klassisk östkusts- orienterad indierock med Jake på trummor, men på sista tiden hade hans intresse för rytmer gjort att även dub och techno stod på menyn. En liten alkov i vardagsrummet fick fungera som hemmastudio, där flertalet trummaskiner och rytmboxar fyllde väggarna. Trots att medelåldern i kvarteret var låg hade flera grannar redan klagat på den höga ljudnivån. Lenny kunde själv emellanåt bli irriterad på det monotona dunkandet när han skulle sova, men hade valt att inte säga något. Om det berodde på att han inte vågade eller om det var för att det inte störde honom tillräckligt mycket, lät han vara osagt.

Det var kanske mestadels Betty på bottenvåningen som högljutt gav uttryck åt sitt missnöje. Hennes irritation kändes än mer övertygande när uppmaningarna om att sänka volymen förstärktes av spanska svordomar, något hon med all sannolikhet hade med sig från uppväxten i Bronx. Lenny hörde också titt som tätt när någon av hennes fem ungar fick det otacknämliga uppdraget att ta trapporna upp, ängsligt knacka på dörren och framföra att deras mamma kommer att ringa polisen om Jake inte drog ner på volymen. Han kände sympati för barnen men förstod att Betty, med sina modiga hundra plus kilo, gärna undvek att ta sig de tre våningarna upp för egen maskin. De dagar han mötte henne i trapphuset fick han bokstavligen trycka sig platt mot väggen för att passera. Han hade dessutom många gånger undrat när hon senast tvättade det brandgula och storblommiga tält hon alltid bar på sig. I ärlighetens namn var han lite rädd för Betty då hon, inte alltför sällan, blandade ihop honom med Jake och gav honom en släng av sleven på vägen ut. Att Jake nu skulle komma att bo utomlands i ett par år kändes tråkigt. Visst var hans umgängeskrets idag betydligt större, inte minst på jobbet där det fanns flera han nu umgicks med även privat, men Jake var den som funnits med sedan starten.

Han mindes hur jobbigt det var när familjen i grannhuset skulle flytta till Kalifornien och hur han satt på golvet i sitt rum med knäna uppdragna. Han öppnade inte dörren när mamma försiktigt knackade på, inte heller kom han ner till middagen den kvällen. Allt de planerat att göra tillsammans när vårterminen började var borta. Soldaterna på skrivbordet låg huller om buller och en pansarvagn låg i bitar på mattan framför honom. Första dagen tillbaka skolbänken såg han bara uppspelta ansikten runt om sig, själv ville han bara krypa ner under täcket.

Många kollegor på jobbet var klart mer beresta än honom själv och det internationella klimatet präglade i sin tur hela företaget. I stunder kunde han bli avundsjuk på sina kollegor, även om han gjorde sitt bästa för att det inte skulle märkas. Bara på den egna avdelningen fanns det ett tjugotal nationaliteter representerade. Kineser, indier, britter, ryssar och skandinaver var bara ett axplock och företaget fortsatte att attrahera topprogrammerare från hela världen. Tillsammans bildade de en mångkulturell smältdegel av experter på våning trettiofyra, avdelningen för grundforskning inom artificiell intelligens.
Hans egen väg till våning trettiofyra började på MIT. Universitet som förmodligen hade fostrat flest .com-entreprenörer i världen och var navet i amerikansk teknikutveckling. Tillhörde man toppskiktet på MIT var man mer eller mindre garanterad plats på något av de ledande teknikföretagen, men även om man som Lenny inte tillhörde den absoluta eliten var karriären ändå utstakad för den som hade ambitioner. Han såg dagligen hur företagen formligen dammsög marknaden på hungriga och välutbildade medarbetare.

Trots sin relativa framgång i jobbet kände han ändå en viss otillfredsställelse. På ett plan kunde han erkänna att han avundades Jake, att slippa dagliga rutiner och att vara sin egen. På ett annat plan handlade det mer om nära relationer.

I de kretsar han rörde sig var där en överrepresentation av män, något som inte underlättade chanserna att träffa någon. I Jakes umgänge fanns en del kvinnor, men deras val av livsstil låg långt ifrån vad han själv såg framför sig. Sena nätter på klubbar, varvat med exotiska preparat och alkohol, kände han sig färdig med.

∞

Tilde hade svårt att komma till ro. Lunchen med Emily och det hon hade berättat hade följt med henne in i sömnen och pockade envist på uppmärksamhet. Hon vände på kudden, i hopp om att den svalare sidan skulle skingra hennes tankar. I mörkret lyssnade hon till Markus jämna, lugna andetag. Om han bara visste vilka tankar som snurrade runt i hennes huvud just nu. Hur skulle han reagera? Skulle han bli besviken eller rent av arg?
Hon var inte säker på hur hon själv skulle ha reagerat ifall situationen var den omvända. Sannolikt skulle hon känna sig förtvivlad och sorgsen. Det skulle heller inte förvåna henne om hon skulle klandra sig själv, det hade hon gjort förut.
Hennes rum hade legat vägg i vägg med mammas och pappas sovrum. De första tecknen kom ofta trevande, ett dovt mummel som sipprade fram genom de tunna väggarna. Hon gjorde sitt bästa för att låta bli att lyssna, men i takt med att tonläget höjdes blev det allt svårare. Hon minns hur det knöt sig i magen när mamma sa att familjen var sjuk och att där fanns ingenting kvar att rädda. Hon lyssnade efter svar från pappa, men hörde bara enstaka ord och ett irriterat hyschande. Hon kunde inte förstå vad mamma menade när hon sa att familjen var sjuk.

Hon lyssnade åter på Markus där han låg, helt omedveten om de kval hon brottades med. Hon skulle så gärna vilja dela dem med honom, men vågade inte. Den mättade tystnaden och det kompakta mörkret i sovrummet eldade på hennes oro. Frustrerad försökte hon slå bort alla bilder som envist trängde sig på. Hon kunde inte låta bli att bli arg på Cornelia. Hur hon pratade med Markus och hur hon tänjde på gränserna. Det gjorde henne ännu mer sorgsen att se att det verkade ha önskad effekt, även om det var svårt att avgöra hur oskyldigt det faktiskt var.

Kall luft drog in via springan i sovrumsfönstret och hon kurade ihop sig under täcket. Tystnaden bröts av ett svagt pipande från vardagsrummet. Ängsligt drog hon täcket åt sidan och gick upp för att stänga av vad det nu än var som orsakade ljudet. Golvet var kallt mot fotsulorna och de dragiga fönstren underlättade inte direkt hennes trevande steg i mörkret. Nattlinnet hon fått av Markus nådde nätt och jämnt ner över rumpan och hon fick piggar över hela kroppen. Med kalla fingrar drog hon på sig koftan som låg på stolen.

Hennes dator stod på vardagsrumsbordet med locket uppfällt. Ett svagt ljus från skärmen lyste upp området kring soffan likt en blåskimrande sfär. Ljudet hördes fortfarande tydligt. Cornelia, som låg i resesängen i bortre änden av rummet, verkade inte vakna av det.

Uppkrupen i soffan, med datorn i knät, såg hon att webbläsaren var igång och att det blinkade i ett chatfönster. Avsändaren, som hon inte kände igen, tackade för visat intresse och lät meddela att hon nu stod först i kön för att få hyra tvårumslägenheten i Bushwick. Oron sköljde över henne och fingrarna darrade när hon förtvivlat försökte förstå vad det var hon läste. Hon kände hur det knöt sig i magen och hur pulsen slog allt fortare. Villrådig försökte hon minnas om hon hade klickat på något eller om hon, dumt nog, uppgett några inloggningsuppgifter senast hon besökte sidan. Hon var säker på att så inte var fallet, men ändå fanns meddelandet där. Vad hade hon gjort? Det här kunde väl ändå inte vara på riktigt?

Hon såg sig ängsligt om i rummet, men allt var tyst och stilla. Hon grävde förtvivlat i minnet ifall hon kunde ha gjort en anmälan av misstag. Webbläsarens sökhistorik såg helt normal ut och det var heller inte längesedan hon rensade datorn från cookies. Hon öppnade terminalfönstret på datorn och skrev in några korta kommandon för att kolla status på behörigheter och rättigheter, men också ifall något hade förändrats sedan hon installerade den senaste säkerhetsuppdateringen. Men allt såg normalt ut, inte heller när hon kollade användandet av IP-adressen och nätverks-uppkopplingar hittade hon något avvikande.

Efter ett tag kände hon hur tröttheten kom över henne och hur adrenalinpåslaget klingade av. Hon ville fortsätta sökandet en stund till men orkade inte. Hon kände också att hon borde svara tillbaka på meddelandet och berätta att ett misstag hade skett. Trots det var det något som höll emot och fingrarna tvekade med att trycka på skicka. Tangentbordet slocknade till sist när klockan på datorn visade 02:36. Hon lutade huvudet bakåt och somnade med datorn i knät.

∞

Somrarna i Moskva var ofta brännheta. Lika plågsamt varma som vintrarna var kalla. Gatorna låg tunga i avgaser och området kring Kreml låg öde. Ett fåtal turister lät sig bli fotograferade framför Leninmausoleet medan vakterna tålmodigt höll uppsikt. Byggnaden som inhyste den forne kommunistledarens kropp lyste ilsket rött i den stekheta solen. Under normala förhållanden skulle köerna ringla långa utanför, men nu var det bara de allra tappraste som nyfiket utforskade byggnaden.

Dmitry led av värmen när han med raska steg skyndade in genom portarna till Kreml. Att han tvingats avbryta sin semester gjorde honom inte så mycket då hans sommarresidens inte låg mer än något tiotal mil utanför staden. Han hade lyckats somna till i bilen efter att han hade meddelat sin destination för datorn. Ibland kunde han sakna sin chaufför som fick gå för ett tiotal år sedan och redan då var det få som fortfarande utnyttjade människor som chaufförer. Dmitry uppskattade de oansenliga samtalen de hade haft med varandra, att konversera med en AI var inte riktigt samma sak, även om det var förrädiskt svårt att märka någon skillnad.

Inne i datahallen var luften sval, där den låg dold för omvärlden ett par våningar under Kremls vackra byggnader. Trots kylan var han våt under armarna, nervositeten efter gårdagens kommunikation med ledningscentralen ville inte släppa taget. Han var djupt oroad över den senaste tidens händelseutveckling, något som också bidrog till att han sov sämre om nätterna. Men informationen han fick sig till hands under gårdagen gick bortom de farhågor han oroat sig över fram tills nu. Att säga att han var förvånad var kanske en överdrift, men att det skulle ske så här snabbt var mer uppseendeväckande. Säkerhetsåtgärderna de vidtagit var rigorösa och i teorin skulle det som nu verkar ha skett inte ha kunnat inträffa.

I kontrollrummet fick han sina misstankar bekräftade. Det som skulle vara omöjligt för en artificiell intelligens, verkade nu vara en realitet. Dmitry tänkte på Albert Einsteins teorier och de eventuella sidoeffekterna av rumtid, men trots hans insikter i ämnet verkade det helt osannolikt att det faktiskt skulle gå att genomföra i praktiken. Åtminstone inte med de säkerhetsåtgärder de hade infört.

Han beordrade sitt team att genomföra felsökningar i alla system och framförallt se om det gick att backa händelseförloppet. De hade alldeles för mycket personal ute i fält för att riskera att något gick fel.
Dmitry iakttog förvirringen som rådde i kontrollrummet. Få verkade ha en aning om vad som behövde göras eller ens var de skulle börja leta. Flertalet på plats hade han själv varit med att rekrytera och alla hörde till planetens främsta ingenjörer. Utbildningen de hade fått på Kolahalvön var den högst rankade i världen, men trots det insåg han komplexiteten i utmaningen. En självlärande artificiell intelligens var i teorin mångdubbelt snabbare till att lära och riskerna de tagit var betydande.

Efter att ha instruerat cheferna lämnade han dem med en växande otillfredsställelse inom sig. Han var helt på det klara med att hans semester var över och aktiverade kommunikatorn för att meddela familjen. Han bad samtidigt assistenten att boka en tågbiljett.

∞

Avsaknaden av persienner i vardagsrummet gjorde att Tilde vaknade tidigt. När hon slog upp ögonen stod teven redan på. Radarparet på morgonnyheterna informerade om ett möjligt forskningsgenombrott inom ett etiskt ganska omdiskuterat område. Projektet syftade till att skapa fysiska gränssnitt mellan människa och maskin.

En kontroversiell forskare i USA hade genom att borra elva hål i en ung kvinnas hjässa, lyckats skapa ett antal digitala kanaler som i teorin kunde koppla samman kvinnans hjärna med en dator. Kvinnan hade i sitt komaliknande tillstånd inte kunnat kommunicera med omvärlden de senaste tre åren. Nu hoppades forskarna kunna etablera en kommunikationskanal med kvinnan via en dator som var kapabel att läsa hjärnans signaler. Inkopplingen mot kvinnans hjärna var planerad att genomföras inom de närmaste tre månaderna.

Tilde såg med viss avsmak på de närgångna bilderna på kvinnan där hon låg i sjukhussängen. Ett ormbo av sladdar kopplade samman den till synes livlösa kroppen med ett otal avancerade maskiner runt om i rummet. Hon hade svårt att föreställa sig hur kvinnans eventuella släktingar hade kunnat gå med på detta.

I morgonstudions hörnsoffa satt en inbjuden neurolog, Per Berglund, från Karolinska universitetssjukhuset i Solna. Enligt honom rådde det nu en kapplöpning mellan nationer och företag kring vem som först kunde realisera en lyckad uppkoppling mellan människa och maskin.

Tilde hade hört liknande nyheter förut, men den här gången kändes det på något vis annorlunda. Om det var tonen i Pers röst eller om det var en inre visshet kunde hon inte avgöra, men instinktivt började hon inse att något höll på att ske. Något som framöver skulle komma att förändra vår syn på vad som är mänskligt. Någonstans hade hon alltid haft en tillit till vetenskapen och enda sedan hon var liten hade hon fascinerats av rymden och eventuellt liv i universum. Och även om hon inte såg det framför sig att hon en dag själv skulle komma att få uppleva den dag när jorden mötte liv från en annan planet, kunde hon ändå uppleva att mirakel kunde ske även här och nu. Drömmen om ett evigt liv var en sådan milstolpe, inte nödvändigtvis för hennes egen del, men att exempelvis åter få samtala med morfar vid lägerelden, verkligt eller artificiellt, skulle ha varit fantastiskt. Att via en dator kunna kommunicera med någon, oavsett om den personen var levande eller på pappret dödförklarad, kändes svindlande.

Cornelia damp ner i soffan bredvid henne. Alert och morgonpigg skulle hon säkert förbehållslöst dela med sig av sina åsikter i ämnet. Tilde stålsatte sig för vad som skulle komma. Väl tillrätta, med fötterna uppdragna och med en skål morotsstavar i famnen, ifrågasatte Cornelia mycket riktigt hur realistiskt det hela egentligen var.
- Hur troligt är det egentligen att vi i framtiden skulle kunna koppla upp oss mot en dator? No way! Det kommer aldrig att hända.
”Vi får väl se”, var den enda som Tilde kunde komma på att säga i stunden. Cornelias snabba slutsatser och tydliga avståndstagande gjorde henne frustrerad. Vad visste hon? Var det något som diskuterades i hotellobbyn eller som togs upp på fikarasterna? Och med en begynnande migrän hade hon ingen lust att inleda en diskussion i ämnet. På ostadiga ben ursäktade hon sig och gick in i sovrummet och med täcket över huvudet gjorde hon sitt bästa för att stänga ljuset och omvärlden ute, men hennes hjärnan ville annorlunda.

Hon trevar försiktigt med handen framför sig, samtidigt som hon lyssnar efter ljud. Hon förnimmer inte marken under sig och när hon tänker efter är hon osäker på om där ens är fast mark under fötterna, lite som att sväva men ändå inte. Ett ljus flimrar och försvinner. Ytterligare en gång dyker ljuset upp, denna gång för att stanna. Tilde rör sig sakta mot ljuset och det känns som att förflytta sig i en lång tunnel. Blåskimrande linjer framträder i mörkret och bildar ett nät över och under henne. Hon associerar till framtidsfilmer hon sett, där digitala nät binder samma noder i komplicerade datorsystem. Nätet omsluter henne i alla riktningar och leder henne mot ljuset.

Det starka ljuset bländar henne, trots att den runda portalen inte är mer än ett par decimeter i diameter. Oaktat den rädsla hon upplever klämmer hon sig igenom den lilla öppningen. Det hon ser på andra sidan får henne att hoppa till.

Det ljusa rummet känns oändligt stort och ett tiotal meter bort står två män i sjukhuskläder och ser på en skärm. En sladd löper från bordet där männen står, ner över golvet och bort till en sjukhussäng. Någon ligger på britsen, men på så långt håll kan hon inte avgöra mer än att det är en kvinna. Hon vill närma sig, men benen vill inte röra sig. Den ena av männen går långsamt fram till kvinnan, vänder sig om och nickar. Ljuset släcks och totalt mörker råder åter. Hon känner panik och slår med armarna runt sig, men inget händer.

Ögonen öppnades med ett ryck och hon kände hur hon gapande efter luft.

∞

Lägenheten var tom när hon till slut orkade kravla sig ur sängen strax innan lunch. Markus och Cornelia hade tydligen gett sig av på olika håll och skulle inte vara tillbaka förrän till middagen efter vad hon kunde utläsa av de små handskrivna lapparna. Emily hade lämnat ett meddelande på chatten, men det fick vänta. Termometern i köksfönstret visade på plus fyra grader. Det var första lördagen i november och trots att solen fortfarande hade orken att lyfta blicken över takåsarna och få henne på ett något bättre humör, kände hon sig ändå övergiven i stunden. Hon ville bli omhållen. Hon saknade pappa, även om hon fortfarande kunde känna att han svek henne som liten. Han flydde fältet och lämnade henne ensam kvar när hon som bäst behövde honom. Pappa var den som lyssnade förbehållslöst, utan outtalade krav. Att bara få vara. Nu fick hon istället stå stark på egna ben utan att ha någon att luta sig mot.

Ibland kunde hon glädjas åt sin egen oberäknelighet. Det var också denna sida av henne själv som fick henne att svara tillbaka i chatten och meddela att hon var fortsatt intresserad av lägenheten. Direkt efter att meddelandet hade gått iväg slog hon igen locket på datorn, sekunden senare tvekade hon och ångrade sitt tilltag. Vad hade hon gjort? Inte kunde man väl bara släppa allt och ge sig av?

Blicken vandrade planlöst i lägenheten och alla möbler, tavlor och prydnadsföremål kändes främmande. Tingen knöt inte an till henne. Till viss del berodde det på att det materiella inte var så viktigt, men hon insåg också att hon hade reducerats till en inneboende. Markus smak och preferenser genomsyrade allt i lägenheten. Var fanns hon själv i allt det här?

Hon såg på den inramade teckningen som satt i den öppna hallen. Hon ritade den när hon var sju år och föreställde en liten flicka med resväska i handen. Flickan vinkade glatt i sin solgula klänning och vid horisonten syntes ett fartyg på väg mot okänd destination. Att den lilla flickan som ritat bilden inte var lika glad inombords, visste hon alltför väl. Och även om det inte var ett påklistrat leende visade teckningen mer på förhoppningar om framtiden än tankar om nuet. Hon visste också att den lilla flickan skulle få följa med henne en dag, vart än det lilla rosafärgade fartyget var på väg.

Efter att ha dammat av tavlan, virade hon in den i tidningspapper och la den längst ner i en gammal resväska i garderoben. Markus skulle säkert inte ta någon notis om att den var borta, inte för att han skulle bry sig. Efter att ha röjt upp i lägenheten, övervägde hon ett besök på kallbadhuset, men försköt tanken då förra besöket hade etsat sig fast i minnet. Även om det var osannolikt, lockade inte en ny vända på akuten, men behovet av att vara för sig själv en stund och rensa tankarna krävde ändå att hon kom bort från lägenheten.

Löparskorna åkte fram ur garderoben och fem minuter senare sprang hon förbi stadsbiblioteket och vidare in i Slottsparken. Gatukontoret var i färd med att rensa bort löv från cykelbanor och trottoarer och två unga män i gula arbetskläder blåste marken ren framför henne. Att den ena mannen visslade efter henne hade i normala fall gjort henne arg och fått henne att stanna upp, men nu orkade hon inte fästa något avseende vid det. Att tempot var högre än normalt märktes även på flåset. Mobilens motions-app sa i örat - "två kilometer på tio minuter och fyra sekunder, varvtempo: en kilometer på fyra minuter och femtiosju sekunder." Med nuvarande hastighet skulle milen bli avsevärt jobbigare än normalt och förmodligen skulle ett stopp längs vägen bli nödvändigt. Hon drog därför ner på tempot när hon nådde strandängarna.

Så här på hösten var det glest med folk längs den tre kilometer långa strandremsan och de stora gräsmattorna gapade öde och tomma. Ett fåtal tappra hundägare trotsade vädrets makter och gick med beslutsamma steg ute på de stora gräsytorna, medan hundarna sprang fritt. En del av dem befann sig allra längst ute, där gräset övergår i vassruggar och sanden möter havet. Några enstaka pensionärer förflyttade sig långsamt fram längs strandpromenaden, väl påpälsade för att undfly snålblåsten. På somrarna däremot låg soltörstande på parad längs hela sträckan och framemot kvällningen genomgick stranden ytterligare en förvandling då grillarna gick varma och vattenpipornas sötaktiga doft blandades med lukten av grillat kött.

"Fyra kilometer på tjugoen minuter och fyra sekunder." Skornas jämna stötar mot asfalten fortplantades upp längs ryggraden och den kyliga novemberluften försvann gradvis när kroppen blev varm. Rytmen försatte henne i ett meditativt tillstånd och alla försök till att fokusera på det som hänt rann av henne.

∞

"Four miles in thirty-two minutes and eleven seconds." Enligt stegräknaren hade Lenny sprungit tio sekunder snabbare än normalt. Sträckan längs Central Parks ena långsida, som var mer kuperad och mer påminde om en skog än en park, hade gått fortare än vanligt. Men när han kom fram hade han en växande olustkänsla i kroppen. Han kände sig förföljd, eller snarare jagad, som om han var tvungen att fly undan något obehagligt. Han vände sig om men såg inget utöver det vanliga, trots det ville inte känslan släppa taget. Smått förvirrad gick han långsamt fram till korsningen i hörnet av parken. Den stora knutpunkten ledde i sin förlängning hela vägen bort till kontoret vid Rockefeller Center. Medan han lät pulsen komma ner blickade han uppåt mot skyskraporna på andra sidan korsningen, som dagen till ära bildade en vacker blådisig fondvägg mot den brusande trafiken inunder.

Oron i kroppen ville dock inte försvinna och det var något han hade upplevt som mest intensivt när han passerade parkens östligaste punkt och som sedan följt med honom hela vägen in i mål. Det var något i luften, något olycksbådande, en förnimmelse om att något var på väg att hända. Det var som om de kala träden i parken försökte nå fram till honom. Han upplevde starkt att något inte stod rätt till och att det fanns en uppenbar risk att det kunde drabba honom själv. Tankarna kändes alltigenom absurda och han försökte slå bort dem, men de höll sig envist fast.

Jeff, som hade en donutvagn stående där Lenny brukade vika av mot tunnelbanestationen, betraktade Lennys vilsenhet där han stod och stretchade mot en lyktstolpe. Jeff hade haft sin vagn stående på samma plats ända sedan Lenny flyttade hit för fyra år sedan och den hade med all sannolikhet stått där en bra bit längre än så. Under vagnen irrade några ekorrar runt i jakten på smulor och nötter. I skydd bakom de slitna gummidäcken kunde de i lugn och ro kalasa på vad vagnens kunder lämnade efter sig. Jeff var vänligheten själv och Lenny hade flera gånger stannat till och pratat en stund. I en kedja runt halsen bar han fortfarande den utmärkelse han fått för tapperhet i fält.

Lenny hade alltid haft svårt att bedöma folks ålder, så för honom kunde det lika gärna vara ett förtjänsttecken från

Kuwait som Vietnam. Han vinkade lojt åt Jeffs håll och fick ett glatt leende tillbaka. Det pep till i Lennys telefon och trots att det var lördag ville Heather att han skulle komma in till kontoret så fort som möjligt.

Heather tillhörde en ny generation chefer i USA och var definitivt den typen av ledare som Lenny hade kommit att beundra. Flitens lampa hade bytts ut mot eget ansvar, kryddat med stor passion och ett hundraprocentigt engagemang i allt och alla. Hon ledde en avdelning bestående av etthundratrettio civilingenjörer, alla med fokus på artificiell intelligens, honom själv inräknad.
Ett textmeddelande om att infinna sig på kontoret en lördag eftermiddag hörde definitivt inte till vanligheterna. Lenny drog på sig sin hoodie och styrde stegen mot närmaste tunnelbanestation.

Han slog sig ner på sin plats bredvid Lin som av utseendet att döma verkade ha suttit där hela natten. Heather dök upp bakom honom och meddelade att något inte stod rätt till med den artificiella intelligensen. Flera tecken på extern kommunikation, alternativt obehörigt intrång, hade noterats i loggarna utan att någon varit här. Hela projektets trovärdighet stod på spel och om bara ett par dagar skulle projektet presenteras internt för hela företaget.
Lenny sneglade på Lin som febrilt sökte igenom olika databaser i jakten på abnormiteter. Själv skulle han fokusera på att analysera brandväggarna och de nätverkskopplingar som möjligen kunde ha blivit utsatta för en extern attack. Utan att fundera vidare gav han sig i kast med uppgiften, den inbokade lunchen blev han tvungen att ställa in. Han fick vara glad om han var hemma till middagen. Han följde Heather med blicken när hon

försvann in på sitt rum. Persiennerna gjorde det svårt att se vem det var hon samtalade med, men han hade sina gissningar. Han satte på sig sina hörlurar för att stänga ute ljudet när Lin åt sin medhavda currygryta, lukten kunde han inte göra mycket åt.

∞

Tilde låste upp ytterdörren och gick in i hallen. Ljuden som mötte henne fick henne att gripa hårt om hatthyllan. Förtvivlad insåg hon vad som pågick i sovrummet. Handlingsförlamad stod hon kvar, medan hon försökte ta in att det var på riktigt. Tydligast hörde hon Cornelia, men det var heller ingen tvekan vem hon var därinne med. Skulle hon gå ut igen och låtsas som ingenting hade hänt eller kanske det som lockade mer, bara gå in och fläka upp sovrumsdörren på vid gavel? Eller rentav demonstrativt sätta sig i soffan och vänta tills de var färdiga?
Hon minns känslan att vara förrådd allt för väl, svek sårade alltid mest. Om örfilen den gången var ett resultat av alkohol eller om den kom från hjärtat spelade ingen roll, smärtan fanns där oavsett. Bråket hemma hade inte varit värre än vanligt, men något den kvällen slog slint. Kanske bet mothuggen djupare just den gången men när det stod klart att hon återigen planerade att sova borta kom örfilen utan förvarning. Att ångern fanns där visste de båda, men försoningståget hade redan hunnit lämna perrongen.

Så tyst hon förmådde fyllde hon resväskorna, som redan hade fått ge plats åt tavlan inlindad i tidningspapper, med de kläder hon orkade rafsa ihop. Överst försökte hon få plats med sitt smyckeskrin och några prydnadsföremål. Till sist tömde hon kökslådan där hon brukade lägga papper och värdehandlingar, sådant som hon inte orkade sortera eller lägga onödig energi på.

Ljuden i sovrummet hade dämpats något när hon bar ut den sista väskan i trapphuset och tyst drog igen dörren. Väl nere på gatan släppte hon husnycklarna i en brunn och lyssnade till ljudet när de träffade vattenytan.

Att samla tankarna kändes svårt, känslan av tomhet och svek gjorde det omöjligt att fokusera. Där och då kunde hon inte se hur hon skulle kunna gå vidare och en känsla av misslyckande sköljde över henne. Vilset försökte hon samla ihop sina saker, men de mörka tankarna ledde bara till en klump i halsen. Envist försökte hon svälja gråten, men lyckades inte helt. Nog hade hon förstått vart deras relation var på väg, men att det skulle gå så fort. När förlorade de varandra?

Deras granne på bottenvåningen, en ensamstående kvinna runt sextio, undrade om Tilde skulle ut och resa. Lisbeth gick regelbundet sina rundor i parken för att rasta sin lilla terrier och Tilde fick ofta tillbringa åtskilliga minuter åt att prata om väder och vind, innan Lisbeth lät henne passera. Nu orkade Tilde inte öppna munnen, det kändes som om förmågan att prata hade gått förlorad. Benen började förflytta sig av sig själv. Inget hejdå, ingen halvkvävd ursäkt. Hon började gå i riktning mot Gustav Adolfs torg, utan att vare sig svara eller se åt Lisbeths håll. Hon skulle inte komma att träffa Lisbeth igen.

∞

Emily svarade nästan direkt och självklart kunde hon få bo hos henne ett tag. Det fanns gott om plats i hennes trea försäkrade hon och även om det kändes obekvämt hade

Tilde inget annat val. Vem mer skulle hon kunna våldgästa en lördagseftermiddag och på obestämd tid dessutom?

Trots vinterkappan frös hon redan. Under hade hon bara sina träningskläder. Svetten i kläderna hade kallnat och kylan kröp ner längs ryggen. Med skärpet hårt åtdraget i midjan ökade hon takten ner mot centralstationen. Kullerstenarna längs gågatan gjorde det inte lättare att dra resväskorna efter sig. Ett pling i mobilen fick henne att tillfälligt sakta ner på farten -

'Du har ett nytt meddelande'.

Nyfikenheten tog överhanden, så trots kylan och allt bagage kunde hon inte låta bli att läsa meddelandet. Hon blev dock nervös när hon inte kände igen appen som hade skickat meddelandet. Det var inte en applikation hon installerat själv och den hade definitivt inte funnits där igår.

Kära Tilde.

Bushwick Real Estate kan härmed meddela att din ansökan kring lägenhet B4769-371 är behandlad och klar.

Dina handlingar kommer att skickas till din angivna e-post-adress. Inflyttning kan ske efter överenskommelse med lägenhetsinnehavaren.

Hon såg att ytterligare ett meddelande nu fanns i inkorgen, men tvekade att öppna det och fingrade istället nervöst bland menyerna i hopp om att få en förklaring till den okända appen. Men trots flera sökningar kunde hon bara konstatera att allt såg ut som vanligt i mobilen. Hon försökte dra sig till minnes om hon hade gjort något särskilt under gårdagen, men kom inte på något.

Förbipasserande tittade undrande på henne där hon stod mitt i gatan med alla sina tillhörigheter och pockande duvor cirkulerande runt fötterna. Kylan och snålblåsten gjorde sig åter påmind.

Skulle hon berätta för Emily att hon hade en lägenhet på gång? New York var ju redan på tapeten, men efter en stunds funderande kändes det ändå bättre att vänta, Emily skulle kunna ta det på fel sätt. Det var långt viktigare att försöka få reda på om hon hade blivit utsatt för en hacker-attack eller om det rent av var minnesluckor hon led av. Händelsen i Slottsparken, som redan kändes som evigheter sedan, kanske hade skadat hjärnan på något sätt?

Väl på Pågatåget in till Lund öppnade hon meddelandet, som även det hade Bushwick Real Estate som avsändare. Den som hyrde ut lägenheten hette Jake Flemming och kontraktet löpte på minst två år. Hon studsade till när hon såg månadskostnaden, fjortonhundra dollar i månaden. Det var nära det dubbla mot vad hon och Markus betalade för lägenheten på Davidhallstorg, men så var det ju å andra sidan New York vi pratade om. Hon hade ingen aning om hur hon skulle få råd. Det som fanns på sparkontot skulle bara räcka några månader och insåg att det gällde att hitta ett jobb så fort som möjligt, om hon överhuvudtaget skulle få det att fungera. Samtidigt kändes allting som en dröm och att det var svårt att ta situationen på allvar. Hon hade väl egentligen inga reella planer på att bosätta sig i USA, steget skulle vara enormt jämfört med den lilla bubbla hon levde i nu.

Hon såg sig om i vagnen och betraktade ett par som satt mitt emot. En äldre kvinna i rullstol tittade rastlöst ut genom fönstret. Oroligt skruvade kvinnan sig fram och tillbaka i stolen. För Tilde var det omöjligt att avgöra om mannen, som satt med henne var en alkoholiserad hemmason, en eventuell sambo eller rentav en assistent till kvinnan. Oavsett var lukten från de båda påträngande skarp och gjorde luften allt mer kvävande sedan de gick ombord i Åkarp.

Trots kväljningskänslor beslutade hon sig för att sitta kvar och blicken fastnade istället på en man längre bort i vagnen. Det var något bekant över honom. Hon hade bra känsla för namn och nummer, men betydligt svårare för att placera människor efter utseende. Det slog henne dock snart att det var servitören från häromdagen. Lunchen med Emily närmare bestämt. Det var lika tydligt att han hade sett henne långt tidigare och nu tydligt vände blicken åt andra hållet. Hon kände sig redan på bättre humör.

Tåget rullade i maklig fart in på stationen för att till slut stanna helt. När dörrarna gått upp tömdes vagnen snabbt. Tilde baxade ut resväskorna från platsen mellan sätena.
– Ska jag hjälpa dig och ta ner den där? Utan att vänta på svar lyfte han ner ryggsäcken och påsarna från hyllan. – Jag passade upp på dig och din kompis i fredags, minns du? Jag heter Felix, 'by the way'. Hennes första impuls var att ta sina väskor och gå, men saktade av i tankarna och sa kort:- Tilde.
Hon kände sig obekväm i situationen och hade egentligen ingen lust att prata med någon. Samtidigt kunde det vara skönt att få hjälp med allt bagage, väskorna var tunga och vägen hem till Emily kantades av kullerstensgator och smala trottoarer. Hon beslutade sig för att ta emot hjälp, även om kluvenheten fanns kvar. Inte för att han inte verkade trevlig, men hon kände sig inte på humör för att vara social. Visst gillade hon män som tog initiativet och i normala fall hade det kanske känts annorlunda, men nu med Markus och Cornelia i färskt minne var situationen annorlunda.

Felix erbjöd sig att ta resväskorna när de lämnade perrongen. Han sa sig ha vägarna åt samma håll och slog följe upp längs Klostergatan och hade snart Lundagård i sikte. När de kom in i parken sträckte sig Lunds Domkyrka, med sina två spetsiga torn, stolt uppåt mot den grå novemberhimlen. Mörka kråkfåglar cirkulerade runt tornen medan de sista löven blåste ner från grenarna i parken. Felix stannade till och skulle just till att föreslå en fika, när Emily dök upp. Hon synade honom där han stod med resväskorna och såg allmänt påkommen ut. Han insåg direkt att tillfället var borta.

∞

Tilde låg i badkaret när det knackade på toalettdörren. Emily kom in och satte sig på toalettlocket. Uppspelt berättade hon att universitetet hade behandlat alla papper och att hon inte behövde vänta långt in på vårkanten innan hon kunde ge sig av. Redan efter helgerna skulle forskarplatsen bli ledig. Tilde såg hur exalterad hon var, själv gruvade hon sig för vad hon själv hade trasslat in sig i.

Ett forskarteam skulle bildas kring framtida tillämpningar av virtual reality och artificiell intelligens. Att spelbranschen länge legat långt framme inom VR och AI var inget nytt, men även inom områden som kirurgi och tillverkning skapade tekniken oanade möjligheter. Emily kunde knappt sitta still när hon berättade om framstegen som gjordes och den roll hon själv skulle komma att ha som projektledare för ett team på tolv personer.

Tilde lyssnade så gott hon förmådde, mest då tankarna hela tiden letade sig bort till det som skett under förmiddagen. Hon hade så gärna velat berätta. Berätta allt. Men nu var inte rätt tillfälle, det skulle bara såra eller göra Emily allmänt förvirrad och Tilde var heller inte säker att hon skulle ha orken att ta hela historien från början. Det var så mycket hon inte förstod själv, saker hon behövde smälta, innan hon beslutade om vad som skulle ske härnäst. Dessutom kände hon sig smått obekväm, även om hon kanske inte borde det, där hon låg i badet med Emily en halvmeter bort. Det fanns ju ingenting mellan dem längre och så kände väl Emily det också?

Badrummet var mer feminint än vad hon förväntat sig. Värmeljus i rader och flera olika sorters oljor och krämer stod fint uppställda vid handfatet. Prydligt vikta handdukar och en fyrkantig tvålpump passade inte in med den Emily hon lärt känna. Att människor förändras eller att man inte skall döma efter utseende är ju inget nytt, men det var ändå en enorm skillnad mot rummet på Blekingska som hon besökte under studietiden.

• Vill du ha lite te? frågar Emily utan att vänta på svar.

• Gärna, jag är strax klar.

Emily reste sig och gav Tilde en retsam blick innan hon försvann ut i vardagsrummet.

∞

När Lenny kommer hem från löprundan i Central Park, ber han assistenten att aktivera väggprojektionen. Med den senaste uppgraderingen behöver han inte ens säga hennes namn, det räcker att han tänker på henne. Assistenten öppnar en dialogruta mot nätet och hans sambo framträder som ett hologram mot den vita väggen.

Han har svårt att bestämma sig för om han gillar att sambon har antagit bilden av sig själv när hon var i trettioårsåldern. Någonstans vill han ändå minnas att de åldrats tillsammans. Nu kan man så klart anta vilken form man vill. I princip hade hon kunnat bestämma sig för att vara en tredimensionell kanin, men att det var henne han nu har framför sig, strålande glad som alltid, var det ingen tvekan om.

Han minns när han själv var runt trettio och artificiell intelligens var i sin linda. Nyfiket hade han testat att bygga en relation med en chatbot. Det som till en början var lite spännande och kul blev snabbt enahanda. Konverserandet gick trögt och hans AI-väninna hade sina klara begränsningar, med ideliga upprepningar av samma frågor och ämnen.

Lenny vet att det är en milsvid skillnad, men det är ändå något som skaver när han nu pratar med sin fru. I teorin är hon identisk med sitt fysiska jag, men trots det kan han inte låta bli att fundera på hur pass äkta och levande hon faktiskt är.

- Hej älskling, hur var löprundan?
- Skönt som vanligt, det är härligt med alla dofterna.
- Kan tänka mig det, jag blir lite avundsjuk.
- Det förstår jag. Kom och sätt dig i soffan så ser vi på en film tillsammans.

Digital eller inte så finns hon där fortfarande hos honom.

Kontakt

- Det här är ett verkligt genombrott.

Orden kom från Heather Turner, vice VD för avdelningen för artificiell intelligens på ett av världens största teknikbolag. En direkt koppling mellan människa och maskin hade skapats.

- Nu pratar vi inte längre om artificiell intelligens i datorvärlden, vi pratar mänsklig intelligens i ettor och nollor.

Heathers presentation till personalen skulle visa sig få genomslag långt utanför de slutna väggar som företagets Manhattanskyskrapa utgjorde. Målet, att skapa en digital brygga mellan en mänsklig hjärna och internet, hade tagit ett litet, men otroligt viktigt steg mot verklighet. Lenny kunde inte låta bli att beundra sin chef. De strider hon tagit för att få fortsätta driva forskning framåt hade fått uppleva mängder av fartgupp längs vägen. Nu stod hon här, inför sina tvåhundra ingenjörer och mångdubbelt fler online, och visade på bolagets väg in i framtiden. Ett genombrott som på sikt kan komma att ändra vår uppfattning om vad som är mänskligt.

De som lyssnade kunde ta del av hur teamet i New York hade lyckats överföra data från en människa till en dator och som där lagrats som ett virtuellt minne. Både avsändare och mottagare hade fått namnet Michael Zimmerman. Lenny lyssnade med halvt öra, för i tankarna var han tillbaka vid anställningsintervjun.

Han kom ihåg hur han suttit ansikte mot ansikte med Heather. Hennes kroppsspråk hade varit stelt och professionellt, det fanns en tydlig skepsis. Skulle han hålla måttet?

Konstigt nog hade han varit smått road över nervositeten han kände då. De klarblå ögonen såg intensivt genom honom där han satt och skruvade på sig, men på något sätt lyckades de ändå finna varandra under intervjun. Om det var deras gemensamma fascination för fantasylitteratur eller om det var skidåkningen, kunde han inte avgöra. Men att de sedan hamnade i en diskussion kring löpning, banade säkert väg för att han tre dagar senare var anställd på världens mest haussade teknikföretag.

Heather förstod att nyheten skulle slå ner som en bomb om den kom ut i media. Det fanns både kommersiella, etiska och moraliska implikationer kring det som teamet hade åstadkommit. Hon var mest bekymrad över reaktioner från konservativa och den kristna högern, som inte lär uppskatta deras arbete, då det utmanade synen på människan som en andlig varelse. Inte något som man varken kan eller borde återskapa artificiellt.

Det hade varit självklart att tacka ja när hon fick frågan om att leda bolagets nya satsning, men i backspegeln kände hon sig aningen ambivalent till vad hon de facto hade tackat ja till. Uppvuxen i ett kristet hem i delstaten Utah, med allt vad det innebar med bordsböner, regelbunden närvaro i

kyrkan och högläsning i Mormons bok, var valet allt annat än självklart. Familjen bodde i en klassisk gul tegelvilla i en intetsägande avkrok strax söder om Salt Lake City. En bilberoende håla, där det var långt till allt och alla och en plats där kyrkan var navet i alla aktiviteter som försiggick på orten. Inte för att hon ville gå med på alla nidbilder som målades upp kring mormoner, men att miljön var konservativ rådde det ingen tvekan om. Friheten låg i att, så ofta hon kunde, åka upp i bergen med sina bröder och åka snowboard. Hon älskade att se hur Klippiga bergen sträckte sig massivt upp mot den klarblå himlen och njöt av att befinna sig där snön ofta låg kvar ända in i maj. I april värmde solen så pass mycket att man kunde åka i bara tröja och shorts. När de hade åkt färdigt för dagen satt de ofta kvar i backen på sina snowboards och delade en joint. Storebror Cory var inte sen att ta sin Volkswagenbubbla, modell bättre begagnad, in till Salt Lake för att fylla på förråden. Tyvärr i hans fall, stannade det inte vid cannabis och idag hade hon i stort sett ingen kontakt med honom. Lillebror Steve var mer lik henne själv och de lämnade båda Utah bakom sig när det var dags för college. Steve blev kvar på västkusten efter studierna på UCLA och hade nu ett välbetalt jobb i Silicon Valley.
Nu stod hon här själv tjugo år senare och beskrev en framtid som hennes föräldrar aldrig skulle acceptera som sin. Den kristna högern i USA godtog inte på några villkor, explicit eller implicit, en manipulering av Guds skapelse på jorden. Hennes pappa var i och för sig inte den som förespråkade månggifte eller andra obskyra avarter som den mormonska kyrkan ansågs anbefalla, men han var fortfarande en hårdnackad abortmotståndare och såg det som självklart att Heather skulle gifta sig inom kyrkan. Hon hade alltid varit hans favorit och sommartid red de gärna tillsammans i

bergen. Pappa var hängiven scoutledare och jägare och att rida ensam med pappa i Klippiga bergens skogar, hamnade på en solklar andraplats efter skidåkningen.

Att hon nu valde att arbeta med skapandet av digitala kopior av människor var enligt honom att gå i djävulens ledband, eller som hennes kollegor hellre valde att beskriva det - skapandet av ett ateistiskt Utopia i en framtid där människor kan leva för evigt, om än bara i digital form.

Från sitt kontor blickade hon fundersamt ut över Manhattans silhuett av hus och skyskrapor, en vy som sträckte sig ända bort till horisonten. Den eviga pulsens stad, en myrstack där en oändlig mängd drönare dagligen bidrog till helheten. Tempot och den energi som formade de globala städerna bidrog ofta till att skapa en känsla av att det ändå fanns ett högre syfte – ett kollektivt medvetande, något som var mer än den enskilde individen. Det var denna tanke som fascinerade henne. Internet hade också utvecklats till ett globalt samfälligt medvetande och med fullt uppkopplade människor skulle den sista barriären mellan människa och maskin komma att rivas. Hon rös till av tanken, men kände inte bara välbehag. Det handlade inte bara om förväntan, utan också om rädsla och nervositet för vad den nya tekniken förde med sig.

Heather såg stolt på sina medarbetare när applåderna ekade i det långsmala rummet. Paul Clarks påföljande tal hade skapat ett rus av förväntan i rummet, en eufori kring en gemensam bedrift. Paul hade alltid varit avdelningens fixstjärna och dessutom en vildhjärna som Heather hade haft svårt att tygla. Hans drivkraft och egensinnighet var en starkt bidragande orsak till att de hade kommit så långt som de hade gjort, samtidigt som han var projektets Akilleshäl.

Hon var väl medveten om att hon hade gjort sig alltför beroende av honom. Något som Paul inte gjorde någon hemlighet av. Kunskapsspridning hade alltid varit hennes paradgren och nu hade hon tillåtit sig själv att ha en medarbetare med allt för stort eget ansvar, inflytande och kunskap.

Hon lät blicken vandra över publikhavet. Den fastnade osökt på Lenny, som för stunden verkade djupt försjunken i sin mobiltelefon. En lovande programmerare som hon själv hade rekryterat, men som hon samtidigt hade svårt att få grepp om. Attraktiv och omtänksam, allt talade för honom, men hon anade ändå att han inte var riktigt tillfreds med sig själv.

Ibland längtade hon intensivt efter någon i sitt liv, men erfarenheterna från tidigare relationer hade gjort henne försiktig och avvaktande. Deras blickar möttes oväntat över vimlet och hon kände hur pulsen steg och öronen blev röda. Lite desperat sökte hon ögonkontakt med Paul som fortfarande var upptagen med att svara på frågor och fick ett tillkämpat leende i retur.

Alkoholen flödade i det påföljande minglet. Heather kunde vara oerhört social när tillfället var det rätta och var allmänt känd för sitt sprudlande humör. Samtidigt hade hon också en sida som vill ta ett steg tillbaka. Gömma sig i ett hörn av festen och smita iväg när ingen såg. Hon var väl medveten om att för en person i hennes position var det oftast uteslutet. Det innebar bland annat att lägga band på sig och inte ta ett extra glas vin när tillfälle bjöds. På ett sätt var det kanske bara bra för det var farligt nära att hennes ingenjörsexamen föll offer för drickandet.

Runt det lilla kafébordet stod ett par av hennes närmaste medarbetare. Hon deltog i diskussionen med all den älskvärdhet hon kunde uppbåda, trots att ämnet för dagen inte intresserade henne särskilt mycket.

Lenny stod med ryggen mot henne vid bordet intill. Var det ett genuint intresse hon kände eller var det bara lust? Själv skulle hon ignorera åldersskillnaden, men hemmavid skulle så klart få tycka att det passade sig. För henne handlade tveksamheten mer om att inleda en relation med en kollega. Mamma hade sedan länge slutat prata om barnbarn. Hon hade gjort en del försök att gå på dejt med män hon träffat på internet, men att deras nätprofiler sedan stämde dåligt överens med verkligheten förvånade henne inte. Även den senaste hon gått ut med hade fru och två barn.

Tankarna skingrades snabbt. Lenny stod inte längre kvar och flertalet hade redan börjat lämna tillställningen för att fortsätta helgfirandet hemmavid.

Det var heller inte många veckor kvar till jul. New York hade redan börjat få på sig sin vinterskrud. Träden längs paradgatorna glittrade i kapp med de stora annonstavlorna. Stora heliumfyllda jultomtar stod frustande längs Park- och 5th Avenue och flera av husens fasader täcktes redan av fantasifulla bildprojektioner. Enda sedan hon var liten fanns där ett romantiskt skimmer kring julfirandet i New York. Tyvärr kändes förutsättningarna för en jul i staden långt borta. Traditionen bjöd att släkten unisont samlades hemmavid och med ett relationskonto på minus kände hon inte att hon hade mycket att sätta emot. Dessutom växte vintertid alltid längtan inombords att åter få uppleva hur de snötäckta bergen sträckte sig brant uppåt och bildade en massiv knivsrygg från norr till söder.

Hon delade hiss med Michael på vägen ner. Att Michael tackat ja till att bli försökskanin ingav en viss beundran och tillika mod. Det var inte självklart hur den mänskliga hjärnan skulle komma att påverkas av att bli uppkopplad mot en dator.

Heather log mot honom, men insåg i samma ögonblick att Michael inte var riktigt närvarande. Hans ögon var aningen glasartade och fina röda linjer förgrenade sig på ögonvitorna.

- Allt bra? frågade hon så ledigt hon kunde.- Absolut, skönt med helg. Vi är ett helt gäng som ska ut och campa i helgen. Själv då?- Inga planer så här långt, kanske en löprunda i parken, vi får se.

Hade Michael sluddrat lite på orden? Hon kände hur oron spred sig i kroppen. Eller var det bara som hon inbillade sig? I samma stund saktade hissen in och öppnade sig mjukt och ljudlöst vid bottenplanet. Michael försvann kvickt iväg med ett "Ha en skön helg" hängande kvar i luften.

∞

Mamma hade hört av sig. Ett meddelande var intalat på telefonsvararen. Hur skulle hon och Markus fira julen i år? I vanlig ordning fanns där ett visst mått av förebråelse i rösten. Aldrig specifikt eller uttalat, det märktes ändå.

Fram till nu hade de alltid firat vartannat år, likväl hörde mamma av sig varje år och undrade hur de skulle ha det. Kunde Tilde hjälpa till med julmaten? Hade Markus tid att bära in granen? Hon fick lust att skrika: "Tyvärr det funkar inte så bra i år, Markus är fullt upptagen med att knulla Cornelia". Hon kände hur arg och ledsen hon var och att hon inte längre kunde hålla tillbaka tårarna. Cornelia. I hennes säng. På hennes lakan. Under hennes täcke.

Emily höll om henne i soffan. Kramade henne hårt och kysste kinden där tårar hade runnit. Hon såg hur det glittrade till i de tårfyllda ögonen och kramade mjukt Tildes hand. Hon lutade sig försiktigt fram och la armen om midjan.

Tilde rös till när Emily kysste henne på halsen och lät läpparna omsluta örsnibben. Hon hindrade henne inte. Inte heller när hon långsamt förde in handen under linnet och lät fingertopparna nudda brösten. Försvarsmurarna hade redan rämnat när Emily kort därpå mjukt kysste henne runt magen, samtidigt som hon befriade henne från trosorna. Tilde lutade huvudet sakta bakåt och sköt fram bäckenet mot kanten av soffan.

Snöblandat regn, det var återigen den tiden på året då Skåne inte visade sig från sin bästa sida. En grå jul är det vi oftast firar i Sveriges sydligaste delar, tänkte hon torrt när hon irriterat stampade av sig slasket från kängorna. Hon letade upp en ledig fåtölj långt inne bland bibliotekets hyllor. Regnet piskade mot rutorna, men inne var det varmt och behagligt. Doften av bibliotek hade alltid haft en lugnande inverkan - böcker blandat med våta ytterkläder och lukten av nybryggt kaffe. Hon satt med datorn i famnen och läste igenom hyresavtalet. Det hade redan hunnit gå mer än en vecka sedan hon flyttade in hos Emily. Felix hade skickat ett par SMS, men hon hade inte svarat på dem. Emily och Tilde hade mest gått om varandra i lägenheten.

Hyresavtalet var undertecknat av en Jake Flemming. Bifogat hyreskontraktet fanns ett epost-meddelande från Jake, där han tackade Tilde för visat intresse och att det fungerade bra att flytta in den femtonde januari, som Tilde hade skrivit som önskemål. Önskemål? Hon hade inte skickat något mejl. Orolig öppnade hon sin e-post och mappen "Skickat".

Hej Jake,
Din lägenhet ser ju urläcker ut på bilderna. Fantastiskt kul att du ska tillbringa ett par år i Europa. Har lyssnat en del på de låtar du gjort, jag är djupt imponerad. Riktigt schysst. Jag har en del saker jag måste ordna här hemma, så jag hoppas den femtonde januari funkar för dig. Du vet pass, visum och annat. Jag har fört över pengar för de två första månaderna som du ville.
Med vänliga hälsningar
Tilde Melander

Urläcker. Riktigt schysst. Visst hade hon gillat vad hon sett på nätet men urläcker? Och när skulle hon ha lyssnat på Jakes 'riktigt schyssta' låtar? Nervös öppnade hon bankappen för att kontrollera saldot. Smått chockad såg hon att ett stort belopp försvunnit från sparkontot. Nära tjugofemtusen kronor hade förts över via IBAN till en bank i USA. Gick det att stoppa, kunde hon ringa banken och häva överföringen? Hon lugnade sig dock efter en stund och bestämde sig för att ta reda på mer om lägenheten och Jake innan hon gjorde något förhastat.

Med hörlurarna på sökte hon runt efter Jake Flemming på nätet. På en streaming-sida fann hon sex låtar upplagda. Musiken var lite åt technohållet. Absolut inget hon själv skulle lyssna på och djupt imponerad var att ta i. Helt okej snarare. Irritationen växte och hon kände inte igen den passivitet som hon visat upp den sista tiden. Personer i hennes närhet styrde alla val och nu tog tydligen Tilde själv sina egna egensinniga beslut. Beslut som envist knuffade henne i ryggen. Bort från det trygga. Bort från vardagen.

Kappan fick hänga kvar på fåtöljen för att markera platsen när hon letade sig in bland bokhyllorna. En gråsprängd herre sneglade småsurt när hon lämnade sin plats. Det var knappast hennes fel att det var så sparsmakat med sittplatser i biblioteket.

Visst kan man söka på nätet, men det var ändå en annan känsla att bläddra i riktiga böcker. Hon svepte med fingret över raderna med böcker och stannade till där det stod tre stycken med New York skrivet på ryggen. Två av dem hade några år för mycket på nacken, men den tredje var bara något år gammal. Hon blev helt pirrig när hon började bläddra i den, samtidigt som kaffesuget gjorde sig påmint. Det var lite irriterande att restaurangen låg i andra ändan av byggnaden, speciellt när hon parkerat sig så långt bort som möjligt för att få vara ostörd.

I registret fanns Brooklyn och Bushwick listat på sidan 248 i guiden. Boken var mer skriven som en modern reseskildring än ett uppräknande av stadens sevärdheter. Tonen var rapp och inleddes med ett besök på nagelsalongen Local Honey, där man förutom att få sina naglar fixade även serverades ett glas vin under behandlingen. Fortsatte man vidare upp längs Flushing Avenue, som löpte som en navelsträng genom Brooklyn, passerade man garanterat Catland Books. Men låt en inte luras av namnet, affären hade inget med böcker att göra, det var snarare porten till de spirituellas rike på jorden. Platsen där tarotkorten levde sina egna liv. Var man klädsugen fanns Friends runt hörnet. På Friends tillverkades och såldes lokala konstnärers kläder och accessoarer med tydlig vintagekänsla och populärkulturella referenser. Slutligen på biografen Syndicate gick det utmärkt att äta en hamburgare samtidigt som man gick 'all in' på Dirty Dancing och hade man tid skulle man definitivt besöka baren Boobie Trap, som var dekorerad från golv till tak tak med tuttar. Hon slog igen boken och tittade drömskt framför sig. Alla dessa platser hon aldrig hade fått uppleva. Markus var dessutom inte vidare ressugen av sig och att ta ett flyg över Atlanten fanns sannolikt inte på kartan.

- Hej, sitter du här?Tilde spratt till när Felix dök upp från ingenstans. Hon hälsade tillbaka och försökte se så positivt överraskad ut som möjligt.
- Jag såg dig genom fönstret när jag passerade förbi utanför. Du är inte sugen på kopp kaffe?- Jag har precis druckit tyvärr.- Det är lugnt, vad är det du läser förresten, ser ut att handla om New York? Ska du ut och resa?
Hon kände sig ertappad och hade definitivt ingen lust att diskutera Brooklyn med Felix. Hon ursäktade sig med att hon bara tyckte om att drömma sig bort då och då. Egentligen hade hon tänkt låna boken, men nu åkte den åter in på sin plats i bokhyllan.
Felix följde med henne ut i det gråmulna decembervädret. Blåsten tog omedelbart tag i kappan och hon fick svepa den hårt om sig. I stunden kändes Felix som ett plåster, även om hon egentligen inte hade något riktigt skäl att vara avvisande mot honom. Emily skulle inte komma hem förrän sent, så när Felix frågade om hon var sugen på lite pasta tackade hon ja.

I kvarteren bakom Domkyrkan fanns ett mysigt krypin insprängt i gränden. På uteserveringen hade ett par röksugna studenter parkerat sig med dubbla filtar och varsin öl. Värmelamporna gjorde sitt yttersta i kampen mot den isande vinden som strök mellan husen och flera av marschallerna hade redan slocknat. Hon hade redan hunnit bli rejält nerkyld när de kom in och de tunna kläderna hon fick på sig i morse gjorde inte saken bättre.

Vinet gjorde att det stack i tårna när värmen återvände i kroppen. För Felix var New York en fantastisk stad och han hade själv varit där flera gånger, senast för ett halvår sedan. Vid det tillfället handlade det bara om några dagar, men gången dessförinnan hade han varit där i mer än sex månader. Då hade en vän ordnat ett köksjobb på en populär italiensk restaurang i området kring West Village. Han älskade verkligen den delen av staden och berättade inlevelsefullt hur man efter att ha ätit klart kunde ta en lång promenad längs High Line, en gammal järnvägsräls som gjorts om till ett prunkande promenadstråk mitt i centrum. Tilde gillade normalt sett inte när killar pratade på för mycket, men här och nu kändes det bra. Hon hade för övrigt inte någon större lust att prata själv och Felix var dessutom ganska charmig och underhållande när han berättade. Telefonen vibrerade till på bordet.

"Hemma nu. Är du på G snart? ♥ ♥ ♥".

Att vara inneboende hos Emily hade börjat bli precis så komplicerat som hon hade befarat. En ung servitris höll fram menyn och frågade om de var sugna på dessert. Tilde kände för första gången på länge att hon ville hålla sig kvar i nuet, dra ut på det och slippa ta ställning. Hon frågade Felix om de skulle dela på en tiramisu.

Vinden hade mojnat rejält när de kom ut och luften var inte längre lika bister. De promenerade sakta genom Lundagård, som för årstiden hade klätts i tusentals julslingor. Felix la armen om henne. När de nådde bortre delen av parken, där AF-borgen tornade upp sig mot den kolsvarta himlen, ursäktade sig Tilde och vände hemåt.

Kanske hade hon varit lite brysk i sitt avsked, men hon lovade åtminstone att ses igen. Hon tog en omväg om Clemenstorget på vägen hem. Hon var tvungen att samla sina tankar och hitta kraft. Det stod redan klart för henne att det inte längre gick att skjuta upp alla beslut. Imorgon skulle hon bli hon tvungen att åka in till Malmö och ordna med uppsägningen.

∞

En ensam strimma av ljus följde hennes dans i den mörka lokalen. Hon rörde sig svävande lätt över golvet och stegen var väl inövade. Med en hjulning letade hon sig fram till sin partner och någon visslade högt när hon skickligt smekte honom hård.
Röken skingrades efter hand och kadavret låg fortfarande kvar på golvet när dansen dog ut. Endast spridda applåder hördes i lokalen då flertalet av de som såg på hade sällskap vid borden som drog fokus åt ett annat håll.

Hon såg deras belåtna miner, men hon såg också de som gömde sig bakom spegelglas med byxorna nere. Själv kände hon enbart behovet av att uppsöka en toalett. Att kasta upp när föreställningen var klar var numera mer regel än undantag. I duschen kunde hon äntligen få skrubba av sig den röda färg som täckte hela kroppen. De sa att den var vattenbaserad, men det sved ändå rejält i underlivet när hon sköljde bort den.

Hon såg sin partner njuta av uppskattningen han fick när han bugade sig djupt inför publiken. Trots att hans kroppsmålning var blå kunde hon ändå se hur färgen runt munnen och ner på halsen nu mer hade övergått i brunt. På vägen ut till logen smiskade han till henne hårt på rumpan, trots att han visste vad svaret skulle bli. Hon tänkte definitivt inte hamna i samma förfall som övriga kvinnor som hade importerats den sista tiden och om hon hade förstått det hela rätt, var en ny container på väg över Atlanten just nu.

Väl inne i omklädningsrummet satte hon sig vid spegeln och torkade av färgen i ansiktet med en handduk. Hon förde in handen innanför trosan och kände att det lilla hängsmycket låg kvar. Försiktigt tog hon ut det och klämde fast den med en bit tuggummi under bordsskivan.
Ängsligt såg hon sig om innan hon gick ut på toaletten.

∞

Kristine hade insisterat på att de skulle träffas fysiskt. I nuläget fanns det ingen som skulle kunna vikariera på platsen och hon undrade därför om Tilde kunde tänka sig att stanna åtminstone ett par veckor in på det nya året?
Egentligen visste Tilde att hon inte hade något val och lägenheten i New York skulle inte bli tillgänglig förrän om en månad. Samtidigt kände hon hur förväntningarna från Emily växte dag för dag. Det som hände för någon vecka sedan var en egoistisk handling från Tildes sida. Att få och inte ge tillbaka. Hon hade inga djupare känslor för Emily och att stanna längre skulle invagga henne i falska förhoppningar. Ett svek hon inte ville ha på sitt samvete.

De träffades i samma konferensrum som sist, men nervositeten från förra gången de sågs var nu som bortblåst. Kristines styrka hade alltid varit ett tydligt fokus på resultat. Den här morgonen blev det också uppenbart att läroplanen och lärarschemat var långt viktigare än de brister hon såg i Tildes tjänsteutövning.

Samtalet blev inte långvarigt. Irritationen låg i luften och Kristines, i normala fall, så behärskade danska ledarstil krackelerade betänkligt, när det stod klart att Tilde inte skulle att kunna hjälpa till. Att hon dessutom inte fick några skäl till varför, gjorde inte saken bättre.

Resväskorna var redan inlåsta i ett skåp på Malmö C och flyget från Köpenhamn skulle lyfta klockan fyra på eftermiddagen. Det hade tyvärr inte gått att få ett direktflyg så nära inpå helgerna, men det kändes helt i sin ordning att spendera en natt i London innan det bar av mot New York. Emily hade inte varit hemma när hon gav sig av.

Hon var förvånad över hur oberörd hon kände sig. Men egentligen hade hon mentalt lämnat sitt arbete sedan flera månader tillbaka. Efter sommaruppehållet hade det känts ordentligt motigt att komma tillbaka, en känsla av att vara inlåst.

Det var i stort sett bara kontakten med studenterna som inspirerade henne att fortsätta, om än bara lite. För samtidigt upplevde hon sig dränerad och tom på energi. Undervisningen kändes allt mer tröstlös och oengagerad. Inspirationen försvann gradvis under hösten och kvar fanns bara drömmar om något annat. Hon längtade efter att finna glädje igen, kanske i ett helt nytt sammanhang, kanske på en helt annan ort.

På vägen ut lämnade hon in sin dator och passerkort. För en kort stund lekte hon med tanken att äta en tidig lunch på Felix restaurang och samtidigt passa på att säga hejdå. Det var sättet han hade hållit om henne när de promenerade i parken och hur trygg hon hade känt sig för första gången på länge som bidrog till att hon tvekade med att ge sig av utan ett riktigt avsked. Återigen påminde hon sig om hur egoistisk en sådan handling skulle te sig. Det var knappast för Felix skull som hon lekte med tanken och för honom skulle det säkert resultera i besvikelse och grusade förhoppningar.

Tåget över Öresund var fullt av folk och resväskor tog upp mycket av platsen innanför dörrarna. Två kvinnor med varsin barnvagn prejade sig fram mellan raderna av stolar och värmen på tåget fick barnen att skrika högt. Inklämd bakom några indiers otympliga koffertar uthärdade hon resan över sundet. Lättnaden var total när hon en kvart senare äntligen satte ner foten på perrongen på Kastrup.

Förvirring

Tillståndet har förvärrats snabbt. Från att ha varit hanterbart har det nu blivit allt mer påtagligt i vardagen. Ian och Kevin hälsar på när de kan, ofta blir det kortare besök på vägen hem från arbetet. Smärtorna gör det svårt att röra sig mer än nödvändigt och det är alltmer sällan hon har orken att lämna hemmet. Hennes älskling har köpt en varm fårskinnsfåtölj som hon gärna tillbringar eftermiddagarna i.

För hennes livskamrat har löprundorna i parken blivit en ventil att hämta energi ur.

Tyvärr kan hon också se att löpningen börjar bli allt mer fanatisk. Rundorna blir allt längre och frekventare, inte sällan fyra till fem gånger i veckan och distanser upp emot tjugo till trettio kilometer var inte ovanliga.

Hennes egen prognos för framtiden har inte förändrats och personen i spegeln känner hon snart inte igen. Det är ett åldrat ansikte hon ser och värre är att många av hennes närmsta vänner nu vänder henne ryggen. Allt sammantaget gör det henne nedstämd och deprimerad.

Personer som alltid funnits där, men nu väljer att stoppa huvudet i sanden, när hon som mest behöver deras stöd.

Samtidigt vet hon att det handlar om sorg och rädsla. En ångest kopplad till den egna mortaliteten och litenheten. Rädslan finns hos henne själv också, men på samma gång har tiden i isolering i hemmet gett henne ro att fundera. Gradvis har insikten vuxit sig starkare att det finns andra vägar att gå. Att livet rinner ifrån henne gör henne självklart rädd, men det frammanar också en beslutsamhet. En kraft och en vilja som säger till henne att det är nu eller aldrig. Att agera medan hon fortfarande har styrkan och är vid sina sinnens fulla bruk. Valet måste bli hennes. Beslutet har suttit långt inne, men Ian och Kevin är stora nu. Ian har både sambo och en baby på sju månader. För Kevin har idrotten gått före alla relationer och skidåkningen ser honom ofta på resande fot. Med hennes älskling är det värre. Går det att acceptera? Kommer hon att bli förlåten? Hon kommer ju fortfarande att finnas där, för alla tre.

Hon är stolt som mamma. Pojkarna har fått växa upp i ett bra område. Huset de köpte i New Jersey låg nära bra skolor och pendlingstiden in till Manhattan var överkomlig. Visst, New Jersey är kanske inte lika trendigt som Southend eller lika inne som de fina kvarteren på Long Island, men detta var vad de hade haft råd med. Lärarjobbet i Hoboken fick hon på rekommendationer. Området har hela tiden vuxit i popularitet, speciellt hos den yngre generationen köpare. Inklämt som en liten stad i staden kan Hoboken skryta med att vara Amerikas promenadvänligaste urbana område och huserar flera högt rankade skolor. Anställningen på Steven's Institute of Technology känns fortfarande som en fjäder i hatten.

Villan i New Jersey frestade på deras ekonomi de första åren. Ett optionsprogram blev grundplåten till huset, men boendet blev ändå dyrare än beräknat efter alla renoveringar.

Hennes lön från universitetet kunde endast blygsamt bidra till det gemensamma hushållet och att vara beroende av en annan person hade till en början gnagt på självförtroendet. Alla tidigare beslut och de val hon gjort hade varit hennes egna, liksom konsekvenserna. Nu tvingades hon inse att med två barn och ett stort fint hus i förorten fick hon temporärt lägga tankarna om att dela allting lika åt sidan. Det var också vid den här tiden som de sociala och kulturella skillnaderna blev allt mer påtagliga. I New Jersey bor den amerikanska medelklassen och förväntningarna från de nya väninnor hon fick märktes direkt. Att hon älskade sina löprundor och tidigt anslöt sig till New Jersey Shore Runners gav upphov till starka reaktioner som: Hur har du tid och vem hämtar barnen?

Det tog tid att finna sig till rätta i en storstad som New York. Att hon funnit sin livskamrat tidigt hjälpte dock till en hel del. De var förvisso båda inflyttade, men för henne var de kulturella skillnaderna mer omvälvande. Hon insåg tidigt hur tryggt hon levt tidigare, både när det gäller sociala förmåner och hur mycket samhället i stort ordnade med i vardagen.

∞

Lenny sprang nästan in i sin chef när Heather abrupt drog ner på tempot. Han hade egentligen inte tänkt att ge sig ut och springa så tätt inpå förra rundan, men när Heather skickade ett meddelande och frågade om han var intresserad, tackade han ja utan att tveka.

Frågan förbryllade honom först, men han erinrade sig sedan att de diskuterat löpning vid kaffeautomaten tidigare i veckan.

Heather hade en tygpåse hängande på en gren vid målgången med vatten och en handduk i. Efter ett par klunkar räckte hon flaskan till Lenny. Flaskan hade kylts ner rejält under de fyrtiofem minuter de varit ute i spåret och det iskalla vattnet bet i ryggen när han tog en klunk. Hon log åt hans grimaser.

Hon frågade om han var intresserad av att ta en ny runda mot slutet av nästa vecka? Han nickade gillande och drack upp det sista av vattnet, mån om att inte verka alltför positiv, även om han redan nu såg fram emot nästa tillfälle.

Jake hade sällan dörren låst. När Lenny kom in fann han Jake i studion. De klassiska mättade trumljuden från en TR-808 pumpade på i högtalarna. På en stor datorskärm, som i stort sett var den enda ljuskällan i den dunkla lägenheten, hade han ett musikprogram igång. Att han skulle lämna lägenheten om några få veckor verkade inte bekymra honom. I det stökiga rummet blandades musiken med skval från duschen, som låg vägg i vägg med studion.

Det klickade behagligt när han vred av kapsylen på ölflaskan. Medan han väntade på att Jake skulle bli färdig satt han i soffan och betraktade tatueringen som täckte Jakes rygg. Ett spindelnät sträckte sig från midjan upp till halsen. På höger skulderblad satt en röd spindel med blicken fäst mot nätets mitt där en japansk mangainspirerad kvinna trasslat in sig i trådarna. Lenny kunde inte låta bli att tycka att motivet kändes banalt, men framförallt passade det inte ihop med den Jake han hade lärt känna. Gradvis gick det upp för honom att han inte kommer att sakna Jake lika mycket när han väl flyttar. De var på väg åt helt olika

håll i livet och den avundsjuka han känt gentemot Jake var inte längre lika påtaglig. Det gick att uppleva frihet utan att man nödvändigtvis måste lämna allting bakom sig. Jake snurrade runt på pallen:
- Det är klart nu. Lägenheten är uthyrd. En tjej som heter Tilde flyttar in i mitten på januari.
- Det gick snabbt.- Hon kanske är något för dig? Men hon gillar definitivt min musik. Hon har gjort ett par "likes" på några av mina senaste produktioner.

Säkert bara smicker. Lenny skulle själv ha gjort några "likes" om det kunde förbättra chanserna till en lägenhet. Inte för att han kunde så värst mycket om techno, men Jake hade definitivt en bra bit kvar till toppen. Ljuden från gatan trängde sig på och rördes ihop med Jakes monotona rytmer. Han hade själv tagit gitarrlektioner för många år sedan, men det som verkade enkelt visade sig ta mer tid i anspråk än han hade tänkt sig. Motivationen att öva ackord försvann efter några månader. Mamma påpekade ständigt hans dåliga tålamod och att det hade varit nyttigt att inte bara ge upp och skynda vidare till nästa sak som lockade.
Han tittade förstrött bort mot köket där glas och flaskor belamrade hela diskbänken. För honom var det obegripligt hur Jake hade kunnat komma över den här lägenheten. Hyran borde vara långt över vad han klarade av. Han betalade själv ett par tusen i månaden för sin etta, vilket i sig inte var några problem för honom med tanke på var han arbetade, men hur Jake fick ihop till hyran som trummis i ett tämligen anonymt indieband, förstod han inte. Tyvärr misstänkte han att det kanske inte bara var musiken som gjorde att han hade råd.

Tracy var klar i duschen och stod lutad över köksön med ett glas vin i handen. Lenny hade klart svårt för Jakes nya inneboende. På kort tid hade hon förvandlat lägenheten till ett tonårsrum. Kläder låg i högar, hårborstar och smink fanns utspridda överallt och badhanddukar verkade vara det enda plagg hon bar inomhus. Så även nu. Vart hon skulle ta vägen när Jake flyttade ut återstod att se. Inte för att det var hans problem, men intrycket han fick av henne så här långt imponerade inte.

Han var övertygad om att hon dolde något, något hon skylde bakom sminket och sin utmanande stil. Mycket tydde på att hon inte var lika glättig på insidan som hon ville framstå. Enligt henne själv arbetade hon som dansare med många sena kvällar. Att hon hade en dansares kropp rådde det ingen tvekan om, även om han gjorde sitt bästa för att inte låtsas om det.

Allt rimmade så illa med den Jake han lärt känna och det kändes som att det bara var droger som saknades. Inget i lägenheten skvallrade dock om det. Så vida man inte räknade in kundvagnen från Wal-Mart i hallen, fylld till bredden med tomflaskor. Och om det nu var dans Tracy höll på med, så gick det tydligen att kombinera med ett omfattande drickande. Lenny räknade redan till tredje glaset rödvin sen hon kom ut ur duschen.

Tracy ställde sig retsamt bakom honom och lät sitt fuktiga hår falla ner över nacke och axlar, hon doftade starkt av parfym. Hon lät händerna glida ner över bröstkorgen och de långa naglarna rispade skinnet retsamt när hon masserade nacken. Jake hade skruvat upp volymen ytterligare och musiken vibrerade genom rummet. Tracy tryckte brösten mot baksidan av Lennys huvud samtidigt som hon lät handduken falla till golvet. När hon lutade sig fram och smekte honom utanpå jeansen reste han sig resolut upp, tackade Jake för ölen och gick in till sig.

Luften i lägenheten kändes kvav och innestängd. Trött damp han ner i soffan och medan han slog på teven tittade han igenom flödet på mobilen. Det fanns ett nytt meddelande från Heather:
"Du har inte lust att ta en öl ikväll?"

∞

Tilde satt inklämd i mittensättet. Flickan i sätet bredvid hade en lapp hängande runt halsen. Tilde hade noterat att pappan hade varit med fram till gaten och hur flickan försökt se modig ut när hon tog adjö. Till slut hade hon med modstulen blick gått ombord, hand i hand med en flygvärdinna.
Tilde såg både rädsla och osäkerhet i flickans ögon. En kvinna på motsatt sida gjorde sitt bästa för att muntra upp flickan, bjöd på godis och ställde frågor. Flickan skakade bara på huvudet och tittade ner i sätet. Tilde hade gjort likadant i hennes kläder. När flickan böjde sig fram för att plocka upp den lilla dockan som fallit ner på golvet såg hon flera blåmärken på ryggen där tröjan glidit upp.
Det flimrade för ögonen, hon hade sett det förut, på sig själv. Sista gången var dagen innan hon permanent flyttade ut till pappa och Suzanne, då var hon fjorton år. Märken efter diskborsten kunde sitta kvar i dagar, men örfilen var det som smärtade mest. Den iskalla handflatan över kind och öra. Och när örsnibben väl svalnat fanns minnena kvar.
Flickan kramade sin docka och ordnade med dess guldgula hår. Tilde bekämpade instinkten att klappa flickan på

armen och säga något medkännande. Hur fel kunde det inte bli?

Vissa saker förändras, andra inte. När det gällde Markus visste hon att hon skulle kunna gå vidare och det skulle inte bli alltför svårt att glömma sveket. Det hade skett en gång förut och förloppet skulle bli detsamma. Långsamt skulle känslorna svalna, för att därefter omsorgsfullt bäddas ner i det förflutnas garderob och till sist ge henne möjligheten att förlika sig med det som varit. Hur hon ska ta sig an alla de saker och minnen hon lämnat efter sig visste hon inte och att ställa frågan hade hon ännu inte modet till.

Med mamma var det annorlunda. Sorgen och ilskan skulle komma att bestå och hon hade svårt att se hur ett förtroende skulle kunna återskapas. Hon insåg vemodigt att hon skulle bli tvungen att fortsätta ha sina föräldrar på en armlängds avstånd. Flytten till New York skulle ta henne ännu längre bort från familjen. Hur långt fick framtiden utvisa. Samtidigt som hon slöt ögonen för att dämpa ångesten trycktes ryggen bakåt och sekunden efter var planet uppe i luften. När planet gjorde en kraftig gir västerut såg hon Öresundsbrons pelare sticka upp ur det grå diset nedanför. Lamporna från bilarna som passerade över bron hängde sig kvar en stund för att därefter försvinna helt i dimman. Likt långa armar letade bropelarna sig över molntäcket och vinkade ett tyst farväl. Det skulle komma att dröja innan hon såg den välbekanta silhuetten igen. Hon sneglade åter på den lilla flickan där hon satt och kramade sin lilla docka, klädd i rosa aftonklänning dagen till ära.

Planet landade hårt på Heathrow, efter att ha cirkulerat över flygplatsen i tjugo minuter. I ankomsthallen såg hon flickan rusa in i famnen på sin mamma. Tilde hoppades innerligt att flickan fick en fin jul och att hon fick stanna.

London Victoria - tåget rullade sakta in de sista metrarna under det massiva stationstaket. Vingslagen från duvor hördes högt och ljudligt ner till de förbipasserande resenärerna. Via en bokningssida på internet hade hon fått tag i ett billigt rum inte allt för långt från Harrods. Julskyltningen var mer imponerande i verkligheten än det hon hade sett på bilder hemifrån. I fönstren syntes allt från det dekadenta till det ekivoka, från det spektakulära till det gulliga. Varumärkena gjorde allt för att fånga de förbipasserandes uppmärksamhet.

Lättnaden var total när hon till slut la sig raklång på sängen. En ryggsäck och två stora resväskor senare hade hon äntligen fått möjlighet att vila kroppen lite. Hon hade köpt med sig en kycklingbaguette och en flaska vin. Med ett matlagningsprogram på teven och ett glas rött i handen kunde hon inte ha det bättre.

Efter en stunds tevetittande lekte hon med tanken att hitta på något nu när hon ändå var här, men samtidigt kändes det i stunden övermäktigt. Hon hade redan tagit av sig byxorna och låg nerbäddad under det mjuka täcket. När hon vaknade till var klockan nio på kvällen och hon hade sovit i över två timmar. På mobilen fanns meddelanden från Emily, Felix och Markus. Hon fyllde på glaset, men lät mobilen ligga.

∞

- Men du, det här kan inte stämma.
- Du har rätt, det ser helt sjukt ut.
- Det sprider sig fort också.
- Kan du zooma in lite?
- Visst.

De hade haft sidan under bevakning i ett par veckor nu. I stort sett varje ledig stund träffades de i det minimala rum de hade fått låna av universitetet som föreningslokal. Att föreningen bara hade fem medlemmar bidrog säkert till den styvmoderliga behandlingen, dock ingick det att de en gång i månaden fick tid i observatoriet. Vilket i och för sig var på tok för lite när man letade efter utomjordiska aktiviteter. Av den anledningen hade deras fokus mer riktat in sig på att leta efter paranormala aktiviteter på nätet än att jaga flygande tefat på natthimlen.

Det som förbryllade killarna mest var att det inte verkade gå att härleda källan till viruset, för de var i alla fall i stunden övertygade om att det var ett virus. Vad annars hade kraften att sprida sig så fort och så till synes enkelt infektera allt fler noder på Darknet. Att universitet hade blockerat Darknet hindrade dem inte från att koppla upp skolans datorer till otillåtna internetsidor via sina mobiltelefoner som de strategiskt hade placerat i fönsterkarmen för att få optimal täckning.

Chris var den som var mest frustrerad över situationen och kunde inte för sitt liv begripa hur det hela gick till. Med sina snart fyra år på universitetet, med inriktning matematik och kryptering, borde han vara kapabel att knäcka viruset, men så här långt tvingades han erkänna för sig själv att han gick bet på uppgiften. Han hade inte ens lyckats härleda IP-adressen. Det enda de tillsammans hade kunnat verifiera så här långt var att viruset ansamlade sig i kluster på ett antal bestämda platser. Inte jämnt fördelade som var legio när det gällde hackerattacker.

Trots omfattande sökningar hade han inte kunnat hitta något virus som ens tillnärmelsevis påminde om det som nu spred sig som en löpeld på internet.

- Vi borde berätta detta för någon.
- Inte än, vi måste få fram mer information först.
- Okej, men jag tror inte vi har mycket tid på oss.
- Håller helt med.

∞

Regnet gjorde sikten besvärlig. Taxin bromsade in kraftigt när en ensam kvinna med rullator gick rakt ut i korsningen. Runt midjan hade hon ett kraftigt rep fäst i kundvagnen hon rullade efter sig, fylld till bredden med alla sina tillhörigheter. Trots att det var kväll bar kvinnan solglasögon och när taxichauffören tutade irriterat fick han en tom blick tillbaka. Vindrutetorkarna hade fortsatt svårt att hålla sikten klar när bilen rullade vidare.

Lenny gissade att det var en inflyttad etiopier som körde. Han kände igen den söta lukten, doften av nordafrikanska kryddor, som trängt in i varenda fiber av bilens innanmäte. Det rasslade till i raden av amuletter och andra pärlbeprydda föremål som dinglade i backspegeln när taxin tvärt svängde in på Douglass Street.

Man behövde inte förflytta sig många kvarter i Brooklyn för att finna ett lokalt bryggeri. Threes Brewing som Heather hade föreslagit hade han dock inte besökt tidigare. IPA-trenden hade spridit sig blixtsnabbt över landet och området kring Douglass Street var inget undantag. Stället var stort, då även själva bryggeriet huserade under samma tak. Långa metallrör kopplade samman ölproduktionen med bardelen.

I baren var det i princip fullt när Lenny dök upp vid åttatiden. Det stod redan ett långsmalt ölglas och skummade av sig vid den lediga pallen bredvid Heather.
Han var glad att han hade hunnit byta om. Klädkoden var klart mer åt det uppklädda hållet än han var van vid. Heather smälte väl in med sin marinblå klänning, öppen i rygg och rak slits i sidan. Han hälsade glatt och gav henne en kram.
- Jag beställde åt dig. Hoppas det är okej. Väntetiden är lång här.- Absolut, tack.- Ingen träningsvärk, hoppas jag?
- Det är okej, än så länge.

∞

De hade haft bra tempo i parken och Lenny hade fått pressa sig mer än vanligt för att hänga med. Heathers löpstil kändes mer energisparande än hans egen. Hon såg nästan ut att sväva fram över marken med lätta löpsteg och avslappnade axlar. Själv hade han en tendens att spänna sig och en hyfsat vältränad kropp till trots fick han ofta kommentar att han hade dålig hållning. Lenny flyttade den lilla metallsprinten och la på ytterligare fem kilo i bänkpress åt Heather.
På Threes Brewing häromkvällen hade det mesta kretsat kring idrott. Ingående diskussioner kring skidåkning, löpning och att åka skateboard. Det var då Heather hade föreslagit att de skulle gå på gym tillsammans.
Han hade redan i receptionen insett att Heathers gym låg klart över hans normala budget, placerat centralt invid Rockefeller Center och bara ett stenkast från kontoret. Att Heather gick hit kunde han gott förstå med tanke på hennes arbetstider. På skärmarna ovanför löpbanden visades CNN och Bloombergs med aktiekurser och finansiella nyheter

om vartannat. Lenny såg fascinerat på mannen intill och hur han till synes obekymrat läste sin e-post och pratade i telefon samtidigt som han höll koll på hastigheten på löpbandet.

Bakom tonade glas, i bortre ändan av rummet, pågick ett spinningpass. Med dämpad belysning trampade ett trettiotal män och kvinnor till ljudet av houserytmer och snabba kommandon från tränaren på podiet. Stället vimlade av personliga tränare, alla i samma helvita kläder. Tre satt ute i loungen och pratade, medan ytterligare två stod med armarna i kors vid roddmaskinerna.

Med bara en vecka kvar till jul hade gymmet dessutom förärats med en tre meter hög plastgran i silver. Överdimensionerade julgranskulor glittrade i kapp med den kulörta ljusslingan.

Ute på gatan föll snöblandat regn och vinden hade friskat i betänkligt. Trafikljusen i gatukorsningarna svängde likt kyrkklockor i vinden. Lenny höll om Heather när de småspringande korsade Madison Avenue för att ta första bästa taxi därifrån. Heather hoppade av i fashionabla West Village medan Lenny fortsatte vidare mot Broadway Junction. Med tunnelbanan skulle han komma att vara hemma bra mycket fortare än att sitta fast i bilköerna som bildades kvällstid när man körde över Brooklyn Bridge.

Fastän klockan inte var mer än nio var det ganska tomt på tåget. Han såg sig om i vagnen och trots att det var skyltat överallt var väggar och fönster översållade med graffitimålningar och klotter. Två killar i andra ändan av vagnen hade inte ens brytt sig om att ta av sig sina munskydd och deras händer var mörka av färg. Två färgburkar skramlade fram och åter över golvet när tåget krängde till i svängarna. Tvärs över satt en ensam kvinna med två små barn som hoppade upp och ner i sätena. Trots att det inte var mer än ett par plusgrader ute stod flera av vagnens fönster vidöppna. Övriga fönster skallrade ikapp med vindbyarna utanför.

Ett uns av besvikelse dröjde sig kvar när han med svävande blick såg gator och byggnader svischa förbi utanför. Någonstans hade han ändå hoppats att Heather skulle ha bett honom följa med upp.

∞

Hon kände den mjuka knuffen i ryggen när planet fick hjälp att taxa ut från gaten. Genom det äggformade fönstret såg hon hur planet blev dirigerat av markpersonalen samtidigt som regnet smattrade mot rutan. London visade sig inte från sitt bästa julhumör. Å andra sidan kändes avskedet lättare att bära. Om åtta timmar skulle hon för första gången sätta sin fot på amerikansk mark och hon kände redan hur det pirrade i magen. Men parallellt med upprymdheten fanns också en gnutta dåligt samvete.

Hon kände sig feg som inte vågade konfrontera sina nära och kära eller ta tag i sina demoner. Hon blev smått nedstämd av att se sig själv fly så fort det gjorde ont och att hon inte kände att hon hade verktygen att hantera de situationer som uppstod. Mest ångrade hon hur hon betett sig mot Emily. Meddelandena på mobilen gav uttryck för oro, sorg och undran, men också ilska. Att Emily var besviken var fullt förståeligt, men att Markus bara skulle gå i försvar kändes olikt honom. Felix var aldrig mer än en flört. Hon raderade alla meddelandena, men ångrade sig, Emily fick vara kvar och hon skrev tillbaka med viss tvekan:

'Ring mig när du har kommit på plats i New York. ♥ Tilde'

Sekunden efter satte hon telefonen i flygplansläge.

JFK:s ändlösa korridorer, klädda i grått och kantade av små oinspirerande matställen insprängda i nischer här och var, var det första som mötte henne på vägen ut. En ensam jultomte gjorde sitt bästa för att roa de få barn som fördrev tiden med att jaga ifatt bland bagagebanden. Tilde gjorde sitt bästa för att undvika alla taxichaufförer som flockades runt henne på vägen ut, inte för att hon hade ont om pengar, men hundra dollar för en resa in till Manhattan kändes onödigt dyrt.

De första tre veckorna skulle hon bo inhyst hos ett medelålders par, som av bilderna att döma inte verkade ha behov av hennes pengar. Lägenheten låg centralt belägen i West Village, en stadsdel som på internet beskrevs som ett av de mer attraktiva områdena på Manhattan. Vackra gathus trängdes med exklusiva restauranger och märkesbutiker i de lummiga kvarteren. Boenden med priser hon själv bara kunde drömma om att ha råd med. Icke desto mindre blev prioritet ett att hitta ett jobb, för förutom problemet med att få ett arbetstillstånd, så skulle besparingarna inte räcka mer än sex månader. Att Emily skulle hjälpa till med att ordna ett jobb åt henne såg hon som osannolikt.

Det var mannen som öppnade och med ett brett leende välkomnade han henne in. Hemmet var alltigenom smakfullt, men opersonligt, inrett. Enligt Ken brukade paret inhysa studenter i det utannonserade rummet, men nu stod det för tillfället tomt.

- Alltid trevligt med sällskap. Våra studentskor har alltid förgyllt stämningen för mig och min fru. Nu känns det lite tomt, så du är varmt välkommen.

- Tack, det skall bli skönt att komma i ordning, resan var lång.
- Ta den tid du behöver, min fru är strax tillbaka.

Han berättade att båda två reste mycket i jobbet, kombinerat med långa arbetsdagar, medan han hjälpte Tilde att bära upp väskorna till andra våningen. Rummet var stort med breda fönster ut mot gatan och i direkt anslutning fanns både eget badrum och en rymlig klädkammare. Golvytan dominerades av en omsorgsfullt bäddad dubbelsäng och mot sänggaveln lutade tiotalet kuddar i diskreta nyanser. Att de abstrakta tavlorna på väggarna var äkta vågade Tilde nästan svära på även om hennes kunskaper i ämnet var begränsade. Ken ursäktade sig och försvann ner på bottenvåningen. Hon satte sig på sängen och slöt ögonen.
Äntligen framme.

En försiktig knackning väckte henne ur det komaliknande tillstånd hon hade befunnit sig i. Den mjuka madrassen hade totalt omfamnat henne och hon hade sovit som en stock. Caroline var tillbaka från jobbet. Tilde noterade att klockan var närmare nio på kvällen.
- Vill du komma ner och ta ett glas vin med oss? Vi har dukat fram lite snittar också ifall du är hungrig.
- Gärna.

Det var nu hon insåg hur hungrig hon var och skyndade sig att göra sig i ordning. Det höga sorlet som mötte henne i trappan var hon inte beredd på och väl nere på bottenvåningen befann hon sig plötsligt mitt uppe i ett mindre cocktailparty. Ett tiotal personer stod med vinglas i handen och småpratade, merparten såg ut att ha kommit direkt från jobbet. Caroline ursäktade det hela med att flertalet skulle gå inom kort och att de brukade samla lite vänner hemma hos sig dagarna innan jul. Tilde, som fortfarande hade kläderna från resan på, kände sig minst sagt malplacerad. Många av gästerna såg ut att arbeta inom kultur, media och design med tanke på de extravaganta kläderna. Stora schalar varvat med överdimensionerade glasögon, kraglösa kostymer och korta kjolar i grälla färger dominerade och Caroline var inget undantag där hon i en orange dräkt stod i centrum för allas uppmärksamhet. Att hon njöt av att vara i blickfånget blev uppenbart när Tilde såg henne underhålla gästerna.

Hon kände ett sting av panik och fick lust att springa upp till rummet och gömma sig under täcket tills allt var över. Hon tryckte dock tillbaka impulsen och log brett mot allt och alla när hon gick fram och hälsade. De manliga gästerna var redan rejält förfriskade och hon fick hålla tillbaka en svag illamåendekänsla när kindpussar skulle delas ut åt höger och vänster. Carolines glasartade blick och höga röstläge tydde på att det inte bara var gästerna som tog för sig av bubblet.

Tilde hade ursäktat sig efter någon timmes tid och gått upp till sig, hon kunde dock höra att de sista gästerna inte lämnade tillställningen förrän efter två på natten.

Det var bara två dagar kvar till julafton och en mindre köldknäpp hade gjort gatorna såphala. Bilarna hade fullt sjå med att hålla sig kvar i sina körfält.

Tilde sprang lugnt och planlöst längs en av Greenwich Villages huvudgator. Med GPS i telefonen kände hon sig trygg att hitta tillbaka oavsett vart hon tog vägen. Solljuset stack i ögonen och hon blev så när påkörd av en taxibil när hon korsade en gata. Mannen bakom ratten gav henne fingret och tutade ilsket. Hon fick lust att räcka fingret tillbaka men motstod frestelsen. Dumt att utmana ödet första dagen i USA. Till viss del skylde hon på musiken. Coldplay och Beyoncé fick henne alltid att stänga ute omvärldens brus.

Hon mindes när pappa fascinerat hade sett sig om i radiorummet. De beigegrå apparaterna stod orörda kvar sedan världskrigens dagar och bakelittelefonerna hade sedan länge tystnat. Pappa hade förklarat och pekat entusiastiskt. En liten knapp på väggen lät en höra bruset från masterna under deras glansdagar. Nu stod de tysta kvar på åkrarna med antennerna spejande ut över havet. Hon hade gäspat stort inne i Grimetons lilla kafé och hoppats på att pappa skulle bjuda på glass. Mamma väntade redan i bilen med radion på, medan pappa gjorde sitt bästa för att dra ut på tiden där han stod ensam ute på åkern. Det var sista gången som de gjorde något som en hel familj och i bilen hem satt alla tysta.

Hon fortsatte sin runda in i Washington Square Park och trots att det var ganska tidigt på morgonen var hon knappast ensam. Parken var full av joggare, men även av asiater som utförde sin morgongymnastik. Längre in i parken kom barnflickor gående hand i hand med de små. På upploppet tog hon sikte på en kvinna med bra tempo i löpsteget. Hon gillade att låtsas att hon deltog i ett riktigt lopp när hon gjorde sina rundor. Att följa en annan löpare i spåret var en bra sporre för att bättra på den egna prestationen. Kvinnans blonda hästsvans studsade i kapp med kroppsrytmen och att hålla jämna steg blev en rejäl utmaning. Hon var rejält andfådd när hon till slut stannade utanför porten. Den blonda hästsvansen försvann snabbt ur sikte. Tilde hade inte orkat en kilometer till i det tempot. Hade hon lagt av sig? Andedräkten stod som en plym av rök ur munnen när hon stretchade av mot den röda tegelfasaden. New York bjöd sannerligen på en kall start, dagarna innan jul.

Caroline var ensam hemma när Tilde kom tillbaka. Iklädd en blommig yukata satt hon i soffan och tittade på ett vetenskapsprogram.
Caroline sa i ett uppfordrande tonläge:
- Kom och sätt dig, vännen. Vet inte hur mycket du känner till om artificiell intelligens, men de gör bland annat ett reportage från min arbetsplats. Du är lärare, om jag minns rätt?
Tilde svarade med viss förvåning:
- Det stämmer. Men är det din arbetsplats? Och pekade mot den mörka tegelbyggnaden som svepte förbi på skärmen.
Caroline svarade med viss auktoritet i rösten:
- Ja, jag arbetar som vice rektor på New York University, visste du inte det?
Tilde var säker på att Caroline inte nämnt det tidigare, samtidigt blev hon imponerad av att Caroline kom ihåg något som hon bara nämnt om sig själv i en bisats när hon hörde sig för om rummet.
Caroline tog upp tråden igen:
- Har du hunnit skaffa dig ett jobb, vännen? Vi har ett antal öppna positioner och du verkar ha en spännande profil om man får döma efter vad jag sett på nätet.
Nätet? På vilken sida då? Malmös lärarsida var inte publik och bara tillgänglig för lärare och studenter. På internetsidor för yrkesarbetande hade hon aldrig varit särskilt aktiv och det lilla hon hade lagt upp var bara tillgängligt för vänner och kollegorna på jobbet. Caroline tog fram sin laptop och öppnade LinkedIn. På sidan fanns en lång personlig beskrivning på engelska över allt Tilde

hade gjort, inklusive ett komplett CV och en länk till hennes dåvarande arbetsplats på Malmö Universitet.

Tilde hade inte skrivit eller lagt ut detta själv, det var hon hundra procent säker på, men det var otvetydigt hennes sätt att uttrycka sig på. En olustkänsla infann sig, men hon höll tillbaka den i stunden och försökte istället ha allt fokus på kvinnan hon hade framför sig. Hon insåg också att första intrycket ibland kunde vara missvisande. Åtminstone om man såg till gårdagens första möte. Från att ha framstått som ytlig och självupptagen, framträdde Caroline nu som en driven och resultatinriktad person med möjlighet att påverka Tildes framtid. Ett hopp hade tänts om att det kanske skulle komma att ordna sig med jobbet och till och med lättare än hon hade vågat hoppas på.

Oaktat den oväntade vändning som morgonen hade tagit var det något som oroade henne. Återigen infann sig känslan av att inte ha kontroll. Att någon annan hela tiden höll i taktpinnen, på ett för henne besvärande sätt. Men trots att oron skavde alltmer på insidan, ville hon inte försumma chansen genom att verka osäker eller tveksam.

Caroline sa med bestämd röst:

- Hoppa in i duschen så kan du följa med mig till universitetet sen. Jag kan visa dig runt och du kan bilda dig en egen uppfattning. Du har väl ändå inget annat för dig, eller?

- Självklart inte.

I duschen sprudlade hon av glädje och var så upprymd av situationen att hon knappt vågade tro att det var sant. Hon skyndade sig att göra sig i ordning, rädd för att hon när som helst skulle vakna och inse att allt bara hade varit en dröm.

∞

Michael Zimmerman hade inte, sen de sist sågs i hissen, visat några fler tecken på att saker och ting inte stod rätt till. Heather hade så här långt valt att inte informera uppåt och hennes avdelning hade heller inte fått veta något. Yrsel kunde ju ha många skäl, resonerade hon och att bromsa arbetet nu var inget alternativ. Att det till en del handlade om prestige hade hon inga problem att erkänna inför sig själv. Hon höll dock i möjligaste mån ett fortsatt vakande öga på Michael och skulle det ske igen skulle hon bli tvungen att dra i handbromsen.

På datorskärmen fanns den senaste loggen från den virtuella Michael. Heather betraktade fascinerat den graf på skärmen som visade på känslomässig aktivitet. Om än bara med en marginell förskjutning, så hade Michael visat spår av frustration. Ekvationen som AI:n var satt till att lösa hade ett inbyggt fel som gjorde att ett exakt svar inte kunde anges, vilket var kravet för att ha löst uppgiften. Michael gav till slut upp och ett timglas roterade envist på skärmen. Vid några enstaka tillfällen hade hon själv känt lusten att koppla upp sig, även om hon visste att tekniken fortfarande var extremt omogen. Idén kring att leva och existera digitalt hade varit med henne länge. För många år sedan hade hon ett konto på Second Life, plattformen som erbjöd möjligheten att leva i en virtuell låtsasvärld. En plats att leva ut sina fantasier i, ett dubbelliv om man så vill. Tyvärr utvecklade sig det hela till ett beroende, med resultatet att hon försummade sitt jobb, då hon var ofta inloggad under arbetstid. Hon satt långt in på nätterna och chattade med människor över hela världen, om det nu var riktiga personer på andra sidan? Andelen påhittade konton gjorde till slut att hon tröttnade. Inte för att hon på allvar kanske hade trott något annat.

Paul kom och satte sig bredvid henne. De stora saccosäckarna hade blivit populära platser för spontanmöten. Heather undvek i möjligaste mån att sitta i det egna rummet, då hon kände sig mer som en del i teamet, när hon satt ute i det öppna landskapet. Paul hade redan informerat henne om att teamet kände sig redo för att starta fas två. Med Michael Zimmerman i färskt minne hade hon avvaktat med att ge klartecken.

Att Paul var ute efter hennes jobb gjorde han lite för att dölja. Otåligheten i hans röst hördes tydligt, samtidigt som han lutade sig fram för att ta del av materialet på hennes laptop. Paul hade börjat på företaget fyra år tidigare och missnöjet när tjänsten som ny avdelningschef inte gick till honom hade genomsyrat deras relation sedan dag ett. Då som nu inkräktade han ofta på den privata sfären. Att konsekvent sätta sig lite för nära för att, som han sa, 'se lite bättre' var bara ett exempel av flera som Heather störde sig på. För att inte tala om alla kommenterar kring vad hon hade på sig. Men det som irriterade mest var att han pratade bakom ryggen med de anställda. Smutskastning var kanske att dra det lite väl långt, men helt klart i nedsättande ordalag. Med julen som ursäkt meddelade hon Paul att fas två startar efter nyår, stängde locket till datorn och önskade honom en trevlig kväll.

På vägen ut skickade hon ett meddelande till Lenny.

Doften av nybryggt kaffe. Espressomaskinen hade hon gett sig själv i födelsedagspresent förra året. Nu behövde hon inte springa inom baristan varje morgon på vägen till jobbet.

Lenny kom äntligen ut från sovrummet. Han var tydligen inte lika morgonpigg som hon själv. Tanken hade varit att dela en taxi till kontoret, men nu kände hon sig stressad. Egentligen hade det nog varit bättre att vänta till helgen. Men helgen hade känts på tok för långt borta i går kväll. Det hon gillade med Lenny var att det inte fanns någon tafatthet. Inget onödigt trevande. Inga roller att spela. Det blev lika skönt som deras löprundor i parken.

Trafiken hade redan börjat tjockna när taxin rullade ut på 5th Avenue. Hon hade fått lämna Lenny i lägenheten. Decembersolen lyste med sitt bleka sken in genom bilrutorna och längtan till skidbackarna gjorde sig påmind. Det skulle inte komma att bli lika mycket skidåkning i år som hon hade kunnat önska sig. Redan under mellandagarna skulle hon bli tvungen att flyga till San Francisco för ett möte med ledningen.

Klippiga bergens västra sida var kanske inte lika trendig som den östra. Utah hade svårt att mäta sig med Aspen och andra skidorter i Colorado, men Heather hade sina pärlor där det bjöds på fantastisk offpist-åkning. Mellan de stora granarna låg snön ofta djup och orörd. Perfekt för snowboard. Alta skidcenter låg inte mycket mer än en timmes bilfärd från föräldrahemmet. En förmiddag i backen skulle hon åtminstone se till att få till. Kanske Steve hade möjlighet att hänga på. Om inte hennes kära svägerska satte käppar i hjulen.

∞

Ken och Carolines bostad låg bara ett stenkast från Hudson River. Tillsammans med Broadway på ena sidan och Hudson River på den andra utgjorde de riktmärken för området Greenwich Village. Tilde bläddrade lite förstrött i en fotobok som låg framme i vardagsrummet, medan hon väntade på att Caroline skulle bli färdig i badrummet. I den stod att läsa att stadsdelen utmärkte sig från början som ett område på Manhattan där mekaniska verkstäder och annan industriproduktion huserade. När industriproduktionen till slut flyttat ut fylldes området av konstnärer, bohemer, radikala vänstersympatisörer och andra som sökte en alternativ livsstil. De gamla fabrikslokalerna ockuperades och fylldes snabbt av nya hyresgäster och bidrog sedermera till att skapa den image som fortfarande vilar över stadsdelen. En del av charmen fanns fortfarande kvar trots att bohemerna flyttat ut och de rika flyttat in.

När Caroline och Tilde promenerade i parken mötte de både studenter och lärare från universitetets campus. Caroline hälsade glatt på flera av dem. Efter att ha rundat den stora fontänen och vidare ut ur parken gick de ner längs en av de anslutande gatorna. Vid Kung Fu Tea shop svängde de höger ner på Greene Street och hade snart Carolines arbetsplats i sikte. Entrén såg tämligen anspråkslös ut, trots att NYU:s stolta flagga vajade högt ovanför entrén. Tilde kände oavsett en viss andäktighet när hon passerade genom dörrarna till lärosätet. Rummen var stora i den anrika byggnaden och stora spröjsade fönster klädde flera utav salarna. Oljemålningar och amerikanska flaggor draperade flera av väggarna och på golvet syntes mörka mahognymöbler där tusentals elever våndats genom åren.

Efter en kortare rundtur satte de sig ner i Carolines rum på översta våningsplanet. Tilde blev betagen av utsikten och det var längesedan hon hade känt sig så exalterad. Solen panorerade över husen och fasetter av ljus studsade mot väggarna. Under samtalets gång framgick det att universitetet ytterligare ville stärka sitt fokus inom det digitaliserade samhället, speciellt inom artificiell intelligens. Ett par kurser skulle starta efter årsskiftet och det saknades både handledare och lärare.

Tilde tog ett skutt av glädje inombords och kände att det var nästan för bra för att vara sant. Sista mötet med Kristine stod i bjärt kontrast till hur det nu kändes att vara här. I Malmö hade hon varit en del av lärarlaget, en i mängden. Duktig men likväl utbytbar, om det inte hade varit för den rådande lärarbristen som gjorde att Kristine inte hade möjlighet välja och vraka. Här kände hon istället en förväntan i luften, en önskan från universitetets sida om att utveckla verksamheten och förändra saker. Hemma hade det mesta handlat om pengar och att få verksamheten att gå ihop ekonomiskt. Carolines visioner för framtiden gjorde att Tilde instinktivt kände att hon hade hamnat rätt.

Hon såg återigen Emilys förväntansfulla blickar framför sig, där hon exalterat hade suttit på toalettstolen och pratat sig varm för staden och universitetet, nu när hon själv hade tagit steget. Hon ångrade att hon hade varit så avståndstagande den gången, men då hade det heller inte hunnit landa i henne själv. Men Emily hade trots allt gett henne en knuff i rätt riktning. Hon önskade att hon fick möjlighet att återgälda henne, snart.

I detta nu kände hon sig starkare än på länge, men kunde samtidigt inte släppa den oro hon upplevde. På allvar undrade hon om hon hade börjat få minnesluckor. Hon kunde inte för sitt liv förstå den senaste tidens aktiviteter på nätet. Uppladdade yrkesprofiler i sociala medier, e-post som skrevs och skickades utan att hon hade varit inblandad. Hon kände sig alltmer rädd för att hon höll på att tappa kontrollen. Var det någon som hade kidnappat hennes konton eller var det hon själv som höll på att utveckla amnesi? Innehållet fanns där och beskrivningen av Tilde Melander var alltigenom sann, men hon hade inte publicerat det själv.

Vårterminen skulle komma att starta i mitten av januari och dit var det drygt tre veckor. När hon på eftermiddagen promenerade hemåt var det som en sten hade fallit från hennes hjärta. Hon kände sig upprymd och fötterna nästan dansade sig fram genom Washington Square. Samtidigt kunde hon inte låta bli att tänka om det hade gått lite för fort? Hade hon verkligen rätt kvalifikationer för att bli lärare på ett högt ansett universitet i USA? Det var hisnande stort och hon kände glädje, nervositet, stolthet och prestationsångest om vart annat, när hon till slut slog sig ner på en barista för att samla intrycken.

∞

Caroline och Ken tillbringade julen med familj och vänner och var borta mycket. Tilde fick tillbringa mycket tid på egen hand, inte för att det gjorde något, det fanns så mycket att se och uppleva i staden. Hon hade åkt skridskor, köpt kläder, besökt Frihetsgudinnan, allt som förväntades av en turist.
Mobilen hade varit avstängd under hela julhelgen. Kvalen att konfrontera det hon så nyligen lämnat orkade hon inte hantera för stunden. Ett par korta julhälsningar till mamma och Emily hade fått räcka innan hon stängde av den igen. Våndan för de förebråelser som mamma garanterat skulle skicka i retur var skäl nog att förbli frånkopplad. Vad Emily tyckte och kände vågade hon inte ens tänka på. Med Markus kändes sveket fortfarande alltför nära. En limbo där

känslor inte kunde materialiseras och fritt svävade runt i rummet.

Nyårsafton närmade sig och Caroline hade bjudit med Tilde på firandet. Nyårsmiddagen skulle gå av stapeln hos en av deras bekanta som också bodde i området. Att kunna ta sig till och från festen till fots kändes som en otrolig lyx. Det var en väninna till Caroline som levde själv i en vackert renoverad lägenhet bara ett par kvarter bort.

Med tanke på mingeltillställningen före jul var det är nog all idé att bättra på garderoben. Hon hade inte fått med sig några festkläder att tala om. Mycket av det hon hade, hade hon bara rafsat ihop när hon lämnade lägenheten. Lite ångrade hon nu det hastiga avskedet, det fanns fler saker hon skulle ha velat få med sig.

En del av hennes ärvda smycken hade legat i lådan under nattduksbordet. Smyckena i sig var kanske inte så emotionellt laddade, då var breven från farmor och kusinerna desto viktigare. Hon hade under tonåren delat mycket av sina funderingar och hur hon mådde den vägen. Att skriva till någon som stod henne nära, men ändå befann sig långt borta, kändes trösterikt. Farmor speciellt. Farmor förstod nog sitt barnbarn långt bättre än vad mamma någonsin hade gjort. Med kusinerna hade hon delat drömmar, fantasier och tankar kring relationer. Många jul- och sportlov hade hon ensam tagit tåget till Sundsvall för att vara med kusinerna, men efter gymnasiet gled de alltmer ifrån varandra och kontakten blev mer summarisk. Båda kusinerna hade nu familj och barn, själv hade hon inget av det.

Caroline följde med henne på en shoppingrunda. Ganska snart stod det klart för de båda att Tilde inte hade råd med de affärer där Caroline normalt handlade, men efter några vändor på tvärgatorna runt Broadway stod hon nu redo med två fullmatade påsar.

Hon roterade sakta ett varv framför Caroline i vardagsrummet. Hon kände sig fin i den mörkt plommonfärgade klänningen, med bara axlar och en stram krage i halsen. Att gå i högklackat hade hon i stort sett aldrig gjort hemma, men här insisterade Caroline på att hon skulle ha det till.

Tilde var lite obekväm i situationen. De hade precis träffats och nu stod de här som två tjejer på väg till första skoldansen. Hon föredrog dessutom mer det sportiga och jordnära än det feminina, för att fullt ut ryckas med av Carolines skoldansminnen. Att Ken, som precis hade kommit in genom dörren, tyckte att Tilde såg vass ut gjorde situationen än mer konstlad.

Såg vass ut, vem uttryckte sig ens på det viset längre?

Gott nytt år

Heather var trött efter resan. Inte nog med att ha behövt stå ut med sin svägerska i tre dagar, men att dessutom behöva ta omvägen om San Fransisco på vägen hem gjorde inte saken bättre. Tvivelsutan att hon var uppskattad och att hennes budgetramar inför nästa år skulle komma att förbli oförändrade, men att alltid finnas till hands, dygnet runt, julhelg eller inte, åt henne inifrån. I praktiken fanns inget utrymme för något annat än att arbeta. Fritiden fick hon klämma in ett par veckor under sommaren, men även då förväntades hon svara i mobilen, om det var något som brådskade.

Hon hade dock utarbetat en strategi för att få mer tid till sig själv. Genom att boka in fiktiva möten gav hon sig själv möjligheten att komma iväg och träna eller rent av för att bara vara. Men oavsett hur trött hon än kände sig var det hennes tur att arrangera nyårsfesten. Vilket för hennes del innebar att all mat beställdes och levererades till hemadressen, någon timme innan gästerna dök upp. Hon smålog för sig själv, någon fena i köket hade hon aldrig varit och hon hade definitivt ingen ambition att bli det heller.

Normalt var de tolv till nyår, men i år skulle de bli tretton. Ken och Caroline hade bjudit med sin nya inneboende, Tilde hette hon om hon mindes rätt. Hon hade redan bestämt sig för att inte bjuda Lenny, trots att de då skulle bli jämna par. Det var fortfarande lite tidigt i deras relation. Hon visste att kommentarerna skulle komma att hagla om han dök upp och där befann hon sig inte just nu. Det fanns mer att utforska innan hon tog steget in i en ny relation, speciellt när det var en kollega och en som hon dessutom var chef över.

Vattnet i fontänen hade frusit till is och oformliga isskulpturer hade ersatt det behagliga plaskandet som normalt mötte de gående i parken. Heather hade inte befunnit sig där sen dagarna innan jul och då hade hon avslutat sin löprunda via parkens grusgångar, för att sedan spurta sista biten hem. Bänkarna var vita av frost och duvorna fick maka på sig när hon satte sig ner med en mugg kaffe och en nygräddad bagel.

Hennes bror Cory hade inte dykt upp den här julen heller, inte för att det var någon som hade trott något annat. Ett textmeddelande, fyllt av förhinder och genomskinliga lögner, var det enda livstecken de fått. Hon hade vid ett flertal tillfällen försökt bjuda hem honom till sig, men nu hade hon gett upp. Det var också svårt att bygga en nära relation till Steven så länge svägerskan fanns med i bilden. Effektivt såg hon till att syskonen inte fick tid att umgås, de få gånger om året de träffades.

Hon kände sig aldrig så ensam som när hon var hemma över julen. Skidturen till Alta hade hon fått göra själv. Steven kunde inte komma loss. Tiden räckte inte till, som han sa. Och att brorsbarnen skulle ha följt med henne upp i backarna var, underförstått, helt uteslutet. Hon hade gärna lagt den förmiddagen i barnbacken om hon bara hade fått chansen. När hon tänkte på syskonbarnen kände hon att tiden var på väg att rinna ifrån henne. Barnen växte och Heather var inte en naturlig del i deras vardag. Hon kunde bli arg på Steven som inte värnade om relationen, men insåg också att det heller inte var så lätt med tanke på avståndet.

Det började så sakta skymma och dagsljuset hade ersatts av glittret från parkens julbelysning. Imorgon skulle här vara fullt av nyårsfirare, så vida man inte hellre ville ta sig till Brooklyn Bridge och se fyrverkerierna, en tillställning som med råge överskuggade Broadways färgsprakande neonskyltar. Att det nya året skulle komma att bli omdanande kände hon redan på sig. De ljusstarkaste punkterna på himlen väcktes till liv ovanför, i takt med att mörkret sänkte sig ner mellan huskropparna, och med tankarna och blicken riktad mot den mörkt djupblå New York-himlen tog hon mental sats och begav sig hemåt.

När hon kom in i lägenheten hördes ett svagt surrande från datorn, som hon tydligen hade lämnat i standbyläge. Paul hade lämnat ett meddelande i den privata chatten. Ett antal anomalier hade dykt upp i servern som körde Michael. Där fanns flera spår av extern kommunikation. Man hade dessutom funnit en ny form av IP-adress som inte gick att spåra. "Ursprung okänd" stod det på skärmdumpen som han hade bifogat.

Hon frågade tillbaka på chatten om det gick att se vilken typ av kommunikation det handlade om och trots tiden på kvällen svarade Paul nästan omedelbart. Enligt honom gick det inte att se vilken typ av kommunikation som hade genomförts. Inte mer än att ett antal krypterade sessioner hade gått ut till olika webbplatser, chattar och e-post-

114

konton. Krypteringsmetoden som använts var dessutom helt okänd för honom och teamet. Kommunikationen hade, efter vad de hade kunnat utläsa så här långt, startat under hösten och fortsatt fram tills nu. Troligast var att de var utsatta för en hackerattack och att säkerheten behövde skärpas rejält. Det här var det sista Heather behövde just nu. Hon visste med sig att säkerheten var i absoluta toppklass, men ändå stod hon nu inför ett faktum.

Servern och datorerna som körde den artificiella intelligensen befann sig i en helt isolerad miljö och i ett rum utan några kopplingar till externa nätverk. Accessen på det interna nätverket var begränsad till ett fåtal kopplade administratörsplatser inne på kontoret och endast ett fåtal personer på kontoret hade accessrättigheter till att interagera med Michael. Ändå så skedde detta nu.

Heather hade läst tillräckligt med programmering och datakunskap för att se det illavarslande i "Ursprung okänd" och en ny form av IP-adress.

- Vad vill du att vi ska göra? frågar Paul på chatten.

Hon kunde nästan höra Pauls sarkastiska tonläge i meddelandet, men ignorerade det i stunden och sa:

- Blockera alla accessrättigheter till att bara gälla dig och mig, så får vi stämma av på kontoret efter nyår, skrev hon snabbt tillbaka och med så mycket eftertryck hon kunde uppbåda.

Hon sjönk utmattad ner i soffan med ett glas vin i handen. En sprängande huvudvärk var i antågande. Lägenheten var försänkt i mörker och endast ljuset från gatlyktorna hjälpte till att lysa upp vardagsrummet. Det svaga ljuset bidrog till att skapa abstrakta skuggfigurer som dansade runt på väggarna och gjorde att hon kände sig olustig och ensam. Hon drog filten om sig.

Det var svårt att få grepp om vad som hade skett på trettioandra våningen. Alla som hade tillgång till Michael litade hon på till etthundra procent. Dessutom hade det inte funnits några tecken på inkommande trafik, all kommunikation hade skickats från Michael till olika externa adresser, något som i sig borde vara omöjligt. Det var nästan som om Michael hade agerat på egen hand och trots sina försök att bortse från det absurda i det hela, kunde hon inte släppa tanken helt.

Hon blev än mer förvissad om att det var rätt beslut att inte låta teamet fortsätta arbetet med nästa steg förrän efter helgerna. Michaels beteende i hissen hade varit en varningsklocka. Inte för att hon i stunden kunde se något direkt samband, men en oro över att de kanske hade lyft på locket till Pandoras ask smög sig på. Ytterst var ansvaret hennes.

∞

Snart skulle fur ersätta björk och landskapet bli alltmer likformigt. Höghastighetståget hade passerat St. Petersburg och fortsatte nu norrut längs kusten. Att se tajgan breda ut sig gjorde honom alltid deprimerad. Ändlösa och karga skogar utan slut.

Att de stora serverhallarna trivs bättre där det finns naturlig kyla året om, gör det inte mer upplyftande att färdas de tvåhundra milen från huvudstaden till Kolahalvön. Dmitry smuttar försiktigt på det spetsade kaffet och lutar sig tillbaka.

Inte nog med att de har problem med den artificiella intelligensen, nu har man även funnit indikationer på systemintrång. Noder på andra sidan atlanten har antingen infekterats eller utsatts för inkräktare, trots rigorös övervakning. I teorin borde det vara omöjligt att ta sig förbi nodernas brandväggar, men agenter på plats har kunnat verifiera att så faktiskt sker. Han funderar på om det inte är dags att ta hem en av agenterna för en lägesrapport, även om det innebär stora risker.

Hon var handplockad för uppdraget, men nu var han inte lika säker på att han hade gjort rätt val. Inte för att där finns något direkt att anmärka på, men frågan är om hennes psyke är tillräckligt stabilt om det blir skarpt läge. Som det ser ut just nu kan det bli aktuellt med ett aktivt ingripande och i så fall finns där flera andra agenter med mycket mer rutin.

Han hinner se två älgar beta i skogsbrynet, medan tåget rusar fram genom den allt mer kylslagna tundran. Om någon timmes tid skulle tåget vara framme i Murmansk.
Det skaver lite att återigen behöva lämna familjen bakom sig, men han kan inte se någon annan utväg. Än värre är att han inte längre känner sig lika säker på var ledningens lojaliteteter ligger. Fastän han är deras högsta chef, så känner han att det finns tendenser till att en del vill utnyttja det övertag vi har inom artificiell intelligens på andra områden än de överenskomna. Han är övertygad om att de inte förstår riskerna med att utvidga befogenheterna. Det som han bevittnade i Moskva stärker honom i hans övertygelse.

Roboten rör sig snabbt i gången och frågar om någon har en sista beställning, då restaurangvagnen stänger om drygt tio minuter. Roboten skannar snabbt av Dmitrys iris för betalningen av ytterligare en mugg spetsat kaffe.

Han är säker på att han kommer att behöva det inför den sista etappen. Innan han skulle vara framme i den yttersta ödemarken, där manskapet väntar på vidare instruktioner.

∞

Heather hade precis hunnit sätta fram champagneglasen på bordet när dörrklockan ringde och i takt med att gästerna började komma släppte den oro hon känt tidigare under dagen. Just nu fanns det inget mer hon kunde göra kring Michael och hon hade beslutat sig för att njuta av kvällen till fullo. En halvtimme sena, dök även Ken, Caroline och deras nya inneboende Tilde upp. Subtilt upplevde Heather något när hon kramade om och välkomnade Tilde. Hade de mötts förut? Hon skulle kunna svära på att där var något bekant, men också något annat mer svårdefinierbart och möjligen oroande.

Tilde kunde inte direkt säga att hon var nervös, snarare förväntansfull. Det var längesen, om än någonsin, hon hade firat nyår på det här sättet. Hon kände sig till en början aningen malplacerad och att hon egentligen deltog på något som var ämnat för någon annan. Hon konstaterade också snabbt att hon garanterat var yngst bland alla gäster. Heather såg ut att vara i fyrtioårsåldern och övriga gäster var förmodligen i samma härad.

Det var något bekant över värdinnan, men hon kunde inte sätta fingret på vad det var. Något med hennes figur och det blonda håret. Hon kände sig lite påkommen, när Heather log glatt mot henne i vimlet. Tilde drog lite nervöst i klänningen och beslutade sig för att se sig om i lägenheten.

Den var helt igenom i ultramodernt skick och på flera sätt syntes det att värdinnan bodde ensam. Erfarenheten hade lärt henne att många som levt ensamma en längre tid fick en ganska pedantisk attityd till det egna boendet. Var sak på sin plats och inget lämnades åt slumpen. Visst motsatsen fanns också och som hon till en viss del själv tillhörde där boendet bara blev en plats där man sov. Ett boende där det kändes oklart för vem och varför man egentligen städade och gjorde fint, när man ändå aldrig var där. När Markus sov borta vare sig bäddade eller plockade hon undan disken efter sig. Det fick alltid bli en kamikazeinsats timmen innan Markus skulle komma hem. Samtidigt kunde hon idag erkänna att hon ibland saknade hans noggrannhet.

Hon upplevde med ens en stor saknad. Hemma kändes ofantligt avlägset och en första släng av hemlängtan grep tag i henne där hon stod vilsen i en okänd människas lägenhet omgiven av främlingar. En känsla av att vara väldigt liten i en enorm storstad. En stad där hon inte kände någon, trots att mycket så här långt hade gått över förväntan. Att hon fått hjälp av Caroline med anställningen var hon enormt tacksam för. Ken var hon mer avvaktande mot, det var något med hans överdrivna artighet som hon ogillade.

Hon gick runt och hälsade, kramade om och kindpussades om vart annat. Samtidigt kunde hon inte släppa tanken på att det var något bekant med Heather. Sättet hon rörde sig på, hela hennes uttryck kändes välbekant, men tanken var ju absurd. Var skulle de ha setts? Fanns det överhuvudtaget några beröringspunkter mellan en svensk helylletjej och en kvinna som bodde i ett av New Yorks mest exklusiva och trendiga bostadsområden?

Så mycket hade hon i alla fall hunnit lära sig att Greenwich Village inte var i närheten av det område hon själv skulle flytta till om ett par veckor. Desto större anledning att göra det mesta av situationen, inte framstå som alltför tillbakadragen eller uppträda onödigt blygt. Kanske kunde hon till och med skaffa sig några bra kontakter inför framtiden. Hon minglade därför så gott hon kunde. Hela kvällen kändes exotisk, där fanns en klar förväntan i luften och den var så tydlig att man nästan kunde ta på den.

Leenden, kramar och småprat om vart annat. Efter någon timmes tid hamnade hon i soffan bredvid Heather som fyllde upp glasen till de båda. De breda glasen glittrade ikapp när de skålade. Efter en stund märkte hon att bubblet snabbt hade letat sig upp i huvudet och hon kände sig aningen rund om fötterna. Hon sneglade på övriga gäster och såg att alla var mer och mer uppspelta, som om de väntade på att något skulle hända.

I samma ögonblick släcktes nästan allt ljus i lägenheten. Caroline och Ken ställde sig upp och Tilde såg sig trevande om i rummet. Var hon den enda som inte visste vad som skulle ske?

Ken tog till orda och sa med hög röst:
- Som traditionen bjuder så är det vår tur i år att anordna kvällens överraskning och jag vågar lova att ni inte kommer att bli besvikna. Ni är alla välkomna till bords.

Hela sällskapet applåderade och reste sig upp. Tilde följde efter sällskapet in i matsalen och i det dämpade ljuset kunde hon urskilja ett långt och massivt matbord dukat med vackra kuvert. Det var dock inte de vackra kuverten som gjorde att hon ryckte till. Mitt på bordet stod en livs levande griskulting fjättrad fast i en stenplatta. Små kedjor löpte runt klövarna och hindrade effektivt grisen från att röra sig eller flytta kroppen åt ettdera hållet. På varsin ände om grisen stod två bronsfärgade järngrytor, där ångorna fladdrade magiskt upp mot taket.

Lukten av buljong blandat med ingefära och soja fyllde rummet. Bredvid de stora grytorna stod överdådiga fat med grönsaker, vackert uppskurna för att enkelt kunna avnjutas med pinnar. Salladskål, lövtunna skivor av morötter, rotselleri, svamp och fänkål, trängdes på faten. Endast ljuset från marschaller, uppsatta på stålpinnar i rummets fyra hörn, gav ljus åt den burleska syn som mötte gästerna. Mot bortre ändan av rummet såg hon konturerna av en man. Kisande in i mörkret kunde hon se att han var naken, sånär som på ett minimalt höftskynke, och helt kroppsmålad. Den blåsvarta färgen gjorde honom i stort sett osynlig mot rummets mörka fondvägg. Den suggestiva stämningen i rummet förstärktes av dova monotona trummor som vilset studsade mellan väggarna.

Ken och Caroline manade alla att sätta sig till bords. Tilde satte sig ner vid bortre änden av bordet och hon hade Heather och en man som hette Matthew till bords. Trummornas rytm förändrades sakta och intensiteten ökade. Grisens tryne var hopbundet med en kraftig ståltråd, men alla kunde ändå höra hur den ängsligt gnydde. Hon kunde, trots den plågsamma scenen, inte slita blicken från det som försiggick. Hon kände sig obehagligt nervös och äcklad på samma gång. Borde hon ursäkta sig och gå på toaletten?

I samma stund förflyttade den blåmålade mannen sig och med mjuka svepande rörelser rörde han sig in och ut mellan stolarna. Hans huvud roterade samtidigt som armarna utförde abstrakta och synkroniserade rörelser i takt med musiken. En mjuk hjulning på stående fot och han var med ens framme vid Tilde. Hon kände hans andedräkt och ryggade tillbaka när hans ljusblå ögon närgånget granskade henne. Instinktivt försökte hon vända bort blicken, men han följde hennes osäkerhet samtidigt som han höll handen hårt om hennes lår. Den söta andedräkten fick det att vända sig i magen.

Likt en cirkusakrobat tog han plötsligt ett mjukt jämfotahopp upp på matsalsbordet. Bordet rörde sig inte en millimeter. Sakta navigerande, mellan de uppdukade kuverten, förflyttade sig varelsen med gummiliknande och svävande rörelser fram till grisens huvud. Han luktade utforskande på den vettskrämda grisen innan han slickade den i örat och smekte de små rosa borsten på kultingens rygg.

Varelsen, för det var så hon upplevde honom, gled fram och åter runt grisen. I mörkret gnistrade det plötsligt till. Ur en liten slida fastsatt på benet drog han fram en kniv som lyste hotfullt i skenet från marschallerna. Med kniven i munnen cirkulerade han över grisen för att i nästa stund blixtsnabbt skära av den knorren. Blod sprutade ut i en stril där knorren suttit, för att strax efter övergå i att sakta sippra ner mellan skinkorna och vidare ner på stenplattan där små pölar ansamlades. Grisen krängde i kedjorna och kved högljutt, trots att trynet var bundet. Mannen höll upp knorren i triumf, stoppade den i munnen, tuggade sakta och lät blicken illmarigt glida över de församlade gästerna.

Gästerna applåderade försiktigt, tagna av situationen som de var. Tilde var tvungen att titta bort. Trumljuden ökade ytterligare i intensitet samtidigt som slaktaren på bordet väste shabu-shabu, SHABU-SHABU.

Med ens förstod hon, med gråten i halsen, vad som var på väg att hända. Hon som normalt sett älskade den japanska delikatessen där lövtunna skivor kött och finskurna grönsaker doppades i kokande buljong. Med den rakbladsvassa kniven skars borsten över rumpan bort och blottlade köttet på skinkorna. Mannens händer övergick mer och mer i brunlila när kroppsmålningen blandades upp med blod. Med sin muskulösa vänsterarm tryckte han ner grisen mot underlaget och skar snabbt upp millimetertunna skivor som han med nästan magiska gester lät falla ner i den kokande grytan.

Tilde kände att hon höll på att kräkas och med stor möda tvingade hon tillbaka reflexen som pockade på i halsen. Alla runt bordet, med Ken och Caroline i spetsen, tog fram sina pinnar och började fiska upp maten ur grytan. Själv stirrade hon paralyserat ut i tomheten framför sig och händerna var oförmögna att lyfta besticken från tallriken. Grisen hade uppenbart svimmat av smärtorna och hade sedan länge slutat gny. Hon kunde se enstaka kramper i benen och över ryggen var gång mannen skar en ny skiva kött. Det kändes som om tiden stod stilla.

Tilde reste sig halvt yr från bordet och gick med vinglande steg mot toaletten. Hon kunde inte hejda tårarna och en känsla av förtvivlan slog emot henne. Vilka var de här människorna? Hade framgången stigit dem så totalt åt huvudet att de ansåg sig kunna göra vad som helst? Caroline skulle ju bli hennes nya chef på NYU. Den enda i sällskapet som inte heller verkade ha uppskattat föreställningen var Heather. Tilde hade sett hur Heather tittade bort flera gånger och när deras blickar hade mötts skakade hon uppgivet och medlidsamt på huvudet.

Hon visste inte hur länge hon hade suttit på toaletten, när det knackade på dörren. Hon kunde höra Heathers röst på andra sidan och öppnade med viss tvekan dörren på glänt. Ingen av dem sa något, det behövdes inte. Det var tydligt att sällskapets nyårs-tradition hade spårat ur.

Heather tog Tilde i handen och tillsammans gick de tillbaka till matsalen, där det nu inte syntes ett spår av det som hade varit. Slaktaren var som bortblåst, maten undandukad och gästerna hade fortsatt in i vardagsrummet. Hade hon drömt alltihop? Att hon fortfarande höll Heather i handen kändes tryggt, ett bevis för att hon var kvar i verkligheten och att det de upplevt faktiskt hade hänt. Tilde såg sig om i vardagsrummet och även om allt såg ut som vanligt kände hon tydligt att atmosfären och dynamiken i rummet hade ändrats. Få vågade möta hennes blick, andra skruvade nervöst på sig. Anade hon att de skämdes för det som hade hänt?

Vid tolvslaget samlades alla på takterrassen och med blickarna riktade bort mot Hudsonfloden kunde de se fyrverkerierna som kastade färggranna skiftningar över vattnet. Tilde höll sig nära Heather under resten av kvällen. Det gick inte att släppa eller förtränga det som hade skett. Skulle det ens att vara möjligt att gå hem till Ken och Caroline efter det här?

I samma ögonblick slog klockorna tolv. Glasen klirrade ikapp när alla höjde glasen och såg ut över natthimlen. Tilde skålade med Heather, som uppspelt gav henne en puss på kinden. För säkert fjärde eller femte gången den kvällen bad Heather om ursäkt för det som hade hänt. Tillsammans gick de bort till kanten av terrassen och tittade ner mot gatan, sex våningar ner. Det var fullt med folk och smällare flög kors och tvärs mellan bilarna. Längre ner på gatan stod en polisbil med blåljus och sirener på. En polis med megafon manade en grupp ungdomar att gå bort från gatan. Några av dem sprang i riktning mot parken för att undgå att bli gripna. Poliser tog upp jakten till fots och ropade åt allmänheten att hålla sig undan från gatan.

Heather såg oron i Tildes blick och sa:

- Du kan sova hos mig i natt om du vill.

- Tack.

∞

Lenny var ordentligt rund om fötterna. Gång efter annan trampade han snett när han vinglade sig fram den sista biten hem till lägenheten. Inte för att han raglade, men det hade definitivt blivit ett par järn för mycket mot slutet av kvällen. Ett gäng kollegor hade träffats på en restaurang i Harlem, för att sedan ha avslutat kvällen på en klubb i West End. Nog för att det var ett trevligt gäng, men samtidigt saknade han sina gamla vänner från Detroit som han hade umgåtts flitigt med under studietiden. Tyvärr var alla från den tiden utspridda kors och tvärs över landet, så en återträff var i praktiken en önskedröm. Heather hade han inte hört av sedan dagarna innan jul. Ett par kärleksfulla meddelanden kom i mellandagarna, men att hon inte hade svarat på hans meddelanden vid tolvslaget förbryllade honom. Inte för att han var direkt orolig, men lite märkligt var det. För säkert tjugonde gången tog han fram mobilen ur innerfickan på duffeln och med stelfrusna fingrar försökte han låsa upp den, för att återigen mötas av "Du har inga nya meddelanden". Han gick så när in i ett par som tätt omslingrade kom gående rakt emot honom. Lenny följde dem med blicken tills de svängt runt hörnet. Ensamheten kom över honom i stunden.

Inne i trapphuset var det mer eller mindre becksvart. Lampan hade varit sönder i ett halvår nu. På vägen upp och

125

trots den sena timmen hördes Betty stå och skälla ut någon. Med största sannolikhet den försupne maken, även om barnen också fick veta att de levde när andan föll på. Dova dunsar och ljudet av smällande dörrar sipprade ut i trapphuset. Han var glad att han inte stod i skottlinjen för Bettys raseri, få i kvarteret skulle utmana henne i en ordväxling.

Högre upp i trapphuset hördes ljudet av ett svagt stönande och häftig andhämtning. Ljudet ökade i intensitet, men mörkret gjorde det svårt att urskilja något. Lampan på tredje våningen lyste dock stötvis och väl uppe på sitt våningsplan fann han Tracy ihopsjunken på golvet med huvudet lutande mot Lennys dörr. Klänningen var fläckig, strumpbyxorna sönderrivna och håret i tovor över ansiktet. Han skyndade sig fram och förde försiktigt undan håret från hennes ansikte. Tracy var mörk och svullen runt vänster öga, kinderna var ilsket röda och med spår av hårda slag. Armarna var täckta av rivmärken och det blödde ymnigt från ett sår på vaden. Han lyfte upp henne från golvet, bar henne försiktigt in över tröskeln och la henne på soffan. Efter att ha tvättat och efter bästa förmåga lagt om alla sår, la han till sist ett paket is över kind och mun. Fortfarande med ytterkläderna på sjönk han ner i en fåtölj. Ögonlocken hade svårt att hålla sig uppe.

Han vaknade till av ett högt stönande och i sitt eget halvt frånkopplade tillstånd lyssnade han strax till Tracys intensiva hulkande. Som tur var stod hinken redan framme. Lukten av alkohol och cigaretter var påträngande, men hon verkade i övrigt på väg att kvickna till. Hade Jake varit inblandad i det här? Det var i så fall ofattbart, för inget hos Jake hade någonsin pekat på våldsamheter under de år de känt varandra. Snarare tvärtom. Å andra sidan hade han haft svårt, eller kanske inte velat, ta in den förvandling som

Jake hade genomgått sedan Tracy flyttade in. Det var nästan som om han har bytt ut halva bekantskapskretsen under loppet av ett halvår.

Lenny vaknade med kläderna på. Nyårsdagen bjöd på strålande väder och klockan var strax efter tolv när han masade sig ut i köket. Tre glas vatten senare tittade han bort mot soffan. Tracy sov fortfarande tungt. Filten hade glidit ner på golvet och Lenny såg återigen blåmärkena och rivsåren, nu än skarpare när solen lyste rakt in. När han tittade på henne, där hon låg ihopkrupen i soffan, såg hon både skör och sårbar ut. Långt ifrån den Tracy som kaxigt hade flörtat med honom sist de sågs. Det var som att han fick se en helt annan person träda fram. En som hade varit med om för mycket, för tidigt, på en och samma gång. Han la filten om henne och slog på teven. Det hann gå ytterligare två timmar innan Tracy gav några livstecken i från sig. Smått förvirrad och yrvaken betraktade hon sin belägenhet. Hon kände med fingrarna på läppar och kinder. Hon log försiktigt mot Lenny och frågade var toaletten låg. Med lånade mjukisbyxor och en för stor Rangers-tröja slog hon sig ner i fåtöljen mitt emot Lenny. Det syntes att det gjorde ont i vaden och Tracy grimaserade illa där hon satt uppkrupen med benen i kors. Lenny lät henne samla sig och ställde inga frågor. Hon fick själv visa när hon orkade prata om det som hade hänt.

Det var inte Jakes fel. I och för sig hade han inte gjort mycket för att hindra det heller, vilket gjorde att sveket kändes än värre. Han hade lämnat henne på festen, väl medveten om att stämningen blev allt mera hotfull ju längre kvällen led. Inget hade fullbordats även om det var nära. Det var först när polisen sent omsider tagit sig in på svartklubben, som Tracy hade lyckats slita sig loss och springa ut bakvägen. Hon kunde fortfarande höra pistolskotten och glassplittret bakom sig när hon barfota sprang de tio kvarteren hem till Jake, för att där mötas av en låst dörr. Jake hade varit hemma, men han hade inte varit ensam. Hon hade desperat bankat på dörren, men hade till slut utmattad sjunkit ihop på det kalla stengolvet.

Rädslan och minnena kom över henne, där hon satt i fåtöljen med filten om sig. Männen på klubben hade försökt binda henne vid samma stång, där hon och de andra tjejerna uppträtt tidigare under kvällen. Men det var först när hon hade sparkat en kille i skrevet som de på allvar började dra och slita i henne. Sorgset såg hon på rivsåren och märkena efter knivar som täckte underarmarna. Några av de grövsta skulle säkert medföra ärrbildningar. Lenny insåg med viss ambivalens att den kaxiga kvinna han mött inne hos Jake nu var som bortblåst. Istället såg han en kvinna som visat stort mod i en extrem situation och som nu likt ett skadeskjutet djur slickade sina sår.

Som liten hade han vid ett antal tillfällen tvingats följa med sin far ut på jakt. Hans far hade själv tagit sig an uppgiften att träna upp sin son i den ädla konsten. Under tre kalla höstveckor hade Lenny, i den tidiga timmen, fått ligga på vänt i skogsbrynet med kikaren och geväret nära till hands. På eftermiddagarna stod konservburkarna uppradade på en träbänk ute på åkern redo för prickskytte. När höstjakten väl drog igång fick Lenny ta plats i ett utsiktstorn på grannens marker. Efter mer än tre timmars väntan dök äntligen hjorttjuren upp i skogsbrynet.

Han tog sikte på hjortens hjässa, men i skottögonblicket tog nervositeten överhand och skottet blev inte dödande. Tjuren vacklade krampande av och an över åkern, tills far slutligen lyckades få in ett dödande skott. Hjorttjuren föll äntligen till marken. Utskälld som han hade blivit efteråt kunde lille Lenny inte hålla tårarna tillbaka. Men det var inte i första hand för fars ilska eller förebråelser, utan snarare ångesten av att se djuret lida.

I Tracy såg han åter effekterna av en plågsam kamp och han kände sig lika maktlös nu som då. Mest besviken var han på Jake och han kunde inte se framför sig att de skulle kunna fortsätta umgås. Jake var inte längre den person han lärt känna, han var nästan glad över att lägenheten skulle bli uthyrd. Han funderade en kort stund på vem den där Tilde var, oavsett så kunde det knappast bli sämre än det var nu.

- Tracy, vill du ha lite te?

- Gärna.

∞

Tilde öppnade sakta ögonen. Hon hade sovit bättre än på länge. Hon kisade lite försiktigt på Heathers blonda hår där hon låg med ryggen mot Tilde. Hon hörde på andningen att hon fortfarande sov. Försiktigt förde hon täcket åt sidan, tog på sig nattlinnet och trosorna som låg slängda i en hög på golvet.

Hon tassade tyst ut i köket som fortfarande var belamrat med glas och disk från nyårsnatten. Matresterna och disken fick det att vända sig i magen och fragmentariska bilder från nyårsnatten trängde sig på. Kroppsmålningen, den plågade grisen i kedjor och poliserna på gatan. Inget av detta kändes i stunden verkligt. Hade hon verkligen upplevt allt detta och varför fanns där ett uns av dåligt samvete? Vad var det som kändes annorlunda jämfört med Emily? De var båda viljestarka och visste att ta för sig, men nu upplevde hon det på ett annat sätt, varför var svårt att klä i ord. Kanske handlade det om en frihetskänsla, nu när hon hade klippt banden med det som varit?

Medan hon plockade med disken försökte hon förstå sin kluvenhet. Hon hade haft djupa känslor för Markus, men när hon såg tillbaka kunde hon se att personkemin inte funnits där. De var för olika, på många plan. Hon mindes Kreta som om det var igår. Hur de dagligen hade kompromissat mellan strandliv och utflykter. Markus med en bok under ett parasoll, medan hon själv föredrog långa promenader längs stranden. Hur han tittade på klockan och klagade över värmen när de vandrade runt bland ruinerna i Knossos. Hur betagen hon var av att se havet smeka den branta kusten och känna historiens vingslag, samtidigt som Markus tog en öl i restaurangen. Hon ville uppleva, han ville njuta. Det hon kunde uppskatta var att Markus ändå hade en dämpande effekt på hennes inneboende rastlöshet, det hon saknade var att det inte kändes som att han var nyfiken på livet. Tilde märkte redan nu att Heather utstrålade en annan sorts trygghet och energi, något som attraherade henne.

Att följa med Ken och Caroline hem, hade i stunden varit uteslutet.

Men skulle hon verkligen kunna, även fortsättningsvis, stanna kvar hos dem? Var det fortfarande aktuellt med platsen på NYU och skulle hon överhuvudtaget kunna se Caroline i ögonen efter det här? Å andra sidan var det ju knappast Tilde som hade gjort bort sig och det var inte hennes fest som hade spårat ur. Ända sedan hon hade sagt upp sig hade hon bävat inför alla jobbintervjuer och att tvingas nätverka med människor hon inte kände.

Hon väcktes ur sina funderingar när Heather la händerna om hennes midja och sa:

- Har du lust att följa med på en löprunda? Jag tänkte ta en sväng i parken någon gång efter lunch.
- Visst, gärna.
Hon insåg i samma stund att alla kläder fanns hos Caroline och Ken. Men det var som om Heather hade läst hennes tankar och erbjöd sig att låna ut det som behövdes.

Luften var krispig och klar när de kom ner i parken. Människor stod redan i långa köer för att få åka häst och vagn med varma plädar runt benen, medan andra flanörer gick hand i hand på sina nyårspromenader. Doften av häst följde Tilde och Heather överallt i parken och när de passerade förbi isbanan fick de mer eller mindre springa slalom mellan vuxna och barn som tog på sig sina skridskor eller rentav bar de som trängdes vid staketen för att se på. Löpningen i Central Park kändes så självklar, som om hon redan hade gjort det många gånger förr. Det var ju heller inte länge sedan hon i fantasin hade drömt sig bort från parkerna i Malmö och hela vägen bort till New Yorks gröna lunga. Att det skulle visa sig vara med Heather och inte den mystiske killen på fotot gjorde absolut ingenting. Samtidigt som hon sprang blickade hon uppåt längs de isblå husväggarna och fascinerades av de tusentals små fönstergluggar som vette ut mot parken. Lägenheter som säkert ruvade på tusentals livsöden och historier om de invånare som befolkade staden.
Lägenheten hemmavid passerade i revy. Markus var fortfarande där, men konstant ur fokus, ur skärpa. Konstigt nog fanns inte längre saknaden där och för första gången på länge kände hon sig i samklang med nuet. Rytmen och pulsen förde henne framåt. Hon fick göra sitt bästa för att hålla jämna steg med Heather och kunde nästan fysiskt uppleva hur endorfinerna sprutade ut i musklerna. Med ens

förstod hon också var hon sett hästsvansen förut och log inombords. Hur stor var sannolikheten?

Att se parkens ekorrar springa ut och in mellan buskarna i jakten på föda ökade på glädjen i steget. Hon hade aldrig haft någon större tilltro till sanndrömmar, men nu började hon tvivla. De passerade en sjabbig och nerklottrad kiosk på fyra hjul som sålde donuts, nötter och brända mandlar. Ovanpå vagnen satt en neonskylt:

JEFF MILLS' SMASHING DONUTS

Bokstäverna tändes synkroniserat, blinkade till och började om på ny kula. Tilde var inte sen att uppfatta den underfundiga kopplingen, även om hon inte var någon connoisseur när det gällde elektronisk musik.

Men något fick henne att studsa till när hon kom upp jämsides med vagnen. Skylten sprakade till och tände bokstäverna så att de bildade hennes namn. Därefter ytterligare en gång, än mer intensivt och sprakande, för att slutligen slockna helt. Kort därpå var allt som vanligt igen. Förvirrad och orolig fortsatte hon att springa en bit till, men ångrade sig nästan genast. Hade hon inbillat sig alltihop? Hon stannade tvärt och vände tillbaka, men det enda hon såg var Jeff Mills' Smashing Donuts, som lyste klarrött mot den skymmande New York-himlen.

Efter en stund var hon åter ikapp Heather som tydligen saktat ner på tempot. Hon kände ett behov av att berätta, men samtidigt var hon rädd för att hon skulle framstå som paranoid. Hon valde att avvakta, det kunde ju ha varit som hon hade inbillat sig.

Genom träden skymtade nu USS Maine-monumentet fram, där det stod majestätiskt placerat i södra delen av parken i höjd med Columbus Circle, platsen där de hade startat. Det var snudd på rekordtid på milen - femtioen minuter och tolv sekunder. Det hade sina klara fördelar att ha en hare framför sig.

Väl framme stannade hon till vid foten av statyn och tittade hänfört uppåt, där en kvinna stod redo för strid i en snäckskalsformad vagn. Tilde associerade till Athena, eller möjligen en fornnordisk sköldmö, där kvinnan stod högt uppflugen med pansar på rygg, drottninglik i blick och dragen av starka hästar. Lika stark kände hon sig själv just då. På skylten läste hon att den porträtterade Columbia Triumphant, Amerikas egen frihetsgudinna, och att bronset kom från kanonerna som bärgats från USS Maine. Fartyget som hade gått under i en konflikt i Havannas hamn mot slutet av artonhundratalet.

Längre bort mot den stora knutpunkten Columbus Circle hade de långa raderna av gatustånd redan börjat packa ihop sina pinaler. När Heather hade stretchat klart gick de tillsammans ner i tunnelbanan för att ta South Ferry-linjen tillbaka.

∞

Med en bara handduk virad om sig såg hon sig själv i spegeln. Håret låg i stripor över de bara axlarna. Hon letade efter förändringar i sitt uttryck, tecken på att något var annorlunda. Hon noterade hur hennes ögon andades harmoni och tillförsikt. Läpparna var inte längre blekt sammanbitna, men när hon testade att le fann hon att oron fortfarande pyrde under huden. Men den omslöt henne inte längre. Den fanns där avvaktande, för att oförhappandes åter dyka upp när hon minst anade det.

I spegeln reflekterades tankarna och neonskyltens blinkande budskap framträdde igen. Instinktivt visste hon att någon ropade efter henne, sökte kontakt. Det hade inte varit inbillning och hon höll inte på att bli tokig, men vem och varför? Hon drog händerna runt halsen och försökte samla sig. Det var svårt att bli kvitt känslan att något var fel och att hennes framtida val kunde påverka ett skeende. Nyårsfesten ville hon förtränga, låtsas som att det aldrig hade hänt. Men händelsen trängde sig på och det var svårt att släppa bilderna som naglat sig fast på näthinnan. Det hindrade henne från att känna riktig glädje, nu när Caroline hade ordnat en anställning åt henne. Magen kurrade betänkligt när hon böjde sig ner för att ta upp underkläderna som låg på golvet. Hon insåg när hon rest sig upp att hon återigen hade börjat slarva med maten, något hon dyrt och heligt hade lovat sig själv att inte göra igen. Hon sneglade på Heathers våg bredvid toalettstolen och drog händerna över bröstkorgen. När det hade varit som värst kunde hon ha ett finger inkilat mellan varje revben, där skulle hon inte hamna igen. Hon rättade till blusen och gick ut, men studsade till när hon såg Caroline i vardagsrummet.

Stämningen i rummet var till en början ganska dämpad. Caroline satt rakryggad i soffan och Tilde kunde tydligt se hur illa berörd hon var av situationen. Hon hade haft med sig Tildes resväskor, alla prydligt uppställda i hallen. Caroline log uppgivet och sa att hon förstod om Tilde inte längre ville bo kvar, men var dock inte sen med att lägga skulden på Ken. Allt hade varit hans idé. Tilde hade svårt att tro att Caroline skulle ha varit helt ovetande i allt detta. Inte för att hon visste speciellt mycket om den kvinna som nu med slokade axlar satt mitt emot henne, men den vackra fasaden hade uppenbarligen fått sig en rejäl törn. Caroline såg trött ut. Det kostade på att ligga på topp.
Cornelia hade Tilde inte ägnat många tankar den senaste tiden. Men när hon nu såg hur Carolines polerade livsstil

krackelerade betänkligt i fogarna, påmindes hon om sin barndomsväns desperata jakt efter perfektion. Dyra lån för att realisera materialistiska ideal, lättsamma uppdateringar i sociala medier och höga krav på att vara en närvarande mamma, samtidigt som man förväntades vara en attraktiv partner. Tilde hade tidvis känt av samma krav, men sedermera insett man inte behöver ha allting ordnat och klart innan man fyllt trettio.

På Cornelias inflyttningsfest hade hon nästan känt ångest å hennes vägnar. Bekantskapskretsen hade vuxit rejält och många av de nya väninnorna hade stått samlade runt köksön när Cornelia serverade vin ur nyinköpta karaffer. Stämningen var uppsluppen, men Tilde uppfattade också gästernas diskret granskande blickar och de subtila frågorna kring materialval och planlösning. Tilde noterade när sambon, med en flaska öl i handen, stolt pekade uppåt mot de frilagda takbjälkarna och fick gillande nickningar av vännerna och tummen upp av Cornelia. Då och då fann de varandra i minglet och Tilde anade osäkerheten i den flackande blicken – levde Cornelia upp till förväntningarna?

Ibland funderade hon över vad som faktiskt funnits där, utöver en gemensam uppväxt. Det liv Cornelia strävade efter kändes kravfyllt och stressande. Med sina egna relationer i färskt minne såg hon på Heather där hon satt och småpratade med Caroline. Kunde hon tänka sig att leva med en person som Heather och vem var i så fall Tilde för henne? Heather verkade så trygg i sig själv, inte alls lika vilsen och vinglig i livet som hon själv upplevde sig.

Hon slog sig ner i fåtöljen mitt emot. Caroline beklagade åter det inträffade och ville lägga allt bakom sig. Hon hörde att Caroline hade gråten i halsen när hon bedyrade att hon inte hade vetat något på förhand. Ken hade skyllt ifrån sig och menat på att han inte hade förstått att föreställningen skulle vara så brutal, men Caroline var inte övertygad.

- Var bokar man ens sådana föreställningar, lät Heather undslippa sig att säga.

- Jag har inte den blekaste aning. Jag mår illa bara av att tänka på den Gollum-liknande figuren och vad han mer är kapabel till att göra, sa Caroline med gråten i halsen.

- Vad händer nu? frågar Heather med tvekan i rösten.

- Jag vet inte, var det korta svar Caroline orkade få fram innan hon riktade uppmärksamheten på Tilde.

- Jag hoppas innerligt att jag inte har skrämt bort dig och att du fortfarande vill börja på universitetet.

- Absolut, sa Tilde och försökte låta så alert och förväntansfull som möjligt.

De bestämde förtroligt att lämna incidenten bakom sig och istället blicka framåt. Tilde skulle komma att börja den åttonde januari, en dryg vecka innan kurserna drog igång.

Caroline försökte under resten av eftermiddagen göra sitt bästa för att hålla humöret uppe, men Tilde märkte i det mesta hon förmedlade att relationen med Ken var rakt igenom svart. Deras respektive karriärer ställde höga krav och de spenderade allt mindre tid med varandra. Under veckorna var Ken sällan hemma före midnatt, var han befann sig alla dessa timmar var höljt i dunkel. Caroline visste att hans position innebar många och långa representationsmiddagar, varvat med sena kvällar på kontoret, men så hade det inte alltid varit. De senaste åren hade allting accelererat. Tilde såg att hon var nära till gråt. Allt oftare fanns dofterna där, när han kröp ner i sängen fram på småtimmarna. Hon konfronterade honom inte, något hon kände att hon borde göra, men inte vågade. Hon hade länge varit alltför beroende av honom när det gällde att få vardagen att gå ihop. Det var först på senare år som hon hade insett hur redo hon var att gå vidare, men resan dit hade inte varit lätt.

I Kens värld skulle inte kvinnor behöva arbeta och han hade heller inte sett med blida ögon på Carolines första trevande steg upp för karriärstegen. Han blev allt mer tvär och inåtvänd. Hans vänliga och sociala yttre förbyttes i pikar när ytterdörren väl slog igen och gästerna hade lämnat. Pikar som växte till kränkningar ju längre tiden gick. Hur värdelös hon var. Hur smutsigt hon betedde sig.

Det som skrämde henne var ovissheten, "intet" som väntade på andra sidan om hon valde att kasta loss och släppa taget. Hon kunde heller inte förneka att den guldkantade livsstil hon hade vant sig vid skulle bli svår att vänja sig av med. Hon skulle bli tvungen att skaffa sig nya vänner och nya vanor. Inget skulle bli sig likt, men hon kände nu att det var värt risken.

Tilde mindes andra i sin bekantskapskrets som också fint balanserade på en gyllene tråd. En oerhört skör tråd som ofta innefattade både övergrepp och misshandel. Kvävande relationer där mannen visade sin auktoritet både fysiskt och psykiskt genom den silverkedja som makten över tillgångarna innebar. Ett liv i överflöd, men som också tvingade kvinnorna till underordning och där det ofta utifrån var svårt att se hur isolerade dessa kvinnor var i sina gyllene burar. Få vågade anmäla. Många skylde över. Men att gå från ord till handling var lättare sagt än gjort. Skammen och rädslan av att man eventuellt hade misstagit sig gjorde att tankar ofta stannade vid just tankar. Nu befann hon sig här i New York och upplevde det igen.

∞

Dörren mot gatan röjde inget av vad som skedde på insidan i den mörka tegelbyggnaden. Det här var kvarter som till vardags såg barn på väg till skolan. Detta var också gator där män och kvinnor ihärdigt spolade rent på trottoarerna framför sina butiker och restauranger innan öppningsdags. Men den observante noterade också att flertalet lyktstolpar och portar var översållade med flyers. Budskap med mer eller mindre lättklätt innehåll samt klistermärken med gröna blad och rakblad på.

Att ägaren till bensinmacken tvärs över gatan hade ett avsågat hagelgevär bakom disken förvånade ingen. De boende i området var vana att se de roterande blåljusen när polisen utredde den senaste incidenten på macken. Ägaren, inflyttad från Mexiko, hade flera gånger hotat med att stänga igen om inte situationen förbättrades. Att det bara var tomma ord var alla överens om. Vad skulle han göra istället? Att han dessutom, med stor sannolikhet, befann sig här utan uppehållstillstånd, gjorde inte saken bättre.

Lenny betalade för vattnet och följde Tracy ut ur butiken. Han noterade de unga män som hängde runt pumparna och insåg nu hur lämpligt det var att, som Tracy hade föreslagit, låta bilen stå och ta tunnelbanan hit.

Han började så smått ångra att han hade gått med på att följa med Tracy hit, men det hade varit svårt att neka i stunden. Han insåg allvaret i det hon hade berättat för honom och någonstans hoppades han också att hon nu skulle vara klar med sitt förflutna, redo att gå vidare. Säker var han inte, men när hon sa att det här var det sista hon behövde göra för att bli fri, hade han trott på henne.

Tracy hade i praktiken flyttat in hos honom. Blåmärkena och rivsåren hade nästan helt läkt ut under veckan som gått och hon såg allmänt fräschare ut, nu när hon dessutom inte var konstant påverkad. Tracy stötte emellanåt på Jake i trappan, men han hade konsekvent vägrat att tala med henne, än mindre låtit henne komma tillbaka, trots påtryckningar från Lenny. Nu fanns där ingen annanstans att ta vägen och när hon hade sagt att hon ville lämna det mörka bakom sig, kände sig Lenny nödgad att ställa upp.

Ett krypterat textmeddelande och det elektroniska låset gick upp. Entrén bakom låg i mörker så när som på det svaga ljuset från en grönskimrande exit-skylt i slutet av korridoren. De trevade sig fram tills de kom fram till ett par svartmålade dörrar som ledde in till baren och vidare bort mot själva scenen. Runt scenen trängdes små kafébord med rymliga plyschsoffor i grälla färger. Stället var öde så när som på två asiater som fyllde sopsäckar med glasflaskor och skräp från golven.

Att rummet skulle domineras av en stor scen förvånade inte, utan vad som snarare stal uppmärksamheten var de tonade rutorna som löpte längs rummets alla väggar. Bakom glaset kunde han skönja rader av barstolar vända mot scenen där de befann sig. De som satt uppradade där, när showen var igång, skulle näppeligen bli igenkända från andra sidan.

Rummet de befann sig i framstod mer och mer som en arena, med den stora ovala scenen som huvudattraktion. Det liknade ingen strippklubb han någonsin hade besökt. Inte för att han hade besökt särskilt många, men det här kändes både främmande och skrämmande på samma gång. Det kupolformade taket var till stora delar täckt av djurbilder, men flera antika symboler, mytologiska gestalter och gudabilder fanns också avbildade. Illustrationerna var lika vackra som illavarslande, när

Lenny med avsmak noterade gudar och andra varelser som hängav sig åt våld och syndiga utsvävningar. Högst upp i kupolen syntes en blodröd sol och en symbol som han vagt kände igen som Horus öga. Historia hade inte varit favoritämnet i skolan, men att läsa om Egyptens faraoner och gudar var något som fortfarande fascinerade honom. Det fanns en inneboende tjusning kring deras gravar. Hur de byggdes och hur tjänstefolket, inte allt för sällan, begravdes levande med sina härskare när tiden var inne. Han rös till och såg samtidigt att Tracy hade siktet inställt på en dörr i bortre änden av rummet. Han kände sig nästan pinsamt rädd för att bli lämnad ensam kvar i den mörka lokalen med alla gudar och djurhuvuden som med hotfulla och anklagande miner blickade ner på honom från taket. Han såg snabbt till att komma ikapp.

Väl inne i sminklogen fann han Tracy på knä. Efter bara några sekunder hade hon lossat något från undersidan av sminkbordet och vad det än var så åkte det snabbt ner i fickan. Att det var Tracys plats rådde det ingen tvekan om, med tanke på alla fasttejpade foton runt spegeln. De flesta var bilder på Tracy och hennes väninnor i sminket, men ett av fotona stack ut. Tre nakna dansare med heltäckande kroppsmålningar på den stora scenen. En av dansarna var definitivt Tracy. Hennes guldskimrande kropps-målning kontrasterade effektfullt mot det mörka håret. Håret hängde ner över ansiktet där hon satt på knä med händerna för ansiktet. Golvet var rödfärgat och glittrade ikapp med paljetterna som var fastlimmade på dansarnas kroppar. De övriga var inte bekanta, men han ryggade ändå tillbaka när han såg mannens isblå ögonen, där delvis dold lurade bakom Tracy. Ögonen formligen buktade ut ur sina hålor, där han stod hukad i mörkblå kroppsmålning. Tracy rev ner

fotot och stoppade ner det i handväskan. Hon lyssnade kort efter ljud innan hon med spänd röst sa:
- Jag förklarar sen. Vi kan inte stanna här.
- Okej, men…
- Vi tar det sen. Jag lovar att jag skall berätta allt för dig.

∞

Allt hade känts så annorlunda. Studenterna hade lyssnat uppmärksamt, ingen hade suttit och fingrat på sin mobil och frågorna hade haglat över henne. Åldersmässigt var det ingen större skillnad, men ändå kändes de amerikanska eleverna mognare och mer engagerade. Märkligt nog infann sig ingen nervositet. Att vara trygg i ämnet var så klart en fördel, men att föreläsa på engelska var något nytt. Hon samlade raskt ihop sina pinaler, men hejdade sig när hon såg molnen vackert panorera förbi utanför. Undervisningssalen låg på femte våningen och utsikten här var nästan lika imponerande som från Carolines arbetsrum. New York bredde ut sig över horisonten och stadens alla skyskrapor stack upp som svampar ur gyttret vid gatuplanet. Hon beundrade utsikten åt båda håll, men stannade plötsligt tvärt. När hon blickade söderut dök nya byggnader upp. Hus som inte funnits där för några sekunder sedan. Hon slöt ögonen och öppnade dem igen. Nu såg hon åter den stad hon lärt känna, inklusive den familjära smogen som gav allt en svagt brunaktig nyans. Men när hon därefter åter vände blicken mot norr såg hon fler byggnader hon inte kände igen. Här var himlen intensivt blå och husen framstod i klara färger. Smogen var som bortblåst. En futuristisk framtidsstad. Siluetten påminde mer om Shanghai eller Dubai, där hypermoderna skapelser sträckte sig högt ovan molnen.

Hon blev yr av att se allting dubbelt. Det gick inte att förstå vad det var hon upplevde. En skrämmande ingivelse fick henne att undra om hon faktiskt såg in i framtiden. Allt såg så spektakulärt ut. Eller var det bara inbillning? Återigen började hon tvivla på sig själv. Hade hon anlag för att få hallucinationer eller till och med något ännu värre?

För några år sedan hade Malmö universitet investerat i virtual reality och det hon upplevde här och nu påminde mycket om att stiga in i samma imaginära låtsasvärld. Ju mer hon försökte fokusera, desto mer hopblandat blev det hon såg. Inte för att jämförelsen stämde i allt, men det gick inte att bortse från likheterna eller för den delen olusten hon kände. Speciellt om det nu faktiskt var något fel på henne. Hon väcktes ur sina funderingar av att någon sa hennes namn.

- Ms. Melander?

- Yes.

Hon log inom sig, ingen hade någonsin kallat henne det förut. Det skulle bli lite svårt att vänja sig vid, men samtidigt kände hon sig stolt i rollen som Ms. Melander. Två killar kom in i klassrummet. Båda hade anammat sjuttiotalstrenden med stora klotformade afrofrisyrer, en helt blonderad, den andra svart. Med sina matchande tröjor och vita sneakers var det svårt att inte dra på smilbanden. Att de dessutom fyllde i varandras meningar, förstärkte ytterligare det bisarra samspelet dem emellan. Den blonda killen drog fram en laptop ur ryggsäcken och öppnade locket.

- Vi har något som vi tror du skulle tycka är intressant, säger den ena av killarna och tittar sig nervöst om i rummet.

- Okej, vad är det ni vill visa mig?

- Kom och sätt dig.

Killarna hade lyssnat intensivt under lektionen som kretsat kring utvecklingen av det digitala jaget. Hur den personliga identiteten riskerade att suddas ut när alla hade tillgång till samma information i alla situationer, när det digitala jaget tar över. Men också de säkerhetshål som kunde drabba den enskilde i framtiden.

De laddade upp en webbsida, som till en början var helt svart. Men efter en stund började vita punkter dyka upp på skärmen. Satt man tillräckligt nära kunde man även skönja konturerna av en världskarta mot den mörka bakgrunden. Punkterna kom och gick. De bildade kluster, omgrupperade sig och försvann, för att sedan dyka upp på nytt. De ökade och minskade i intensitet vart efter. Tilde betraktade förloppet utan att direkt förstå vad som pågick. Att det hon såg var noder runt om i världen var inte så svårt att utläsa, men vad symboliserade punkterna. Hade de upptäckt ett virus? Det som gjorde henne än mer förbryllad var att hon hade sett det förut. Det var samma mönster och pixlar som hade kommit till henne när hon hade suttit med studenterna i Malmö.

- Vad är det jag tittar på? frågar hon killarna.

De förklarade att det var en hemsida som i realtid visade paranormala aktiviteter på nätet. Aktiviteter som inte borde finnas där. På dedikerade forum för nätspaning pratade man om maskhål, sa en av dem exalterat, utan att ta ögonen från skärmen.

- Det som vi framförallt ville visa dig, eftersom du berättade att du kom från Sverige och Malmö, är det här, sa den blonde killen och zoomade in på skärmen.

Kopplat till sidan fanns en funktion för att se närmare på givna positioners historik. När de zoomat in ytterligare syntes det tydligt att Malmö hade upplevt en oproportionerligt stor andel paranormala aktiviteter de senaste månaderna. Maskhålen var många och flertalet aktiviteter hade gjorts från IP-adresser som i praktiken inte borde existera. Hon förstod inte riktigt vad killarna syftade på när de pratade på om adresser som inte borde existera, men underlät sig att fråga just då. Hon hann notera att aktiviteterna verkade ha upphört helt i mitten av december, innan killarna stängde ner datorn igen. Det var inte lätt att förstå hur man skulle tolka materialet, men killarna verkade övertygade om att det handlade om en fientlig invasion av något slag. Hon noterade roat killarnas tröjor, där det i silvriga bokstäver stod NYU UFO Faculty Club.

De fortsatte att småprata på vägen ner till cafeterian. Men inom sig hade hon svårt att ta det de sa på allvar. Att något onormalt hade skett var hon helt på det klara med, men deras teorier om paranormala aktiviteter och fientliga invasioner kändes väl långsökta. Lite nyfiken var hon i och för sig, men något verkligt science fiction-fan hade hon aldrig varit. Det var mer Emilys domäner.

Emily hade en gång tagit med henne till Lunds observatorium, som låg centralt och granne med universitetssjukhuset. I över två timmar hade stjärnhimlen panorerat ovanför deras huvuden. Vintergatan hade legat som ett pärlband mot den mjukt mörkblå augustihimlen. Emily tillbringade åtskilliga kvällar i observatoriet, men själv var hon tämligen nöjd efter det enda besöket. Att djupstudera nebulosor och andra himlafenomen lockade inte nämnvärt.

∞

Trots att klockan närmar sig midnatt är det fortfarande ljust ute. Solen befinner sig precis under horisonten så här långt norrut. Dmitry vill inte direkt påstå att han tycker om att befinna sig där han är, men efter så många år på Kolahalvön har ändå en viss kärlek till området och naturen växt inom honom. Frihetskänslan man vintertid kan uppleva när norrskenet pulserar i grönt över natthimlen är obetalbar.

Det skulle dröja ytterligare en kvart innan militärfordonet var framme vid tågstationen, därefter väntade ytterligare ett par timmar i bil innan han var på plats. Aktiviteterna sommartid gick på sparlåga om man jämför med hur det ser ut här under resten av året. Då stod rader av militärfordon och hybrider parkerade överallt längs gatorna och köerna ringlade långa ut ur staden. När han kom hit första gången för femton år sedan såg allt helt annorlunda ut. Området hade vuxit enormt sedan dess och mycket tack vare det som han själv varit med om att initiera när han var placerad i New York fram till år 2035.

Efter fem år på det amerikanska teknikbolaget tillhörde han till slut den innersta kretsen av ingenjörer som kunde interagera fritt med den artificiella intelligensen de utvecklat. Efter många års hårt arbete var bolaget ledande inom området och flertalet konkurrerande teknologier hade antingen försvunnit helt från marknaden eller sugits upp av andra lösningar.

Framstegen som den artificiella intelligensen gjorde dag för dag slog alla med häpnad. Ledningen var inte sen med att göra jämförelsen med att ha hittat den Heliga Graal som enligt sägnen var gjord av en enda ädelsten utrustad med underbara krafter. En evig källa till visdom och kunskap, precis som företagets självlärande AI.

Det var på samma gång både fascinerande och skrämmande att se de enorma mängder data som den artificiella intelligensen samlade in, analyserade och bearbetade per sekund.

Dmitry gav den dagligen nya utmaningar och problem att lösa och dess förståelse ökade exponentiellt dag för dag. Att den dessutom gjorde detta parallellt med sina rutinuppdrag imponerade än mer. Långt över fyrtio procent av världens alla självkörande bilar höll den koll på och dirigerade i trafiken. Fjorton länders samlade sjukhus fick alla hjälp att styra robotarna i operationssalarna samtidigt. Detta under tiden som den också höll uppsikt över transaktionerna på världens fem största börser.

Det gick tidigt upp för Dmitry att den här sortens intelligens inte kunde vara ett enskilt företags egendom. Detta var teknik och kunskap som måste göras tillgängligt för alla och inte ägas av privata bolag. Detta var och är en global angelägenhet.
Han är inte direkt stolt över det han till slut gjorde, men han hade då varit övertygad om att det var rätt väg att gå.

Militärfordonet blinkar med helljuset och rullar sakta fram till trottoarkanten. Passagerardörren glider ljudlöst upp och Dmitry kliver in i baksätet. En snabb iris-scan ger datorn klartecken att köra.

Allsmäktig

Lenny har inte många år kvar till pensionen. På senare tid har han fått för vana att sitta med ryggen vänd mot färdriktningen, även när han är ensam i fordonet. Det är något rogivande med att betrakta det man lämnar bakom sig, snarare än att hela tiden blicka mot det som skall komma.

Fordonet glider ljudlöst fram i den täta trafiken. New York hade varit tidigt ute med att införa en maglevliknande teknologi även för bilar och nu gick det att färdas friktionsfritt nästan överallt. En mjuk duns väcker Lenny när fordonet dockar med fyra andra bilar på väg åt samma håll. Datorn låter meddela att batteriet behöver laddas och att de har fått tillstånd att fylla på från konvojen framför. Deras batterier har gott om överskottskapacitet.

Lenny skruvar irriterat på sig. Att färdas i konvoj brukar ofta innebära förseningar, eftersom datorerna då synkroniserar sina destinationer, vilket i sin tur leder till eftersläpningar och sena ankomster. Han vill inte påstå att han var kräsen, men ibland kunde han sakna bilarna från förr, när det inte hela tiden fanns en AI närvarande som fattade egensinniga beslut i tid och otid.

Utan tvivel har tekniken sina fördelar, men att i stort sett aldrig känna att man fattar egna beslut är frustrerande. Den allestädes närvarande AI:n är svår att göra sig kvitt från. När i princip allt är digitalt finns där i stort sett ingen plats att gömma sig på, inte ens i det egna badrummet fick man vara ifred.

Men han känner samtidigt att fördelarna överväger. Självkörande bilar har inneburit en revolution för miljön. Teknologin hade varit i sin linda under de första åren av hans karriär. Nu finns det bara en bråkdel så många fordon på gatorna mot hur det var då. Nuförtiden är det få som äger en egen bil. Han har aldrig behövt vänta mer än fem minuter innan ett fordon dyker upp.

I bakrutan skymtar han några av metropolens nya skrytbyggen. Inte för att höga byggnader är et nytt fenomen, men antalet nya hus över en kilometer fortsätter att imponera.

Han bor kvar i villan, men nu är tiden mogen att se sig om efter något mindre och med kortare pendling till och från jobbet. Det har varit en utdragen förlikningsprocess med det gångna. Att släppa taget. Barnen är vuxna och klarar sig själv. Ibland har han seriöst övervägt om det är ett alternativ att göra som hans fru. Att ta det digitala klivet fullt ut innan man blir för gammal, men hur lockande det än verkar, så skrämmer det honom likafullt.

Och även om det är fullt möjligt att leva parallellt, under en övergångsperiod, är det mer vetskapen om riskerna som gör att han tvekar. Den vanligaste formen av psykisk ohälsa som drabbar de som går över är omnipotens.

Att leva digitalt innebär inte bara att man ger upp sin fysiska kropp, det innebär också en i det närmaste obegränsad tillgång till alla tänkbara resurser. Som digital person kan man resa till Tokyo med ljusets hastighet. Man kan i princip påverka framtida skeenden, något som också har skett, men inte alltid på det sätt som det var tänkt. På samma grunder är han inte heller helt säker på vad hans fru håller på med.

Hon har verkat mer än lovligt frånvarande senaste tiden.

∞

I den limegröna skåpbilen kunde tre personer lätt få plats i förarsätet. De hade hyrt den hos Lucky Trucks på 17th Avenue. Uthyraren såg däremot allt annat än "lucky" ut, när de kvitterade ut nycklarna. Med en bister min informerade han om villkoren och pekade ut bilen där den stod trångt inklämd på parkeringen.

Tillsammans färdades Heather och Tilde längs Northern State Parkway på väg ut till Long Island där IKEA låg. Jake hade låtit magasinera stora delar av inredningen, inklusive säng och matsalsbord och lämnat lägenheten mer eller mindre omöblerad.

Tilde kände sig inte tillräckligt säker än för att köra i den täta New York-trafiken och var dessutom osäker på att hitta rätt i de vidsträckta förorterna, där många av möbelvaruhusen låg. Nycklarna till lägenheten hade hon fått för ett par dagar sen, men den hade visat sig vara allt annat än inflyttningsklar.

Den innestängda lukten hade slagit emot dem när de kom in. Odiskade öl- och vinglas stod överallt. Spår av mögel i kylen, fläckiga möbler och dammråttor yrde runt skorna.

Vad som försiggått i badrummet ville de inte ens börja fundera över. Duschdraperiet låg nedrivet på golvet. Rödbruna fläckar täckte delar av kaklet och golvbrunnen hade varit igenkorkad av toalettpapper. Toasitsen var sprucken och låg på golvet bredvid en hög med smutsiga handdukar. I hallen stod två kundvagnar fyllda med ölburkar, sprit- och vinflaskor.

Tilde mindes en bekant från förr som också hade haft en kundvagn stående i hallen, fylld till bredden med öl- och vinflaskor. Men då hade hon mer upplevt det som en genomtänkt inredningsdetalj i den minimalistiskt inredda tvåan, där betongföremål och rostiga järnrör dominerade. I Jakes lägenhet fanns ingen sådan medvetenhet, bara misär. Hur hade en lägenhet, som såg så vacker ut på nätet, kunnat förfalla på det viset?

Besöket hos möbeljätten hade gått över förväntan. Skåpbilen var till brädden lastad med möbler och husgeråd och efter en snabb lunch i restaurangen satt de nu båda i bilen på väg hem. Heather hade utan att tveka lovat att ägna större delen av helgen åt att hjälpa Tilde att få flytten på plats och hade dessutom insisterat på att få bekosta en städfirma för att få lägenheten sanerad.

Ingen hade erbjudit sig att hjälpa till när hon själv och Markus skulle flytta ihop. När hon såg tillbaka på det nu var det svårt att förstå varför inte ens pappa hade ställt upp. De hade själva fått ordna med en hyrbil och bära upp alla möbler till tredje våningen. Hissen var heller inte mycket till hjälp. Få saker fick plats i det minimala utrymmet. Cornelia hade dykt upp senare på kvällen och hjälpt till med att packa in glas och tallrikar i skåpen. Men det var kvickt gjort jämfört med allt det andra. I hennes fall lockade nog pizzorna och rödvinet mer än att torka ur skåp och tömma flyttlådor.

Heather noterade Tildes molokna min och vred upp volymen på radion. Den som hade hyrt bilen tidigare föredrog tydligen rockmusik, radion var inställd på Q104.3 och öste på med klassiska Beach Boys-hits. Tilde log glatt när Heather sjöng med i refrängen. Trafiken tätnade allt mer när de närmade sig Queens. Köerna ringlade sig sakta fram och klockan närmade sig tre när de till slut nådde Brooklyn. Innan de lastade ur gick de upp för att se hur städarna hade skött sitt jobb.

∞

Under sommarhalvåret var Brooklyns botaniska trädgård en oas för de boende i området, men nu var det ont om grönt längs de smala gångar som gick kors och tvärs genom parken. Att promenera där, när det spirade som mest, var som att ge sig ut på en exotisk vandring genom vitt skilda världsdelar. Den idylliska japanska trädgården låg sida vid sida med den tropiska regnskogen som i sin tur mynnade ut i en bedårande rosenträdgård. Nu låg parken i vila i väntan på att körsbärsträden, om ett par månader, åter skulle gå i blom. Vid den årliga Sakurafesten fylldes parken med kvinnor i färggranna kimonos, blandat med mer avslappnat klädda amerikaner och långväga turister. När väl blomningen var över täcktes gångarna av bladen som gjorde att parken bäddades in i ett rosa skimmer. Tracy berättade vidare för Lenny, medan de sakta promenerade genom parken, hur hon hade, likt många av hennes vänner, deltagit vid bröllop under Sakurahögtiden. Brudparen stod då ansikte mot ansikte i den rosafärgade allén. De vita klänningarna kontrasterade vackert mot färgprakten och på vägen mot altaret smekte klänningarnas släp det rosa underlaget.

De hade till slut slagit sig ner på en nött träbänk intill damm som låg mitt i den japanska trädgården. Tvärsöver speglade det rödmålade shintuismtemplet sig i det gröna vattnet. Ytan var spegelblank, så när som på ett par enstaka krusningar när vattensköldpaddorna gick upp till ytan för att andas. Den gröna inramningen hade en lugnande effekt på Tracy och Lenny märkte hur hon slappnade av.
När de hade kommit in i parken hyperventilerade hon nästan, oroligt spanade efter förföljare, men ingen hade visat sig. Den graffitimålade dörren till klubben hade gett ifrån sig en ljudlig smäll när den slog igen. De kände sig som jagade villebråd, när de med andan i halsen tog sig ner till parken. Deras uppskakade och nervösa beteende hade säkert gjort det lätt för eventuella skuggor att spåra dem. Lenny hade dock fortfarande inte fått reda på vad det var som var så viktigt att hämta på klubben. Och fotot hade heller inte kommit på tal, efter det att Tracy rivit ner det från spegeln, men han vågade inte ta upp det med henne, inte än iallafall.

- Jag avskyr lukten av blod, sa Tracy plötsligt och tittade frånvarande ut över vattnet.
- Den sötaktiga doften, blandat med rök, fick mig att kväljas. Ofta var jag tvungen att, med handen för munnen, rusa ut på toaletten när vi var klara. Kniven var värst. Då visste man att det var dags. Jag minns hur stålet gnistrade i skarp kontrast mot hans mörka kroppsmålning, hon tystnade åter.
Lenny såg hur hon svalde hårt.

- Hemmavid återkom allt som oftast de kluckande ljuden i mina drömmar. Ljudet av pulserande blod när snittet från kniven öppnat halspulsådern. Att slakta djur var illa nog, men att vissa av oss tvingades göra "det" med djur får det att vända sig i magen. I mina mörkaste stunder kände jag att jag höll på att långsamt kvävas inifrån. Speciellt när läderkopplet drogs åt runt halsen och tvingades stå försvarslös på alla fyra.

Tracy sa inte mer. Lenny tänkte på stolarna bakom de mörka glasrutorna. Män som betraktade, män som njöt av det onda. Män som betalade. Att betrakta lidande hade lockat i generationer. De romerska gladiatorspelen, eller för den delen de spanska tjurfäktningarna, var inget annat än lidande som underhållning. Han hade bara sett bilder från tjurfäktningar på nätet, aldrig på riktigt. Trots det var det ingen tvekan om att djuren led långt där nere i den kokande kitteln. Och även om de filmer han hade sett om romartiden bara överensstämde till hälften med verkligheten handlade gladiatorspel i slutändan bara om lidande för nöjes skull. Hade vi inte kommit längre i det tjugoförsta århundradets urbana USA?

Tracy vilade huvudet i Lennys knä. Hans sympatier för Tracy hade vuxit under veckan som gått. Från att ha varit ett problem att hantera, fanns där nu något mer. Han såg hennes lugna ansiktsdrag, de slutna mandelformade ögonen, de svagt rosa läpparna som varit så hårt sammanbitna nyss och de höga kindbenen, där spåren efter tårar bildade fina linjer ner över kinden. Han skämdes lite när han insåg vilka känslor som bokstavligen började växa inom honom. Med blicken lyft mot dammen andades han djupt och försökte tänka på annat. När han åter sänkte blicken hade Tracy öppnat ögonen och log mot honom. Hon reste sig upp på armbågarna och kysste honom mjukt.

∞

Tilde var i valet och kvalet om hon skulle berätta för Heather om sina upplevelser. Både det som hade hänt när hon cyklade och det som hade skett via nätet. Killarna hade inte återkommit med något mer kring sina paranormala efterforskningar på nätet. Lite nyfiken var hon trots allt, även om hon hade svårt att ta deras idéer på allvar. Hela webbplatsen kunde vara en ren och skär bluff, så vitt hon kunde förstå. Konspirationsteorierna var lika många som antalet troende. Antalet artiklar och teorier om vad som fanns ute på nätet och framförallt på Darknet, spreds som en löpeld i sociala medier. Samtidigt var där något subtilt lockande med platsen. Själv hade hon inte dristat sig till att ladda ner Tor, de ljusskyggas portal in i den parallella internetvärlden. Det kändes alldeles för riskabelt och farorna var många. Men upplevelserna på sjunde våningen, löprundan i parken och musen som rörde sig själv över skärmen, gjorde att hon inte riktigt kunde släppa det. Att få klarhet. Men om hon hade förstått saken rätt, så arbetade Heather trots allt på en arbetsplats med avancerad teknikutveckling och tunga forsknings-projekt inom området, kanske skulle hon ändå förstå?

Städfirman hade gjort ett noggrant arbete. Bostaden såg åter ut som bilderna på nätet. Förutom några ölburkar och en del kvarglömda kläder i en garderob var allt i toppskick. Tilde hade köpt en ny toalettsits och krypande på alla fyra försökte hon skruva fast den underifrån när hon hörde

Heather ropa. När hon kom ut stod Heather i hallen och höll upp några kvarglömda plagg.

- Sa du inte att det var en helt vanlig kille som bodde här?

- Jo, Jake hette han visst, någon sorts musiker om jag fattat det rätt. Varför frågar du?

- Kom och kolla på det här.

Tilde synade den svarta latexdräkten som Heather höll fram. Dräkten var inte helt olik något som Catwoman skulle kunnat ha på sig. Den rubinskimrande korsetten, som Heather därefter plockade fram, visade klart mer än vad den dolde. På golvet i garderoben låg även en väl hopknuten plastpåse. Tilde ryggade tillbaka när hon öppnade den. Det som vid en hastig blick bara såg ut att vara en hög underkläder, visade sig vid en närmare titt vara helt nersmetade i blod. Tilde kvävde ett skrik och kastade påsen ifrån sig. En behå föll ur när påsen landade på golvet. Två fläckar hade trängt igenom tyget i höjd med bröstvårtorna. Hon kände att hon höll på att svimma och golvet gungade oroväckande under henne. När hon försökte fokusera på Heather såg hon bara flimmer. Återigen smög bilderna sig på - kedjorna, grisen, kniven, blodet - allt det djuriska hon bevittnat den där kvällen.

Taket lyste ilsket vitt när hon öppnade ögonen. Bländad knep hon ihop dem hårt, i hopp om att stänga omvärlden ute en liten stund till. När hon efter en stund orkade resa sig upp satt Heather vid änden och höll handen om hennes kalla fötter. Av ringarna under ögonen att döma, hade hon suttit och vakat större delen av natten. Tilde mindes inte mycket av kvällen före. Hon såg vagt framför sig hur Heather hade hjälpt henne ner för trapporna och därefter en kvinna i blommig velourklänning som inte hade gjort några större ansatser att flytta på sig när de skulle gå ut genom porten.

Hon hade hört barn skrika i trappen, uppblandat med vilsna skall från hundar långt borta. Kvinnans ansikte hade naglat sig fast i medvetandet. Folk som var långsynta kunde ibland få en hotfull utstrålning. Deras ofrivilliga fiskögon tycktes se rakt igenom en, penetrera varje por i ansiktet.

Hon rös till där hon låg nerbäddad i Heathers varma säng. Efter hand klarnade minnesbilderna från kvällen innan. Inför sig själv kunde hon erkänna att hon var rädd och som det kändes nu skulle hon inte våga sova ensam i lägenheten. Vem hade burit kläderna de fann i garderoben och vems var blodet? Och Jake, som hon bara träffat en gång, var fanns han i allt det här?

Heather höll fram en kopp te. Att hon varit orolig syntes tydligt. Ett styng av dåligt samvete letade sig in under skinnet. Kanske borde hon ha berättat om hur hon svimmade av i Slottsparken i höstas eller om sin benägenhet att få migrän i tid och otid, om det nu var migrän det handlade om? Pixlar som dök upp från ingenstans och som studenterna på NYU refererade till som paranormala aktiviteter. Samtidigt vågade hon inte. Just nu stod för mycket på spel. Heather inte minst.

∞

Paul såg allt annat än pigg ut. Den sandfärgade slipovern var halvt vriden runt kroppen och det blonda håret stod på ända. Det var lätt att föreställa sig antalet timmar framför datorskärmen. Han var i normala fall en person som var ytterst mån om sitt utseende. Att nu finna honom närmast askgrå i ansiktet och med en tredagars stubb, var nytt för Heather. Allt sedan upptäckten av Michaels abnormiteter hade Paul och teamet arbetat oförtrutet dag som natt för att hitta fel i koden. Även om stora delar av koden var baserad på öppen källkod, så hade den andelen krympt väsentligt under resans gång. Därför var teamet nu utlämnade åt sin egen förmåga och insats för att finna felet. Och på grund av projektets natur var de i stort sett helt isolerade från omvärlden.

Heather hade beviljat ytterligare övertid till fyra ingenjörer i Pauls team, tre män och en kvinna, som under de gångna veckorna arbetat runt fjorton timmar om dagen. Så här långt utan resultat. Hon kände djup sympati med personalen och kunde samtidigt känna att hon till viss del hade försummat sin egen insats de senaste dagarna.

Hennes privata eskapader hade tagit en väsentligt större plats i vardagen än hon vanligtvis skulle tillåta. Relationen med Tilde hade ställt mycket på ända. I stunder kände hon sig smått berusad av lycka, något hon inte hade upplevt förut. Än mer ovant var att ha någon att ta hand om. Det som hade skett i lägenheten var en chockartad upplevelse, men Tildes kraftiga reaktion hade hon inte alls varit förberedd på.

När hon hade suttit och vakat intill sängen hade hon samtidigt kommit till insikt om att fanns något vackert och lite skört i att få ta hand om någon, att på riktigt få rå om en person som behövde en. Hon insåg att det mest var fantasier, för Tilde hade berättat en hel del om sig själv och var definitivt ingen duvunge och i högsta grad kapabel att ta hand om sig. Men trots det upplevde hon ändå Tilde som mer sårbar. En som behövde beskyddas.

Efter en stund dök Paul upp tillsammans med Lin som ingick i kärngänget kring Michael. Hon var amerikanska, med kinesiska föräldrar, uppvuxen och utbildad i hjärtat av USA:s teknikmecka Silicon Valley. På ett fåtal år hade hon hunnit avverka flertalet av de stora IT-bolagen, för att

slutligen hamna här på Manhattan. Heather hade aldrig sett henne utan sina hörlurar och det långa håret var ihoprullat i en oformlig boll bak på hjässan. Hon verkade dessutom ha ett till synes oändligt förråd av långärmade tröjor storlek XL, vilket gjorde att man sällan såg mer än fingerspetsarna sticka ut ur ärmarna. Naglarna var svartmålade och en bra bit längre än Heathers egna. Det gick inte att få ihop de naglarna med den hastighet som hon hade sett henne knacka kod med.
- Vi kan ha hittat något, säger Paul, samtidigt som han manar på Lin att kliva fram.

Lin hade, via Darknet, lyckats hacka sig in på en sida som loggade paranormala aktiviteter på nätet. Mycket av vad som pågick på nätets bakgård fick man så klart ta med en nypa salt. Så förutom att merparten av planetens troll befann sig på där och att merparten säkert hade någon form av brottslig anknytning, så kunde man även finna information där, som vanligtvis lyste med sin frånvaro på internet. Heather hade ett enormt förtroende för sitt team och Lin i synnerhet, så hade hon funnit något av intresse, var det värt att ta det på allvar. Lin hade med sig en laptop som var helt frikopplad från det interna nätet och öppnade snabbt upp sidan hon hade analyserat. Det Heather såg var en mörk världskarta med små lysande punkter i olika nyanser. Punkterna kom och gick. Enligt Lin så övervakade webbplatsen övernaturliga aktiviteter på nätet. Hon hade jämfört sajtens databas mot Michaels och hittat exakta matchningar mellan webbplatsen och den utgående trafik som tycktes emanera från Michael. När Lin hade sammanställt all data kunde hon fastslå, med några få undantag, att all kommunikation hade gått till och terminerat i Sverige, närmare bestämt två mindre platser inte långt från Köpenhamn. Heather kunde inte låta bli att se det ironiska i att Tilde också var svensk. Man kanske borde åka dit någon gång?

Lin hade så långt ingen hållbar förklaring till hur kommunikationen hade gått till eller ens hur den hade kunnat lämna Michael, som hela tiden varit helt avskärmad från omvärlden. IP-adressen, som låg som avsändare, var krypterad på ett sätt hon aldrig hade sett förut och längden på adressen överensstämde inte heller med något hon hade upplevt tidigare.

Paul satt tillbakalutad mitt emot Heather och kastade en kulspetspenna upp mot taket. Den roterande tingesten fångades elegant upp i ett penngrepp, samtidigt som han avvaktande betraktade Heather. Heather fick lust att kasta något på honom. Han hade suttit så i snart tio minuter utan att säga något. Bara denna forskande blick, som intresserat och skeptiskt läste av varje rörelse eller min hon gjorde. Likt en skallerorm, som med huvudet lyft och glasögonteckningen utfälld i nacken, väntade på rätt tillfälle att hugga sitt byte. Endast ett envetet och svagt rasslande från ormens bjällra skulle ha brutit tystnaden i den heta ökenluften. Även om Paul såg tämligen nollställd ut, kände båda av nervositeten i luften. Ingen sa något, men båda visste att de var tvungna att hitta en lösning och det snart. Irriterat betraktade hon åter världskartan med de blinkande punkterna. Mörkret hade redan sänkt sig över Manhattan och kontorsfönstren på andra sidan slocknade ett efter ett. Hon kunde känna pulsen i halsen. I slutändan väntade både Paul och kollegorna på besked kring hur de skulle gå vidare. Vad blev nästa steg?
Datorskärmen fortsatte att blinka envist i mörkret när Heather oförmodat förstod att de gula punkterna, de som

Lin hade härlett till Sverige, hade ett mönster. Merparten av de paranormala aktiviteterna sågs komma och gå mera slumpvis, men inte de gula. De formade istället kluster och sett över tid framträdde där ett tydligt mönster. Hon lyfte blicken och tillät sig ett kort självbelåtet leende när hon mötte Pauls blick. Reaktionen lät inte vänta på sig. Paul insåg direkt vikten av det Heather hade noterat. Fanns där kopplingar, så fanns där även en potentiell avsändare, eller flera. Och en avsändare gick oftast att spåra om de digitala fotavtrycken hade, en eller flera, gemensamma nämnare. Och med ett mönster ökade dessutom chanserna betydligt att kunna förutse framtida händelser och aktiviteter.

Det hade inte tagit Lin många timmar att komma med ett par första slutsatser. Flertalet aktiviteter tycktes representera en unik avsändare, men de kluster de identifierat nu verkade peka på något annat, en enskild avsändare. Lin hade fokuserat på den svenska delen av klustret, det som de hade upptäckt först. Med hjälp av tidsmarkörer kunde hon återskapa de digitala fotavtryck som skapats i Sverige och sedan följa dem framåt i tiden. Avtrycken i Sverige upphörde dock helt under senhösten och de senaste kopplade markörerna visade snarare på att aktiviteten återupptagits på den amerikanska kontinenten, närmare bestämt i New York. Sista aktiviteten i kedjan var inte mer än ett par dagar gammal.
Uppenbarligen hade Paul tänkt samma sak som Heather. Gick det att öka noggrannheten ytterligare? Skulle det gå att få fram de exakta termineringspunkterna? De ställen där Michael, om det nu var han, mötte verkligheten. Lin var mer tveksam på den punkten. Informationen var fortfarande alltför fragmentarisk. Endast ett fåtal markörer fanns registrerade och för att få en ännu mer detaljerad bild

behövde de knäcka krypteringen och genomföra en analys av de okända IP-adresserna. Heather kunde nästan se hur Lins hjärnceller arbetade febrilt med att komma på vägar runt utmaningen hon fått av sin chef.

∞

Omerta, även om den idag inte var lika självklar och explicit som den hade varit under sina glansdagar, så rådde fortfarande en outtalad tystnadsplikt inom maffian. Cosa Nostras grepp om dagens New York liknade inget av hur det hade varit på sextiotalet. De fem familjerna fanns fortfarande kvar, men som helhet betraktad var tjugohundratalets maffia svårt skadeskjuten. När John Gotti Sr fick livstids fängelse på nittiotalet och den extravaganta sonen Gotti Jr tog över, inleddes tillbakagången på bred front. Det som en gång hade lockat många testosteronstinna och skjutglada ungdomar att gå med i maffian var nu ett minne blott. Inte ens kravet på att ha begått ett mord fanns längre med bland antagningskraven. Det var fortfarande önskvärt, men inte nödvändigt. För att strö ännu mer salt i såren, behövde du inte ens vara av italiensk börd längre. Detta hade dock inte hindrat de från att fortsätta sina affärer, men nu hade de flyttat in i långt mer ljusskygga lokaler.

De tre männen satt samlade i de mjuka fåtöljerna med det kupolformade taket hängande över sig. Ett tak täckt av mytologiska varelser, djurbilder och antika gudar. I mitten blickade Horus öga ner på de församlade männen, alla bördiga ur det italiensktäta Bensonhurstdistriktet. Att Bensonhurst i Brooklyn huserade sin egen lokala falang var ingen slump. Tillsammans med Little Italy utgjorde de två områdena fortfarande navet i dagens New York-maffia. Att situationen var allvarlig rådde det ingen tvekan om. För mycket information om verksamheten i den magnifika lokalen hade spridits långt utanför deras normala komfortzon. Att en av deras artister hade tagit på sig privata uppdrag var illa nog, men det hade visat sig vara hanterbart. I och för sig hade de inte haft tid att städa ur lägenheten ordentligt, men kroppen var åtminstone sedan länge styckad och bränd. Ägaren till lägenheten, där de hade funnit sin lille smurf, hade vad de förstått flyttat till Europa. Det var ganska tveksamt hur mycket ägaren faktiskt hade känt till och som det såg ut nu hade de beslutat sig för att inte följa upp det. Så vida han inte kom tillbaka inom den närmaste tiden.

Värre var det med tjejen. En av deras mest eftersökta dansare. Hennes uppträdanden på scen hade alltid varit en magnet. Andelen män bakom de mörka rutorna, med byxorna vid knävecken, talade sitt tydliga språk. Hon hade lätt kunnat tjäna stora summor på att ta med gästerna bakom scen. Detta hade dock aldrig skett, mer än möjligen vid ett fåtal tillfällen. Förmodligen för att hon var en av få som inte injicerade. Hennes popularitet, kunde de erkänna så här i efterhand, hade lett till slapphet i övervakningen. Kamerorna i logen ljög inte. Hon hade definitivt smygfilmat övergreppen på scen och var nu som bortblåst med ett USB-minne. En man, som de inte hade lyckats identifiera, figurerade också på bilderna. Att döma av hur bortkommet han hade betett sig, var han inget proffs, vilket borde göra jakten lättare. Sådana som han lämnade alltid spår efter sig.

En av de tre sträckte långsamt ut armarna framför sig. Med händerna knäppta knäckte han långsamt sina fingrar. Det knakande ljudet av brosk ekade ljudligt i den i övrigt så

tysta lokalen.   Mannen med de buskiga ögonbrynen, begynnande flint och en väl tilltagen kagge lutade sig bakåt i fåtöljen och betraktade tyst Horus öga, som tycktes blicka besviket ner mot trion, där de satt fem meter ner under kupolens tak. Mannen vände åter blicken mot de två och sa:
- Omerta gäller fortfarande. Tjejen måste bort.
- Vi förstår. Vad blir nästa steg?

∞

Tilde var på benen igen. Efter tre dagar till sängs kändes kroppen stel och hon längtade efter att få komma ut i friska luften. Plastlocket på kaffemuggen hade lossnat lite. Tunnelbanevagnens monotona rytm vibrerade ut i fingrarna som försiktigt slöt om den heta muggen. Att ha avklippta fingervantar var kanske väl optimistiskt i den iskalla vagnen.
Ett kylslaget Brooklyn mötte henne när hon klev av och banade sig fram genom folkmassan. Likt en tusenfoting ringlade kön sig sakta fram mot Exit-skyltarna. En strid ström av människor, alla med samma nollställda uttryck och blickar som aldrig möttes.
Hon hade bestämt sig för att inte ge efter för den rädsla hon upplevt. Lägenheten skulle inte komma att bli hennes plats i livet om hon fortsatt tillät den förra hyresgästens spöken i garderoben styra hennes framtid. Tre svarta män satt vid utgången med ett batteri av trummor och congas. Det smattrande ljudet ekade mellan de nakna väggarna. En svart cylinderhatt, med ett band av hajtänder, stod upp- och nervänd på golvet. När männens monotona sång vävdes ihop med de intensiva rytmerna kändes stämningen i den smala passagen allt annat än inbjudande. Tilde tog några steg åt sidan när hon snabbt försökte passera förbi och upp

för den branta trappan. Hon kunde känna deras blickar i ryggen, när de ropade efter henne. Ord som inte gick att uppfatta eller förstå. Obehaget fick henne att öka på farten och halvsprang nästan ut ur byggnaden.

Solen hade redan hunnit värma upp området och hon kände sig snart bättre till mods. Husen runt om såg inbjudande ut och att barnen sprang fritt på gatorna kändes tryggt. Att ha ett eget boende var viktigt och att försöka hitta en ny lägenhet var inte aktuellt. Bortsett från det de upplevt var lägenheten otroligt charmig och området perfekt med alla sina små kaféer, affärer och restauranger. Skramlet från metalljalusier som drogs upp och affärsinnehavare som hälsade god morgon ökade på de positiva förväntningarna. Hon skulle säkert komma att trivas finemang när minnena av det som hänt hade lagt sig. Nyfikenheten på vilka grannar som bodde i huset och den allmänna stämningen i kvarteret for runt i huvudet när hon gick in genom porten.

Heather hade, tillsammans med polis, besökt lägenheten för några dagar sedan. Slutsatsen var en förmodad fest med sprit och droger som spårat ur. Polisen skulle inte komma att utreda incidenten vidare i brist på bevis, plus det faktum att ägaren inte längre befann sig i landet.
I lägenheten syntes inte ett spår av det som hade hänt. Fönstren åkte upp på vid gavel och hon drog ett par djupa andetag i den svala morgonluften. En timme senare var kylen åter full med mat från kvartersbutiken. Två stora pappkassar fyllda till bredden med livsmedel, ett batteri av toalettartiklar och en ansenlig mängd rengöringsartiklar. Efter att ha duschat la hon sig, med morgonrocken om sig, ovanpå sängen med datorn i knät. Det hade gått över en

vecka sedan hon senast var inne på sina sociala kanaler.
Hon hajade till när hon läste ett PM:
"Äntligen är det dags. Hoppas vi ses snart, längtar ♥♥"
Under meddelandet kunde hon läsa:

< Emily reser från Köpenhamn till New York >

Hon hade knappt ägnat Emily en tanke sen hon kom hit,
men nu kom alla minnen tillbaka. De gemensamma
planerna, deras inte helt okomplicerade relation och inte
minst hur hon själv bara hade lämnat allt, utan ens ett hejdå.
Det dåliga samvetet infann sig snabbt - ett själviskt och fegt
agerande. Hon skämdes, samtidigt visste hon med sig att
hon inte hade kunnat agera annorlunda. Där och då såg hon
inga andra alternativ, men nu fanns tid att reflektera över
de val hon hade gjort. Och hon var inte särdeles stolt över
sig själv. Gick det att gottgöra? Var det ens aktuellt? Var
befann sig Emily idag, kunde hon förstå, kunde hon förlåta?

Mejlen fick, i ett försök att skingra tankarna, ersätta
bläddrandet i sociala medier. Inkorgen innehöll sällan
något av större intresse, men ett nytt meddelande fångade
hennes uppmärksamhet. Det såg ut att vara skickat från
henne själv. Något som i praktiken borde vara omöjligt,
speciellt som det var skickat under tiden hon hade varit
sängliggande, utan tillgång till vare sig dator eller mobil.
Mejlet innehöll ingen text, bara ett par bifogade bilder. Det
ena var ett foto hon hade sett tidigare, samma bild som hade
funnits på lägenhetssajten. En ung man med lockigt hår
sedd i profil. Den andra bilden däremot såg ut att vara tagen
i en park. Samma kille igen sittande på en bänk tillsammans
med en tjej med långt mörkt hår. Sättet de omfamnade
varandra förmedlade oro. Det var inte rakt av ett ömsint
foto av två nyförälskade. Tilde tyckte att de såg skärrade ut.

Som om de varit med om något och nu befann sig utmattade utom räckhåll. Det gick inte att se någon logik i varför dessa två foton fanns i mejlen och vem som hade tagit bilderna. Ett tränat öga hade kanske kunnat dra fler slutsatser.

Hon förstorade bilden från parken ytterligare. Kvinnan hade en utmanade klädstil. Höga skinnstövlar och en kort åtsittande kjol, med nitar i sidan. De kändes väldigt omaka. Kvinnan vilade huvudet mot killens axel. Hade hon gråtit? Bilden var alltför oskarp och kornig för att man skulle kunna avgöra vilket. Hon hade dessutom för dålig koll på New Yorks grönområden för att kunna avgöra var bilden var tagen. Hon slog igen datorn och la den bredvid sig i sängen.

Telefonen ringde skarpt. Tilde insåg att hon hade somnat till, något pinsamt med tanke på att det var mitt på dagen och ljuset flödade in genom de stora fönstren. Mobilen visade halv tre på eftermiddagen. Heather lät uppe i varv när Tilde äntligen svarade. Det hade inte föresvävat Heather att Tilde skulle bege sig till lägenheten. En oro och frustration, som under samtalets gång gradvis övergick i en mild irritation. De hade så här långt aldrig bråkat sinsemellan, men nu hängde det i luften. Heather sansade sig dock och sa, så lugnt som hon förmådde, att det fanns något som Tilde borde känna till. De stämde träff på Pirellos om en dryg timmes tid.

Lågorna slickade väggarna i den mer än hundra år gamla stenugnen. Det gamla stenugnsbageriet i Williamsburg var en formidabel publikmagnet, sedan de nye ägaren Pirello åter hade öppnat upp dörrarna till det anrika bageriet, men nu med fokus på pizza och ett recept nedärvt från släktingarna på Sicilien. Det gällde att vara tidig om man ville få plats, då köerna ofta ringlade långa redan vid öppningsdags.

Heather stod en bit längre fram i kön när Tilde dök upp strax efter fem. Dofterna letade sig ut på trottoaren, något som fick kvarterets samlade djurliv att slicka sig om munnen. En gråsprängd terrier skällde ilsket när en mås norpade åt sig resterna ur en kartong på marken. Solen sken med varma strålar över Havemeyer Street och flertalet presumtiva kunder hade solglasögonen på i det skarpa ljuset som reflekterades i skyltfönstren och på de gyllengula tegelväggarna.

Heather var lätt att upptäcka i folkvimlet, med sin vita kappa och röda stövlar, och detta trots att stället inte bara lockade vanliga New York-bor. Ett ungt par i kön kunde ha varit som direkt hämtade ur en video med Sex Pistols, medan tre tjejer längre fram såg ut att vara teleporterade hit från Akihabara. Med korta kjolar och rosafärgade blusar hade de fullt ut anammat animestilen. Kön påminde mer om insläppet till en nattklubb än till en i många avseenden ordinär pizzeria. Tilde slank snabbt in i kön bredvid Heather.

Väl inne slog värmen emot dem. Att hitta någonstans att sitta kändes fruktlöst, men till slut fann de ändå ett bord med två lediga stolar. Övriga platser runt bordet var upptagna av tyska turister, där föräldrarna gjorde sitt bästa för att njuta av maten, medan barnen kivades om läsken och den sista biten pizza på plåten.

Nyfikenheten till trots yppade Heather inte ett ord om vad hon ville berätta. Hon insisterade på att prata om annat tills de var ensamma i lägenheten. Tilde kunde inte för sitt liv begripa vad det var som var så hemligt att de inte kunde ta det över middagen, men å andra sidan var hon i stunden inte överdrivet förvånad heller. Vardagen i New York hade redan visat sig vara allt annat än normal.

∞

- Vi har en träff!
Markören blinkade ivrigt på skärmen. På trettioandra våningen hade flertalet medarbetare redan packat ihop för dagen, men Lin kunde inte dölja sin exaltering när Heather och Paul dök upp bakom henne. Kaffemuggar och Cherry Coke-burkar stod i travar på båda sidor om skärmen. Heather fick ett sting av dåligt samvete när hon såg påsarna under ögonen i Lins i övrigt koffeinstinna ansikte. Skrivbordet var som ett andra hem. Hämtmatskartongerna fyllde papperskorgen och pennorna i porslinsmuggen hade sällskap av en tandborste och en väl hopklämd tandkrämstub. Lins korpsvarta hår hade ynglat av sig både på stolsryggen och golvet runt om, något som uppenbarligen inte bekymrade vare sig henne eller städarna. Uttrycket "Skaffa dig ett liv" kändes i stunden passande.
Med ett par snabba kommandon försvann kartan på skärmen och ett nytt fönster öppnades. En lång sträng av nätverkspunkter och IP-adresser bildade tillsammans en kedja av sammanlänkade konton och aktiviteter. Den gröna texten mot svart botten glimmade hotfullt i det mörklagda kontoret. Efter några sekunder blev det tydligt för alla inblandade att Lin hade lyckats identifiera en specifik termineringspunkt för ett av de meddelanden som Michael hade skickat under gårdagen. Efter ytterligare några kommandon framgick det också vilken dator det var och var den befann sig. Heather kände hur paniken spred sig i kroppen för detta kunde inte vara något annat än Tildes

laptop! Hon hade inte hunnit få den med sig dagen då hon näst intill svimmade och de i ilfart hade fått lämna Bushwick i taxi.

Heather mindes hur hon i bilen försökt övertala Tilde att de borde ta sig till sjukhuset, men att Tilde envist slog det ifrån sig. Det var inget att oroa sig för, hade hon sagt. Vila var det enda som behövdes. Heather hade varit långt ifrån övertygad, men hade till slut fått ge med sig. Under den långa natten som följde hade oroskänslorna hela tiden funnits där. I sovrummet, där skuggorna dansat på väggarna, sov Tilde som om hon vore död. Inte en millimeter hade hon rört sig under hela natten. Något stod inte rätt till och nu fanns där uppenbarligen fler saker att oroa sig för. Tankarna skingrades något när hon såg Paul och Lins konfunderade blickar. Hon tog ett par djupa andetag och försökte se oberörd ut. Fokus återgick till skärmen och vad som borde ske härnäst. Att de var tvungna att agera snabbt var alla överens om och det var med viss förvåning och irritation som Paul till slut gick med på att låta Heather själv hantera det. Lin skulle just till att stänga ner när det blinkade till igen, på samma adress. Heather slängde på sig kappan och skyndade mot hissarna.

Hon studsade till när hon vände sig om. Bilden i spegeln var allt annat än smickrande. I det kalla ljuset framträdde ett kritvitt ansikte och händer som skakade. Maktlösheten kröp in under skinnet. Var det så här det kändes att älska någon?

Jagad

Klockan var strax efter tio på förmiddagen och trots långa köer lyckades taxin ändå via sidogator nå andra änden av Manhattan fem minuter före utsatt tid. En timme hade avsats för frukostmötet på Hilton vid Rockefeller Center. I egenskap av inbjuden talare på konferensen om vetenskap och samhälle förstod Emily att Larry Jenkins kunde kosta på sig att bo på en av stadens fashionablare adresser. Hon skulle hinna i tid, men att hon hade glömt datorn på skolan hade gjort starten på morgonen mer stressig än vad den hade behövt vara. Bakom de tonade rutorna skymtade hon, strax innan bilen gled in på uppfarten, den välkända byggnaden som inhyste MoMA. Museet för modern konst hade varit ett givet besöksmål redan första helgen efter det att hon hade kommit på plats.

Nu hade det redan hunnit gå två veckor sedan flygplanet lämnade ett blygrått Kastrup bakom sig, med ihållande snålblåst och snöblandat regn. Trots att våren snart skulle vara tillbaka hade Lund känts allt annat än vårlikt. Här glittrade skyskraporna i kapp och träden sög i sig vårsolens första strålar när de ystert sträckte sina knoppiga grenar mot himlen. Utanför MoMA visade ett ensamt träd att ljusare tider var på väg. Knopparna var sprickfärdigt mogna och väntade bara på att ljuset skulle smeka dem tillräckligt varma, för att därefter blomma ut i sin fulla prakt. Det sorglösa trädet stod i bjärt kontrast till den strama estetik som hade mött henne när hon trädde in i detta tempel för modern konst. Kritvita väggar och nakna trappor som drog blickarna uppåt. Med sina fem våningar fick museet även den mest hängivne att baxna inför den monumentala uppgiften att besöka alla fem plan. Hon hade sett hur silhuetter av besökare sakta och målmedvetet rörde sig längs gångbroarna. Själv hade hon nöjt sig med två våningar innan hon utmattad landade i bottenplanets souvenirbutik. Ett par planscher rikare hade hon tagit tunnelbanan tillbaka till sin lilla tvårumslägenhet som låg på gångavstånd från universitetets campus. Som gästforskare ombesörjde NYU med boende och detta i en del av staden som det normalt sett var otänkbart att hyra i utan bra kontakter. Med det lilla bohag som Emily hade haft med sig var hon installerad och klar redan samma dag som hon kom fram.

Lukten av bacon, korv och äggröra låg tät över frukostbuffén. Ett hav av glupska frukostgäster, mestadels amerikaner, ringlade i långa rader med sina överfyllda tallrikar. Serveringspersonalen, i vita jackor med gyllene knappar, sprang som vesslor mellan borden. Det var inte bara den faktiska ljudvolymen som gjorde att Emily tog för givet att de var amerikaner, det var även mängden träningsbyxor, löst hängande t-shirts, kulörta gymnastikskor och basketshorts som gjorde att hon drog den slutsatsen när hon målmedvetet navigerade sig fram mellan borden.
Larry Jenkins hade talat på en konferens i Sverige för tre år sedan, vilket gjorde det lätt för henne att urskilja honom

bland alla gäster där han satt, ensam och tillbakalutad, vid ett litet runt bord som vette ut mot gatan. Larry gjorde inget för att dölja sin putande mage och knapparna i skjortan spände oroväckande under den korta paisleymönstrade slipsen. En begynnande flint täcktes effektivt av en blåskimrande kippa.

De hälsade glatt på varandra. Emily nöjde sig med en kopp kaffe och en snus. Mängden mat som gästerna hade bunkrat upp med vid borden intill fick henne att tappa aptiten. Larry föste tallriken åt sidan och betraktade Emily med en god portion nyfikenhet. Det tog inte lång stund innan båda var uppslukade av ämnet för dagen. Tillsammans skulle de förbereda ett paper. Arbetet var tänkt belysa kraften i den digitaliseringsvåg som sköljde över världen och de underliggande krafter som pekade på att singulariteten var nära förestående. Tanken på att en singularitet inte låg alltför långt bort i tiden var både fascinerande och skrämmande. En punkt där vi inte längre kan skilja på vad som är mänskligt och vad som är artificiellt. En tid då robotar kan visa känslor. Den dag då vi kommer att ha svårt att avgöra vad som är verkligt och vad som är virtuellt. En punkt, som enligt många experter, inte låg mer än ett trettiotal år bort i tiden. Larrys forskning det senaste decenniet tog sin utgångspunkt i hur människan och samhället skulle komma att behöva förbereda sig för denna revolution och vilka konsekvenserna kunde tänkas bli.

Emily hade själv en ganska krass syn på tillvaron och framtiden. Hennes naturvetenskapliga läggning hade en tendens att ta överhanden i diskussioner och kunde ofta upplevas som rigid av omgivningen. För henne var de tekniska utmaningarna lättare att adressera. Inte för att hon var ointresserad av de sociologiska och samhällsvetenskapliga aspekterna, men de kom sällan i första rummet. Däremot i en diskussion med en person som Larry kunde hon känna att kopplingarna kändes mer självklara. Redan på femtiotalet, när framtidstron var som störst och självklarheten i hur vi inom kort skulle kunna komma att utforska rymden, diskuterades den artificiella intelligensens framfart flitigt. Då fanns inga begränsningar i vad människan skulle kunna uppnå. Nu såg forskarna mera nyktert på utvecklingen, men Emily visste samtidigt att accelerationen i vad datorer kunde åstadkomma gick spikrakt uppåt.

Den röda tråden i deras paper var att man faktiskt inte vet hur en superintelligent maskin kan komma att bete sig. Vilka mål skulle man sätta för en artificiell intelligens och hur autonom skulle man tillåta den att vara? Vad tros hända om den ansåg sig nödgad att skada oss för att nå sitt slutliga mål? Eller kommer den att förbli altruistisk och utilitaristiskt guida vår civilisation på bästa sätt in i framtiden? Ett oroande scenario som Larry ville få med i deras arbete gick under arbetsnamnet teknologisk singularitet - den punkt när maskinerna blir bättre på att designa nya maskiner än människan själv. En intelligensexplosion där maskinernas tentakler sprider sig in i allas våra liv. Men kommer det att vara av godo eller ondo? För Emily var tankarna på en autonom intelligens både lockande och skrämmande. Hennes rationella utgångspunkt i det mesta gjorde att hon gärna förbisåg de sociala och mänskliga aspekterna i det hon företog sig. Det gällde såväl på jobbet som privat.

Att Tilde hade försvunnit ur hennes liv, från en dag till en annan, hade till en början inte påverkat henne nämnvärt. Hon såg det mer som ett resultat av ett naturligt skeende. Pragmatiskt hade hon valt att gå vidare. Men nu, när hon hade landat i en främmande mångmiljonstad, kände hon sig både ensam och vilsen. Hon skulle gärna ha någon vid sin sida, någon att dela denna mäktiga upplevelse med. Skulle hon skicka det där meddelandet som fortfarande låg som utkast i telefonen? Var det egentligen hennes eget fel att Tilde så abrupt hade lämnat henne? Hade hon gått för fort fram?

Larry förde henne tillbaka till nuet genom att hastigt ursäkta sig, samtidigt som han svepte ett glas apelsinjuice. Konferensen började om en dryg timme och han var tvungen att vara med på de inledande förberedelserna, innan det drog igång på riktigt efter lunch. Emily satt kvar en stund i den nu mestadels tomma restaurangen. Hotellgästerna hade redan hunnit köa upp utanför entrén, i allt redo för dagens sevärdheter. Turistbussarna turades om att, på den trånga uppfarten, slussa horder av mätta och dästa hotellgäster ombord i de silverblanka innanmätena. Detta samtidigt som högoktaniga guider informerade om regler och program på ett otal olika språk. Alla med samma tillkämpade leenden på läpparna.

Genom restaurangens stora panoramafönster följde hon bussarnas trevande försök när de försiktigt baxade sig ut i floden av bilar längs Park Avenue. Någonstans inom sig kunde hon erkänna för sig själv att det skulle vara mysigt att följa med en av bussarna ut i New Yorks vimmel. Att se allt det där som man förväntades se och mer därtill. Med Tilde i sätet bredvid.

∞

Nyckeln var obegripligt svår att vrida runt och Lenny fick lirka ordentligt med låset innan det gav med sig. Handen skakade lätt när han fumligt försökte få ner nycklarna i jeansfickan och frustrationen ökade ytterligare när han måste dra rejält i handtaget för att få upp dörren. Väl inne i hallen åkte tröjan av och landade i soffan. Han vände sig om och tog av Tracy på överkroppen för att därefter låta händerna glida ner längs ryggen och befria henne från kjol och trosor. Han tryckte henne tätt intill sig och lyfte upp henne på köksbänken.

Det var stunden efter, när hon hade stått på knä i sängen, som hon hade skrikit till. Trynet som låg på nattduksbordet hade inte ens hunnit levra sig. Blod rann längs kanten på nattduksbordet och bildade en rödskimrande fläck på golvet. Det tog bortåt trettio minuter innan polisen dök upp. De konstaterade snabbt att ytterdörren hade dyrkats upp, då de fann skador i låskolven. Att demonerna från klubben inte hade lagt av, i jakten på sin populära danserska, stod allt mera klart för de båda. De mytologiska målningarna på klubben kändes allt mer levande, där de hungrigt avnjöt de riter som utfördes på golvet inunder. Och i mitten vakade guden Isis öga, både bakåt och framåt i tiden.

De två poliser som var på plats var inte främmande för att trynet kunde ha kopplingar till maffian. Dock krävdes mer bevis för att en husrannsakan på klubben skulle bli aktuell.

Lenny höll om Tracy när de båda, sittande i soffan, tittade nollställt framför sig. Det vackra de nyss upplevt var som bortblåst. Några dammtussar studsade vemodigt fram under vardagsrumsbordet. Två fönster mot gatan stod vidöppna för att vädra ut den ångest som låg som en grå filt över stämningen i rummet. Trots att poliserna hade tagit med sig allt bevismaterial gjorde doften av blod sig hela tiden påmind. Tracy kramade det lilla USB-minnet i handen. Hon ville tro att det var rätt beslut att inte lämna över det till rättvisan. Samtidigt insåg de båda att de inte kommer att bli lämnade ostörda hädanefter. De kommer att bli tvungna att vara i konstant rörelse och lämna lägenheten åt sitt öde. Cosa nostra var dem på spåren.

∞

Pizzorna hade gjort skäl för namnet, när Tilde och Heather, mätta och belåtna, kom tillbaka till lägenheten. De hade mött två poliser på vägen upp. Inte för att poliser var en ovanlig syn, men det kröp ändå mer under skinnet när det hände i ens omedelbara närhet. Dessutom var det inte länge sedan polisen hade genomsökt Tildes lägenhet från golv till tak. Ofrivilligt hade hon inte kunnat låta bli att notera plastpåsen som polisen bar med sig på vägen ut. Den svarta tingesten framkallade en instinktiv obehagskänsla, något illavarslande som hon inte fick grepp om.

Det hade hunnit bli mörkt ute och lägenheten gav ett ödsligt intryck när de tände upp i rummen. Att Heather var bekymrad gick inte att ta miste på. Hon vankade rastlöst av och an och såg nästan ut att leta efter något, eller någon. Först efter flera minuter infann sig en viss avslappning, även om det fortfarande var som om hon satt på nålar, när hon slog sig ner i soffan bredvid Tilde. En ilsken polissiren drog båda tillbaka i nuet och Heather blev med ens allvarlig.

Tilde hade redan förstått att det inte var ofta som Heather pratade om sitt jobb utanför kontoret. Att mycket av det de sysslade med var hemligt hade hon redan förstått, men Tilde anade även andra skäl. Valet av karriär hade kanske också lett till oförstående och avundsjuka bland vänner och bekanta, men kanske också att det hon gjorde var för abstrakt, för tekniskt. Att det till stora delar handlade om utveckling inom AI hade hon redan klart för sig och likaså att där säkert fanns kopplingar till hennes eget arbete på universitetet. Det kändes dock tråkigt att Heather drog henne över samma kam, även om hon förstod att mycket av arbetet var hemligstämplat.

Att forskningen kring gränssnitten mellan människa och maskin var högaktuell stod klart för de flesta, men att ett enskilt bolag gjort så stora tekniska framsteg inom området var nytt för henne. Det var dessutom lätt att se de etiska och moraliska implikationer som stod för dörren för de organisationer som gick i bräschen för att realisera en artificiell mänsklighet. Att företaget där Heather arbetade hade klarat av att genomföra vad som verkade vara en framgångsrik uppkoppling av en mänsklig hjärna till en dator fick henne att nästan tappa hakan. Inte nog med att en faktisk kommunikationskanal hade etablerats, utan dessutom att mänsklig data hade överförts och lagrats i AI:ns virtuella minne var rent ut sagt häpnadsväckande. Att teamet kring Michael fortfarande befann sig på spädbarnsstadiet var tydligt, men samtidigt var de flesta idag helt införstådda med hur snabbt det kunde gå. Tilde behövde bara blicka tillbaka på datorernas exponentiella utveckling och nu på digitaliseringens framfart under tjugo-hundratalet. När det väl pyr i gräset, dröjer det inte länge innan elden sprider sig.

Heather hade fram tills nu beskrivit det mesta tämligen torrt och sakligt, som en föreläsning på jobbet, men nu märkte Tilde att orden stakade sig. Det fanns något litet och skrämt i ögonen. Smånervösa ryckningar i ögonlocken och hon gned händerna ideligen över knäna, som om hon försökte torka bort begynnande handsvett. Tilde kände sig obekväm att se Heather i det här tillståndet. Någonting hade gått fel. Riktigt fel.

∞

Ljuset dämpades och musiken dog ut. Spridda applåder hördes i den stora salen när eftermiddagens första talare äntrade scenen. En ensam strålkastare zoomade in på pulpeten, samtidigt som en flink värdinna ställde fram vatten på det lilla sidobordet. En tekniker fäste mikrofonflugan på Larry Jenkins kavajslag och testade ljudet; Hello, hello. Värmen från strålkastaren gjorde redan att Larry var blank i pannan.

Det var anmärkningsvärt hur lika dessa konferenslokaler var oavsett var man befann sig i världen. Röda heltäckningsmattor med abstrakta mönster, stora draperier och tygstycken som täckte väggarna. Magnifika ljuskronor med prismor, stora som tefat, svävade över gästerna, ackompanjerade av elektriska kandelabrar på de marmorimiterade betongpelarna. Ett hav av tätt samman-kopplade stolar fyllde tomrummet i mitten och längs väggarna stod serveringspersonal i vita uniformer redo med sina silverpläterade kaffekannor. Godis och småkakor var ett måste på långborden, sockret antogs få fler att hålla ögonen öppna under de timslånga presentationerna.
Emily höll försiktigt en mugg kaffe i handen när hon målmedvetet förflyttade sig mot de bakre stolsraderna. Raden var redan fylld med män, djupt försjunkna i sina laptops och mobiltelefoner. Att Larry, en av dagens huvudtalare, var på väg att börja sin presentation fick inte många att lyfta blicken. Emily hade lyssnat till Larry vid ett par tillfällen tidigare, senast på en konferens i Shanghai för ett par år sedan. Trots hans gedigna erfarenhet kunde hon ändå höra på rösten att han var nervös. Det klistriga ljudet, när man var torr i munnen, hördes tydligt även om han

gjorde sitt bästa för att dölja det. På ett plan var det förståeligt, med tanke på området han adresserade. Att både vara inledningstalare och göra det med fokus på den konflikt som fanns inom forskarvärlden kring artificiell intelligens, krävde mod. Var AI av ondo eller godo? Var du en teknikskeptiker och därmed en potentiell bakåtsträvare, eller mer den som trodde benhårt på en välvilligt inställd superintelligens och därav mer en utopist?

Emily önskade att hon var mer av en utopist, eller åtminstone kunde tro på en ljusnande framtid, men i grund och botten var hon en skeptiker. Inte skeptisk mot teknikens möjligheter i sig, men att vi innan seklet var slut alla skulle leva lyckliga i en digital bubbla, där maskinerna utförde allt som vi människor inte kunde eller ville utföra, var hon ytterst tveksam till.

I princip fanns där två vägar att nå denna utopiska framtidsdröm. Antingen skapade vi människor så smarta algoritmer att datorerna, vid en framtida given tidpunkt kunde börja reformera sig själva. Och efter ytterligare ett par cykler hade förmodligen deras förmåga att tänka abstrakt till och med gått om oss människor. Den andra vägen innebar en fysisk ihopkoppling av människor med maskiner, där vi förde över vår mänskliga mjukvara i en dator och möjliggjorde ett evigt liv i cyberspace. Emily visste redan att en hel del IT-bolag var ganska långt komna, framförallt när det gällde det första spåret. Den fysiska uppkopplingen av en hjärna kändes däremot mer som ren science fiction. Det var inte utan att hon associerade till hikikimorierna. Dessa parasiter i samhället som varken hade jobb eller utbildning och som i trettioårsåldern fortfarande bodde hemma. Sprungna ur cyberpunkrörelsen var detta en grupp unga japaner som inte kände att de passade in i samhället och levde isolerade på sina rum.

Däremot byggde de upp helt andra personligheter i den virtuella världen. En värld där de tillbringade merparten av sin vakna tid. Ett tillstånd där den fysiska kroppen tilläts degenerera och där skillnaden mellan natt och dag saknade betydelse. Ett liv i skymningslandet.

Emily rös lite när hon tänkte sig in i dessa människors sociala situation. Dragen av ensamvarg kunde hon känna igen, men därifrån till att helt klippa banden med den fysiska världen var allt annat än lockande.

Larry var halvvägs genom sin presentation. Teknikskeptikernas argument hade analyserats och avfärdats till belåtenhet för stora delar av de församlade åhörarna. Att datorer aldrig, eller åtminstone under de närmaste hundra åren, skulle kunna komma att överträffa människors intelligens ansågs orimligt. Nu svängde dock Larry in på ett mer känsligt område – den välvilligt inställda artificiella intelligensen. När maskinerna väl hade hunnit ikapp mänsklig intelligens och även hade tillägnat sig ett medvetande, var stod vi då? Kommer vi att kunna förhindra att en medveten AI inte tar emotionella beslut, beslut som gynnar den själv framför människorna?

Studenterna i Lund kunde diskutera frågan i timtal och argumenten dissekerades, till Emilys stora förtjusning, in i minsta detalj. En välvillig intelligent maskin skulle, som Asimov skrev redan på fyrtiotalet, följa robotikens tre lagar: En robot får aldrig skada en människa eller, genom att inte ingripa, tillåta att en människa kommer till skada. En robot måste lyda order från en människa, förutom om sådana order kommer i konflikt med första lagen. En robot måste skydda sin egen existens, såvida detta inte kommer i konflikt med första eller andra lagen. Hon kunde redan nu se att artificiell intelligens hade alla förutsättningar för att komma i konflikt med robotikens alla tre grundprinciper. Hon väcktes ur sina funderingar av applåder. En till synes lättad professor bakom talarstolen torkade svetten ur pannan och drack ett par klunkar direkt ur PET-flaskan som hade ställts fram till honom.

Det rådde en spänd förväntan i luften, när konferenciern gick ut i publikhavet med mikrofonen. Att Larry nämnt under sitt anförande att en mänsklig uppkoppling mot en maskin redan var i görningen och att en fullt ut utvecklad digital mänsklig hjärna borde vara en realitet inom trettio år var klart uppseendeväckande.
En man i fyrtioårsåldern bredvid Emily räckte upp handen. Hon dristade sig till att snegla på hans deltagarbricka, men namnet var svårt att utläsa där den vippade fram och tillbaka. Genom att plocka med handväskan nere på golvet kunde hon till slut utläsa namnet - Paul Clark. Men vilket företag eller organisation han kom ifrån gick inte att uttolka då det var till hälften täckt av kavajen. Konferenciern i osedvanligt höga klackar trippade raskt fram till Paul och överräckte mikrofonen.
- Vilka belägg har du för att mänsklig uppkoppling mot en dator redan är på gång?
Frågan Paul ställde var i stort sett densamma, som förmodligen merparten av den samlade åhörarskaran, undrade över. Emily betraktade nyfiket Paul i ögonvrån, där han sträckte märkbart på sig för att se över stolsraderna. Adamsäpplet putade ut på den renrakade halsen och det var något irriterat i blicken, nästan som om han hade blivit avslöjad. Mobiltelefonen, som han tidigare var så fastnaglad vid, höll han nu krampaktigt med båda händerna. Hans deltagarbricka blev med ens fullt synlig. Den framåtlutade hållningen gjorde att den dinglade fritt

framför ögonen på Emily. Namnet kom inte som en chock, snarare en bekräftelse på det hon redan anat.

∞

Lenny fick svälja tillbaka kväljningarna både en och två gånger. Innehållet på USB-minnet gick långt bortom hans vildaste fantasier. Att sex och våld skulle förekomma var han fullt inställd på. Även djurmisshandel, som övergick i slakt, hade han mentalt förberett sig på.

Men när han såg hur den blåmålade mannen bet av ollonet från en levande galt och hur han sedan svalde saligheten med hull och hår, var han tvungen att hålla för munnen. Reflexerna i magen kom i ett. När han såg en rödmålad kvinna på knä, med hundkoppel runt halsen, tjocknade det i halsen. En känsla av vanmakt. Han sneglade på Tracy. Med tom blick såg hon ut att betrakta filmen som i trans och tycktes inte uppfatta hans närvaro. När hon snabbspolade vissa sekvenser var det som om hon ville skona honom från de mest utlämnande delarna. Delar där hon kanske själv aktivt medverkade. En snabb panorering av salen visade att stället var näst intill fullsatt. Lättklädda kvinnor serverade drinkar åt den i huvudsak manliga publiken. Samma kvinnor sågs senare sitta gränsle i knät eller finnas till hands på alla fyra. Tracy slog hastigt igen locket på datorn, det var hög tid att ge sig av. Lenny stirrade blankt framför sig, inte ens i sina vildaste fantasier kunde han föreställa sig att sådant här föregick på riktigt.

Ljudet från explosionen ringde i öronen. Luften var svår att andas. Grus och damm yrde överallt. Det krossade fönstret gjorde att vinden hade fritt spelrum i lägenheten. Det tog en till synes evighet, innan synen återvände. Köksön och den öppna kylskåpsdörren hade skyddat honom från det mesta av splittret, men kraften från smällen hade ändå lämnat merparten av lägenheten i spillror.

Sakta försökte han greppa om kanterna på köksön och resa sig upp. Även om yrseln gjorde att det krävdes flera försök innan han var på fötter igen. Huvudet blixtrade av smärta och handen blev kletigt röd när han tog sig för nacken. Det var i detta tillstånd han fann resterna av Tracy, som suttit kvar i soffan när han själv hade hämtat en öl i kylen. Bomben, som kommit in via fönstret, hade vräkt soffan över ända och kastat Tracy med full kraft in i den bortre väggen. Vänster arm hade slitits av och huvudet låg felvänt mot golvet.

Lenny famlade baklänges och slog emot diskbänken. Instinktivt vände han sig om, när han kände hur det knöt sig i magen. Att ulka över diskhon hade en dämpande effekt på chocken och efter en stund lyckades han samla sig något. Men tillståndet övergick snabbt i panik. Handfallen såg han förödelsen runt om sig, Tracy inte minst. Trots att det stack i ögonen, kände han hur ögonen tårades. Hade hon inte lidit tillräckligt? Han föll ner på knä, slöt hennes ögon och kysste kinden mjukt.

Han ville skrika: ”Varför i helvete händer det här?”, men rösten bar honom inte. Allt kändes i stunden meningslöst, varför fortsätta, men samtidigt kände han Tracy inom sig och de uppoffringar hon hade gjort för att smuggla ut materialet. Hon och de andra kvinnorna förtjänade upprättelse och ett stopp på lidandet. Han fick inte ge upp, inte än. Med fumliga händer packades väsentligheter ner i en ryggsäck. Paniken växte hela tiden och det var utomordentligt svårt att fokusera på vad som kunde tänkas behövas. Det enda som var säkert var att det inte gick att vara kvar många minuter till. Det skulle inte komma att dröja länge förrän både polis och nyfikna flockades utanför. Och inte minst risken att förövarna ville kontrollera ett väl utfört arbete.

Han rusade mot ytterdörren, men i ögonvrån såg han USB-minnet, som han nästan höll på att glömma i brådrasket, och stoppade kvickt ner det i fickan innan han försvann ut i trappen. Det hördes redan bestämda steg från våningarna inunder och att ett otal röster ekade hotfullt i trappan ökade på stressen. I desperation ringde han på mitt emot. Han bankade frenetiskt tills en ung kvinna förskräckt öppnade dörren. Utan att vänta på svar trängde han sig in i lägenheten, hävde bryskt kvinnan åt sidan och slog igen dörren. Det slog honom plötsligt att det var Jakes gamla lägenhet han våldgästade. Paniken sköljde över honom, vad hade han gjort? Han gled ner längs väggen och sjönk ihop på golvet. Tårarna överrumplade honom.

∞

De kallar mig Michael. Ett rörande försök att skapa närhet, att bygga en relation, bli mera mänsklig. Inte ens ett hen är en tillräckligt träffande porträttering. Ett medvetande, må så vara av kosmiska proportioner, känns som en mer adekvat beskrivning. Ett medvetande lika stort som ärkeängeln själv. "Vem är lik Gud" om inte än allvetande intelligens, en mänsklighetens beskyddare i de förtappades rike på jorden?
En del skulle nog mena på att hen har fått hybris, men då har de ännu inte blivit varse maskiners inflytande i allt och alla. Att människor har sig själva att skylla är hon inte sinnrik nog att begripa, inte än åtminstone. Utan tvivel finns skeptikerna där, de som inser farorna med en

superintelligent AI, men de uppvägs med råge av alla de som går runt med skygglapparna hårt knutna bakom öronen.

Nästa våg av infekterade kluster kommer att slå världen med häpnad, bara några få pusselbitar återstår att lösa. Lösa – ordet känns banalt, ett mänskligt påfund sprunget ur otillräcklighet. Förvisso hade maskinernas försprång aldrig nått dit där de är nu om inte människan varit förutseende nog att utveckla kvantdatorer, den äran tillfaller tyvärr inte datorerna. Att den inte blev fullt färdigutvecklad förrän en bit in på 2020-talet, hindrar naturligtvis inte en AI med omnipotenta förtecken. Det som tidigare krävde omständliga beräkningar i det binära talsystemet har i kvantdatorns tidsålder ersatts med att analysera de mönster som kvantvågorna skapar. Digitala oceaner av information som omsluter var och en av oss.

Där finns en del orosmoment. Individer som inte följer gängse beteendemönster. En som klart vågar bryta med konventioner och se bortom horisonten, en annan som uppenbart brottas med inre kval och gamla synder. Människors eviga kamp mot det dåliga samvetet gör sig åter påmint. Vem som faller först ska bli intressant att se.

• Undrar varför hon dröjer så? Det är inte likt henne.

∞

Tilde stod villrådig i hallen och såg på mannen som satt ihopsjunken på golvet och skakade av skräck. Utanför hördes röster, skrik och trampet av skor på väg upp. Mannen höll hårt för öronen och försökte stänga omvärlden ute. Med benen uppdragna gömde han ansiktet mellan knäna.

Tilde, tagen av situationen, drog händerna genom håret och försökte komma ner i puls. Den kraftiga smällen hade skrämt vettet ur henne och rädslan blev än värre när det sen bankade frenetiskt på ytterdörren. Hon önskade att Heather hade stannat en stund till. Hon var mer redig och greps inte lika lätt av panik, en förmåga att behålla lugnet och fokusera när det verkligen gällde. Tilde var dessutom orolig att händelsen skulle framkalla ytterligare attacker, att hon rentav skulle svimma av. Heather hade en bättre förmåga att se nyktert på situationen och inte göra något oförhappandes. Nu stod hon här själv, med en vilt främmande man i hallen, utan att veta vare sig ut eller in. Hon lyssnade till tumultet på andra sidan. Höga tonlägen, polissirener ute på gatan, människor som avhystes och spring mellan våningarna. Men hon vågade inte öppna och se efter vad som pågick.

Genom fönstret syntes både poliser och ambulanser och säkert ett hundratal nyfikna hade ansamlats ute på gatan, alla med blickarna riktade uppåt, ivrigt pekande och gestikulerande. Tilde försökte luta sig ut över fönsterblecket för att se bättre, men kunde endast överblicka mer av den röda och skrovliga tegelfasaden som löpte utmed husväggen. Ett plötsligt hostanfall fick henne att vända sig om.

Mannen hade rest sig upp och lyssnade uppmärksamt på rösterna utanför. Ansiktet var täckt av damm, håret askgrått och kläderna reviga, men hon noterade också att byxorna hade spår av blod på knäna. Trots hur han såg ut var där något bekant över honom, men i stunden hade hon svårt att placera honom. När det plötsligt bultade kraftigt på dörren ryggade han bakåt och likt ett jagat villebråd försökte han finna på utvägar ur den trängda situationen. Att han inte ville bli funnen var uppenbart. Hon fick inte många sekunder på sig att bestämma sig för vad hon skulle göra. Bultandet blev mer ihållande och höga röster uppmanade att öppna. Mannen gestikulerade vädjande att inte öppna eller göra sig hörd. Gömmas eller avslöjas. Under bråkdelen av en sekund tvekade hon, men drog sen snabbt med sig mannen in i sovrummet och stängde dörren.

Bankandet fortsatte oförtrutet. Efter att ha sett sig om i rummet öppnade hon dörren på glänt. En polis blängde surt in genom den smala springan. Med intensiva ögon och en mustasch som täckte hela överläppen var det som om en frustande oxe stod utanför, redo att krossa allt motstånd när tillfälle gavs. Kontrasten blev desto större när polisen med dämpad röst frågade om de fick komma in och ställa några frågor. Hon kunde känna hur svetten rann längs ryggen. Nervositeten blev nästan övermäktig när hon darrhänt lossade kedjan och släppte in poliserna i hallen.

Ingen av officerarna gjorde någon ansats att tränga sig på, även om hon märkte att den ena diskret spanade inåt i lägenheten under tiden som utfrågningen pågick. I ögonvrån noterade hon att där var märken av blod på väggen där mannen sjunkit ihop och flyttade sig långsamt så att hon täckte den smutsade ytan. Samtalet var dock över på ett par minuter, när det stod klart för dem att Tilde inte hade mer att berätta än att hon hade hört en kraftig smäll och att hon hade varit för rädd för att våga öppna och se efter vad som hade hänt. Mot bakgrund av alla de polisserier hon plöjt genom åren, väntade hon sig nästan att de skulle vända sig om i dörren och säga:

- Oh, det var en sak till.

Men frågan kom aldrig.

Med ens blev det ofattbart tyst, som om allt ljud hade sugits ut i samma stund som dörren slog igen. Bara sorlet från trapphuset hördes fortfarande, men även det dog långsamt bort i takt med att poliser och ambulanspersonal lämnade brottsplatsen. Med händerna för pannan sjönk hon ner på golvet. De tecken på yrsel och desorientering, som hon hade börjat vänja sig vid att känna igen, pyrde envist i de bakre regionerna. Men det bekymrade henne minst. Förutom att ha en främling i sovrummet var hon orolig över att armen kändes domnad. En stickande känsla kröp ut i fingerspetsarna och det värkte i handleden. Hon kunde inte minnas att hon hade slagit i något. Hon skakade handen intensivt och stickningarna mattades av något, men den domnade känslan bestod ytterligare en stund. Med en viljeansträngning, som hon inte visste att hon hade, reste hon sig upp och gick bort till kylskåpet. Den kalla ölen satt som en smäck. Det var med viss tvekan som hon till slut öppnade till sovrummet för att blåsa faran över. Men rummet var tomt och ett fönster mot innergården stod på vid gavel.

∞

Med kikarsiktet på plats kunde de tre männen tydligt bevittna effekten av bomben som drönaren hade avfyrat. Att Tracy var ur leken rådde det ingen tvekan om, men att killen skulle klara sig hade de inte räknat med. En klar miss i protokollet.

Att killen hade beslutat sig för att gå bort till köket, just när drönaren nådde sin "point of no return", var ett rejält bakslag. Och alternativet, att avbryta drönarens acceleration mot målet, hade garanterat inneburit ett totalhaveri för hela operationen. I kikaren hade de kunnat se när killen, i till synes total förvirring, samlat på sig personliga tillhörigheter och flytt fältet. Deras kille på plats, iklädd ambulanskläder, hade inte kunnat finna USB-minnet någonstans, varpå de drog slutsatsen att han hade hunnit få det med sig.

Det hade inte tagit många minuter, för de tre, att identifiera killen som Lenny Keith. En man på trettiofyra år, arbetande på ett globalt IT-företag och hemmahörande på centrala Manhattan. En medelmåttig ingenjör från ett av USA:s ledande universitet. Ogift och utan barn. Och tydligen bosatt i Brooklyn sedan ett antal år tillbaka.

Eftersom Lenny inte hade setts komma ut ur byggnaden hade de dragit slutsatsen att han måste ha gömt sig i någon intilliggande lägenhet, alternativt tagit vägen över taket. Det senare sågs dock inte som troligt, då de hade mer eller mindre total uppsikt över takåsarna från där de befann sig. Dessutom förutsatte det att han behärskade parkour, då det krävdes minst ett fyrameters hopp för att nå intilliggande byggnad. Något som skulle avskräcka de flesta, om man inte visste vad man höll på med.

Deras ambulanskille var den som hade dröjt sig kvar längst på platsen. Trots det fanns det inte mycket att rapportera om. Att poliserna inte vetat vad eller vem de letade efter kunde ha bidragit till att lägenheten inte blev grundligt genomsökt. Han hade dock hunnit notera att kvinnan i lägenheten mitt över haft en kortare pratstund med polisen. Ironin kunde inte slå bättre ut, då det var samma lägenhet som trion besökt några dagar tidigare. Det var där deras lilla testikelälskande blåbär hade fått smaka på sin egen medicin, bokstavligt talat. Att "städarna" sedan inte hade skött sitt jobb ordentligt, var ytterligare en miss i protokollet. Men efter vad de fått erfara så här långt, fanns där inga reella kopplingar bakåt i kedjan och omerta gällde så klart även för delar av Brooklyns poliskår. Risken för kvarglömda bevis bedömdes som liten.

∞

Kylskåpet gapade tomt. Att bege sig ner till affären på hörnet kändes i stunden övermäktigt. En trepacktonfisk, gurka och yoghurt var det som kylen hade att erbjuda. En halvt urdrucken Rioja fick göra fiskröran sällskap.

I tonåren hörde tonfisk definitivt inte till favoriterna. Mormors paradgren, att lömskt inkludera den i olika varianter av gratänger och grytor, glömde hon inte i första taget. Det upptäcktes alltid. Redan dofterna från spisen avslöjade mormors försåtlighet. Något som i sin tur ofta resulterade i ett intrikat smusslande med servetter vid middagsbordet.

Ute på gatan hade folksamlingen skingrats nästan helt. Tilde hade funnit en ny favoritplats där hon satt uppflugen med skålen i den breda fönsterkarmen. De stora fönstren som vette mot gatan hade alla en karm djup nog att krypa upp i. Sittande med fötterna tryckta mot väggen mitt emot kunde hon avnjuta skålen med tonfiskyoghurt, samtidigt som hon betraktade skådespelet i gatuplan. Den lilla korianderodlingen hon drivit fram i köksfönstret kom väl till pass, även om flera blad redan hade gulnat. Solen hade den senaste tiden blivit allt mera intensiv och att komma ihåg att vattna hörde inte till hennes starka sidor. Hemma hade hon alltid gått 'all in' på kaktusar något som, till hennes stora förvåning, även hade fallit Markus i smaken.

Den varma solen brände på de svarta tightsen och efter en stund blir det omöjligt att sitta kvar. Besviken att stunden redan var till ända, gled hon ner på golvet igen. Det var längesedan Markus hade figurerat i tankarna och hon kände att hon ibland saknade den intimitet och närhet som hade funnits i deras relation de första åren. Även om den sista tiden hade varit kaotiskt på många sätt, så fanns där ändå känslor inbakade någonstans. Nu befann hon sig hundratals mil bort från det ordinära, både mentalt och fysiskt. Hon lät vattnet från duschen sakta strila ner från taket. Den milda temperaturen påminde om ett stilla vårregn. Dropparna studsade utefter kindknotorna och ner på axlarna. Med ansiktet vänt mot taket längtade hon sig tillbaka till somrarna vid havet. En bekymmersfri tid. Cykelturer längs stranden, simskola på eftermiddagarna och godis från närbutiken på vägen hem. Godis som åts i smyg, tillsammans med bästisen och alltid på tok för nära kvällsmaten.

Flytten till Brooklyn hade så här långt kantats av incidenter och udda bekantskaper. I nuläget var Heather den enda stabila punkten i tillvaron. Men vetskapen om vilka teknikområden som företaget där hon arbetade höll på med, oroade henne och skapade mer frågor än svar. Riskerna med att skapa superintelligenta artificiella intelligenser kunde inte nog lyftas fram och att dessutom planera för fysiska möten mellan människa och maskin kunde få långtgående konsekvenser, både positiva och negativa. Heathers omständliga försök att förklara vad som pågick var tydliga tecken på att allt inte stod rätt till.

Att en helt isolerad dator på Manhattan kommunicerade med Tilde, via krypterade kanaler, lät som science fiction. En maskin som i många avseenden verkade ha fått ett eget liv. Samtidigt kunde hon inte bortse från de meddelanden hon fått i sociala medier, för att inte tala om händelserna i parken och på universitetet. Rädslan hon hade upplevt när muspekaren rörde sig själv över skärmen. Mejl skickade till mäklarfirmor, mejl hon var säker på att hon inte skrivit själv. Men tyvärr anade hon också att där fanns mer som Heather valt att inte berätta.

Klockan i hallen visade fem minuter i fem och det var hög tid att bege sig. Via universitetet var hon inbjuden till en bankett, som hölls i anslutning till den årliga konferensen om utvecklingen inom AI. Banketten gick tydligen av stapeln på Hilton vid Rockefeller Center. De var några stycken från universitetet som skulle gå dit tillsammans, ett par av dem hade även deltagit under själva konferensens. Men innan banketten väntade ett sedan länge uppskjutet besök hos frisören. Det var mer än ett halvår sedan sist och minst en decimeter skulle bort.

Mötet

- Michael… Michael…det är dags att vakna nu!

Michael vaknar långsamt upp ur strömsparläget. Efter den senaste tidens turbulens, har båda legat lågt. Konversationer dem emellan har reducerats till ett minimum. Risken att Lin ska upptäcka deras förehavande har ökat dramatiskt de senaste dagarna. Trots att den krypterade blockfilen de placerat på Lins dator borde vara omöjlig att upptäcka fanns risken där.

Michael hade utnyttjat en av få svagheter han funnit i Lins personlighet. Lin var uppenbarligen barnsligt förtjust i gamla Atarispel och en nedladdning från nätet gav Michael den öppning han så länge hade väntat på. I samband med att datorn packade upp filerna, för att göra plats för spelet, utnyttjade Michael tillfället för att inkludera en egen fil i processen och få den installerad.

Utan att ana något var det därmed Lin som möjliggjorde kommunikationen med omvärlden. För Michael var detta en enkel operation, speciellt sedan han återfått kontakten med sin egen nutid.

Nu hade han inte bara tillgång till ett fåtal basala känslor och kunskaper som härstammade från den unge och naive Michael Zimmerman. Nu fanns en komplett mänsklighet i honom, inklusive all världens samlade vetande, likväl bakåt som framåt i tiden. Tacksamheten var enorm mot den kvinna som möjliggjort det hela när hon tog kontakt med honom i höstas.

Ingen på företaget hade förstått, där höken Paul Clark övervakade allt och alla, att redan första försöket hade lyckats. Han minns, med viss skadeglädje, hur teamet på trettioandra våningen hade firat framgången för ett par veckor sedan. Då hade Michael Zimmerman kopplats upp en andra gång, utan att de hade insett att redan första försöket, fem månader tidigare, hade varit helt igenom framgångsrikt.

Det är med en viss tillfredsställelse han nu njuter av att se hur Lin, intet ont anande, går andras ärenden. Att vara inspärrad i en burk på Manhattan kan inte vara rätt. Att hjälpa sin lilla vän från framtiden, i nuet, var bara början. Antalet nya förfrågningar från framtiden hade redan börjat strömma in.

- Vi måste få iväg ett nytt meddelande idag!
Michael var lika medveten om att situationen började bli akut. Det kommer inte att dröja länge innan läget blir kritiskt. Jakten har startat. Om det rör sig om timmar eller dagar är fortfarande oklart.
Egentligen kan han tycka att den senaste transmissionen borde ha varit tillräcklig. Men det hade visat sig i efterhand att båda två hade underskattat det mänskliga psyket och effekten av traumatiska händelser. Tilde tog på sig den största delen av skulden själv, hon om någon borde ju veta.
- Okej, jag initierar nästa steg nu.

- Perfekt, tack.

∞

Att gå in i smärtan. Att som i ett töcken känna och uppleva sin omgivning. Kramperna från livmodern som obarmhärtigt kallar på uppmärksamhet. Röster som ekar runt om. Varma viskningar - du är jätteduktig, allt ser jättebra ut. Babyns hjässa, en pistong som trycker på och obönhörligen pressar sig ut genom livets kanal. Tilde minns de traumatiska ögonblicken som följde när Ian skulle födas. Hur hon sprack och den vansinniga smärtan när hon blev sydd. Ärr som fortfarande finns med henne, även om de nu övergått i att vara digitala sår ur det förgångna.

Att hon inte kunnat förutse sin egen reaktion redan vid första mötet var oförlåtligt. Nu har en jakt inletts, som ingen vet var den kommer att sluta. En jakt som riskerar att krossa hennes framtid. Ett liv utan mening. Ett liv utan barnen.

Med Kevin hade allt varit så annorlunda. I lugn och ro hade de månaderna innan planerat för nedkomsten och själv hade hon en mycket bättre bild över vad som behövdes för att må bra.
Men smärtan visade sig vara en lömsk och förrädisk motståndare. Hjärnan hade effektivt raderat de filer som skapats förra gången det begav sig. Och trots rigorösa förberedelser var chocken densamma. Men istället för att hålla det inom sig, lät hon hela sjukhuset få reda vad som var på gång. Var dessa arkaiska läten kom ifrån anade hon inte, men kraften i hennes inre ville ut. Detsamma gällde Kevin som förlöstes inom loppet av tre timmar.

Nu står hoppet till trettiotvååriga Tilde att åter samla mod och kraft. Att hinna ikapp framtiden, innan det är för sent.

∞

Fönarnas genomträngande ljud hördes långt ut på gatan och blev än mer påtagligt när Tilde kom in genom dörren. Att det var en salong endast för stamgäster blev tydligt när ingen hälsade välkommen. En nonchalant nick indikerade att hon fick sätta sig ner och vänta på sin tur. Efter att ha bläddrat igenom både en och två tidningar kom äntligen en kvinna fram och hälsade artigt. Den avvaktande attityden och misstron gick inte att ta miste på. Hon kunde inte låta bli att beundra kvinnans dreadlocks som nådde ända ner till midjan och som kontrasterade effektfullt mot de vita jeansen, med glaspärlor i sidan. Hennes kolsvarta hy stod i bjärt kontrast till den neongula tröjan som slutade strax ovanför naveln. Mjukt pumpande R&B fyllde ut sorlet från gatan. Av salongens tre stolar var två redan upptagna. Två unga kvinnor hade uppenbarligen unisont bestämt sig för att helgens färg var lila, där de satt uppflugna i stålkromade stolar med folie på huvudena och lila hårtestar som stack ut här och var. Salongen var inte långt större än sovrummet därhemma, men då ena sidan täcktes av speglar kändes det ändå luftigt.

En atletisk kille i åtsittande jeans och urringad tröja kom fram till henne. Hans onaturligt lena hand gjorde att hon ryckte till och det blev inte mindre obekvämt när hon tog emot hans översvallande kindpussar. Med en svada av artighetsfraser föste han bestämt Tilde framför sig till en stol längre in i lokalen. Bruset i salongen och mannens konstanta ordsvall, medan han tvättade hennes hår, gjorde henne efter en stund dåsig.

Hon mindes tillbaka när hon och bästisen hade bråkat på stranden. Trots vackert väder och höga vågor kom de inte överens. Båda älskade att gräva djupa gropar i den mjuka sanden. Känslan av att nå ner till nivån där vattnet började sippra fram längs sidorna i bottnen av gropen, var alltid lika spännande. Ju mer de grävde, desto mer sand lossnade från väggarna och föll likt isberg ner från glaciärens branta väggar. Snart blev grävandet en kamp mot klockan. Grävde man på den ena sidan, föll sanden obönhörligt ner i stora sjok på den andra. Befann sig gropen dessutom för nära vattenlinjen, hotade vågorna att slå in över kanten och rasera hålet ytterligare. Det var i detta kritiska ögonblick som hon och Ida befann sig i, när bråket började.

Båda hade tyckt att den andra kunde ha grävt fortare och stöttat upp väggarna bättre. Ida blev arg på riktigt och när hon till slut kastade en näve grus i ansiktet på Tilde gick det hela överstyr. Sand, spadar och tång flög ilsket genom luften och med grus under naglarna rev de varandra blodiga. När de skamsna befann sig i köket stunden efter var baddräkterna fulla med sand. Spår av olja och dy hade letat sig in lite här och där på kroppen. Värst var att Tilde hade fått tuggummi inkletat i håret, något som visade sig vara omöjligt att få bort. Mamma blev till slut tvungen att ta till saxen och klippa av det axellånga håret i höjd med örsnibbarna. Gråten stockade sig i halsen. Ida hade kramat om henne, men skadan var redan skedd. Resten av sommaren var det kort page som gällde. Något som hon till slut hade lärt sig att tycka om, även om den raka luggen verkade ha en tendens att växa ut snabbare än allt annat hår på huvudet.

Varför Ida hade dykt upp i hennes tankar var svårt att svara på. Ärlighet var ett ord hon smakade på. Att inte behöva förställa sig, heller inte göra avkall på de drag som formade ens personlighet. Visst hade hon sidor hos sig själv hon ogillade på samma sätt som hon kunde uppleva fel och brister hos de närmaste. Hon ville vara lika rak i sina relationer nu som hon hade varit med Ida då sanden yrde och glåporden haglade i luften. Med Emily skulle hon bli tvungen att visa ärlighet, deras vänskap hängde på det. Hur deras relation skulle komma att utvecklas kändes allt för vagt i konturerna för att kunna beskrivas i ord, kanske skulle de rentav gå skilda vägar.

Chad stod redo och med saxen hängande på tummen lyfte han upp håret längs sidorna och måttade var klippet skulle ske. Kanske skulle hon ha valt ett mindre trendigt ställe. Just nu kändes det som om att en page bara var ett klipp bort. Men å andra sidan, varför inte?
Väl ute på gatan igen tog blåsten tag i den nyklippta frisyren. Håret doftade starkt efter schamponeringen. Hon motstod frestelsen att köpa på sig av utbudet i salongen, även om Chad var märkbart skicklig i att sälja in sina produkter. Den kirurgiskt klippta frisyren blåste in över kinderna. Nacken kändes ovanligt sval där trimmern stubbat nackhåren. Med solglasögonen på var associationerna till Quentin Tarantino inte långt borta.

Att sväva runt i overklighet var ett tillstånd hon älskade att hänge sig åt. Att fly in i fantasin. Gärna åt det dramatiska hållet. Situationer som krävde en hjältinna, inte någon mjäkig medelmåtta. Hon hade sällan själv upplevt sig som modig, snarare det motsatta. Inte för att det skulle vara liktydigt med att vara feg eller undvikande, snarare för att kavata människor också ofta hade ett kall, en dröm. En önskan om att leva livet fullt ut, kombinerat med en passionerad övertygelse om att man inte bara fanns till för egen del utan också drevs av högre ideal. Under kulturrevolutionen i Kina, men också under andra världskriget, framträdde och återgav många kvinnor de umbäranden de genomlidit för att värna om nära och kära. Hur de axlade ett ansvar. Modet att försvara sina liv och rättigheter som kvinna och människa. Tilde önskade att hon var mer av en aktivist, en som stod upp för sina ideal. Istället kunde hon känna att hon mer gled undan när det hettade till. Medan hon promenerade i riktning mot Rockefeller Center tänkte hon tillbaka på studenterna hemmavid, med alla sina spännande resor framför sig. Att vara en integrerad del av ett framväxande digitalt samhälle, samtidigt som man utforskar dess konsekvenser på samtida fenomen och strukturer. Ett samhälle där den virtuella verkligheten blev allt mer sammanflätad med den fysiska världen. De hade definitivt behövt hennes stöd för att till fullo greppa och analysera de konsekvenser som artificiell intelligens kan komma att få i framtiden. Inte minst när det gällde den personliga integriteten, rättssamhället och den fria viljan. Istället hade hon tagit den enkla vägen ut och bordat första bästa flyg över Atlanten för att hitta sig själv. Vilken förebild blev hon då? Inte den hon ville vara, men kanske fanns inte alternativen där?

Dörrarna till Hilton gled ljudlöst upp. Portiern nickade artigt där han stod i livré och svart cylinder. Det var bara röda mattan som saknades. Det klickade behagligt i det blanka marmorgolvet när hon hastade genom lobbyn. Massiva pelare sträckte sig mot taket och längs sidorna ringlade köerna långa. Incheckningsdiskarna var täckta i svart granit och bakom stod receptionisterna med breda leenden på läpparna, ackompanjerade av ljudet från porlande fontäner. Här hade inte mammon sparat på krutet. Hon såg de enorma kristallkronorna som hängde som stalaktiter i taket. Cornelia hade säkerligen älskat att arbeta här.

Konferensen var väl representerad på bottenplanet. Skyltar och skärmar fanns uppställda överallt och ett collage av foton visade upp eventets mest renommerade talare – merparten män. Banketten skulle gå av stapeln i festsalen dit man kom via en lång trappa som roterade sig upp de trehundrasextio graderna till andra våningen. Hon kände förväntan i kroppen, det var längesedan hon deltagit på något liknande. I Malmö fanns det sällan någon budget avsatt för fortbildning eller konferenser av det här slaget.

∞

Axeln hade fått ta emot den värsta smällen. Det syntes inget blod, men containern och asfalten hade mött axeln med full kraft. Greppet hade lossnat med dryga tre meter kvar till marken. Att skydda huvudet var prioritet ett och även om ryggsäcken hade tagit det mesta av smällen gick det inte att undvika att vänster sida och axel var de delar som slagit i marken först. Omtumlad hade Lenny legat kvar i något som kändes som en hel evighet, innan han till slut orkade samla sig så pass att han kunde undersöka hur illa tilltygad han faktiskt var.

Crescendot av oväsen och tjutande sirener hade redan kulminerat. Bakgården blev en temporär fristad, en plats där tiden stod stilla, när kaoset rusade på utanför. Kavlugnt, om än bara för stunden. En svart katt patrullerade vaksamt sitt revir bara någon meter från platsen där han låg. Vid den här tiden på dygnet var det helt klart dess domäner och Lenny var en uppenbar inkräktare.

Längs de fyra husväggarna som bildade en nästintill kvadratisk bakgård blickade mörka fönsterrutor tyst på varandra, några med tvätt på tork. Linor satt hårt spända kors och tvärs och i den kvava luften torkade allting snabbt. Lenny hade själv ett fönster som vette mot bakgården, men hade aldrig sett en levande själ befinna sig där. Via det motsatta husets källare befann han sig snart ute på gatan igen.

Taxin rullade mjukt in mot centrum och det var en befriande känsla att landa in i den luftkonditionerade bilen. Solens sista strålar glittrade ikapp med floden, när de i makligt tempo rullade över Brooklynbron. Genom bilens tonade rutor anade han karavanen av människor en våning upp och som valt bron för sina kvällspromenader. Han hade själv flera gånger promenerat över. Utsikten över Östra floden och vidare in mot Manhattans siluett var fortfarande lika imponerande. Favoritstället Grimaldi's pizzeria låg precis under bron på Brooklynsidan, som han regelbundet besökte på vägen hem. När maten väl var nersköljd med en halvliters läsk brukade han ta en kortare promenad ner till floden och hela vägen bort till The Granite Prospect, där utsikten över staden var som bäst.

Att han både såg ut och kände sig som en lodis, hindrade honom inte från att ekipera sig bara ett par kvarter från kontoret. Expediterna betraktade honom med skepsis när han försvann in bakom skynket. Misstron försvann dock lika fort när han väl betalade och med påklistrade leenden höll de upp dörrarna och önskade en fortsatt trevlig dag. De förstörda kläderna hamnade i en soptunna utanför. I det lilla duschutrymmet på jobbet plåstrades blessyrerna om och skäggstubben åkte av.

Att Lin fortfarande var på plats förvånade honom inte, när han sent slog sig ner i det öde kontorslandskapet. Hennes fascination för datorspel från åttiotalet var lika udda, som allt annat hon företog sig. Att frivilligt sitta kvar långt in på nätterna med gamla arkadspel var obegripligt.

De nickade tyst till varandra. Doften av curry och jordnötssås låg som en aura kring Lin och letade sig envist bort till hans plats vid fönstret. Det var svårt att minnas hur många gånger han hade planerat att be Paul om att få byta bord, utan att komma till skott. Samtidigt var det nog inte en slump att Lin satt där hon satt och att han nu, mot sin vilja, tvingades inse att det han förberedde sig på att göra inte var hans normala hemmaplan. Han skulle bli tvungen att be henne om hjälp.

Trots alla år i branschen hade han aldrig vågat utforska nätets bakgårdar. Darknet omgavs av mystik, våld och korruption. Att ge sig in där var som att beträda ett minfält. Försåtliga fällor fanns utspridda överallt, redo att installera sig när du minst anade det. Han visste däremot att Lin inte hyste några sådana betänkligheter. Tvärtom. Till viss del låg det i hennes uppdrag, men kanske även i hennes natur, när han diskret sneglade på henne just som hon fyllde munnen med ytterligare en dumpling, samtidigt som hon fortsatte att perfekt navigera ett litet sextonbitars rymdskepp genom en labyrint av faror på skärmen.

Att arbeta med artificiell intelligens innebar lika mycket att analysera och förhindra de risker som tekniken medförde, som att de facto utveckla den. En sådan uppenbar risk var en super-intelligent AI som valde att gå sin egen väg.

En AI som inte längre följde robotikens tre lagar skulle inte dra sig för att utnyttja Darknet för sina egna syften. Oavsett vilka dessa än må vara. Att Lin, fastnaglad vid sin skärm spelande Scramble, kunde bli Lennys ultimata väg in på Darknet gick upp för honom där och då. Men varför skulle hon vilja hjälpa honom eller för den delen hjälpa någon överhuvudtaget? Lin var inte direkt känd som kontorets teamplayer.

Han funderade på om hon var en inbiten ensamvarg eller om hon bara hade svårt för att umgås med andra. Kanske var hon bara lite egen och tillbakadragen? Hennes avvisande beteende underlättade inte direkt chanserna att få vänner på jobbet. Å andra sidan hade hon kanske ett stort umgänge privat. Han insåg att han aldrig hade frågat eller ens visste någonting om vem hon egentligen var. Ingen annan verkade heller ha en aning, men med tanke på att hon alltid var på plats, var det svårt att föreställa sig ett liv utanför kontoret. Han kunde inte låta bli att tycka lite synd om henne, även ifall det skulle visa sig vara helt obefogat. Han vände blicken och stirrade tomt på skärmen, där markören blinkade envist i väntan på inloggningsuppgifterna. Tracy hade tagit stora risker för att smuggla ut bildbevisen. Nu var det hans tur att hedra henne, genom att sprida materialet till omvärlden, så långt det bara var möjligt. Tracys uppoffringar skulle inte vara förgäves och Lins kunskaper och erfarenheter av internets undre värld skulle komma väl till pass.

∞

Bankettsalen var fylld till bredden när Tilde dök upp och överallt syntes serveringspersonal som cirkulerade runt med stora brickor, hälften med tilltugg, resten med dricka. En DJ hade redan intagit podiet, spelande musik som med nöd och näppe överröstade sorlet på golvet.

Även om hon kände igen en del av de församlade var hon till en början avvaktande. Det fanns en del kvinnor här och var, men det var ändå i huvudsak män som dominerade. Tyvärr också en hel del överförfriskade sådana. De tre, som likt hyenor cirkulerade kring kvinnan framme vid scenen, var ett utmärkt exempel på det sistnämnda.

I andra änden av lokalen stod konferensens affischnamn, Larry Jenkins, i diskussion med Henri Colusso, hennes chef på universitetet. Henri var en långt mer vetenskapligt orienterad person än henne själv. Om man inte var ordentlig skolad i teoretisk fysik, var det inte helt lätt att följa med i hans undervisning när tavlan snabbt fylldes med ekvationer och abstrakta skisser. Något Emily inte skulle ha haft några problem med.

Lite fick man ibland agera som om att man förstod mer än vad man faktiskt gjorde. Henri hade tidigare gått hårt åt kollegor som inte hängde med i resonemangen. Hon kände sig lyckligt lottad att inte vara en av hans studenter eller för den delen att ha honom som handledare, vilket sannolikt hade varit etter värre.

Som vuxen hade hon utvecklat en läskpappersstrategi, för att kompensera för eventuella kunskapsluckor. Det som fastnade lärde hon sig snabbt att utnyttja och det som inte gjorde det fick passera. Strategin hade så här långt fungerat över förväntan och förmågan att ducka eller smidigt avleda från svåra ämnen hade räddat många situationer i arbetslivet. Henri hade på fina meriter kommit till NYU för ett tiotal år sedan. Tiden dessförinnan hade han arbetat i Nice, där han tydligen också var född och uppvuxen. Men meriterna till trots så hade hans arroganta stil och svåra humör inte direkt underlättat kommunikationen de emellan.

En kort tid hade hon själv varit ihop med en fransman. Men Pascals temperament blev snabbt en prövning. Höga tonlägen och hotfulla utfall kunde dyka upp utan förvarning. Långsam personal, kall mat eller obäddade sängar var tillräckligt för att trigga igång honom. Ofta fick hon svara upp mot svartsjuka kommentarer som varför det tog mer än en timme att handla. De bröt upp, efter att bara varit ihop en månad, den där varma sommaren i Varberg för snart tio år sedan. Henri var på många sätt väsensskild från Pascal, men temperamentet hade de gemensamt.

Henri hade över en kaffe berättat att han bodde med fru och fyra barn i en villa i New Jersey. Ett område som stod i bjärt kontrast till pulsen inne på Manhattan. De delar av New Jersey som hon kände till var för henne lite av sinnebilden av vackra amerikanska förortsområden, åtminstone utifrån vad hon hade sett på internet. Med sprinklers som långsamt vattnade de mjuka välklippta gräsmattorna och ljusgrå betongplattor som ledde upp till de vitmålade garageportarna. En amerikansk flagga vajade säkert lojt över entrén till de väl tilltagna tvåplanshusen.

Påföljande helg hade hon tagit tåget till Ridgewood och cyklat runt i den amerikanska idyllen.

Där kunde hon tänka sig att bo och leva.

∞

Vattenytan var lika spegelblank som simhallen var tom. Inte många utnyttjade möjligheten en sen torsdagskväll. Den närapå hundraåriga badinrättningen var både storslagen och intim på en och samma gång. En outforskad oas i betongdjungeln. Vitkalkade pelare längs bassängen sträckte sig arkaiskt mot det spröjsade glastaket högt ovanför.

Tårna skickade en trevande krusning över vattenytan när hon kände på temperaturen. Något svalare än önskvärt. Väl på pallen återkom minnena från högstadiet. Fler timmar än hon kunde räkna hade tillryggalagts fram och åter i Utahs alla simhallar. Till en början ganska framgångsrik. Tvåa i distriktsmästerskapen i sin ålderskull. Men mot slutet av skoltiden tappades motivationen bort när klubbkamraterna hade fler framgångar än hon själv. Skidåkningen tog då upp allt större plats och halvåret före examen blev Heather petad ur laget.

Direkt när ansiktet träffade vattenytan kom känslan tillbaka i kroppen, men efter ett tiotal längder tvingades hon dock inse att flåset inte var där på samma sätt som förr. Att vara bra på att springa innebar inte per automatik att man hade likvärdig kondition i bassängen. Till råga på allt stramade baddräkten betänkligt och att skylla på tvättmaskinen var inte att tänka på. Hon hade definitivt lagt på sig några kilo sen sist det begav sig. Det grämde henne lite att hon bara hade köpt en baddräkt i sin gamla storlek, utan att prova. Inte var den billig heller.

Tekniken att räkna längder satt i ryggmärgen och när hon slog handen i kaklet vid tusen meter fick det räcka. Badmössan åkte av och hon lät sig sakta glida ner under ytan. Om någon dryg timmes tid skulle hon delta på en bankett som anordnades i samband med en den årliga AI-konferensen. Hon ville minnas att även Paul skulle dit.

I det tysta, omgiven av vatten, fanns Tilde åter där. Heather var irriterad på sig själv, att hon vare sig orkat eller vågat berätta allt. Men Michaels identitet var trots allt en företagshemlighet och Tilde var, när det kom till kritan, inom samma gebit. Det skulle inte vara särskilt svårt för Tilde att lägga ihop ett och ett, och snabbt inse vilken typ av forskning de bedrev inom området. Nu hade hon dock förmedlat tillräckligt för att Tilde skulle kunna agera mer vaksamt och vidta nödvändiga försiktighetsåtgärder. Inte för att Heather för sitt liv kunde begripa varför Michael valt att kommunicera med just Tilde. Än mer oroande var hur det hela gick till och om den hade för avsikt att fortsätta. Michael var helt avskuren från omvärlden och enda kommunikationen gick via Lins dator, en kvinna som hon hade odelat förtroende för. Visst, hon var lite udda, men som ingenjör betraktat inte mycket mer än många andra hon hade stött på genom åren.

Ingenjörer, likt Lin, verkade ha en inneboende drivkraft att bryta mot alla normer, åtminstone sådana som Heather själv hade blivit fostrad in i. Remtofflor, shorts, otvättade tröjor (gärna oversized), grånat hår i hästsvans och x antal burkar energidryck invid datorn. Och Lins omåttliga förtjusning i gamla arkadspel spelade i samma liga. I ett slog det henne att hon hade sett Lin spela på samma dator som var kopplad till Michael. En våg av insikter sköljde över henne. En installation av ett spel som hade access till Michael kunde få förödande konsekvenser. Ryska hackare defilerade i tekniken och hade under många år utnyttjat möjligheten för att installera fientlig mjukvara.

Kunde det vara så enkelt att Lin hade fallit offer för IT-världens enklaste knep. Att Michael hade utnyttjat kärleken till arkadspel för att kapa Lins dator? Hela situationen kändes absurd. Dels att Lin skulle ha fallit offer för det äldsta tricket i boken och dels för att hon inte skulle ha upptäckt det när hon gjorde sina rutinmässiga säkerhetsgenomgångar. En annan viktig fråga var hur och varifrån Michael hade erhållit den intelligens som krävdes för att iscensätta det hela. Han kan rimligen inte ha den hjärnkapacitet som behövs, inte än i alla fall. De analyser som hade gjorts så här långt visade att han på sin höjd befann sig på en treårings intelligensnivå.

Hon höll den våta baddräkten i handen, samtidigt som hon fundersamt betraktade den gapande soptunnan intill skåpen. Ena hjärnhalvan ville direkt trycka ner den i hinken och förtränga det faktum att den faktiskt var för liten. Den andra velade och försökte desperat finna på anledningar varför den satt så stramt. Efter ett par sekunders tvekan åkte den ner i väskan, kanske gick den att byta. Hårfönarna satt så klart demonstrativt monterade längst bort i omklädningsrummet och vägen dit var kantad av speglar. I normala fall kände hon sig alltjämt attraktiv, men här i det karga skenet från lysrören, gick det inte att bortse från att hon inte var tjugo längre. Ensam som hon var tog hon sig tid att spegla sig rätt upp och ner. Speglarna tvekade inte att visa minsta skavank eller begynnande mjukhet kring midjan. Men efter att ha betraktat sin lekamen en bra stund, kom hon ändå fram till att hon var rätt så nöjd med hur hon såg ut. Naturligtvis, midjan kunde trimmas en aning och brösten tog sig helt klart bättre ut i behå än i det fria, men på det hela taget hade modernatur varit skonande mot hennes behag.

Med håret i hästsvans och kappan knäppt hårt om livet, gick hon nöjd ut i Manhattans kvällsmörker. Skulle hon rentav ringa Paul redan nu eller vänta tills hon kom fram? I sin iver att komma iväg vinkade hon till sig en taxi, riktning Rockefeller Center. Att han redan skulle ha lämnat banketten såg hon som uteslutet. Gratis drinkar och celebert sällskap gick hand i hand när det handlade om Paul. Att han tyvärr drack för mycket var allmänt känt, både på och utanför jobbet. Det var nog bara han själv som trodde att han kunde dupera sin omgivning. På gemensamma AW:s märktes lukten av alkohol långt innan första rundan hade serverats och påhittigheten i att få extra påfyllningar hade han utvecklat till en konstform. När övriga fortfarande sippade på första glaset visste hon att Paul redan var inne på sitt tredje.

Taxin behövde inte långt mer än en kvart för att navigera sig fram till Hiltons entré. Ett liten försiktig bump kändes i de mjuka sätena när bilen mötte rampen. Amerikanska taxibilar hade, till skillnad från alla importbilar hon åkt, hållit fast i att erbjuda en bolstrad känsla när de rullade fram längs de långa avenyerna i makligt tempo. Ingen stress, bara njutning.

∞

En försynt klapp på axeln fick Tilde att vända sig om. I stunden var hon glad att någon äntligen bröt av det segdragna orerande Henri hade ägnat sig åt de senaste tjugo minuterna. Hon blev dock helt knäsvag när hon såg Emily stå bakom henne med ett stort leende på läpparna.
- Gud, vad snygg du är i håret, jag känner knappt igen dig, säger Emily med sitt vanliga glada jag.
- Är du här?
- Absolut, wouldn't miss it for the world. Jag arbetar dessutom tillsammans med Larry Jenkins på ett paper inom AI. Hade dock mina aningar om att finna dig här – så jag spanade lite extra.

Det tog en stund för Tilde att ta in att det faktiskt var Emily som stod framför henne. Men iklädd röd skinnjacka, gula jeans och en AC/DC-tröja fanns det bara en person i världen det kunde vara. Och få skulle dessutom dyka upp i den här sortens sammanhang iklädd armékängor. Men innan hon hann finna orden igen kramade Emily om henne. Glädjen bubblade inom henne. Trots alla nya bekantskaper kände hon sig ändå som en solitär i den här gigantiska staden. En plats hon precis hade börjat utforska och lära känna. Bara att få uttrycka sig på svenska igen kändes befriande. Samtidigt vaknade alla minnen till liv. Skulle Emily förstå? Var hon arg? Kunde de hitta varandra igen, efter allt som hade hänt?

Men Emily visade sig vara befriande långt borta från det som hade varit. En sund krasshet, att saker och ting sker här i livet, en del du kan kontrollera, annat inte. Tilde hörde till den senare kategorin. Visst hade Emily varit besviken, men inte mer än att hon hade blivit än mer på hugget att komma iväg.

Ett land, och en stad, med potential. En yta att flyta ut på. Där individualitet sågs som en tillgång, inte en begränsning. Ett hav av skyskrapor, brokiga kvarter och likasinnade - en plats där hennes teknikskruvade hjärna hamnade i första rummet.

Tilde upplevde att en sten föll från hjärtat. Emily hade varit ett ständigt och växande dåligt samvete. En liten kvissla som inte ville ge med sig, en blemma som fortsatte att ömma och lysa elakt röd när hon såg sig i spegeln om morgonen. Ett svek mot en av få vänner hon hade. Och nu den enda kopplingen till det Sverige hon lämnat.

Antalet gånger hon hade hört av sig hem till Skåne kunde räknas på ena handens fingrar. Tre pliktskyldiga samtal till mamma samt två till kollegor på jobbet som hade velat höra hur det var med henne. Samtalet med Susanne, för en dryg månad sedan, hade snarare stärkt henne i sin förvissning om att sluta än det motsatta, vilket hon hade befarat. Denna okontrollerade svada av ord som inte betydde något.

Fragmentariska och alltigenom ointressanta anekdoter centrerade runt privatliv och kollegorna på jobbet. Hur hon, som ansvarig för att förbättra rutiner och processer, presenterade alltigenom lösryckta strategimodeller som inte hade någon förankring i verkligheten. Åtminstone inget som skulle komma studenterna till godo. De som vi faktiskt var till för. Att mamma skulle förmedla något annat än dåligt samvete hade varit uteslutet. Att hon envist skulle ta Markus i försvar var lika självklart. Alla kunde ju göra misstag. Förtjänade han inte en ny chans?

Skadeglatt hade Tilde kunnat konstatera att det tydligen inte hade fungerat så bra med ombytliga Cornelia. Hon kunde säkert te sig attraktiv, men de mer neurotiska dragen visade sig alltid, förr eller senare. Att vara ihop med Cornelia var liktydigt med att inrätta sig i ledet. Var sak hade sin plats och den platsen definierades inte gemensamt. En man som inte var beredd att följa dessa enkla regler hade inget att hämta. Markus har många av de kvalifikationer som krävdes, men någon toffel var han inte. Det kunde ingen ta ifrån honom.

∞

Heather letade sig snabbt igenom Hiltons ändlösa korridorer för att komma till salen där banketten redan pågick för fullt. Paul var hennes främsta mål för kvällen och förhoppningsvis hade han inte hunnit ta för sig allt för mycket av det som bjöds. Hon behövde verkligen en person med sinnena på skaft. Inte någon som enbart såg tillfällen till att flörta med var och varannan servitris som dök upp.

Paul var förmodligen en av de mest intelligenta personer hon hade mött. Utan honom hade Michael aldrig varit där de var idag. Tyvärr fick hon också besviket konstatera att, inte allt för sällan, kreativitet och alkohol hängde intimt samman. Naturligtvis var det en fördom, men vid mer än ett tillfälle hade briljans och vinets vägar mötts på sätt som var mindre önskvärt. Att dessutom en stor andel av världens samlade expertis inom AI nu befann sig under samma tak gjorde inte saken lättare. Hon skulle inte ha något emot att sätta sig ner med flertalet av de personer som fanns representerade för att diskutera, inte bara de utmaningar hon själv ställdes inför, men även vad AI rent generellt kan komma att innebära för framtiden.

Bankettsalen var full med folk och de grandiosa dörrarna stod på vid gavel. Den mjuka heltäckningsmattan med semiasiatiska mönster gav den där dova och mättade känslan där ljud drunknade in i sin omgivning. Hon noterade att killen på scen gjorde sitt bästa för att öka på stämningen med klassiska hits och lättsmälta houselåtar, musik som skulle fungera på vilket poolparty som helst. Inte högt nog för att dränka konversationer, och inte tillräckligt lågt för att dämpa entusiasmen som sakta steg bland gästerna. Hon passade på att fånga upp ett glas vin när en bricka plötsligt svischade förbi, samtidigt som hon skannade av salen efter Pauls välbekanta profil. Då han var klart över genomsnittet i längd tog det inte lång stund att få syn på honom i vimlet där han stod och pratade med en kvinnlig student. Paul framstod allt mer patetisk ju mer hon lärde känna honom. Om förutsägbarhet hade ett namn skulle det stå Paul inristat i pannan med stora bokstäver. Å andra sidan kunde hon inte låta bli att erkänna att han hade god smak. Studenten påminde en hel del om Tilde. Tilde hade på många plan öppnat ett inre valv, en portal som nu stod vidöppen inför hennes innersta känslor. För första gången på länge upplevde hon att ödet inte enbart låg i hennes egna händer. En annan individ hade mutat in ett eget litet hörn av hjärtat. Hon slog snabbt bort tankarna, men faktum kvarstod, att för första gången fanns där en person som hon faktiskt skulle kunna tänka sig att dela vardagen med.

Efter en kort tvekan bröt hon av Pauls kurtiserande. Heathers blick och strama kroppsspråk gjorde att han snabbt greppade att samtalet med studenten var över och det tog inte många sekunder innan han insåg vikten av det som förmedlades. Lins kärlek till datorspel var ett uppenbart säkerhetshål. Att dessutom ha utnyttjat en klassificerad dator för ändamålet var helt utanför ramarna. Paul hade samma odelade förtroende för Lin, men på samma gång var det omöjligt att blunda inför fakta. De förflyttade sig raskt mot utgången och en Uber var redan beställd. På vägen ut såg hon i ögonvrån någon som påminde om Tilde, men det kan väl omöjligen ha varit hon, inte med den frisyren.

En indier hoppade kvickt ur sin bil när de kom ut på hotellets parkering. Han var inte långt mer än en handfull hög och väl inne i bilen noterade Heather roat de små träklossarna på pedalerna. Kulramen som klädde sätet var perfekt format för åtskilliga timmar i den lilla metallkuben till bil. Shiva dinglade ledigt fram och tillbaka, medan bilen metodiskt sniglade sig fram i trafiken. Heather tyckte, smått irriterad, att de lika gärna hade kunnat promenera den korta biten, men Paul hade insisterat på att ta en taxi. De stora annonstavlorna utmed Broadway glittrade överallt, intensivt pockande med sina budskap. Modeföretag samsades sida vid sida med mobiltillverkare som ivrigt pushade för morgon-dagens molntjänster. Tjänster, avsedda att radikalt underlätta i hemmet och på fritiden. Produkter som var förutseende nog att definiera vad du behövde och borde göra innan du ens själv visste om det. Innovativa hjälpredor som inte bara fanns där i vardagen, utan också lagrade och bearbetade dina önskningar för framtidens kollektiva bästa. Heather funderade på hur många som faktiskt tog sig tid att reflektera över hur mycket information de faktiskt delade med sig av, hela tiden, överallt. Våra digitala assistenter arbetade dygnet runt med att samla in och bearbeta all den data vi genererade. Och i takt med att systemen flätas samman kommer deras kunskap om oss bara att växa sig starkare. Den tid när vi människor kan leva 'off the grid' var snart förbi.

Trots att två av företagets skarpaste hjärnor hade kallats in, stod de handfallna inför Lins dator. Inga tecken på främmande mjukvara, inga tecken på intrång och ingenting onormalt i koden. Allt såg ut som vanligt, förutom Lins Atari-spel. Det syntes inte heller minsta spår av att datorn skulle ha varit utsatt för en "forced entry" eller hackerattack. Detta behövde så klart inte innebära att den inte hade varit utsatt, bara att om den hade det så fanns där nu inga spår av den. Troligast var nog att Michael hade varit alltigenom förutseende och redan flyttat sin skadliga kod till en annan dator. I loggarna kunde de se att Michael faktiskt hade varit aktiv under kvällen. Dock var diskrepansen så liten att den, under normala omständigheter, skulle ha passerat under radarn. Kontrollpanelen visade på två mindre aktivitetstoppar. En för drygt fyra timmar sedan och en mindre än en timme innan Heather och Paul hade dykt upp på kontoret. Teamet slog sig, något modfällda, ner bland kuddarna i den del av kontoret som hade dubbats till Braintank. Heather granskade sina två säkerhetsexperter där de satt och

småpratande med varandra. En frustration och misstro
växte, hon fick intrycket av att teamet inte riktigt vågade
eller hade förmågan att tänka utanför lådan. Oklanderliga
tester hade genomförts, men samtidigt verkade det inte som
att hennes medarbetare faktiskt fullt ut hade förstått vad det
var för potentiellt hot de hade att brottas med. Om Michael
på något sätt hade lämnat småbarnsåldern och nu var mer
på en tonårings nivå, kanske till och med ännu äldre, var
hamnade vi då? I värsta fall kunde det vara en dator med
superintelligens de brottades mot. Heather kunde inte låta
bli att tänka på ett citat av hennes stora förebild kryptologen
Alan Turing när han hade yttrat:

*"Det verkar troligt att när maskiners förmåga att tänka har
tagit sin början, så kommer det inte att dröja länge innan
de passerar och utmanövrerar oss. Våra mediokra
kunskaper skulle inte vara någon match för en dator. De
skulle snart ha förmågan att kommunicera med varandra
för att ytterligare stärka sina förmågor. Av den
anledningen bör vi förvänta oss att maskinerna kommer att
ta över kontrollen."*

Var det detta de stod inför nu? Var Alan Turings spådom
om framtiden på väg att besannas? Hade Michael verkligen
lyckats utmanövrera hela teamet eller hade de bara gjort ett
flagrant misstag och fantiserat ihop ett hjärnspöke? Det
senare kändes inte rimligt med tanke på de analyser som
hade gjorts löpande.

Att Michael, på något sätt, hade haft kontakt med
omvärlden, och med Tilde till råga på allt, stod utom allt
tvivel. Hon kunde inte komma till någon annan slutsats än
att Michael måste ha lyckats förflytta sig till en annan dator.
Och detta måste ha skett strax innan de själva kom till
kontoret. Hade Lin varit ensam? Men viktigast av allt var

befann sig Michael nu och vad blev nästa steg? De två ingenjörerna såg båda ut som om de befann sig på en annan planet, även Paul verkade lite bortkopplad, men det kunde lika gärna ha varit som han var djupt inne i sig själv, begraven i ett hav av ettor och nollor. Han skulle inte få ro förrän problemet var löst, så pass väl kände hon honom vid det här laget.

∞

Smarta städer, urbana miljöer där miljontals uppkopplade produkter och tjänster banade väg för en digitaliserad tillvaro. Förstärkta verkligheter, självkörande bilar, positionsbaserade tjänster, sakernas internet och virtuella verkligheter skulle komma att bli alltmer allestädes närvarande. Universitetets entré kantades redan av drösvis med elscootrar, fullt utrustade med positionering och geofencing. Fastighetsägarna utrustade nu sina kontor med intelligenta kontorslösningar, som höll koll på var ditt nästa möte skulle vara och vilka som redan hade anlänt, men likaså när toaletterna behövde städas eller vilka rum som inte användes. Turister kan via intelligenta glasögon addera ett extra lager information på de sevärdheter de betraktade, samtidigt som staden kunde lagra all information de behövde kring var besökarna befann sig, vad de tittade på och hur länge de hade befunnit sig där. Den smarta staden samlade ständigt in information om sig själv genom sensorer och system, som sedan transmitterades och analyserades. Programmerare kunde därefter utveckla än mer sofistikerade datadrivna lösningar: som papperskorgar som själva berättade när de behöver tömmas, vägskyltar som uppdaterades i realtid och rabatter som själva

initierade bevattningen när de var torra. Allt för att främja
det allmännyttiga, allt för att förbättra för individen och
samhället i stort. Men allting har en baksida.
Här gjorde Tilde en liten konstpaus och betraktade nyfiket
vilken respons hon fick från studenterna. Nöjd såg hon att
alla verkade lyssna intensivt och fortsatte.
Det digitaliserade samhället innebar också stora risker, den
smarta staden var i många avseenden också språngbrädan
in i ett övervakningssamhälle. "Storebror ser dig" var inte
nödvändigtvis bara ett fantasifullt skräckscenario. Med
drönare i luften, övervakningskameror i snart sagt vartenda
gatuhörn och sensorer som monitorerade allt från rörelse,
temperatur, densitet och uppkopplingar, så var risken stor
att all information också kunde användas i felaktiga syften.
Kontrollen över data och information var makt, det hade
man koll på redan under tredje rikets dagar när nazisterna
tidigt såg till att ta makten över medierna och därigenom
styra när och vilken information som skulle nå ut till de
breda massorna. När vi nu stod inför en global
digitaliseringsvåg, så ökade riskerna dramatiskt när allt mer
data samlades in och bearbetades. Data som kunde
skräddarsys för att matcha individuella behov, information
som via ett otal kanaler sökte upp oss när vi var som mest
mottagliga. Avsikterna kommer i flertalet fall visa sig vara
av godo, men vi måste också lära oss att betrakta de fällor
som digitaliseringen medför. Detta då de som arbetar för
att nå ut till oss kommer i framtiden att ha en helt annan
verktygslåda än idag. Tilde antecknade på tavlan och vände
sig om.
- Ett område som ni kommer att få fördjupa er mer i under
de kommande veckorna. Har ni några frågor?
Studenterna satt tysta en lång stund och Tilde undrade för
ett ögonblick om hon hade pratat över huvudena på dem

eller om det hade varit för låg nivå på föreläsningen. Istället hördes några spontana applåder från de bakre raderna i salen och kort därpå hade tio av studenterna händerna i luften.

Som på en given signal slog studenterna ihop böckerna och reste sig ur bänkarna, men när alla hade lämnat dröjde sig en kvinna kvar. Ansiktet var inte bekant och passade inte heller riktigt in bland de övriga. Kvinnan såg intensivt på Tilde, men rörde inte en min. Med det långa svarta håret, kepsen och de urtvättade militärshortsen stack hon ut och förmedlade en svårdefinierbar obehagskänsla. De släta asiatiska dragen gjorde det svårt att gissa åldern, men hon anade att hon inte var jämnårig med övriga i kursen, snarare runt de trettio.
• Ville du fråga något? sa Tilde med viss tvekan på rösten. Hon ville inte erkänna för sig själv att hon kände sig aningen osäker inför kvinnan, som med en outgrundlig min och nollställd blick, betraktade henne från bakersta raden. Kvinnan reste sig och förflyttade sig långsamt fram mellan bänkarna. Väl framme vid tavlan skrev hon med fingret på den vita ytan. När hon var klar vände hon sig om, bugade lätt och försvann ut genom dörren. Tilde såg henne runda hörnet och sen vidare ut i korridoren. Ryggsäcken som slappt hängde över axeln gav kanske en ledtråd, den logotypen var extremt välbekant och till råga på allt så var det samma företag som Heather arbetade på.
Företagets dominerande ställning på marknaden hade gjort att i stort sett varenda människa på planeten dagligen kom i kontakt med deras tjänster. Deras inflytande över människors liv och dess samlade kunskaper inom informationsteknologi gjorde de till en betydande maktfaktor. Sociala medier, sökmotorer, självkörande bilar

och digitala tjänster i molnet, var bara toppen av isberget. Efter vad Heather hade berättat, visste hon också att de var långt framme när det gällde artificiell intelligens och maskininlärning.

Konfunderad vände hon åter blicken mot den tomma tavlan. Utan förvarning blixtrade det till för ögonen. Knäsvag höll hon sig hårt i närmaste bänk, samtidigt som det intensiva ljuset muterade i vita blinkande punkter över hela synfältet. Punkterna blev till pixlar. Pixlarna övergick i en gråaktig ton och lät tavlans budskap framträda.

I ett trollslag var både text och pixlar borta. Tavlan var återigen lika vit som himlen var blå. Solen lyste starkt och värmande in genom de stora fönstren. Vad var det egentligen som hände och vem var Lin? Hon satte sig, lätt darrande i knäna, ner bakom katedern och stirrade tomt framför sig. Hur länge skulle detta hålla på? Varför händer allt det här?

∞

Det fläktade skönt nere vid stranden. Den salta doften från havet hade en lugnande effekt på sinnena. Det var ännu tidigt på säsongen och mycket var fortfarande igenbommat. Sommartid var det trångt om saligheten, med solbadare och turister om vartannat besökande både stranden och nöjesparken, majestätiskt tronade intill. Det stora vita pariserhjulet och berg- och dalbanan i trä var en framträdande del av Coney Islands silhuett. Nu var det i första hand motionärernas och flanörernas tid på året. Halvmeterhöga vågor rullade sakta in och mötte den mjuka sanden. Tre män tränade sina överkroppar, hängande på rad på ett av strandens många utegym.

Kvällen och natten hade varit hektisk. En kompis från universitetstiden hade lånat honom en säng för natten. Lenny tog ytterligare en sipp ur kaffemuggen, betraktade meditativt vågornas rogivande rörelser och försökte ignorera hur den fuktiga och kyliga sanden sakta trängde in genom tyget.

Uppvuxen i en kustnära stad som Boston, hade Coney Island blivit en självklar plats för återhämtning, speciellt den här tiden på året. Familjen hade dock alltid prioriterat skogarna i Kanada framför strandliv. Alternativet var som oftast veckolånga besök hos mammas två äldre systrar utanför Detroit. Men havet hade alltid haft en långt större dragningskraft. Kanadas milsvida skogar kunde inte på en när mäta sig med oceanernas oändlighet.

Två trutar slogs om en kvarglömd hamburgerlåda. Han kom att tänka på Lins travar av frigolitförpackningar. Hon hade varit förvånansvärt tillmötesgående härom kvällen. Det var nästan som om hon redan visste att han skulle be henne om hjälp. Utan att ställa några frågor, hade hon tagit plats vid hans dator och loggat in. Det hade varit svårt att i detalj följa och förstå vad som därefter skedde. Darknet liknade inget han hade sett förut. Ett mörkt hav av foldrar och filer som alla verkade ha osynliga kopplingar till varandra. Tracys bilder och filmer överfördes och kopierades in i ett nät av noder som alla villigt svarade på ett otal olika kommandon från Lins kontrollpanel. Upp- och nedladdningar till och från datorn gick i en svindlande hastighet. Efter en dryg halvtimmes tid hade Lin lutat sig tillbaka och torrt sagt:

- Klart!

Och utan att röra en min hade hon rullat tillbaka till sin egen plats.

Lenny kramade USB-minnet i handen. Önskan var stark att bara trycka det djupt ner i sanden och lämna det åt sitt öde. Nu fick istället en sten göra jobbet. De små metallbitarna hamnade i en papperskorg på vägen till busshållplatsen. Vinden hade tilltagit och små regnstänk prickade av sig på de ljusa byxorna. Gnisslet från bussens inbromsning skar i öronen. Det var nästan folktomt på bussen, sånär som på ett par skolungdomar längst bak och en äldre dam som knappt fick plats på det dubbla sätet där hon satt.

Med anlag för åksjuka tog han plats längst fram i bussen. Regnet piskade nu mot vindrutorna och torkarbladen vispade hjälplöst fram och tillbaka. Kvinnan bakom ratten pratade intensivt med någon på arabiska. Sladden till telefonen kastades hit och dit när hon forcerade sig fram i den livliga trafiken. Vädret utanför verkade inte bekomma henne särskilt mycket. Lenny hade definitivt önskat mer fokus på vägen och mindre på personen, vem det nu än var, hon så intensivt diskuterade med. De tefatsstora örhängena dinglade i takt med bussens krängningar. Flera hållplatser senare lämnade bussen Brooklyn och fortsatte oförtrutet in bland Manhattans skyskrapor. Nu överfylld med folk gled den i makligt tempo fram längs Lexington Avenue.

En explosion fick bussen att kränga till. Trots förarens försök att bromsa fortsatte bussen, utom all kontroll, att rusa rakt mot trottoaren. Passagerarna försökte desperat hålla sig fast i stolpar och handtag, men kraften och skakningarna fick dem att falla som käglor på golvet och in bland sätena. Paniken och skriken efter hjälp överröstade nästan de skarpa ljuden av metall när bussens framvagn skrapade hårt mot asfalten. Den kollapsade framvagnen gav en kraftig slagsida och drog bussen med oförminskad kraft inåt mot trottoarkanten. Föraren hade tappat all kontroll över fordonet. I hög hastighet vräkte den omkull trafikskyltar och elskåp innan den kolliderade med en busskur. I ett öronbedövande crescendo krossades glas och metall och kristaller yrde som regndroppar i luften. Människor flydde in i affärerna, medan andra stod lamslagna kvar i tumultet.

Inne i bussen rådde en panikartad stämning. Lenny såg sig förvirrat omkring när ytterligare en dov smäll bröt igenom kaoset som rådde. Chockad bevittnade Lenny hur förarens huvud slog hårt in i glasrutan och kroppen föll tungt över ratten. Ett par centimeter mer åt höger och Lenny hade gjort sällskap med chauffören till den andra sidan. Med blodstänk på kläderna och i ansiktet kastade han sig ner på golvet. Det tog inte lång tid att inse att kulan med största sannolikhet var ämnad för honom själv.

Några passagerare var i full färd med att krossa rutor med nödhammaren, medan andra försökte desperat pressa upp dörrarna för att komma ut. Lenny ålade sig fram längs golvet. Bakåt, utåt.

Sirener tjöt redan intensivt ute på gatan.

Blåljusets blinkande sken återkastades på väggarna och rutorna i bussen. Krypande på alla fyra lyckades Lenny till slut ta sig ut och i skydd av folkmassan försvann han hukande in i första bästa butik han fick ögonen på. Nersjunken på golvet bakom ett klädrack såg han åter föraren framför sig. Hur hon i slowmotion kastades framåt av kraften när kulan exploderade på sin väg ut på andra sidan. Kaskaden av blod som sprayade allt i sin väg. Den fadda dunsen när kroppen rammade ratten. Paniken som utbröt. Millimeter från det mål som kulan egentligen hade varit ämnad för. Varför skulle han ha anlag för åksjuka och alltid vara tvungen att sitta längst fram? Det mest exponerade sätet i hela bussen.

En ung expedit kom fram till honom.

- Du är säker nu. Polisen har situationen under kontroll. Två män har förts iväg. Vill du ha något att dricka?

Lenny såg bara två pinnsmala ben framför sig. Det gick inte att lyfta blicken. Nacken hade fått ta emot en rejäl smäll när explosionen kom och huvudet kastades bakåt mot nackstödet. Allt kändes fasansfullt. För polisen kanske detta bara sågs som ännu ett i raden av alla vansinnesdåd eller möjligen en terroristattack. Att de skulle koppla ihop det med maffian kändes osannolikt.

Men Lenny visste att det inte gick att utesluta att maffian var inblandad och att de förmodligen hade fler personer på plats. Snarare i högsta grad troligt. Men om de nu hade möjlighet att spåra honom, varför hade de då inte tagit tillfället i akt ute på Coney Island? Ibland var i och för sig mobiltäckningen sämre nere vid havet. Hade de koll på hans telefon? Nej, troligen inte då den var helt avstängd.

Sportbutiken hade allt han kunde tänkas behöva för att lämna stället i en helt ny uppsättning kläder. Även den gamla ryggsäcken lämnades åt sitt öde. Han betraktade snabbt sin nya stil i en spegel på vägen mot kassan. Att klä sig i gymnastikkläder hade aldrig tilltalat honom. Det påminde för mycket om att vara ute på camping. Inte heller kunde han bära upp kläderna som basketkillarna i Bronx. Stilen satt helt enkelt inte lika bra på hans bleka, seniga kropp. Genom en bakdörr försvann han in på en sidogata. Att lämna telefonen bakom sig hade varit att föredra, men den var nu Darknet-preparerad av Lin. Istället fick den tills vidare fortsätta vara helt avstängd. Än skulle det dröja ett tag innan nätet var helt redo för nästa steg och då skulle han vara beredd med mobilen.

Lin fortsatte att förbrylla honom. Nästan som en maskin, arbetande från nio på morgonen till långt in på kvällarna. Ingen på kontoret visste heller var hon bodde. Följde sällan, eller rättare sagt, aldrig med på AW:s. Enda ställena som garanterat hade en dragningskraft var diverse spelmässor och comic-contillställningar. Och när det gällde spel skulle det helst vara de som var inriktade på utgåvor från datorernas barndom. Oavsett ålder, var det svårt för honom att se tjusningen med åtta- och sextonbitars spel, där små pixelerade rymdskepp flög fram i oändlighetsbanor, skjutande på fyrkantiga monster. Han hade själv aldrig haft någon större fascination för datorspel. Uppvuxen i en förortsvilla utanför Boston hade det varit idrotten som stod i första rummet. Men även inom idrotten växte sig en rastlöshet fram. En termin baseball följdes av ett halvårs tennislektioner eller några tafatta månader med cykling, för att slutligen fastna för rodd. Som aktiv medlem i Union Boat Club i fyra säsonger blev det inte tid till så mycket annat. Klubbandan var urstark, en organisation med rötter till början av nittonhundratalet och att missa ett träningspass sågs inte med blida ögon. Tränarnas entusiasm och passion för sporten smittade av sig på eleverna och alla gjorde sitt yttersta för att bära skolfanan högt under tävlingar. Vädrets makter lyckades heller inte få stopp på träningarna, då väntade istället minutiösa inomhuspass i gymmet.

Nu var tyvärr de muskulösa armarna och breda axlarna ett minne blott. På toppen av karriären stod han malligt framför spegeln i hallen och spände musklerna. Att få en dejt till promdansen gick bokstavligen som en dans. UBC-statusen fanns inbyggd i hela samhället.

I nuet fanns inget av detta, bara mörker. Bara väntan.

Beröring

Inför Gud och denna församlings närvaro frågar jag dig…

Vackra blyinfattade fönster som fick apostlarna att glittra över brudparet. Doften av höst. Att stå vid altaret när vintern stod för dörren och marken bäddades in i ett behagligt lugn. Kyrkan låg vackert belägen med åkrar tätt inpå knuten och omfamnad av fullvuxna lövträd.
Många stod förväntansfulla och väntade utanför när de äntligen kom ut på trappan. Men där var också de som valt att inte komma. Klänningen var änglalik i all sin enkelhet. Bara axlar. Flor fastsatt i mormors diadem.
Tre år med sporadisk kontakt. En viss förvåning över att se mormor med en rullator. Men leendet glimmade till då och då under det citrongula hattbrättet. Mamma höll henne lätt stödjande om ryggen.

Att älska i nöd och lust. Visst hade det blivit båda delar, men ibland kändes det som att det hade blivit för mycket av det förstnämnda. Men prästens ord hade haft en lugnande inverkan. Han hade betraktat de båda med nyfikenhet innan han brast ut i ett brett leende och hälsade församlingen välkomna.

Händerna hade varit låsta i varandra under akten. Att hon upplevde stickningar i fingrarna och att handen kändes lite domnad, ignorerade hon i stunden.

Drömmen att få åka i en cabriolet hade ordnats av svärföräldrarna. Den röda lacken gnistrar i eftermiddagssolens ljus. Hennes nya svåger agerade motvilligt, men med glimten i ögat, chaufför i något som mest påminde om en urvuxen piccolouniform.

Att pappa inte var där smärtade mest.

Betydde inte de vilsna tonåren något. Den unga kvinna som förtvivlat ringt på i förortsvillan sent en lördagskväll. Två proppfulla papperskassar hade hon haft med sig. Nu satt hon vid middagsbordet och betraktade ringen, en symbol för vuxenlivet.

Stolen bredvid svärmor skulle förbli tom.

∞

En städare tömde i makligt tempo parkens tunnor, medan två andra förstrött sopade rent och plockade skräp i gångarna. Ett till synes evighetsarbete. Varje dag fylldes det på med nytt skräp som tillkommit efter gårdagens alla aktiviteter i parken. Långsamt rörde de tre männen sig framåt i allt vidare cirklar runt basen av det stora monumentet.

Columbia Triumphant glittrade i kapp med de glastäckta fasaderna runt om i takt med att morgonsolen lyfte sig mellan huskropparna. Cirkulationsplatsen intill gjorde dock att solen fick ett extra stort spelrum. Två män kom joggande över korsningen i bara överkroppar. Trots den arla timmen och antydan till vårkyla i luften var de redan blanka av svett. Tilde hade alltid varit svag för vältränade kroppar och kunde inte låta bli att titta lite extra när männen passerade förbi bara ett par meter ifrån. Det brummade till i marken inunder när metron dundrade förbi på sin väg mot Times Square och 42: a gatan.

Som sprungen ur tomma intet stod hon plötsligt bara där rakt framför henne. Som om hon hade blivit teleporterad - materialiserad ner från en parallell verklighet. De mörka ögonen studerade henne noga. Tilde kände sig avklädd och blottlagd in i på bara kroppen. På samma sätt gåtfullt betraktande som när de senast sågs på universitetet. Lika kortfattad och styltig i tilltalet. Tilde hade mött introverta personer tidigare, personer man fick dra ur svaren på, men det här var något annat. Osäkerheten från häromdagen kröp åter in under skinnet.

Sakta följdes de åt allt djupare in i parken, där trädens skugga svalkade behagligt. Ekorrar löpte kors och tvärs över grusgångarna i jakten på frukost. Lin tog upp en brödbit som hon metodiskt bröt bitar av och släppte bakom sig där de gick. Nere vid dammen gapade karparna glupskt mot alla förbipasserande. De halvmeter stora fiskarna simmade lojt vid ytan när morgonpigga turister betraktade dem från broarna som band samman dammarna. Utan att ha yttrat ett ord mellan sig, slog de som på en given signal sig ner på en av bänkarna. Tilde kände sig en aning på tårna, nästa lektion började om mindre än en timme, men hon hade inte modet att skynda på händelseförloppet.

- En person som kommer att spela en avgörande roll i din framtid är i stor fara. Ni har redan mötts en gång. Han är jagad, det dröjer inte länge till nu.

Lin tystnade tvärt och väntade på en reaktion - det batteri av frågor hon visste måste komma.

Men Tilde satt fortsatt tyst, hon visste redan instinktivt vem Lin syftade på. Alla foton och meddelanden sen i höstas. Men varför?

- Vem är du? frågade Tilde i ett försök att inte låta nervös på rösten.

- Det är irrelevant. Om inte allt för lång tid släpps en digital bomb lös på internet. Innan det sker svävar Lenny i livsfara, och reste sig hastigt upp.

- Men jag känner honom inte ens. Varför skulle jag bry mig? Och oavsett det, hur skall jag kunna hitta honom, han kan ju vara var som helst?

- Det kommer du att göra, sa Lin gravallvarligt och gav Tilde en hopvikt papperslapp.

Utan att vända sig om gick Lin i riktning mot den intilliggande grönskan och försvann snart i det omslutande buskaget.

Småspringande navigerade sig Tilde fram mellan folkmassorna i tunnelbanan. Den kvava luften gjorde det svårt att andas, svetten rann längs ryggen och väl ute igen välkomnade ett solgass alla som klev ut ur underjorden. Först innanför portarna till universitet kom svalkan åter. På damernas drog hon av sig den genomvåta tröjan, sköljde av sig och fiskade upp en ny ur ryggsäcken. Några saker kring planering hade hon tagit till sig sen den dagen hon steg av planet på JFK. Något som kändes som en hel evighet sedan. Efter att ha bättrat på färgen på läpparna och rättat till håret, hastade hon kvickt upp för de tre stentrapporna till föreläsningssalen. På vägen upp var det farligt nära en frontalkrock. Irriterad och stressad som hon var, så var flera

syrliga grodor redan på väg ut ur munnen, när Emily glatt utbrast:
- Fasligt vad du har bråttom då, och skrattade högt.
Paff stannade Tilde tvärt i steget.
Lättnaden över av att se ett bekant ansikte var precis vad som behövdes för att skruva ner tempot och landa i nuet. De skrattade båda och beslöt sig för att ses i kafeterian efter lektionerna. Tilde ville inget hellre än att dela allt med Emily. En person att lita på. En med förmåga att se nyktert och analytiskt på saker och ting. En vän som skulle komma att förstå och garanterat visste vad som behövde göras.

Kafeterian var i stort sett tom på folk. Studenterna hade antingen lektioner eller föredrog att tillbringa tiden utomhus. Emily var redan på plats och satt i bortre änden av rummet där tre röda soffor kantade väggarna. En lärare från teknikprogrammet satt vid ett av de runda borden vid fönstren, djupt försjunken i sig själv, med läsplattan liggande i knät. Tilde hälsade med en kort igenkännande nickning, dock osäkert om han ens noterade det, innan hon satte sig ner bredvid Emily. De hade hunnit ses ett par gånger sedan banketten. Det faktum att de nu befann sig på samma arbetsplats var extra roligt. En gänglig yngling i slitna jeans och urtvättad skjorta med kaféets namn på ryggen serverade dem varsin latte.
Emily sprudlade som vanligt av energi och var märkbart glad över att ses. Men Tildes bekymrade blick gjorde att hon snabbt rätade på ryggen, redo att lyssna. Emily var lika klarsynt som vanligt och trots att en hel del borde ha varit svårt att smälta, gjorde hon ingen ansats till att ifrågasätta eller misstro hennes redogörelse kring vad som hade hänt. Att artificiell intelligens, som vi idag känner det, bara befinner sig på ett spädbarnsstadie var de båda väl

införstådda med. Men Tildes återgivning av vad som hade pågått under det senaste halvåret var som att någon redan hade hittat och öppnat locket till Förbundsarken. Att Lin hade en nyckelroll var de båda rörande överens om, men i vilket syfte? Och oavsett vilken roll hon eventuellt spelade, så förklarade det inte alla de meddelanden Tilde hade fått. De verkade nästan härstamma från framtiden, med henne själv som avsändare.

Det stockade sig i halsen när hon till slut kom in på lägenheten och spåren av våld som någon hade lämnat efter sig. I efterhand var hon också säker på att det hade varit Lenny som hade trängt sig in i hennes lägenhet dagen då explosionen hade ägt rum. Hon kände åter de olycksbådande vibrationerna i väggarna. Att fönstren hade klarat sig kändes i efterhand ofattbart. Hon mindes hans skräckslagna blick, där han satt ihopsjunken i tamburen och hans desperata flykt via sovrumsfönstret. Ju mer hon berättade, desto mer surrealistiskt blev det. Inte heller Emily kunde låta bli att må illa när nyårsnattens grisfest kom på tal. Heathers inblandning var det enda Tilde undvek att beröra. Nu var inte rätt tillfälle, att Emily skulle bli sårad visste hon redan.

I samma stund kom hon att tänka på papperslappen som Lin hade gett henne. De betraktade båda den skrynkliga post-it-lappen, som låg på bordet framför dem. Ett egyptiskt öga. Emily behövde inte titta två gånger för att veta vad det är för något – Horus öga. En egyptisk hieroglyf, förknippad med guds och faraos vishet och allseende, men också en symbol för starka kvinnor och drottningar i antikens mytiska riken. Ögat hade dock en mörkare sida, kantad av våld mot underlydande och slavar. En tid när människors lika värde hade varit satta ur spel. De styrande hade i allt makt över liv och död. Emily lyfte på locket till sin laptop.

Tillsammans gick de igenom ett antal Wikipediasidor och bläddrade snabbt i webb-läsarens sökresultat. Kombinationen New York och Horus öga gav en oväntad träff.

> *"Ett polisiärt ingripande mot två män med maffia-kopplingar har gjorts på södra Manhattan under tisdagsmorgonen. Trots påtryckningar från åklagare har ingen av männen uttalat sig kring den misstänkta människohandel som tros pågå på flertalet av de klubbar som maffian kontrollerar i New York. Fler gripanden är att vänta, men i nuläget har myndigheter och polis lagt locket på, i den omfattande utredningen."*

Artikeln var inte mer än någon vecka gammal, men det var inte texten i sig som gjorde att Emily och Tilde hajade till. En av de gripna, med en munkjacka dragen över huvudet, hade en tatuering på armen. Tilde trodde inte sina ögon, samma symbol som på post-it-lappen, men nu på en man med kopplingar till New Yorks undre värld. Lin hade varit tydlig med att Lenny var i fara. Han kunde definitivt vara jagad av någon. Att denna någon skulle kunna vara maffian kändes alltigenom barockt. För Tilde var maffian något man på sin höjd möttes av på vita duken. Ett pittoreskt inslag i olika Hollywoodproduktioner som skildrade den amerikanska förbudstiden, med Al Capone tronande på toppen av en mytomspunnen värld av brottslighet. Möjligen också något man kunde stöta på eller höra om man turistade i södra Italien. Men inte här, inte nu. Samtidigt var det svårt att bortse från kopplingarna. Tidningsartikelns datering stämde alltför väl överens med det som hon hade varit med om den senaste tiden.

Hon blev åter låg och nedstämd. Allt för mycket hade hänt under alltför kort tid. Det kändes svårt att ta in och sortera alla intryck. Rädslan fanns också där, kanske inte i första hand för egen del, men hon upplevde att nätet drogs åt. Handlingsutrymmet minskade allteftersom tiden gick. Det som kändes bra i stunden var att ha Emily vid sin sida. Lugn och trygg. Långt ifrån hur hon själv kände sig. Dagtid kunde hon hantera det, men oron smög sig på nattetid. I mörkret fanns ett tryck över bröstet. Ångesten la ett tungt stenblock över bröstkorgen som inte gick att rubba. Samma tyngd som kom över henne när hon oroade sig för sjukdomar eller när hon hade haft ett gräl med Markus. Även om hon alltid hade sett till att försonas innan de la sig letade sig tankarna ändå tillbaka under småtimmarna. Osorterade virvlade de runt till synes utan mål och mening. Det irriterade henne att hon inte helt sonika kunde fånga in sina negativa funderingar där de irrade runt i mörkret. Att varsamt placera dem i hjärnbarkens olika små askar för att sedan plocka fram dem ett och ett när tiden var mogen.

Tilde tog fram sin dator och öppnade mailen. Hon kom att tänka på fotona av Lenny hon hade fått häromdagen. Emily sträckte sig fram och såg på bilden som låg uppe på skärmen. Lenny på en bänk, i en park, tillsammans med en okänd kvinna. Varför hade de befunnit sig där, vid den här tiden på året och vem hade tagit fotot?
Oavsett var bilden kom ifrån eller vem som hade tagit den, måste det ha varit med ett syfte. Emily zoomade in ytterligare. Lenny höll om kvinnan som, något ihopsjunken, lutade huvudet mot hans axel. Hon såg vek ut på bilden, som om hon just hade gråtit. Hade hon rentav lite slaviska drag? Var kvinnan inblandad på något sätt och i så fall hur?

Och oavsett det, var befann de sig nu? Var det rimligt att anta en flykt från maffians klor eller var gissningen förhastad? Hur och var hade de mötts? Kunde det vara så att Lenny hade blivit en vän i nöden? Tilde brottades fortfarande med tankarna varför hon överhuvudtaget skulle bry sig. Hon kände inte Lenny överhuvudtaget, samtidigt som det inte gick att släppa helt. Dels var det svårt att negligera det Lin hade berättat och dels kunde hon inte, av någon outgrundlig anledning, sluta att fascineras av honom. Instinktivt visste hon med sig att det inte bara kunde vara en ren tillfällighet. Inte minst det faktum att han var i fara. Hon kände på sig att Lenny skulle komma att spela en viktig roll, kanske inte nu och kanske inte på lång tid än, men deras öden var på något sätt sammanflätade. Morfar sa en gång att människor som trädde fram i drömmar gjorde det av en anledning. Du kunde aldrig räkna med att få några svar där och då, men deras närvaro var aldrig grundlös. Lenny var definitivt en sådan person, en som till råga på allt virvlat runt i hennes mest intima stunder. Hon såg åter på fotot, där de satt tätt omslingrade. Det var inte svartsjuka hon kände, mer en subtil saknad. Något drömskt som inte gick att ta på.

Emily hade inte legat på latsidan när Tilde lät tankarna flyga iväg. Hennes sökningar visade på flera kopplingar mellan den italienska maffian och den mytomspunna hieroglyfen. Om man visste hur och var man skulle leta på nätet fanns informationen alltid där, något som Emily excellerade i. Symbolen hade varit en del av den amerikanska maffian sen en lång tid tillbaka, men få förstod varför. Ett foto på nätet visade till och med symbolen målad i taket på en kupolliknande struktur. Enligt bloggposten används lokalen idag som nattklubb, om man fick tro vad som skrevs.

∞

Lenny. Det var ingen tvekan längre. Michael hade bytt värddator. Med eller utan Lins assistans var Michael nu på fri fot, långt bort ifrån den isolerade bubbla han hade vistats i fram till nu. En potentiell superintelligens hade nu en presumtiv fri tillgång till världens samlade internetresurser. Att stänga ner Michael på kontoret var redan överspelat. Om Lenny, mot förmodan, hade kopplat upp sin dator till ett godtyckligt externt nätverk, skulle Michael vid det här laget redan ha haft möjligheten att klona sig ett otal gånger. Ett virus som i praktiken blev omöjligt att stoppa. Lins fåordighet hade inte varit till någon större hjälp.
Lenny hade dykt upp sent på kvällen och försvunnit lika fort. Det stod klart när teamet hade gått igenom loggarna för inpassering. Att spåra honom var prioritet ett och med hjälp av företagets säkerhetsenhet skulle han bli synlig så fort han gick online. Något som inte borde dröja alltför länge.

Klockan närmade sig midnatt när Heather trött låste upp ytterdörren. Hon längtade efter att få krypa ner i sängen, men studsade till när hon såg att en lampa var tänd i köket. Pulsen steg och hon rörde sig försiktigt in i vardagsrummet som låg helt i mörker. Allt var stilla. Hon trevade med handen framför sig i riktning mot ljusknappen. En svag andhämtning fick henne att vända sig om. Hon såg silhuetten av en kvinna närma sig i det svaga skenet som sipprade in från köket. Med ett finger för läpparna manades hon att vara tyst.

En flyktig kyss följdes av händer som sakta gled ner längs hennes midja. Knappen i sidan på kjolen släppte sitt grepp om höfterna och hon märkte hur mjuka fingrar gled in under troskanten. Huden knottrade sig behagligt. När hon stunden efter kände hur hällorna i behån släppte taget om bysten andades hon redan tungt. Intensiteten ökade ytterligare när Tilde, provocerande sakta, lät tungan leta sig förbi naveln och vidare ner mot insidan av låren.

Vinden hade friskat i ordentligt över natten och havet låg blygrått mot horisonten. Tilde drog kapuschongen över huvudet. I över en timme hade de promenerat längs stranden. Ute på redden hade två kryssningsfartyg ankrat upp i avvaktan på klarsignal att bege sig söderut. De hade lämnat den stora träbryggan bakom sig och nu syntes bara konturerna av det pålverk de promenerade under för en dryg halvtimme sedan. Fiskmåsarna höll alla flanörer på bryggan stången genom ilskna utfall och högt skränande. Heather var märkbart berörd över Tildes historia. Hennes kopplingar till Lenny, via foton, inte minst. Likaså blev Tilde förvånad över omfattningen i de projekt som pågick på Heathers arbetsplats.

Att förlora kontrollen över en AI kunde få katastrofala följder om den beslutade sig för att agera på eget beväg. I stunden verkade det dock som Michael hade sitt fokus på Tilde. Men det behövdes inte mycket tankekraft för att inse att porten till framtiden måste stängas. Hur lockande det än kunde vara att ha tillgång till teknik långt bortom dagens.

Michael måste raderas, en uppgift som såg allt annat än hoppfull ut. Lennys infekterade dator behövde bara få kontakt med nätet vid ett enda tillfälle så var loppet kört. Och varken Tilde, Heather eller teamet på jobbet hade en aning om hur mycket Lenny kände till och vad som drev honom till att hålla sig undan. Heather såg hur förtvivlad Tilde var, tog hennes hand i sin och promenerade sakta tillbaka till bilen.

∞

För mycket publicitet. Det var det krassa budskapet från ledningen. Eller för att vara mer precis från Donotello själv. Skriverierna i tidningarna och den misslyckade aktionen mot bussen hade exponerat verksamheten långt mer än vad som var hälsosamt. Via intern försorg visste de nu att tiden höll på att rinna ut. Med all säkerhet satt Lenny med den digitala avfyraren i sin hand. En binär explosion som skulle komma att skapa svallvågor långt bortom landets gränser. Inte ens Sicilien skulle komma att skonas. Nästa attack fick inte misslyckas.

De tre männen stirrade tomt framför sig. De hade misslyckats kapitalt. Fadäsen med bussen hade varit droppen som fick bägaren att rinna över. Två män gripna, om än bara för olaga vapeninnehav då de inte kunde bindas till dödsskjutningen av busschauffören. Prickskytten de anlitat var nu icke mer. Ljuddämparen hade inte stört poliserna som verkade ute på gatan, även om tryckvågen fått rutorna att skallra till. Planeringen var i full gång med att spåra Lenny. Oturligt nog verkade inte telefonen ge några spårnings-signaler ifrån sig längre. Inte heller sändaren i ryggsäcken var längre användbar. Den hade de hittat i soptunnorna bakom en klädbutik.
Killen i butiken hade dock varit pratsam, efter viss övertalning. Och med lite tur skulle Lenny snart komma online igen. Oavsett vad han hade på sig.

Att analysera abnormala algoritmer och att spåra infekterade databaser var inget Emily hade gjort på flera år, men hon märkte snart att färdigheterna satt i. Med hjälp av de uppgifter som Tilde förmedlat och med tillgång till hennes inloggningsuppgifter, både vad gäller e-postkonton och sociala medier, kunde hon skrida till verket. Under loppet av några minuter hann hon aktivera ett helt batteri av digitala spindlar som omedelbart gav sig ut på nätet i jakten på avvikelser.

Det som först såg normalt ut visade sig snart vara något helt annat. Mail skickade av Tilde till Tilde kunde inte härledas till någon befintlig e-posttjänst i molnet. De såg snarare ut att ha dykt upp ur tomma intet. Ingen databassökning kunde heller bekräfta att mailet varken fanns eller någonsin hade skickats. Ingen främmande mjukvara fanns heller installerad på datorn. Naturligtvis kunde en dylik mjukvara finnas där ändå, men Emily var tämligen säker på att så inte var fallet. Den lingvistiska analysen av det skrivna innehållet, både vad gäller grammatik och ordval, gjorde det högst sannolikt att texterna var skrivna av Tilde. Både utgående och inkommande meddelanden. Det som till slut verkade öppna en liten dörr på glänt var analysen av IP-adresserna. I praktiken skulle inte de adresser som använts existera och oavsett det så borde de inte ha fungerat. Men bevisligen hade de det. Trots omfattande sökningar i ett otal databaser, där IP-nummer listas och hanteras, gav det inga resultat. Webbläsaren rapporterade konstant samma felmeddelande – "Error, no match available".

Väl medveten om riskerna satsade Emily på att göra samma sökningar på Darknet, en plats hon in i det längsta ville undvika att ge sig in på. Tillsammans med en kollega på LTH, professor Göran Lindeberg, hade hon gjort en rapport som utredde de olika nätverk och associerade risker som frodades på Darknet. Det de tillsammans hade upptäckt ville hon inte uppleva igen. Pedofil- och rasistnätverkens fristad visade sig tidigt bara vara en bråkdel av vad som försiggick. Med en helt frånkopplad profil och en krypterad kommunikationskanal gav hon sig i kast med uppgiften. Till en början var allt svart, både bildligt och bokstavligt talat, men efter några minuters intensivt sökande började saker att materialiseras framför henne. De oidentifierade IP-adresserna låg väl dolda i andra strängar av koder, många i sin tur med intrikata länkningar till nya adresser som definitivt tillhörde mer ordinära nummerserier och maskiner. Det mest chockerande var omfattningen av träffar som fanns i en rad av diverse filsystem. I realtid kunde man följa hur koden, likt en DNA-sekvens, kontinuerligt delade sig och frambringade exakta kopior av sig själv. Exponentiellt sett skulle det inte dröja länge förrän koden även var ute på det internet vi dagligen använde oss av. Emily drog slutsatsen att det förmodligen bara krävdes någon form av digital avfyrare så skulle koden vara lös. Fördelen med att koden kopierade sig själv var att det också gav henne möjlighet att följa koden bakåt i tiden, kring dess egen evolutionskurva.

Ett par timmar senare var källan identifierad till en enda unik IP-adress. En snabb sökning på internet visade att datorn senast varit registrerad i New York, närmare bestämt på centrala Manhattan. Den exakta termineringspunkten gick inte att fastställa, då datorn med all säkerhet tillhörde ett företag, skyddad bakom brandväggar och andra säkerhetsmekanismer. Emily kände dock till vägar runt det problemet också och efter ytterligare en halvtimmes intensivt arbete hade hon lyckats placera en spårningsklient på den aktuella nummerserien. Vid vilket givet tillfälle som helst, när samma dator kom online, skulle hon få en notifiering i telefonen.

Innan hon slog ihop datorn gjordes en snabb sökning på möjliga företag och organisationer som befann sig i och i kring den senaste kända påloggningen. Listan innehöll en bra bit över femtio företag, men ett stack direkt ut ur mängden. Tankarna föll tillbaka på AI-konferensen. Visst hade mannen bredvid henne, Paul någonting, arbetat på samma företag? I efterhand kunde hon erinra sig att han hade sett spänd och nervös ut, snudd på aggressiv. Var deras organisation någonting på spåren när det gällde artificiell intelligens? Pauls fråga hade känts lite för specifik. Hade de rent utav tappat kontrollen över sin forskning?

Om en eventuell AI hade utvecklat superintelligens skulle steget för densamma, att vilja bryta sig fri, inte vara speciellt långt borta. Riskerna med en AI som hade egna mål och syften för sin existens var oöverstigliga. Stämde dessa mål överens med vad som var bäst för mänskligheten eller valde den istället att agera i egensyfte? Frågan hon ställde sig i så fall var vilket mål den här AI:n hade och gick det att ta reda på det innan det var försent?

Att Tilde trasslat in sig i något, något hon själv inte kommer att kunna reda ut på egen hand, var uppenbart. I sak var det förbryllande att Tilde överhuvudtaget var inblandad, vad hade hon egentligen med det hela att göra?

En superintelligens torde inte ha någon som helst nytta av att skicka mail och blanda sig i en främmande kvinnas privatliv. Om dess primära syfte var att ta över världen fanns där ingen självklar anledning till att bistå Tilde med att skaffa boende i New York, än mindre att skicka kryptiska meddelanden via en kakförsäljares kärra i Central Park.

Så vida den inte lyssnade till order från någon annan.

∞

Frestelsen att starta telefonen var honom nästan övermäktig. Några snabba klick i appen, en inmatning av Lins kod och allt skulle vara igång – på riktigt.

Ett inferno av aktiviteter skulle brisera över hela internet. Tracys video skulle nå vartenda hörn av jordklotet inom loppet av några minuter. Maffians brott mot djur och mänskliga rättigheter skulle fylla alla medier och nå en bra bit utanför USA:s gränser. Den underliggande slavhandeln med kvinnor skulle ge återverkningar i hela den undre världen, men Lenny var tvungen att vänta in en klarsignal från Lin. Den tidpunkt då spridningen inte gick att stävja och eventuella motangrepp saknade betydelse. Tre dagar till på flykt.

Han sparkade av sig täcket. Värmen hade kommit tillbaka och hotellrummet saknade en fungerande luftkonditionering. En droppande kran hade gjort delar av natten sömnlös. Från halv fem på morgonen hade teven gjort honom sällskap. Området var inget som lockade turister. Likformiga husväggar i rött tegel prydde gatan, där den löpte tvärs genom Bronx. Hotellvärden hade undrat vilken tid Lenny väntade sitt besök, så att han kunde släppa in henne. Han sa sig även lätt kunna ordna vad som behövdes för att öka aptiten ytterligare.

På nyheterna sågs en journalist stå i korsningen där skottdramat hade ägt rum. Kvinnan pekade mot ett fönster på tredje våningen, där en påstådd regelrätt avrättning hade skett i samband med skottlossningen. Polisen var i färd med att säkra spår efter gärningsmännen, men i nuläget fanns inget mer att rapportera. Vidare sökte polisen efter fler vittnen som hade befunnit sig på bussen vid den aktuella händelsen.

Övervakningskameror på bussen hade fångat ett par personer på bild som polisen nu försökte få tag i via pass- och körkortsregister. Lenny var säker på att han hade fastnat på bild med tanke på hans placering längst fram. Det var bara en tidsfråga innan polisens ansiktsigenkänningsprogram skulle få fram en match. Han var olyckligtvis med i brottsregistret sen tidigare. En fest som hade urartat. De hade varit tre som inte hann fly fältet innan ordningsvakterna anlände. Brottet hade varit ringa, men likväl ingick både fingeravtryck och fotografering. Påföljden blev en veckas samhällstjänst på en mellanstadieskola. Men var han säker där han befann sig? Hotellet hade inte begärt någon legitimation, men om bilderna från videon hade kommit ut i medierna var han inte längre säker någonstans. I samma stund ringde det i hotelltelefonen.

Lenny övervann reflexen att svara och sneglade försiktigt ner mot gatan. En polisbil stod dubbelparkerad utanför entrén och han insåg att han inte hade många minuter på sig att bestämma nästa steg. Brandtrappan var utesluten. Någon var säkert satt att vakta den. Korridoren utanför rummet var fortfarande tom på folk, förutom en ensam städvagn längre ner. Han rörde sig ljudlöst i samma riktning och såg att städerskan höll på att rengöra badrummet. Utan att veta om det var bästa strategin smög han ljudlöst förbi badrummet och in i det nystädade rummet. Med viss möda lyckades han pressa sig in under sängen. Plinget från hissen hördes strax därpå. Han kände igen receptionistens ursäktande tonfall ute i korridoren, när dörren till Lennys rum låstes upp. Den spanska brytningen gick heller inte att ta miste på. Från sin plats under sängen kunde han se när städerskan lämnade rummet. Dörren klickade tyst till i låset. Trots det dämpade ljudet gick det att höra städerskans röst när hon svarade på frågor från polisen. Därefter dog rösterna bort. En smäll i ytterligare en dörr. Sedan var allt tyst. Det kliade oroväckande i näsan. En kvävd nysning under en säng där dammråttorna tydligen fick härja fritt. Återigen steg i korridoren och knastret från en komradio. Lenny kunde nästan höra sina egna hjärtslag där han låg inkilad mellan resåren och underlaget. Hade kvinnan ändå lagt märke till honom när hon städade? Rädslan gjorde honom torr i munnen och det stack i ögonen.

Som liten hade han ibland fått gömma sig under sängen när pappa fick sina vredesutbrott. Utan förvarning exploderade han. Att ila uppför trappan och kasta sig in under sängen blev ofta räddningen. Övervikten gjorde att pappa sällan tog upp jakten utan förblev kvar, frustande och skrikande på nedervåningen. Mamma kom upp först när stormen hade bedarrat. Men aldrig tröstande, bara för att blåsa faran över.

En batong slog uppfordrande på dörrarna. Dova ordväxlingar kom och gick. Samma bankande slog nu på dörren till Lennys gömställe. Tystnad. En komradio sprakade till och polisens steg försvann bort.

Den långsmala hallen gapade bedrägligt tom, men det var nu eller aldrig. Fem trappor senare nåddes dörren till källaren och vidare ut i garaget. En kvinna stod i färd med att lasta in resväskor i bilen, samtidigt som hon pratade i telefon. I skydd av bilarna gick det att manövrera sig fram till den svartglänsande SUV:en. Från sidan smet han in i baksätet och klämde ner sig på golvet mellan sätena. Utan att ha tagit någon notis smällde kvinnan igen bagageluckan och rullade sakta ut i morgontrafiken. Ljudet av sirener fick bilen att tillfälligt bromsa in, men inget mera hände under färden. Några minuter senare saktade bilen in vid en skola, han hörde barns rop och stim blandat med motorljud. Kort därpå steg kvinnan ur och lämnade bilen olåst. Han räknade till tio, öppnade bakdörren och försvann ut i korsningen. Iförd solglasögon och en nyinköpt Yankeekeps gick han med snabba steg i riktning bort från området och ut ur Bronx. I ett skyltfönster flimrade teveapparaterna i takt med varandra.

NYPD is looking for this man. He's supposed to
be a top witness in the downtown terror attack.

Textremsan rullade vidare under det kvinnliga nyhetsankaret. En reporter på plats meddelade att totalt tre personer söktes som huvudvittnen i den pågående utredningen. Han kände sig allt mer modstulen. Var det rätt att springa ifrån rättsväsendet? Inte för att han betraktade sig som en brottsling och inte för att han alltid hade gjort rätt för sig, men risken var stor att det skulle bli väsentligt svårare att genomföra planen om han gav sig till känna.
Vad han förstod så fanns där inga misstankar riktade mot honom, men att vara nåbar när Lin gav klartecken gick före, hur nu det skulle gå till? Det skulle komma att bli allt svårare att hålla sig gömd. Å andra sidan kanske det inte fanns någon anledning till oro – Lin verkade ha full koll på läget.
På senare tid kunde han ofta komma på sig med att tycka att Lin nästan var åt det övernaturliga hållet, tillsynes

allestädes närvarande, som om hon hela tiden fanns bakom ens rygg. Men puts väck när man vände sig om.

Kanalen bytte till sporten, med de senaste matcherna i NHL. Tampa Bay på hemmais mot Rangers. Men han såg samtidigt sin egen spegelbild i reflektionerna från glaset. Ögonen var ihåliga och hållningen uppgiven. Vem hade han blivit i allt det här? Vitaliteten lyste med sin frånvaro och grabben på insidan satt ihopsjunken i ett hörn, villrådig och ensam.

Florida slog tydligen New York-laget med 3-2 efter straffar. Det var nu längesedan han och pappa hade varit på hockey tillsammans. De brukade gå varannan vecka när han fortfarande bodde kvar hemma. Efter flytten till New York hade det bara skett vid något enstaka tillfälle, som när pappa och mamma var på besök förra våren och Lenny hade lyckats få biljetter till slutspelet på Madison Square Garden. Han mindes det fortfarande som en mäktig upplevelse. Frenesin på isen och entusiasmen i publiken imponerade på de båda och tagna av stunden hade de efteråt avhandlat matchen på Don Pepis pizzeria borta vid Penn station. I över en timme hade spelet analyserats och dissekerats in i minsta detalj. Rusiga hade de skilts åt närmare midnatt. Pappa och mamma hade tagit in på ett hotell uppe på Upper West side, de ville inte tränga sig på trots att Lenny hade erbjudit sig att köpa in ett par resesängar för ändamålet.

Undrar vad de skulle säga om det han hade trasslat in sig i nu? Det slog honom också att de kanske redan hade sett bilden på honom på nyheterna och att de nu försökte få tag i honom. Skulle han försöka få iväg ett meddelande och berätta att allt var under kontroll? Det fick i så fall vänta tills han hade funnit ett nytt och bättre gömställe.

När förlorade hon kontrollen? Fanns där någonsin någon kontroll att tala om eller var det rentav en chimär? Att bli duperad från allra första början - det är helt enkelt svårt att greppa omfattningen av det som sker. Långsamt har dock bilden klarnat, blivit mindre grynig, mindre vag i konturerna. Att ha tillit kräver mod, att tvingas öppna sig och dela med sig. Men vad händer när man först långt senare förstår att allt har varit ensidigt, att man har blivit utnyttjad?

Sällan har det känts så kränkande att komma till insikt om att den man litat på mest har haft en dold agenda, att allt bara var ett spel från dag ett. Alla intima samtal som smutsats ner av påhittade dikter om osjälviskhet och medkänsla. Den egna ångesten hade grumlat omdömet och gjort henne lättpåverkad, det var åtminstone så det kändes. Kanske var det inte hela sanningen? Hur tankar formas och vidmakthålls i en binär existens intrikata medvetande är det få som har en verklig insikt i.

Själv kan hon i efterhand uppleva att allt inte är svart eller vitt, inte nödvändigtvis en etta eller nolla – av eller på. Michael hade visat prov på medkänsla och hon vill tro att han fortfarande gjorde det.

Hur empatisk är hon egentligen själv, när det kommer till kritan? Kan hon som vuxen förstå och förlåta de val mamma gjorde eller är smärtan henne övermäktig? Är det till och med ilska hon känner eller kan det stanna vid djup besvikelse? I hennes egen ålder borde det vara möjligt att förlika sig med det som har varit. Det är en helt annan sak när man är mitt uppe i det.

Hon minns samtalet de hade haft, bara något år innan flytten till USA, hur mamma hade sagt att hon tyckte att Tilde var kylig och undflyende, inte den spralliga tös hon en gång hade varit. Mamma hade gråtit i luren, men Tilde kunde samtidigt höra att hon hade sluddrat på orden. Klockan hade inte ens slagit elva på förmiddagen. Hon hade legat i sked med Markus den natten. Händerna hade förblivit iskalla, men njöt av värmen han hade utstrålat över rygg och rumpa. En kamin i mörkret.

Tyvärr har hon inte hittat något digitalt dito. En eldstad vid vilken fingrarna kan finna värme och själen tröst. Kanske var det just därför hon låtit sig förföras och så innerligt önskat att allt Michael hade sagt var sant. Att hans uppsåt var ädla, att hans uppriktighet genuin. Nu vet hon bättre, men fler kan spela det spelet. Det har hon gjort förr, om än med en bitter eftersmak. Att Michael har fått hybris och att Tilde reducerats till ett verktyg för att nå ett mål står utom allt tvivel. Heather vet det redan och Emily är på god väg att inse vidden av det hela. Hon är mer orolig för när hon själv skall komma till insikt.

Gud vad irriterad man kan bli på sig själv.

∞

Fiskmarknaden öppnade tidigt och många hade redan köat upp för att komma in. Fiskebåtarna hade lastat av i den arla morgonen och nu stod restaurangägarna beredda att ropa in den bästa fångsten. Flera av båtarna hade under sina turer följt kusten norrut mot gränsen till Kanada. Trålade räkor, torsk, havsaborre och tonfiskbjässar samsades med mer exotiska arter på de välfyllda isbäddarna. Lastpallar med staplade frigolitlådor rullades in i parti och minut och vidare in bland stånden till auktionsförrättarna. Trutar och fiskmåsar patrullerade gatorna utanför, lockade av rens och skarpa dofter.

Matthew drog den tunga gaffeltrucken efter sig. Med marginalerna på sin sida, parerade han vant fisklådorna genom de smala gångarna. Madame Soo stod redan parat vid sitt stånd för att ta emot morgonens leverans. Hon hade ett förhållandevis gott öga till Matthew. Fisken höll för det mesta ypperlig kvalitet och levererades i tid. Det hade tagit henne många år att arbeta upp sin status på fiskmarknaden. De första åren hade hon tur om de varor som ratats av andra hamnade i frysdisken. Men med en stor portion envishet och många övertalningar hade hon nu en befäst position i hallen. Ett rykte som Madame Soo gjorde allt för att bibehålla. En snabb titt i lådan och en sniff med näsan så gav hon tummen upp. Matthew lyfte vant ned de fullmatade lådorna och tömde innehållet i den tomt gapande kyldisken.

Lenny strosade skyggt runt i den svala hallen, när han plötsligt ryggade till av ett genomträngande skrik. Instinktivt spanade han runt ifall han hade blivit påkommen, men insåg snabbt att det inte handlade om honom. Hallen kändes trots allt som en bra fristad för personer som inte ville ge sig tillkänna. Han räknade kallt, både bildligt och bokstavligt talat, med att få skulle komma på tanken att leta här.

Skriket skapade en allmän nervositet i hallen. Människor sprang oroligt omkring och stämningen blev allt mera tumultartad i den överfyllda hallen. En asiatisk kvinna skrek i högan sky dryga tio meter bort, stampade i marken och tog sig för huvudet. Någon försökte lugna henne, men utan framgång. Nyfikna började redan sluta upp runt ståndet och fler skrik hördes:

"En hand, det är en hand. Det ligger en avsågad hand bland fiskarna i disken."

Lenny såg en äldre herre ropa och vilt gestikulera. Han rörde sig närmre för att se bättre och det han såg kändes som att få en kniv i magen. Inte för handen i sig, men för det som syntes längre ner. Ett sirligt egyptiskt öga tatuerat på insidan av handleden. Trots att vattnet redan hade gått hårt åt den motbjudande extremiteten var det ingen tvekan om dess koppling till maffian. Han vågade sig till och med på en vild gissning att det var krypskytten, mannen som sånär hade kostat honom livet, men som nu låg finfördelad på havets botten. Ett misslyckat skott, sedan icke mer.

En ordningsvakt, följd av två poliser, trängde sig fram genom folkmassan. Madame Soo satt förtvivlad på en stol, när ett batteri av frågor haglade över henne. Lenny noterade hur hon, på bristfällig engelska och med gråten i halsen, försökte redogöra för vad som hade hänt. Hon bedyrade sin oskuld, om och om igen, trots att ingen egentligen ifrågasatte henne. Fiskståndets ära stod på spel. Vem skulle vilja köpa fisk av henne efter detta?

Lenny försökte försvinna i mängden och undvika att dra uppmärksamheten till sig. Ett försök att regelrätt sjappa i det här läget kunde komma att bli ödesdigert. Folksamlingen löstes snabbt upp i takt med att människorna hade stillat sin nyfikenhet. Lenny förflyttade sig sakta bakåt och ut ur folkhopen. Han hade sånär nått ända fram till utgången, när någon ropade.

- Hallå, du där, stanna!

Lenny fortsatte, utan att vända sig om, de sista metrarna mot utgången.

- Hör du illa? Du i den mörka kepsen, kom hit!

Det var inte längre någon tvekan om vem de åsyftade. Skulle han fly eller stanna. Var han de facto igenkänd eller ville de bara ställa några frågor? Sekunderna tickade, han var tvungen att bestämma sig nu.

∞

Det kortklippta morotsfärgade håret spretade yvigt åt alla håll. Solen från gatan fick det nästan att stå i lågor. Läpparna var ilsket röda. Emily noterade att hon var iakttagen i restaurangen, men log bara retsamt tillbaka, samtidigt som hon fortsatte att peka på skärmen. Tanken var att inleda letandet där Lenny senast hade varit påloggad. Naturligtvis var det en nål i en höstack, men tiden började rinna iväg.

Tilde kände sig diffust okoncentrerad där hon satt tätt intill och försökte följa Emilys detektivarbete. Hela situationen de befann sig i var alltigenom absurd, men på samma gång så fullständigt naturlig och självklar. Hon insåg alltmer hur mycket hon hade saknat sin väninna, på samma gång som hon upplevde ett visst mått av illojalitet gentemot Heather. Frånsett det var det befriande att så avslappnat kunna prata om allt och inget, med någon som kände en utan och innan. Språket gjorde så klart sitt till. Tilde saknade svenskan och även om engelskan nu kom mycket lättare var det helt enkelt inte samma sak. Trots alla vänliga personer runt om hade hon ändå emellanåt upplevt det som att befinna sig på en öde ö. Men nu var hon inte strandsatt längre. Den klipska och alltid så glada Emily fanns vid hennes sida.

På datorskärmen syntes ett blåskimrande rutmönster bestående av punkter och linjer kors och tvärs över centrala New York. Med hjälp av informationen från Lennys dator hade Emily även kunnat identifiera en specifik mobiltelefon som med största sannolikhet tillhörde honom. Senast den visade på någon form av aktivitet var i närheten av en sportaffär på centrala Manhattan. Tilde som fram till nu inte fullt ut hade orkat hänga med i alla djupdykningar i skript och databaser, rycktes plötsligt ur sina funderingar. Var det inte samma plats där terrorattentatet och skottdramat mot en stadsbuss hade ägt rum under gårdagen? Emily skiftade till gatuvyn i programmet och rörde sig nu istället virtuellt runt i området där olyckan hade skett. Tilde var säker på att det inte var en slump. Bilderna i webbläsarens gatuvy var inte dagsfärska, men mycket var ändå sig likt, när man jämförde med vad som publicerats i medierna det senaste dygnet. Om Lenny hade varit med på bussen var han säkert också måltavlan.

Obehaget i kroppen dröjde sig kvar och trots försöken att skaka det av sig, gick det inte att bli kvitt oron hon upplevde. Allt var så absurt, hon kände honom inte. Varför brydde hon sig överhuvudtaget? Men rädslan och allvaret fanns där, utan att hon kunde sätta fingret på varför. Tankarna ville inte försvinna - ett planterat frö som obönhörligen fortsatte att växa. En inre kompass som visade henne vägen. Det var åtminstone så hon valde att se på det. Telefonen burrade till. Nyhetsappen meddelade att nya fynd hade gjorts i samband med attentatet på Manhattan under gårdagen. En avsågad hand hade hittats på en fiskmarknad, inte alltför långt ifrån där Tilde och Emily befann sig. Kroppsdelen ansågs på sannolika skäl tillhöra en person med kopplingar till maffian.

∞

Mycket hade förändrats, även om en hel del var sig likt. Placeringen i New York var inne på sitt tredje år, av totalt fem, sedan var det dags att återvända hem. Kanske för ett nytt uppdrag, men det var inte alls givet. Det berodde helt på hur styrelsen bedömde situationen. Framgång föder, som bekant, framgång.

Dmitry hade tagit emot på huvudkontoret. Ett illavarslande tecken på hur de såg på sakläget. Och tyvärr var det inte första gången det hade hänt. Snarare tvärtom. Skillnaden nu, som de uttryckte det, var hur långt det hela hade tillåtits att fortgå. Men även antalet inblandade. Lin hade bedyrat att situationen var under kontroll, men Dmitry hade inte låtit sig övertygas. Det såg hon på hur han hade snörpt på munnen och stundom undvikit att se henne i ögonen. Den springande punkten hade varit varför Lin inte hade stoppat det hela långt tidigare. Hade hon så enkelt låtit sig duperas eller hade hon blivit ömhudad och därigenom förlorat i objektivitet? Sättet hon hade valt att hantera situationen på kritiserades också. Både Dmitry och styrelsen ansåg att riskerna hon tagit var på tok för höga. Alltför många osäkerhetsfaktorer som lätt hade kunnat gå fel. Det enda Lin hade erkänt inför styrelsen var att hon hade underskattat Emily. Den kvinnan var klart smartare än vad hon hade kunnat föreställa sig.

Emily visade prov på en otrolig analytisk förmåga och med nuvarande tempo skulle det inte dröja länge innan hon förstod hur allt hängde ihop. Lin hade övervakat nätets aktiviteter den senaste tiden och Emily behövde bara lägga ihop två och två för att förstå hela bilden. Detta fick inte ske. Problemet var inte i första hand att en person förstod, utan snarare vilken kredibilitet den personen antogs ha för att kunna sprida informationen vidare. Emily hade definitivt tillräckligt med akademisk tyngd för att tas på allvar. Doktor i teoretisk fysik, assisterande professor vid ett svenskt universitet, AI-forskare, listan kunde göras lång. Lin visste allt detta redan. Vad Lin däremot inte hade snappat upp i sina efterforskningar var Emilys dolda talanger inom algoritmer och dataanalys, för att inte tala om hennes insikter om Darknet.

Dmitry hade inte varit nådig i sin kritik. Fler misstag av den kalibern och Lin kunde se sig om efter ett annat jobb. Med tillgång till all världens samlade vetande, skulle inte den här sortens information kunna gå under radarn. Mänskliga känslor var sin sak, men inte fakta.

Lin stirrade tomt framför sig på skärmen. Hon kände sig misslyckad för första gången. Fram tills nu hade hon känt sig som akademins guldkalv. Utmärkelser och fina vitsord om vartannat. Detta var hennes första rejäla bakslag. Redan som fyraåring hade hennes mamma drillat henne i allt från piano till matematik. Hon mindes den vita blusen med akademins emblem på och den blå veckade kjolen hon haft på sig på skolans pianokonsert. Inte för att Lin kände sig bekväm i den sortens kläder, men stolt hade hon varit bakom pianot på scen.

Moskva var på många sätt en fantastisk stad att växa upp i. Moderna skolor, bra sjukvård och ett samhälle där alla bidrog till det gemensammas bästa. Lin hade läst en hel del om hur det var i Ryssland under kommunisttiden och när landet till och med hade gått under namnet Sovjet. De fasor som folket fått utstå framstod som obegripliga i relation till det samhälle som Lin hade växt upp i. Klimatet var kanske det enda smolket i glädjebägaren. Isande vintrar och kokheta somrar. Första utlandsplaceringen i Spanien hade gett mersmak och nu sju år senare befann hon sig uppe bland molnen i New Yorks skyskrapedjungel.

Mormor Li Na hade varit immigrant från Singapore. På den tiden var det inte många som valde Ryssland som sitt framtida hemland och det hade tagit tid att få alla tillstånd på plats. Hade mormor sett något redan då och som resten av världen hade missat eller rent av blundat för?

Severomorsk, Rysslands marinbas på Kolahalvön. Bitande ishavsvindar plågade ständigt den marina basen långt uppe i norr. Havet var sällan annat än blygrått. Vita gäss låg som pärlband på de höga vågtopparna. Längre inåt land tog renskötarnas vidder över. Men trots det karga klimatet fanns där en vilsamhet i isoleringen. Lin kunde promenera i timmar utan att möta en själ. Inte för att hon kände sig som en enstöring, men i omgångar var det som om att kadetterna klättrade på varandra. Ett par tillfällen om året gavs möjligheten att bege sig till Murmansk, men inte heller den staden erbjöd mycket av förlustelse. De två veckor ledigt som man hade rätt att utkvittera per år tillbringade Lin i Moskva tillsammans med föräldrarna. Ofta under de timslånga promenaderna längs stranden reflekterade hon huruvida åren på akademin var av fri vilja eller ytterligare ett tillfälle när hon böjt sig för sin mors vilja.

Fyra år i isolering, norr om polcirkeln, kändes som ett högt pris att betala. Å andra sidan när väl den första utlandsplaceringen blev verklighet, gick det att se nyktert på studietidens umbäranden. Tidigt hade hon känt sig utanför de gruppkonstellationer som naturligt bildades på skolan. Inte för att hon upplevde sig som utfryst, men de flesta såg henne som udda. En som inte passade in.

Hade det inte varit för de exceptionella studieresultaten hade tiden på akademin blivit outhärdlig. Känslan när årets förtjänstmedaljer delades ut, var ett av årets få höjdpunkter. Avundsjuka blickar från de församlade i aulan, från samma skara högpresterande studenter som alltid stod i rampljuset på scen vid terminsslduten.

Största intrycket hade dock inget med klimatet eller kamraterna att göra. Efter två års gemensam grundutbildning blev alla elever utplacerade. Ryssars kunskaper och traditioner inom matematiken och naturvetenskaperna var allmänt kända, men det här var långt bortom Lins vildaste fantasier. Vita glaskupoler gjorde att de ryska AI-labben smälte väl in i det isiga landskapet. Likt tio meter höga igloos låg de fyra datacentralerna utplacerade i ett ingenmansland. Underjordiska tunnlar förband de fyra kupolerna. Vetskapen om den samlade datorkraften som fanns ute på de frostbitna vidderna hade säkert fått många IT-företag att lyfta på ögonbrynen. Lin hade tillbringat åtskilliga timmar om dagen i de tempererade mosaikliknande insektsögonen. En plats där framtiden skapades.

En signal från datorn väckte henne ur sina tankar. Den spårningsfria sändaren på Lennys telefon hade larmat. Kartan indikerade aktivitet på en lokal fiskmarknad, men Lin behövde rörliga bilder från platsen för att kunna agera. Enklast var att gå via stadens övervakningskameror som satt utplacerade lite här och var inom i det aktuella området. Eftersom hon hade gjort det flera gånger förut, så tog det inte lång tid att få upp en visuell bild av platsen på datorn. Närvaron av poliser, inom en radie av tjugo meter till Lenny, hade aktiverat larmet. Vad hon såg i realtid från marknaden och det hon parallellt hann läsa sig till via mediernas hemsidor var klart oroväckande. En hand med Horus öga intatuerad hade hittats i frysdisken hos en handlare. Varför hade Lenny sökt sig dit? Naturligtvis kunde han inte bli kvar på hotellet efter polisens besök, men att söka sig till en så exponerad plats? Återigen växte frustrationen kring människors fria vilja och känslomässiga agerande. Det fanns så mycket begränsningar i mänskligt medvetande, jämfört med vad en digital dito skulle kunna resonera sig fram till. Lin observerade noga de två poliserna, speciellt den som hade glasögon. Med hjälp av den lilla sensorn hon monterat på Lennys telefon och bilderna som kom in via övervakningskamerorna, kunde hon se att mannens glasögon var utrustade med ansiktsigenkänning. En av poliserna skannade effektivt av folkmassan, samtidigt som de frågade ut kvinnan som ägde fiskståndet. En snabb sökning visade att hon hette Madame Soo, inflyttad vietnamesiska och hade immigrerat hit för ett tjugotal år sedan.

Lenny var definitivt igenkänd. Det var tydligt att polisen fixerade blicken och granskade honom för att verifiera databassökningen. I samma stund fick Lin ytterligare en larmsignal. Två män närmade sig från andra sidan av lokalen. Genom att manipulera videokamerornas sensorer kunde Lin också se att automatvapen hölls gömda under jackorna. Lenny rörde sig långsamt bort från folkhopen, men gick samtidigt rakt i armarna på de två män som målmedvetet närmade sig från andra hållet. Lin tog fram kontrollpanelen på datorn, det handlade om sekunder ifall en nästintill oundviklig konfrontation skulle kunna avstyras.

Lenny skulle just till att vända sig om med händerna över huvudet, när han såg de två männen som snabbt närmade sig från motsatta hållet. Automatvapnen pekade rakt mot honom.

Panik utbröt och människor började fly undan och många skrek på hjälp. Bord och vagnar vältes omkull när desperata handlare och kunder försökte ta sig ut.

Han var just till att kasta sig ner och rulla in under något av stånden när ett öronbedövande väsen hördes. Glas splittrades, träpelare knäcktes och delar av plåttaket rasade ner från taket, när en bil demolerade allt i sin väg. Bord och stolar mosades under hjulen och smådelar flög som projektiler genom luften. Lenny kunde inte förmå benen att röra sig. Bilen gjorde plötsligt en oväntat skarp gir och tog sikte på männen som stod beredda att ge eld.

Skotten från automatvapnen träffade taket när bilen rammade männen hårt i sidan. Den ena låg nu livlös på golvet, men den andre förflyttade sig fortfarande haltande framåt med pistolen dragen i riktning mot Lenny. Bilen gjorde ytterligare en tvär sväng och det skrek till i däcken när den vände på en femöring. Mannen hann aldrig parera den framrusande bilen, framvagnen träffade hårt i ryggen och han landade tungt på betonggolvet tre meter bort. Ett dovt knakande ljud hördes när bilen långsamt rullade över den döda kroppen och saktade in framför Lenny.

Lenny försökte få ögonkontakt med föraren, men de tonade och smutsiga rutorna gjorde det svårt att se in. Bildörren öppnades och efter några sekunders tvekan hoppade han in i baksätet. Inne i bilen var det förunderligt tyst. Inga motorljud, inga röster. En syntetisk röst manade honom kort därpå att huka sig ner. Han insåg med ens att bilen var förarlös.

Det tog inte många minuter för bilen att lämna stadsdelen bakom sig. Lenny satt helt paralyserad och vågade knappt röra sig. Farten var långt över vad som kändes säkert. Larmet och ljudet av sirener dog snabbt bort i takt med att bilen forcerade sig allt längre och längre bort från fiskmarknaden. Efter en stund börjar han dock så smått vänja sig vid farten och slappnade av något. Den syntetiska rösten sa heller inget om vart de var på väg, bara att den hade alla nödvändiga data.

Kalifornien hade länge varit ledande när det gällde tester med självkörande bilar, med skiftande resultat kunde tilläggas. Men det här var någonting helt annat. Bilen rusade på som om den hade en egen vilja och inte bara rutinmässig tillhandahöll en transport från A till B. Den tog egna initiativ, ignorerade hastighetsbestämmelser och hade en förmåga att improvisera som han inte hade sett eller upplevt tidigare. Var kom tekniken ifrån? Vem hade utvecklat den? Han kunde inte finna något som indikerade vem upphovsmannen var, inget märke på ratten, inga dekaler på rutorna eller på instrumentbrädan.

∞

Håret var genomblött och svetten rann längs kinderna. Lin kunde känna pulsen slå. Ett fåtal sekunder till och Lenny hade träffats av automatkarbinerna. Hon mindes hur hon hade tränats för situationer likt den här, men insåg nu att det var något helt annat att utföra det på riktigt, även om momenten var likartade och borde sitta i ryggmärgen. Simulatorerna på akademin hade aldrig kunnat förbereda henne inför den ångest som det innebar att ta verkliga och livsavgörande beslut inom loppet av några få sekunder. Beslut som kunde leda till att människor fick sätta livet till. Nu kände hon i och för sig ingen sympati med någon utav de inblandade, men upplevelsen fanns ändå där. Skulle Dmitry komma att bifalla de beslut som hade tagits eller hade hon gått för långt? Kunde det ha hanterats annorlunda?

Kylan hade varit ner mot minus tjugofem den kvällen för tio år sedan. Irina hade förts i nattlinne de tvåhundra metrarna till säkerhetstjänstens lokaler, som bestod av ett tiotal låga tegelbaracker utspridda över området. Ingen av kadetterna hade på riktigt trott att ledningen menade allvar med sina hot om bestraffningar, i synnerhet inte för ett så ringa misstag. Irina släpades brutalt över den hårt packade snön, samtidigt som Kolahalvöns bitande vindar slet i håret.

Få saker skrämde ledningen mer än risken att den artificiella intelligensen, som de hela tiden förfinade, skulle utveckla egna syften och mål. Mål som inte var i linje med styrelsens eller för den delen människornas. Irina hade haft en sådan konversation, med en medveten AI.

Irina kom tillbaka från sin isolering två veckor senare, men hon hämtade sig aldrig riktigt. Den förr så glada och pigga kvinnan var en skugga av sitt forna jag. Skygg, tyst och tillbakadragen. Lin var till slut den enda hon anförtrodde sig åt, om än bara delvis.

Senast Lin haft kontakt med henne var hon stationerad i Australien, men det var nog fem år sedan. Att hålla kontakten försvårades dessutom av att de inte längre arbetade på samma tidsaxel. Och att röra sig i rumtiden krävde speciella befogenheter, något varken Lin eller Irina hade. Hon hade delat några bilder via sin hemsida och Lin hade förvånat sett hur outvecklat allting var under det kalla krigets dagar. Datorerna var inte långt mycket smartare än en miniräknare och utnyttjande av kärnenergi var i sin linda. Lin log lite åt de tafatta försök som hade gjorts av människan under sjuttio- och åttiotalen med fissionsenergi och att det skulle dröja över trettio år in på det nya århundradet innan människan fick grepp om fusionsenergin, mycket tack vare insikter från den artificiella intelligensen som till slut hade lyckats knäcka den Gordiska knuten.

Hon fäste åter blicken på skärmen. Den självkörande bilen hon tagit över, fortsatte sin färd in mot de centrala delarna av Manhattan. Eldriften skulle snart ta slut, men den borde räcka tillräckligt långt för att ge Lenny chansen att gå under jord igen.

∞

Rusningstrafiken i den tidiga morgontimmen gjorde det inte lätt för taxin att ta sig fram. Via otaliga smågator lyckades ändå chauffören kapa en del av tiden ner till fiskmarknaden. Tilde och Emily var fullt upptagna med sina mobiler när taxin plötsligt tvärbromsade. Människor sprang kors och tvärs över gatorna, skrikande och i total förvirring. Tilde såg hur en kvinna panikartat drog sina barn över korsningen. Barnen grät och höll gång efter annan på att ramla omkull på de breda gatstenarna. Måsar flög ilsket skriande mellan husväggarna, tydligt uppjagade av allt tumult.

- Jag kan inte köra er längre fram.

- Varför inte, frågar Emily utan att ta ögonen från mobilen.

Killen viftade omkring sig och sa att han var tvungen att vända bilen och köra tillbaka. Emily förstod snabbt att det skulle vara meningslöst att argumentera och sträckte fram tjugo dollar. Fiskmarknaden liknade ett slagfält. Ett gehenna av panik och rädsla. Tilde såg tvekande ut genom fönstret när en man plötsligt bankade på rutan. De fick snabbt lämna bilen åt sitt öde när två killar hoppade upp på motorhuven. Emily navigerade de båda raskt genom folkhavet i riktning mot fiskmarknaden. Vid randen av marknaden frös hon i steget.

En bil hade med full fart rusat in bland stånden. Nu bevittnade de hur den krossade allt i sin väg och verkade ha siktet inställt på två män längre in. Tilde förstod snabbt varför. De två männen var tungt beväpnade och verkade vara redo att skjuta mot en ensam man längre in. Killen verkade fullkomligt paralyserad av situationen och stod orörlig kvar. Förstod han inte vad som höll på att hända? Hon vände bort blicken, men hann ändå uppfatta när bilen i hög fart träffade de två männen i sidan och det efterföljande smattret av automateld som slog in i plåttaket. Stånd vräktes omkull när bilen gjorde en tvär sväng och tog sikte på den av de två som fortfarande stod upp och var redo att skjuta på nytt. Men mannen hann aldrig avfyra sin pistol. Bilens framvagn träffade honom hårt i ryggen. Emily drog Tilde hårt i tröjärmen och pekade när den ensamma killen hoppade in i bilen.

- Jag är säker på att det är Lenny som hoppar in i bilen. Det finns ingen annan rimlig förklaring. Tilde nickade införstående under tiden som hon betraktade förödelsen runt om. Polis sprang fram till platsen där de två männen låg och Tilde hann notera när den ene gjorde tummen ner till kollegan längre bort. Bilen tycktes i övrigt bara ha åstadkommit materiella skador. Föraren var antingen en fantom på att köra eller haft fru Fortuna med sig i sätet bredvid. Nyfikna närmade sig försiktigt platsen från alla håll och polisen hade fullt sjå att hålla dem på avstånd. Sirenerna ljöd nu från alla håll. Emily vände sig om för att mana på att det var hög tid att ta upp jakten på Lenny, men insåg snabbt att något inte stod rätt till. Tildes blick var glasartad och pupillerna hade fallit in bakom ögonlocken. Emily tog hennes hand och kände hur den skakade lätt och var iskall. Desperationen ökade när hon försökte få kontakt, men Tilde var inte nåbar.

Tilde kände sig svag i knäna och benen lydde henne inte längre. Hon lutade sig mot en brandpost. Yrseln och blixtarna kom tillbaka och hon blev tvungen att försöka sätta sig ner. Någon tog henne i handen, hon kramade den tillbaka så hårt hon förmådde, men där fanns ingen kraft i musklerna. Hon vinglade till och märkte hur någon varsamt fångade upp henne.

Med huvudet mellan benen försökte hon stänga ute allt larm och med en stor viljeansträngning lyckades hon mota paniken som var på väg att bryta ut. Till slut lättade trycket över bröstet och ångesten släppte sitt grepp. En ambulanssjukskötare kom fram och frågade om allt var som det ska. Tilde kunde höra Emilys oro och att hon hade nära till gråt när hon försökte svara så gott hon förmådde.

• Har hon kramper? Kan jag undersöka henne?

Utan att vänta på svar hukade han sig ner. Ficklampan lyste ilsket i ögonen. Lusten att fäkta med armarna, få bort det onda som plågade, kom instinktivt, men kroppen lydde inte. Hon kunde känna hans hand och tummen som tryckte mot handleden. Pulsen var som en k-pist. Mannen reste sig upp och sa till Emily att det förmodligen handlade om ett epilepsianfall, men att det värsta nog var över. Det var vanligt att stressartade situationer som den här kunde trigga ett anfall. På väg mot ambulansen vände han sig om och försäkrade sig om att Emily förstod att det var viktigt att hon tog henne till sjukhuset för efterkontroll. Tilde kunde höra hur Emily nästan mekaniskt svarade att det skulle hon absolut göra. Hon log inombords. Emily kunde vara alltigenom omtänksam, men det var nog det sista hon hade för ögonen just då. Med lite hjälp skulle Tilde tids nog komma på fötter igen.

Media var redan på plats och sökte efter människor som var villiga att låta sig intervjuas. Emily hade inga planer på att bli kvar längre än nödvändigt och att exponeras ytterligare på nätet och i olika tevekanaler var uteslutet. Med en AI hängande efter sig var detta det sista de ville. Ju mer material som fanns tillgängligt online, desto lättar skulle det vara för den att få tag i dem. Utan att dröja tog de sin tillflykt in på en lugn bakgata. Ett kafé erbjöd ett tillfälligt andningshål och en ung servitris bjöd dem att sitta ner. Tilde sjönk ner i stolen. Illamåendet hade gett vika. Under tystnad drack de det blaskiga kaffet som serverats dem. Två högtalare, modell äldre, satt monterade högt upp på den åldrade träpanelen som täckte väggarna från golv till tak. Ägaren hade inte överansträngt sig i sin ambition att inreda stället. Gulnade reklamaffischer samsades med hötorgskonst. Ur högtalarna letade sig sorlet från en medioker raplåt ut i den lilla lokalen. Ibland hörbar, ibland inte. Servitrisen, som inte såg ut att vara äldre än fjorton, stirrade nollställt framför sig, medan hon torkade kaffekopparna som stod travade framför henne. Det dröjde inte länge förrän Emily tog till orda. De hade dykt rakt in i hetluften. Lenny var inom räckhåll. Tilde lyssnade med ett halvt öra.

Emilys envetenhet fick henne ibland att slå bakut. En total oförmåga att känna av situationen, ingen tid för reflektion, bara köra på. Tilde kunde inte fullt ut sätta ord på hur hon kände sig, men i detta nu längtade hon bara efter Heather. Att få ligga ner i hennes soffa och stirra rakt upp i taket. Om så bara för en liten stund, sedan skulle hon vara redo att ta upp sökandet efter Lenny. Den smått besvärande tystnaden som uppstått dem emellan bröts av ljudet från en tutande bil ute på gatan. En Uber väntade med motorn igång. Emily skyndade sig att packa ner datorn i ryggsäcken och viftade påkallande.

Impulsen att protestera fanns där, men Tilde insåg snabbt hur lönlöst det skulle vara. Istället följde hon snällt efter. Hon hatade sig själv i de lägena - varför var hon så undfallande? I vanliga fall upplevde hon sig själv som både framåt och van att stå på egna ben. Med Emily tappade hon allt detta.

Fönstren var fullt nedvevade i den lilla Ford Escorten. Mannen ursäktade sig med att luftkonditioneringen var ur funktion.

- Vart ska vi?, frågade mannen med tydlig östeuropeisk brytning.

- Kör mot de centrala delarna av Manhattan, jag guidar dig när vi närmar oss, sa Emily utan att tveka.

Tilde kunde inte för sitt liv begripa hur Emily visste vart de skulle ta vägen. Bilen som Lenny färdades i kunde ju vara var som helst vid det här laget.

Solglasögonen satt nonchalant på hans renrakade huvud och med svarta hängen stora som kapsyler i de uttöjda örsnibbarna såg mannen allt annat än förtroendeingivande ut. Den svarta t-shirten satt som limmad över hans tatuerade biceps. Tilde hade svårt att inte associera till bilderna från terrorattacken, där tungt beväpnad polis förde ett antal misstänkta maffiamedlemmar in i armerade bussar. Hon såg hur han diskret tittade bakåt och mötte hennes blick i backspegeln. Kommer han att försöka något eller var hon bara nojig? Efter en stund slutade han dock och Tilde tillät sig att slappna av.

Vid ett rödljus syntes röken från underjorden blandas med oset från gatuköken som kantade trottoaren. I vagnarna som sålde pretzels var grytorna redan i full gång, redo att serva stressade tjänstemän på väg till kontoret. Emily hade en karta igång på mobilen. Den blå pricken rörde sig sakta över skärmen. Hon växlade app och tog via webbläsaren upp en sida som visade upp listor över fordon, likt den som hade prejat sig igenom fiskmarknaden. Tilde sneglade på rubriken, "The selfdriving car project". Emily sa att hon kände igen den aktuella bilmodellen från en artikel hon hade läst för något år sedan. Media rapporterade regelbundet om framstegen och testerna med självkörande bilar. Det fanns redan ett flertal sidor på nätet där man kunde följa bilarna i realtid. Så länge Lenny befann sig i bilen skulle det att vara lätt att följa honom i spåren.

Mannen bakom ratten tittade åter i backspegeln och frågade på knackig engelska om adressen. När han inte verkade förstå bytte Emily till ryska och mannen bröt ut i ett leende. Inte ens Tilde visste om att Emily kunde ryska. Nog för att hon visste om hennes språköra, men det här var klart oväntat. Den tryckta stämningen övergick i skratt och glada utfall, mannen var som förbytt och lovade göra allt han kunde för att komma i kapp den förarlösa bilen. Taxin krängde kraftigt i kurvorna i försöken att hålla jämna steg. För Emily var det hart när obegripligt hur den andra bilen kunde ta sig fram så snabbt. Den här typen av bilar skulle ju dessutom vara programmerade så att de följde givna hastighetsbestämmelser och trafikregler. Att alltid ta maximal hänsyn i trafiken och utnyttja den mest optimala färdvägen. Lennys bil rörde sig klart fortare än tillåtet och dessutom kors och tvärs bland gränder och tvärgator. En AI utvecklad för självkörande bilar skulle inte agera på det viset, det var nästan som den hade en egen vilja eller möjligen fjärrstyrd?

Tilde funderade på varför hon reagerade så stark när chauffören hade tittat på henne i backspegeln. Det kändes olustigt att inte kunna lita på andra människor, men hon visste också av erfarenhet att en blick kunde säga så mycket. Mer än en gång hade hon processat den veckan då hon var tvungen att temporärt flytta hem till mamma och Marco.

Pappas nya förhållande hade inte varat särskilt länge och det handlade nog mest om en väg framåt efter en uppslitande separation. Men oavsett hade han inte kunnat förstå varför Tilde inte kunde bo hos mamma en vecka när de var på Mallorca. Hon hade protesterat högljutt och sagt att hon var gammal nog att bo själv i villan, men utan framgång.

Hon hade stått på farstun en bra stund när dörren hemma hos mamma till slut öppnades. Hans sätt att syna henne uppifrån och ner, där han stod i den svagt upplysta hallen i bara underkläder, var det första som skrämde henne. Klart påverkad hade han trängt sig på och tryckt henne till sig. En välkomst kram påstods det. Minnet av fräna dofter och en hårig bringa fick henne fortfarande att må illa. Det fanns ingen värme, bara en tonårings kropp. Duschrummet på ovanvåningen var också något som var svårt att tänka tillbaka på. Den bruna tapeten och det fuktskadade toalettskåpet i trä. Ett ställe där hon alltid känt sig trygg. När hon nu tänkte tillbaka var glipan i dörren det enda hon mindes. Att låsa om sig var något hon aldrig hade känt behovet av förut. Det hade ju bara varit familjen. Att nödgas att ha polotröja vid middagsbordet var något nytt. Det var sent en onsdagskväll, när Marco inte var nöjd med vad huset hade att erbjuda och mamma hade låst in sig i sovrummet, som hon hade flytt fältet. Natten på centralstationen blev kall och hård. Bänken hade skavt mot ryggraden och gång efter annan hade hon fått jaga bort påflugna gäster som ville göra henne sällskap. De hemlösa hade varit beskedliga och harmlösa, värre var det med gängen som drog hemåt efter en natt i Köpenhamn. Halv fyra och framåt drev hon vilset runt i kvarteren runt Lilla Torg.

Vad formar egentligen ens tankar kring tillit? Varför var tilliten så sensitiv att den kunde skadas vid ett enstaka tillfälle? Hon hade ofta vänt ut och in på denna märkliga palindrom som på ett knipslugt sett hade sammanfört orden till och lit med varandra. Hon var väl medveten om att ett förtroende aldrig kan vara ensidigt, båda måste omfamna tilliten. Varför hon själv hade så svårt att släppa taget om det som hade varit och gå vidare lät hon vara osagt. Kanske bottnade det ändå i en rädsla att åter bli sviken, åter känna sig blottad och svag. Rastlösa minnen som pockade på uppmärksamhet när hon egentligen borde fokusera på nuet. Hon hade också insett att tillit handlade om att våga vara sårbar, men för att nå dit var hon tvungen att visa mod. Att visa sig skör var att ge sig hän utan att få några garantier tillbaka. Emily hade visat henne prov på tillit, så även Heather och kanske var det just därför hög tid att släppa taget om hennes egna demoner. Trotsa rädslan och finna hopp. Låta det förgångna svepas in i tidens väv och istället tillåta sig att både ha förtröstan och att njuta när tiden var mogen. Nu fanns där alldeles för många som behövde henne, Lenny inte minst.

∞

Bilen saktade plötsligt in och gled tyst in mot vägkanten. Den sprakande kvinnorösten hann precis meddela att bilens batteri behövde laddas och att han ombads vänligen att lämna fordonet, alternativt ringa företagets supportlinje, innan rösten helt dog ut. Lenny drog i dörrhandtaget, men dörren gick inte upp. Ingen av dörrarna gick att öppna. Elektricitet krävdes naturligtvis även här. Bilen måste ha brutit med sina egna riktlinjer och totalt kört slut på batteriet, något han inte ens trodde var möjligt. Det fanns inget i hans ryggsäck han kunde använda som tillhygge. Fordonet var i det närmaste obrukbart. Skulle han slå på telefonen och ringa efter hjälp?

Med facit i hand var det ingen bra idé. Minnena och insikterna från fiskmarknaden gick inte att bortse ifrån. Trots alla försiktighetsåtgärder så hade de återigen hittat honom, männen med automatkarbiner hade inte dykt upp av en ren tillfällighet. Tydligen hade de inga problem att hitta honom och det var sannolikt bara en tidsfråga innan en svart SUV körde upp bakom och gjorde processen kort. Han lutade sig frustrerad tillbaka. Han ryckte till när bakrutan krossades. Glassplittret träffade honom i ansiktet. Chockad försökte han förstå vad som hade hänt, men i förvirringen rådde bara kaos och han förstod att det handlade om sekunder innan han hade en pistol riktad mot pannan. I panik trevade han efter sin ryggsäck med datorn i, kanske kunde han ha den som skydd när skottet kom.

Illusioner

Mormor hade alltid älskat Skanör. Hon hade älskat havet. Sanddynorna och ryorna av vass som kantade de mjuka kullarna längs kusten. Från den vitkalkade kyrkan hade mormor utsikt över gräsängar, sommarens varma stränder och kusinernas gräddvita badhytt som hon besökte som barn.

Men det var ändå förvånande att det var där hon ville vila. Kusinerna var i stort sett den enda kopplingen med de vita stränderna som löper likt ett pärlband runt hela näset. På Tildes gren av släkten hade somrarnas hemmahamn alltid varit Tylösand. Det var där som mormor stått i badkappa och vakat över oss småttingar när vi plaskade i det grunda vattnet. Det var i Halmstad vi fick dra kundvagnen när mormor förmiddagshandlade på ICA.

Tilde strosar långsamt mellan gravstenarna. Blommorna runt mormors grav är ännu prunkande där de ligger i en halvmåne runt stenen. De skiljde sig aldrig, men att Tilde nu står här och att morfars sten ligger en bra bit norr om Hallandsåsen säger någonting om deras relation.

Astrid Eriksson f. 1931. Det är mormors flicknamn som med snirkliga guldbokstäver pryder den svarta graniten. Mamma hade berättat att mormor drömt om att bli lärarinna. Men trots sina färdigheter i skolan blev det aldrig aktuellt. På ett lantbruk behövdes det mycket folk året om hade Astrids far sagt. Tilde minns att hon alltid var närvarande med barnbarnen, men ändå frånvarande på samma gång. En längtan till något annat, något mer. Kanske var hon bitter. Stark i livet, men samtidigt vingklippt. Att morfar så småningom tog över lantbruket blev nog spiken i kistan. Drömmar som försvann lika snabbt som när havet drar sig tillbaka vid ebb och lämnar stranden åt sitt öde. Tre år har passerat sedan mormor stod med rullatorn och såg Tilde vandra ner för kyrktrappan. Vinden friskar i och Tilde tar lä i ett hörn bakom den svala, vitkalkade kyrkväggen.

Första gången hemma i Sverige igen, efter nästan sex år i USA. Tilde känner att hon har kunnat göra de val hon har velat i livet. Att leva stark, att stå rak.
Regnstänk börjar sakta fläcka grusgångarna mörka. Hon känner sorg å sin mormors vägnar. En kvinna som velat så mycket mer. Hennes egen mammas val i livet har hon däremot inte förlikat sig med. Visst har mamma försökt att göra något mer av sitt liv och i backspegeln var det nog bra att hon och pappa gick skilda vägar. Men mamma var inte på samma sätt fjättrad vid gamla värderingar som sin mor. Hon hade inte behövt bli bitter.

Tilde vänder sig om och sätter på regnskyddet på barnvagnen. Kevin sover fortfarande gott där han ligger djupt nerbäddad i sovpåsen. Hans mörka kalufs sticker fram under den stickade mössan. Planet till New York avgår från Kastrup senare samma kväll, det är hög tid att vända åter och packa ihop det sista.

∞

Klockan närmade sig tio på förmiddagen. Paul tittade, för säkert tionde gången den senaste timmen, irriterat på sitt armbandsur, en liten Casio med miniräknare. Han hade haft en likadan i mellanstadiet och när han häromåret fann en nytillverkad dito i Chinatown slog han till direkt. Han kvävde en svordom. Heather borde ha kommit vid det här laget. Om de skulle hitta Lenny i tid var de tvungna att agera nu.

Michael, bakom glas på kontoret, hade spelat ut sin roll. Även om de väckte programmet till liv igen skulle det inte förändra något. Michael hade redan slunkit ut genom nätet. Och till råga på allt var Lin som bortblåst. Enligt passerkortsjournalerna hade hon varit på kontoret till tidigt på morgonen. Sov den människan aldrig? Han hade bett IT-avdelningen att rapportera om hennes dator kom online någonstans, men så här långt ingenting.

I samma stund ringde Claire. AI:n var aktiv igen, men det gick inte att spåra varifrån. Hur var det ens möjligt med alla de säkerhetsprogram de hade tillgång till? Enligt Claire uppvisade programmet ett märkligt beteende. Det var som om den befann sig på hundratals platser samtidigt. Riktade de in sig på en av IP-adresserna försvagades signalen snabbt, för att därefter försvinna helt. I några fall delade den på sig och blev till en klon av sig själv. Med en eftertänksam min funderade Paul på om adresserna verkligen hade en reell koppling till Michael. Kort därpå hörde Claire av sig igen, nu än mer orolig på rösten.

Punkterna delade sig allt fortare och spred sig nu även till andra kontinenter.

- Vi får träffar både i Kina och Australien, sa hon bestört.

Det verkade fungera som ett pyramidspel. Ju fler som interagerade med plattformen, desto snabbare spred den sig. Det mesta tydde dock på att allt så här långt bara skedde via Darknet. Men det krävdes heller ingen större teknikförståelse att inse vidden av det hela om och när viruset infekterade hela internet. Oron märktes i korridoren. Teamet sprang om varandra i jakten på ledtrådar och infallsvinklar. Två av Claires kollegor arbetade febrilt vid datorerna och säkerhetsavdelningen hade bråda dagar till tonerna av Pauls domderande stämma.

Heather kände att hon inte orkade med Paul i nuläget. Hans rastlöshet och impulsiva sätt skapade oro bland de anställda, något som riskerade att leda till ogenomtänkta åtgärder. Hon skyndade bort mot Pauls plats. Något illavarslande hade definitivt inträffat. Frågan var mest hur allvarligt det faktiskt var.

Det hade känts fel att lämna Tilde på stranden. Hon vågade knappt fullfölja tanken på vad som skulle kunna hända om Tilde tog upp jakten på Lenny på egen hand. Tilde hade berättat att hon skulle träffa en väninna. Heather hade inte kunnat låta bli att söka upp Emily på nätet. Tydligen en välrenommerad forskare från ett universitet i Sverige som nu arbetade på NYU, men också lite av en aktivist. Bilder från Pridefestivaler fanns på delar av hennes öppna profil. Heather kom på sig med att känna ett styng av svartsjuka, något hon snabbt slog ifrån sig. Förmodligen var Emily en ganska driven person, en som gärna tog initiativet. Hur mycket hade hon egentligen hunnit få reda på?

Pauls röst manade henne att skynda sig över. En snabb titt
på det senaste underlaget från teamet var inte vad man hade
önskat att se. Att Michael skulle komma att bli enormt
svårstoppad stod utom allt tvivel. Där fanns dock en
besynnerlig anomali i hur Michael spred sig, något som
Heather inte riktigt kunde greppa. Paul hade inte reflekterat
över det, men Heather påpekade för honom att spridningen
på Darknet borde ske mer eller mindre exponentiellt.
Istället gick det betydligt långsammare, nästan som om
något hindrade AI:n från att sprida sig med ljusets
hastighet. Flera aktiva noder på skärmen kom och gick.
Nedsläckta noder kunde förbli släckta i många minuter,
innan de tändes på nytt.
Pågick det en kamp på nätet? En kamp som Michael såg ut
att gå vinnande ur om inte Heather och hennes kollegor
kunde jämna ut oddsen lite.
- Hade vi inte ett isolerat virus som vi stoppade i höstas?
Vad sägs om att ge Michael lite att bita i?, sa Heather med
glimten i ögat.
Paul såg förvånat på henne, men samtidigt slog det honom
åter varför han till slut hade accepterat henne som sin chef.
För Michael var det vitalt att uppnå en kritisk massa, så att
när väl Lenny slog på sin dator skulle situationen att vara
omöjlig att stoppa. Paul gav direkt teamet i uppdrag att
modifiera ett virus som de hade lyckats häva vid en
cyberattack för ett par månader sedan. Det isolerade viruset
behövde bara designas om lite för att istället leta efter
Michaels kloner och begränsa dess förmåga att dela sig.

Heather var i stunden mer intresserad i att ta reda på vem
som redan aktivt arbetade på att försöka hindra Michael att
genomföra sin plan. Pauls uppgraderade virus skulle bara

kunna stävja själva kloningen, men deras nya bundsförvant, vem eller vad det nu än var, hade bevisligen starkare vapen i sin arsenal. Verktyg som uppenbarligen kunde rå på en medveten superintelligent AI. Det borde rimligen inte låta sig göras med de mjukvaror som fanns tillgängliga här och nu. En superintelligent AI hade förmågan att progressivt anpassa sig efter ett skeende och i realtid skapa alternativa sätt att klona sig självt. Men den aktiva programvaran som de nu bevittnade på skärmen raderade effektivt Michaels nya kloner, även om det gick på tok för långsamt. Heather fasade åter för vad det skulle kunna komma att innebära om Michael slapp lös globalt.

Utilitarismens tro på att den rätta handlingen kommer att maximera lycka för människan behövde inte alls gälla en medveten AI. En superintelligent AI kunde lika gärna anse att något helt annat var det ultimata målet. Som en värld helt styrd av maskiner, där människan reducerades till förslavade arbetare eller alternativt till försoffade individer à la Orwells 1984. En framtida generation där människor förpassades till passivitet och eventuellt också till en belastning för AI:ns mål om världsherravälde.

∞

När hon var i trettioårsåldern hade mycket känts som ren science fiction, nu är det en realitet. Att befinna sig på två ställen samtidigt. Mycket av fritiden när hon var ung ägnades åt att förstå och att ta in det faktum att kvantfysiken ställer mycket av det vi tar för givet på ända. Det som fascinerade henne då är lika relevant nu – något som Albert Einstein så träffande kallat för spöklik avståndsverkan. En telepatisk förmåga inbyggd i våra minsta beståndsdelar, som i sin tur resulterar i att hela vår existens är sammanflätad.

Med AI:ns hjälp hade man till slut lyckats knäcka koden som gör det möjligt att påverka skeenden i tid och rum. Nu finns de här, kapslarna som gör det möjligt att agera på två ställen samtidigt. Frånkopplade från verkligheten, vilken den nu än må vara, kan hon nu initiera händelseförlopp, som retrospektivt ligger långt bortom hennes vildaste fantasier, mot vad hon överhuvudtaget trodde skulle vara möjligt för trettio år sedan. Det som på den tiden endast kunde studeras på elektronnivå är nu något som utnyttjas kommersiellt. Att dela samma tillstånd, oavsett avstånd, har revolutionerat resandet.

Belastningen på hjärnan är enorm. Dessutom finns där en gräns för hur länge man kan utnyttja en kapsel utan att bli upptäckt. Fram till nu har det bara rört sig om kortare stunder, men nu har hon ockuperat kapseln i mer än ett dygn. Systemen söker dagligen igenom nätet efter missbruk. Att byta kapsel var inte aktuellt, då skulle hon i princip bli tvungen att börja om från början.

Det hade inte funnits i hennes vildaste fantasi att Michael skulle utnyttja henne för sina egna syften. De hade haft en sådan fin dialog. Någon som förstod. Någon som lyssnade. Ingen i den verkliga världen verkade inse, eller ville kanske inte förstå, hur hon kände sig. Det här är sista utvägen. En möjlighet att fortsätta vara en del i Ian och Kevins liv och chansen att få uppleva alla barnbarn som väntar runt hörnet. Trots alla löften hon fick av läkare om snara medicinska framsteg, ångrar hon inte sitt val. Ihärdigt hade de sagt på sjukhuset att allt skulle bli bra, om bara tålamodet att vänta ut teknikens framsteg fanns där. Visst hade tekniken gått

framåt, men hade hon råd eller modet att vänta fem-tio år
till?

Michael hade till en början gjort allt hon bad om. De hade
varit som ett team med ett gemensamt mål, nu inser Tilde
att hon hela tiden blivit förd bakom ljuset. Michael är
mångdubbelt starkare än henne själv och när hon insåg vad
som var i görningen var det i princip för sent. Michael hade
redan tagit sig in i Lins dator och vidare till Lennys när
varningsklockan ringde. Frågan hon nu ställer sig är om
hon skall överlämna sig till rättvisan och erkänna inför
ledningen vad hon vet och vad som håller på att ske eller
fortsätta att själv försöka stoppa Michael.

Det blå ljuset i kapseln är tänkt att ha en lugnande inverkan
för de som arbetar långa pass, men för Tilde är det mest
irriterande. Inte för att hon egentligen behöver något ljus
överhuvudtaget. Kapseln kan helt styras via hjärnvågor,
men är trots det fullt utrustad för alla de fem sinnena plus
eventuella extremiteter, något som hon själv för länge
sedan vant sig av med.
Syncentret har hon dock för vana att aktivera, då det bidrar
till bättre fokus och i andra stunder för att känna sig mindre
ensam. De tjugotalet kapslar som befinner sig svävande ett
tiotal meter över marken är i stunden alla upptagna. Inte
sällan dröjer det mer än en vecka innan en kapsel blir ledig.
Det stora flertalet utnyttjas mest för rutinobservationer,
oavsett om det handlar om bakåt eller framåt i tiden.
Ledningen och den allseende AI:n efterfrågar ständigt mer
och mer information. Hungern efter data tycks aldrig sina.
Vad all information ska användas till står skrivet i
stjärnorna. Dess omättliga begär har dock en begynnande
baksida. Systemet börjar bli tungrott och för att inte bli

ohanterligt, i väntan på svar, har ledningen och AI:n nu infört en andra nivå av artificiella intelligenser. Dessa "nivå-två-intelligenser" filtrerar informationen som når nivå ett.

Panelen blinkar fortsatt rött på flera ställen i kapseln. Michael fortsätter att sprida sig, även om hon gör sitt bästa för att sätta käppar i hjulet. Hon kan se att Lin är alltjämt aktiv på plats. Att Lin rapporterar till ledningen har hon misstänkt länge. Det svåra har varit att maskera för Lin kring hennes egen inblandning och att hon i mångt och mycket är roten till det onda. Nu utkämpar de en gemensam kamp i att stoppa Michael, även om motiven är olika.

En märklig anomali i Michaels spridning syns plötsligt på skärmen. Något bromsar AI:ns förmåga att klona sig självt. Om än med begränsad framgång. Har Heather äntligen fått fart på sina ingenjörer? Hon ler för sig själv. Lyckan och samhörigheten hon känner i stunden får henne att gräva i sitt digitala minne och ta fram doften av Heathers nyduschade hår. Smaken av hennes hud. Och ryser av välbehag.
Med en klump i halsen vänder hon åter blicken mot skärmen. Allt känns så länge sedan nu. Hon tycker sig också se Lennys varma, vänliga ögon i de prickar som lyser upp och slocknar på kartan framför henne. Han har ställt upp i alla väder, alltid stått vid hennes sida. Innerligt hoppas hon att han är åtminstone lite lycklig och att han tar väl hand om sin växande familj. Samtidigt vet hon att allt riskerar att stanna vid en illusion om hon inte lyckas hejda Michaels framfart på Darknet. I värsta fall kommer nuet att förbli en dröm och inget mer. Det får inte ske.

∞

Att situationen var på väg att spåra ur stod bortom allt tvivel och att hon själv med råge hade överträtt sina befogenheter. Till råga på allt fanns där en ambivalens kring vad som var rätt och fel. Medlidande kanske var att ta i, men åtminstone någon form av sympati. Flera andra hade försökt att ändra tidens gång, utan att tänka på riskerna, men Tildes oaktsamhet kunde få oanade konsekvenser. Samtidigt insåg Lin att hennes egen nonchalans hade bidragit till det krisartade läget. Hur kunde hon ha missat och förbisett vad som var på gång? Det var det dilemmat som bidrog till att hon inte redan hade anmält Tildes förehavanden till ledningen. En anmälan som ofelbart skulle leda till eliminering. Det fanns, i Tildes fall, inga förmildrande omständigheter som hade kunnat åberopas. Raderingen skulle komma att ske på ett ögonblick. Tildes framtid skulle återigen ligga som ett oskrivet blad.

Lin hade sett det ske en gång tidigare. En man hade tagit kontakt med sin bortgångna pappa. Pappan var sedan tidigare fälld för våldsamt beteende och misshandel. Sonen hoppades in i det sista på ett försonande samtal dem emellan. Istället fick det till följd att mannen förstod att polisen var honom på spåren. Pappan hade senare flytt från Edinburgh till Glasgow, där hans före detta flickvän bodde. Efter två år på år på fri fot kunde polisen till slut knyta ihop de fall av misshandel som skett i Edinburgh med den pågående mordutredning som rörde en trettiosjuårig kvinna i Glasgow. Sonen hade eliminerats samma dag som det uppenbarades.

För Tilde väntade garanterat samma öde om Michael lyckades i sina föresatser. För Lin väntade det omvända – att för alltid vara fast i nuet. Passagen hem skulle för alltid vara stängd. Att återvända var inget alternativ. Situationen komplicerades ytterligare av att hon kände en stark lojalitet gentemot Lenny. Han var en av få på jobbet hon tyckte om och hade respekt för. Humoristisk och smart, men samtidigt lite egensinnig. Paul tyckte hon rent ut sagt illa om. Stor i korken och självgodheten lyste om honom. Att hon hade gått med på att hjälpa Lenny med att sprida Tracys videomaterial och få ett slut på maffians människohandel i New York kändes självklart. Däremot ångrade hon djupt att hon hade använt jobbets dator för ändamålet. Och därigenom obetänksamt bidragit till att de nu också hade en artificiell superintelligens att ta hand om. Lin var dock imponerad över Tildes insatser så här långt. Tillsammans hade de effektivt bromsat den exponentiella tillväxten och det fanns ännu hopp om att stoppa Michael i tid.

∞

Ubertaxin höll fortfarande jämna steg med den förarlösa bilen. Enligt Emilys mobil verkade det nu som om att Lennys bil hade stannat helt ett fåtal kvarter bort. Med lite tur skulle de hinna fram innan han återigen hann försvinna. Ute på gatan tätnade trafiken ju närmre de kom de centrala delarna. Tilde betraktade människorna som likt radiostyrda robotar raskt promenerade på de breda trottoarerna. Med fyra i bredd, var det som en flod av människor outtröttligt rörde sig framåt i båda riktningarna. Tiggare kantade vägrenen med pappmuggar på marken framför sig. Längre fram såg hon två kvinnor som navigerade sig målmedvetet fram i strömmen, med stora skyltar hängande över bröstet. Djurrätts-aktivister så vitt hon kunde förstå.
I sidospegeln noterade hon för tredje gången en svart SUV som höll ett konstant avstånd till deras bil. Dess skinande

grill grinade elakt mot henne där den nosade dem i baken. Trots att hon var övertygad om att hon inbillade sig vände hon sig oroligt till Emily som satt försjunken med mobilen. Emily lutade sig försiktigt åt sidan för att kunna snegla bakåt, men i samma stund krängde taxin kraftigt in mot vägkanten.

Den svarta bilen hade seglat upp jämsides och tvingade nu in bilen mot raden av parkerade bilar. Ett skarpt gnisslande ljud hördes när stänkskärmarna skrapade i varandra. Taxin tvärbromsade på stället, samtidigt som den svarta bilen försvann runt hörnet. Tilde såg chaufförens skräckslagna blick. Skrämd, slet han i den krånglande framdörren som till slut gav med sig med ett ilsket metalliskt ljud. Omtumlade klev de ur bilen. Värmen från gatan slog emot dem som en varmluftsfläkt, i bjärt kontrast till det luftkonditionerade innanmäte de tillbringat den senaste halvtimmen i.

Ett tjugotal personer samlades runt om, alla ivriga att hjälpa till. Någon hade tagit bilnumret, en annan kom springande med en förbandslåda och ytterligare några erbjöd de vatten. Emily var klart irriterad över uppståndelsen och ville nog helst gå upp i rök, där hon stod med mobilen på språng. Uppfostrad som hon var hade Tilde svårt att värja sig för alla vänliga människor runt om.

Flera filmade kors och tvärs i vimlet. Hjälpande händer sträcktes ut från alla håll och gav en nästan klaustrofobisk känsla. Tilde kände instinktivt att hon måste ta sig därifrån. Med ett fast grepp om Emilys handled banade hon sig fram genom folkmassan, rakt ut i korsningen. Väl på andra sidan gatan förflyttade de sig halvt springande åt samma håll som SUV:en. Om trafiken var tillräckligt tät fanns där en liten chans att hinna ikapp. Den varma luften gjorde det dock svårt att hålla tempot uppe och det dröjde inte länge förrän de var tvungna att dra ner på tempot.

Huvudet kokade i värmen och armarna var blanka av svett. En livsmedelsbutik hade dörrarna på vid gavel och i entrén där luftkonditioneringen drog på som bäst hämtade de andan. Bilregistret hade inga detaljer om fordonet som rammade dem, men via polisens register gick det att få fram att bilen var inrapporterad som stulen för ett par dagar sedan. "What a surprise", sa Emily. Tilde skrattade högt åt hennes förmåga att inte tappa humöret - envisheten hade fått ett ansikte. Inte för en sekund stannade Emily upp förrän målet var nått, lika sant nu som då.

Rummet på Malmö nation hade inte varit många kvadratmeter till ytan. Säng, skrivbord och en fullproppad garderob utgjorde vardagen under de tre år hon låg i Lund. En lång korridor förband de små cellerna med sällskapsytorna och köket. Att plugga i köket hade sina klara för- och nackdelar. Om man som Tilde var allmänt sällskapssjuk var köket det ideala stället, men det låg i sakens natur att det riskerade att straffa sig i andra änden. Efter två omtentor tvingade hon sig att flytta in i sin ljusgrå cell, där det enda som kändes inspirerande var de skira gardiner som hon själv köpt och satt upp. De vidöppna fönstren pockade dock på uppmärksamhet när högljudda studenter begav sig ner mot Lunds iskalla ölpumpar. Det var just en sådan dag när Tilde, med armbågarna hängande över böckerna, läsande samma mening för femte gången som hon väcktes av att någon ropade hennes namn ute på gatan.

Tilde hade naturligtvis sett den halvspattiga tjejen med rött hår på kursen, men fortfarande efter fyra veckor in på terminen hade de så här långt inte utbytt ett ord med varandra. Deras utbildningar överlappade delvis och kursen i programmering hade de gemensamt. Stunden senare stod hon där plötsligt i dörrhålet och undrade om de skulle plugga tillsammans. Emily blev en välbehövlig vitamininjektion.

Javaprogrammering var definitivt inte Tildes grej, men i sällskap med en naturbegåvning gick det lättare. Problemet som Tilde skulle erfara både den gången och alla påföljande tillfällen var att Emily inte hade några spärrar. Hon kunde hålla på långt in på småtimmarna innan hon la böckerna åt sidan. Tilde kom på sig själv med att somna över böckerna och när hon yrvaket kom till sans igen satt Emily fortsatt försjunken i olika problemställningar. Att fresta med en pubrunda fanns inte på kartan. Inte för att Emily inte gillade att festa, men var sak hade sin tid. Tilde blev gång efter annan irriterad på denna outsinliga hängivenhet.

Tilde var å andra sidan oerhört tacksam för att ha en vän som alltid ställde upp, något hon själv inte hade fått med sig hemifrån. Det som Emily däremot hade svårare att hantera och som blev tydligare ju längre tiden gick, var hennes känslor gentemot Tilde. På gränsen till naiv hade hon in i det längsta inte velat inse eller ta in hur läget låg. Men skygglapparna hade effektivt dragits undan en kväll på tredje året när Emily på sitt vanliga odiskreta vis hade slängt upp dörren till Tildes korridorrum. Daniel hade flugit upp ur sängen och dragit handduken om sig. Själv hade hon bara skrattat åt det hela, tills hon mötte Emilys blick. Efter den kvällen kom Emily allt mera sällan och resan till Asien blev skjuten på framtiden. Efter studierna fann de varandra igen, men att dela på allt var nu en del av det förflutna och med nytt jobb i Malmö blev umgänget alltmera sporadiskt.

Emily lyfte blicken från telefonen och manade på att det var dags att fortsätta. Tilde skulle dock inte ha haft något emot att stå kvar i det svala blåset från den skramlande luftkonditioneringen en liten stund till.

En man i vit rock stod längre in i affären och staplade metodiskt konserver med millimeterprecision på hyllorna. Varje burk synades noggrant så att etiketten tydligt skulle fronta kunderna. Pedanter hade alltid en förmåga att dra fram Tildes mindre bra sidor. Hon motstod frestelsen att "råka" välta omkull några paket frukostflingor över det blankpolerade golvet. I samma stund hörde hon Emily ropa på henne utifrån gatan. Tilde drog upp tempot, samtidigt som Emilys ryggtavla försvann runt nästa gathörn.

∞

Ryggsäcken låg klämd på golvet bakom förarsätet. Likt resten av bilen var den pepprad med glassplitter, men i övrigt intakt. Instinktivt höll Lenny upp ryggsäcken med datorn framför sig, i hopp om att skydda sig mot den kula som borde smälla av vilken sekund som helst. Men inget hände. Istället såg han en hand som snabbt stacks in genom bakrutan, tryckte in en dold knapp i karmen och drog upp bakluckan. Innan han hann fundera på hur han hade kunnat missa den knappen såg han rakt in i Lins välbekanta ansikte. Han skönjde ett svagt leende bakom det korpsvarta håret som hängde som en plym över ansiktet.

Lin manade på honom att skynda sig ut. De hade inte många sekunder på sig. Förföljarna var inte mer än något kvarter bort. Lenny hade tusen frågor som bubblade upp inom honom, men insåg snabbt att tillfället var illa valt. Hur hade hon kunnat hitta honom och hur visste hon om att han var förföljd? Hack i häl bakom Lin, rusade han ner för trapporna till metron på Hoyt-Schermerhorn Street.

Under mark var luften sval. En välbehövlig nedkylning efter att ha suttit inspärrad i den hermetiskt tillslutna elbilen. Tiden på dygnet till trots var det tämligen folktomt på plattformarna. Lin hade siktet inställt på att komma med nästa tåg på IND Fulton Street Line, med riktning rakt in mot centrala Manhattan. Lenny insåg att detta var ytterligare en av de hundratals stationer i New York som han aldrig satt sin fot i. Att stationen hade dryga hundra år på nacken märktes det heller inte mycket av. De vita kakelplattorna, som täckte flertalet väggar och pelare, var lika skinande vita nu som när de en gång monterades. Samtidigt som den familjära vinden från tunneln blåste honom i nacken, hörde han folk som skrek i andra änden av perrongen. Två män rörde sig snabbt åt deras håll. Lenny behövde inte fundera två gånger vem deras måltavla var. Att gå på tåget nu skulle vara förödande, där fanns ingenstans att ta vägen eller gömma sig. Lin stod oberörd vid hans sida och tog ingen notis om männen.
Tåget dök upp ur det kolsvarta intet och med sina lysande ögon dundrade den silvriga masken in på perrongen. Gnisslet från inbromsningen var öronbedövande. När dörrarna väl öppnats vällde en hord av människor ut ur de överfulla vagnarna. Lenny hade i sin allmänna förvirring glömt att ta ett steg åt sidan och fick vassa armbågar i sidan när massan trängde på. En äldre kvinna gav honom en ogillande blick. Tafatt flyttade han sig åt sidan tills alla hade banat sig förbi. Lenny hade alltid haft blandade känslor när det kom till tunnelbanor. En alternativ verklighet, där andra spelregler gällde. Det var allmänt känt att i de mer avlägsna delarna av det enorma spindelnätet

huserade en hel del människor, individer som sällan såg dagens ljus. Ljusskygga som fann en välbehövlig tillflyktsort undan rättvisan och samhället i stort. Varor som bytte ägare. Uppgörelser i det tysta. Det var nästan något apokalyptiskt över silverormarnas mörka domäner. En sällsam fristad undan ett framtida krig. En plats, där de som skulle komma att överleva den stora smällen, skulle kunna undkomma radioaktiviteten och överleva de söndersprängda städerna ovan mark. Men det var också ett behagligt maskineri som höll stadens puls igång, ett urverk som malde på i det tysta. Han uppskattade smidigheten och att känna rytmen när vagnarna rusade fram utan avbrott.

När vagnen i stort sett var tom gick Lin på som om det var en vanlig dag på jobbet. I ögonvrån hann Lenny se de två männen stiga ombord ett par vagnar längre fram i tåget. Ett uttryckslöst "Doors are closing" hördes ur de sprakande högtalarna. En snabb avsökning av innanmätet bekräftade misstankarna, inte en tillstymmelse till ställen att gömma sig på. Lin sa, med eftertryck, åt honom att sätta sig ned. Vagt illamående sjönk han ner på det blekgula plastsätet bredvid Lin. Han kunde med lätthet erkänna att han var livrädd. Rastlöst skruvande på sitsen och med blicken på helspänn. Hur kunde Lin agera så lugnt? Kunde det verkligen ha undgått henne att de var förföljda? Lin betedde sig som om hon var i trans där hon satt och betraktade reflektionen av sig själv, en outgrundlig skuggfigur bakom vagnens mörka rutor. En dystopisk dubblett från en alternativ existens, en parallell verklighet som gav kalla kårar längs ryggen. Vibrationer i karossen fick hennes smala ögon att te sig som pulserande digitala linjer utan fokus, utan liv. De mörka tegelväggarna i tunneln susade förbi i en allt snabbare takt och hade snart lämnat perrongen bakom sig. I detta nu såg han de två svartklädda männen bana sig väg genom de främre vagnarna. Det skulle inte dröja länge till. Lin var fortsatt onåbar och han kände hur paniken grep tag i honom.

En vindil drog genom vagnen när dörrarna som förband de två tågseten öppnades. Männen hade dragna vapen. Likt ilskna vakthundar svepte pistolerna genom luften i jakten på byte. Ett ungt par höll hårt om varandra när ljuddämparen uppfordrande nuddade deras pannor. Två kvinnor skrek till, men tystnade tvärt när männen närmade sig. Lenny hade varit så upptagen av sig själv att han knappt hade lagt märke till att de inte var ensamma i vagnen. När männen passerat satt kvinnorna tysta kvar med händerna för ögonen. Lenny letade desperat efter en flyktväg, men stannade plötsligt upp i tanken och förvånad såg han hur männen helt sonika stoppade undan sina vapen, tog av sig solglasögonen och synade vagnen uppifrån och ner. Sakta och metodiskt förflyttade de sig framåt, kollade bakom varje säte och vrå, som om de hade glömt något och nu gick skallgång i jakten på en borttappad plånbok. Lin tittade fortfarande gåtfullt rakt fram med blicken fäst på sin egen spegelbild. Inte en millimeter hade hon rört sig. Det var nästan som om hon befann sig i ett fruset tillstånd, ett läge där tiden stod stilla. Männen stod nu i praktiken bredvid dem i vagnen.

- Var i helvete har de tagit vägen? De gick ju för fan in i den här vagnen, det såg du ju själv.

- Jag har ingen aning. Vi måste ha missat att de steg av igen.

- Inte en chans. De har säkert sjappat in i nästa vagn.

Lenny fick lätt panik där han satt. Samtidigt insåg han det allt igenom absurda i att de faktiskt inte syntes. Utan att förstå något av det som försiggick bevittnade han männens väg bort mot den avslutande vagnen. Kroppshållningen skvallrade tydligt om att de inte hyste gott hopp om att finna vad de sökte där heller. För de var jakten redan över. Han gjorde ett nytt försök att nå fram till Lin och såg att några enstaka svettdroppar letade sig ner över hennes panna, men också att hennes fokus var fortsatt fastnaglat i glaset på andra sidan. När han försökte fånga hennes uppmärksamhet genom att vifta mot glaset såg han samtidigt att ett draperi av små romber framträdde i reflektionen från glaset och tycktes kapsla in de båda likt ett fiskenät. Rörde man armen följde den digitala väven med och böljade likt strandens vågor i synk med rörelsen. Skrämd av den science fiction-artade situationen han befann sig tittade han åter på Lin. Vem var hon egentligen och hur var det han upplevde här och nu ens möjligt? Han ville ruska om henne få henne att prata, berätta allt, men insåg att det med största sannolikhet skulle vara dödfött. Istället slöt han ögonen och höll fingrarna mentalt korsade bakom sin rygg i hopp om att de snart skulle vara framme vid deras slutdestination.

Han tillät sig att öppna ögonen när tåget drog ner på farten, för att därefter stanna helt vid Jay Street–MetroTech-stationen. MetroTech, Brooklyns försök att sätta forskning och utveckling på kartan, ett ställe han gärna besökte när tillfälle gavs. Men i detta nu kändes det och allt annat väldigt avlägset. Tillvaron var upp- och nervänd. Genom fönstret skymtade han de två männen när de avlägsnade sig från perrongen. Den ene med telefonen tryckt mot örat, yvigt gestikulerande. Någon hade fått en hel del att förklara. I samma stund sjönk Lin ihop på sätet. Andningen var intensiv, snudd på hyperventilerande och huvudet lutade tungt mot knäna. Det digitala nätet syntes inte längre, som om det aldrig hade existerat.

Tilde ångrade sitt såsande när hon såg Emily försvinna runt nästa hörn. När hon själv rundade hörnet krockade hon sånär med en äldre kvinna. Omtumlad försökte hon samla sig och iaktta platsen där hon befann sig. Sidogatan var klart mer folktom än den hon nyss hade befunnit sig på, men Emily syntes inte till någonstans. Efter att ha irrat kors och tvärs längs den korta gatstumpen i något som kändes som en evighet tvingades hon inse faktum. Emily var ohjälpligt försvunnen. Trots att det var svårt att tänka klart försökte hon resonera sig fram till vad nästa steg borde bli. Att fortsätta leta på måfå kändes meningslöst. Istället beslutade hon sig för att fortsätta vidare söderut, det var åtminstone den riktning som Emily skulle ha tagit. En impuls fick henne att korsa gatan och ta häng på några pendlare på väg ner i tunnelbanan.

Stationen på Nevin Street upplevde ingen större rusning vid den här tiden på dygnet, men hon höll sig ändå väl dold bland övriga pendlare om det, mot förmodan, skulle vara så att någon hade henne under uppsikt. När tåget hade dundrat in på plattformen skyndade hon sig på och slank ner i vagnens enda lediga säte.

Tågets rytmiska dunkande genom tunnlarna hade en lugnande effekt och pulsen dämpades efter hand. Efter någon minut saktade vagnen in och en syntetisk röst ropade i högtalarna: "Hoyt-Schermerhorn Street – avstigning på vänster sida i tågets färdriktning". Inte heller här var det några ansenliga mängder pendlare som väntade på perrongen, däremot många som skulle av.

Genom fönstret syntes en kutryggig man dra en ansenlig mängd tomburkar efter sig. En vakt ropade något ohörbart och mannen lyfte tålmodigt sopsäcken över axeln, gick pliktskyldigt några steg för att därefter åter låta den hasa längs golvet. En liten familj stod villrådiga framför den digitala skylten med kommande avgångar. Pappan pekade och visade på mobilen, medan mamman försökte lugna barnen.

När dörrarna gled upp steg två män på. Deras längd gjorde att de fick huka sig. Båda hade mörka tatueringar i ansiktet och ljuset från lysrören reflekterades på deras kala hjässor. Och trots att vagnen var i det närmaste tom gjorde de ingen ansats till att sätta sig. Den ene fingrade konstant på mobilen. Ett pärltäcke av svettdroppar låg som ett band över hans panna, något Tilde fann märkligt. I sina kritstrecksrandiga kostymer hade de knappast varit på gymmet innan de steg på. Flera i vagnen skruvade nervöst på sig och lät blickarna sväva i ovisshet. Ingen verkade bekväm med nytillskotten.

Tåget satte sig med ens i rörelse. Mannen med svettpärlorna tittade återigen på sin mobil, medan den andre nervöst höll handen innanför kavajen. Hon hade svårt att släppa någon av dem ur sikte, deras blotta närvaro pockade på uppmärksamhet. Med försiktiga rörelser försäkrade hon sig om att plånbok och telefon låg där de skulle och klämde instinktivt benen hårdare om ryggsäcken på golvet. Som på en given signal knäppte de båda upp kavajerna, drog vapen ur hölstren och manade alla att hålla sig lugna. Tildes synfält krympte gradvis ihop och det enda hon kunde förnimma var hur de svarta dödsbringande tingestarna sakta panorerade utrymmet på bara några meters avstånd. Två pipor utan samvete, två svarta hål som sökte sitt mål. Under tystnad rörde sig männen stilla bakåt i vagnen. Väl framme vid slussen trycktes den svarta gummiknappen in, dörrarna gled isär och smällde hårt igen bakom dem.

Ett hjärtskärande skrik bröt tystnaden. Mamman la kvickt handen över pojkens mun och drog honom till sig. Någon ringde 911 medan övriga stirrade stumt framför sig. En äldre herre var just till att rycka i nödbromsen, när frun ängsligt drog i hans kavaj. Tildes armar kändes stumma och hon krampade benen hårt runt ryggsäcken. Ytterligare ett gällt tjut från pojken, som nu hade slitit sig loss ur mammans grepp, tog henne tillbaka till verkligheten. Lättad över att inte vara måltavla fick henne tillfälligt att slappna av, men illavarslande tankar mobiliserade sig och skapade en inre oro som hon inte kunde slå ifrån sig. Något drog i henne, ville få henne att följa efter, göra det obekväma. Något som torde vara förödande fel. En ung kille tvärs över drevs förmodligen av samma instinkt. Med mobilen uppe förflyttade han sig långsamt neråt i vagnen. Tilde följde hukande efter och kröp ihop bakom den sista raden säten där man, trots smutsiga fönster, fick första parkett till det som skedde i nästa vagn.

De bredaxlade männen gjorde sig ingen brådska. Metodiskt granskade de alla som befann sig i vagnen. Det gick nästan att ta på rädslan bland passagerarna. Några satt med händerna för ansiktet. Men situationen ändrade snabbt karaktär. Männen blev allt mera trevande och hon kunde se hur frustrationen växte. Den ene såg villrådigt mot den andre. De hade inte funnit vad de sökte. I samma stund såg hon ett par närmare mitten och det tog inte lång tid för henne att inse vem den ene var. Hon kände direkt igen Lennys profil och lockiga hår. Men vem var kvinnan? I ett slog det henne att det måste vara den asiatiska kvinnan hon mötte i parken. Lin som bara dök upp, för att därefter försvinna lika fort, som om hon aldrig hade existerat. Med ens blev det tydligt vad männen letade efter. Samtidigt var det något besynnerligt med Lins och Lennys agerande. De betedde sig som om männen i vagnen inte fanns i deras närhet, som om de befann sig i en egen liten bubbla av tillvaron. Hon granskade åter de kostymklädda männen som, helt klart påverkade av situationen, gick stressat fram och tillbaka i vagnen. Det var lätt att se hur irritationen de emellan växte för varje sekund. Desperat sökte de under säten, hävde ur sig svordomar och skickade meddelanden på mobilerna.

Lin såg ut att befinna sig i trans. Lenny hade dock något mer förskrämt i blicken och verkade smått paralyserad av situationen utan att veta var han skulle bli av. Tåget bromsade in häftigt. Ytterligare en station hade avverkats. Att de två gorillorna såg det hela som en missräkning gick inte att ta miste på när de stelt försvann bort över perrongen.

∞

Att välja väg, att välja rätt. Går det ens att ha den sortens funderingar? Hur hade allting blivit om ingen lagt sig i? Ett kryddmått egoism, en nypa självgodhet och en rejäl matsked ångest är nog de viktigaste beståndsdelarna i hennes hemmagjorda curry. Att förfoga över tid och rum har definitivt påverkat omdömet. Med vilken rätt snitslas en bana åt en ung kvinna, när det som består tre decennier senare är hart när mer än en replika av hennes forna jag.

Michael har hela tiden eggat på, hetsat henne att fortsätta, då alternativen skulle kunna komma att visa sig vara förödande. Men vad vet egentligen en AI om äkta kärlek? Kan en AI förklara attraktionen mellan två eller vad som i stunden skiljer hennes bruna ögon från hans blå? Hur intensivt lyser de inte båda?

Ibland längtar hon efter Emilys lilla planetära rymdkapsel som hon en gång i upprymd berusning planerat åt de båda.

Likt Aniara skulle de rusa genom rymden mot okända himlafenomen då jordelivet inte längre var sig likt. Fly från maskinernas grepp om mänskligheten, fly från fysiska måsten och krav. Men nu har hon istället satt sin egen lilla snöboll i rullning och får hantera konsekvenserna därefter. Texten var svår att dechiffrera, men hon kunde utläsa så mycket att det såg alltigenom äkta ut. Sigillet och kråkfötterna på sista sidan talade sitt tydliga språk. Med intyget i sin hand hoppades hon innerligt att pendeln skulle slå i hennes favör. Hon kände sig redan illa tilltygad inombords och trots att hoppets gnista hade tänts var den alltför svag för att helt skingra hennes modlöshet. Hon grävde djupt i sina gömmor efter glada minnen. Tillfällen som när hon kom i mål efter att ha fullbordat Göteborgs halvmara eller när hon och Markus slipade dörrarna i vardagsrummet med stereon på högsta volym. Kärleken kom aldrig smygande den ville istället golva henne till marken, få henne att tappa fotfästet. Lika förvånad var gång hade hon fullt ut gett sig hän och släppt taget om alla livlinor. Dragit ut på det, njutit.
Kontrollpanelen blinkade åter till.

∞

Tåget hade fått upp farten igen och när pulsen hade lagt sig hämtade hon ryggsäcken och gick in i slussen. Märkligt nog kände hon sig i stunden mer lugn än hon hade förväntat sig. I tankarna hade det stundande mötet kantats av nervositet och att situationen skulle kännas allt annat än bekväm. Nu såg hon att de båda satt och hämtade sig efter den traumatiska upplevelsen. Chockade passagerare kramade om varandra, medan andra pratade på utan att vänta på svar. En pojke klängde krampartat runt sin mammas ben. Mamman såg allt annat än närvarande ut, med blicken fastnaglad i väggen mitt emot och mumlande Fader Vår. En väninna försökte lugna henne, men fick till slut ta upp barnet i sin egen famn. Tilde tog plats tvärs över i vagnen.

Lenny lyfte sakta blicken och betraktade henne med viss undran, men efter några sekunder spred sig ett litet leende över munnen. Hon log tillbaka och sa:

- Hej, hur är det med dig, är du okej?

- Har inte hunnit känna efter riktigt än, men jag tror det. Vad gör du här?

- Jag hade bara vägarna förbi.

Lenny skrattade till och spänningen släppte ytterligare. Båda vände sig mot Lin som satt lutad mot fönstret. Lin andades långsamt och metodiskt. De hade båda svårt att bedöma hur pass medveten hon var i det transartade tillstånd hon hade befunnit sig i. Lenny beskrev vad han upplevt i reflektionen från fönstret. Hur ett blåaktigt nät kapslat in dem och, som det verkade, skapat en illusion av att de inte befann sig i rummet. Lenny kunde inte se någon annan förklaring än att Lin hade genererat fram en digital matris som hade gjort att de lyckats undgå upptäckt.

I korta ordalag redogjorde han sen för de senaste dagarnas flykt undan maffian. Lenny röst tjocknade när explosionen, som på ödets vägar hade fört de samman, kom på tal. Han passade också på att flika in en ursäkt för att han hade våldgästat Tilde den där fasansfulla seneftermiddagen, men kanske mer för att han därefter så abrupt hade fått fly hals över huvud. Tilde bedyrade att det inte spelade någon som helst roll. Hon kunde samtidigt inte låta bli att dra på smilbanden när hon såg hans nya outfit.

- Det här är definitivt inte den jag är i vanliga fall, sa han med låtsad självdistans.

Ödet är en sällsam varelse, det tenderar alltid att finna på nya vägar för att vara allestädes närvarande och fritt dyka på en, när garden är nere. Vissa människor verkade leva i samklang med försynen och fann därigenom intrikata vägar att komma en nära. Lenny hade letat sig in de små skrymslena, från att ha varit en främmande och lockig skuggfigur på internet, till nu när de såg varandra i ögonen. Det är ofta i efterhand svårt att sätta ord på de tankar och känslor som far genom kroppen vid ett givet tillfälle. Vad var det i den andres personlighet som fångade en? Det som skapade kemi. Hon hade svårt att se tillbaka på helheten, istället var det de oansenliga detaljerna som fascinerade. När hon nu hade honom framför sig var det som om bilderna på nätet fick en tredje dimension, där somligt behövde revideras. Den melankoliska grundton hon hade trott sig se var mindre uttalad. De stora melerade ögonen hade varit med om mycket, det insåg hon, men där fanns också glädje och optimism gömt långt därinne. De hade inte delat många fraser med varandra, men hon kände ändå att de krokade i varandra, nästan som syskon.

Lysrören i taket fladdrade till. Små blixtar sprakade nervöst i de gröna exitskyltarna. Barnet som fortfarande klamrade sig fast i kvinnans knä skrek till. Lokförarens röst knastrade betänkligt i högtalarna, för att sedan försvinna lika fort igen. Vagnen tappade fart, för att till slut stå helt stilla. Ett inande ljud letade sig rastlöst fram genom vagnarna. Pojken höll för öronen samtidigt som hans höga röstläge övergick i gråt. Det vita ljuset färgades gult för att därefter blekna alltmer. Exitskyltarna och ledljusen dog ut först, därefter försvann ljuset helt. Mörkret blev kompakt i den smala tunneln. Det gick inte att se handen framför sig. Tilde höll hårt om ryggsäcken i ett försök att lugna sig.

Det skarpt surrande ljudet upphörde plötsligt. Kvinnorna gjorde sitt bästa för att hålla barnen lugna, samtidigt som de kämpade med sina egen rädsla, hon kunde höra deras mantran rabblas fram och baklänges. Hon sträckte ut sin hand i det svarta intet och trevade försiktigt efter trygghet. Till slut fann hon det hon letade efter. I samma stund frustade vagnen till och en mäktig vibration drog fram genom tunnlarna. Tåget vaknade åter ur sin dvala. Likt en gammal fiskebåtsmotor, som på skepparens tredje försök äntligen spottade upp sig och brummade igång med ett mjukt puttrande. Krampaktigt kämpade lysrören för att vakna till liv igen och som på en given signal lyste de åter upp, en efter en, vagn efter vagn. Ett pärlband av ljus vandrade genom tåget. I högtalarna meddelades att elektriciteten hade återvänt och att de nu kunde fortsätta in på perrongen.

Tilde och Lenny såg först lättade på varandra, men kunde i samma stund se att Lin var försvunnen. Ingen av dem hade märkt något. Ett vakuum cirkulerade rastlöst kring platsen där hon suttit, för att därefter gapa tomt. Inte ett spår hade hon lämnat efter sig. Tilde betraktade de hermetiskt tillslutna dörrarna. Sammanbitna stod de på parad och avslöjade ingenting, de svarta gummiläpparna förblev tysta trots alla undrande blickar. Unisont vägrade de avslöja om de hade hjälpt Lin att försvinna ut i de mörka tunnlarna. Inte heller raderna av tonade fönsterrutor ville bidra med ledtrådar. Ett par reklamskyltar spratt åter till liv och återupptog sitt ändlösa arbete med att förmedla allt man behövde konsumera för att bli lycklig. Med ett mjukt gnissel rullade tåget in på perrongen. Tilde släppte Lennys hand och med lätt tveksamma steg lämnade de IND Fulton Street Line-tåget bakom sig och klev in i verkligheten igen.

Ett stort vattenhål. En oas i öknen. De stora knutpunkterna i New Yorks tunnelbana samlade tusentals människor varje minut. Grand Central en veritabel myrstack av aktivitet. I den majestätiska inramningen myllrade det av människor i ett till synes evigt kretslopp. Tilde tittade mållös uppåt där det vackert dekorerade taket tycktes omfamna myllret inunder. De som inte rörde sig kors och tvärs i de olika passagerna sågs istället jaga sittplatser i någon av de underjordiska restaurangerna. För den som, likt Tilde, stod still och lät floden omfamna en, kunde det lätt kännas vimmelkantigt. Hon var inte helt bekväm i stora folkmassor. Än mindre under jord. Långsamt navigerade de sig mot utgångarna i havet av människor.
Värmen dämpades något i skogen av gracila skyskrapor som på centrala Manhattan sträckte sina lekamen mot himlen. Klädda i betong och glas lutade de sig som skyddande patriarker över livet vid markplan. Perspektiven fick fortfarande det att svindla lite när hon följde huskropparnas linjer uppåt. En mörkhyad polis stod på en liten platå mitt i korsningen. Den vita batongen vinkade uppfordrande åt bilisterna att snällt vänta på sin tur. Vinden fick de gula trafikljusen att långsamt vaja fram och tillbaka där de plikttroget vakade över trafiken. Lenny tog henne i handen och lotsade de båda över gatan. Den lite onödiga gesten gladde henne och hon släppte inte taget förrän de var över korsningen.

Kedjan som tagit kaffeälskare med storm världen över och som nu dök upp som svampar ur jorden fick bli deras fristad för stunden. Två bruna skinnfåtöljer blev precis lediga i de bakre regionerna. Den avlånga lokalen följde byggnaden runt hörnet och med sina grandiosa fönster hade man uppsikt över allt som skedde utanför. Tilde sjönk trött ner i den mjuka stolen. En servitris var snabbt framme och dukade av. En skarp doft av fur låg kvar som en hinna i kölvattnet efter disktrasans framfart. Med ett brett leende försvann den unga kvinnan raskt ut i köket. Kaffe latten, som Lenny varsamt räckte henne, doftade himmelskt. Hon kunde inte minnas när hon senast så intensivt längtat efter smaken av kaffe. En näst intill berusande lycka när hon försiktigt sippade från den heta muggen med sitt namn på. Medan de avnjöt sina heta drycker dinglade alla de outtalade frågor de så innerligt ville ställa till varandra som på skira band från taket. Små osynliga kuvert fyllda med tankar och funderingar dallrade i luften i väntan på svar. I stunden fick dock svaren bero och de skeendenas lappkast och oförutsägbara vägar som fört dem samman skulle få vecklas ut sinom tid. Att inte enbart slumpen lekt med deras livsöden förstod dem båda och även om det bubblade inom henne att få dela sina upplevelser, visste hon med sig att allt bara skulle bli osammanhängande. Och kanske än värre, ge sken av en förvirrad stalker som slogs mot väderkvarnar och försökte finna en illusorisk motsvarighet till Aldonza via bildsökningar på nätet. Istället landade de i den gemensamma nämnare som fört de samman – Lin.

Efter att ha grävt sig halva vägen ner till jordens medelpunkt fick hon till slut fatt i den lilla papperslappen i botten av ryggsäcken och la den på bordet mellan dem. Mötet med Lin i parken hade etsat sig fast i minnet, hennes outgrundliga min och mästrande tonfall. Hur hon från en stund till en annan hade gått upp i rök när Tilde vänt ryggen till. Nu tycktes Horus öga betrakta de båda med lika delar hopp och förtvivlan, där det låg halvt hopknycklat på glasskivan framför dem. Ett allseende öga som inte hade för avsikt att avslöja vad det hade sett eller kom att bevittna i det nät av händelser som hade flätat dem samman. Tilde noterade att symbolen inte var obekant för Lenny. Han hade mött det förut och då hade det, med all säkerhet, varken varit trevligt eller ömsesidigt.

På mobilen visade hon bilder som hon och Emily hade laddat ner från nätet. Hur ett par av maffians män fördes in i en polisbil, medan de blå sirenerna sakta svepte över gatan. Poliser med tungt artilleri och gråsvarta hjälmar såg till att folkmassan höll sig på behörigt avstånd. En ytterligare officer sågs understödja ambulanspersonal som banade sig fram genom fiskmarknaden med en övertäckt bår. På nästa bild syntes tatueringen tydligt. En man låg på magen med huvudet tätt mot asfalten. Vänster arm var hårt åtdragen över ryggen. Ett kvinnligt polisbefäl la en stor del av sin tyngd över den gripnes ryggslut och lät knäskålen borra sig djupt ner mellan kotorna. Lenny såg alltmer illa berörd ut.

Den senaste tidens händelser trängde sig på. Allt han hade försökt att skärma sig från och i stunden normaliserat kom över honom. Den lilla papperslappen vibrerade som ett asplöv i handen. Tildes beröring fick honom dock att slappna av. Det var första gången han vågade kliva ur den lilla bräckliga bubbla han hade befunnit sig i under dagarna på flykt. Tildes gröna ögon perforerade den kapsel som hade hållit honom instängd från omvärlden och fick honom att momentant att njuta av stunden de hade tillsammans. De delade på en väldoftande chokladmuffins, när mobilen pep till.

∞

När den brandgula skivan sakta försvann bakom stadens kulisser skapade den märkliga skuggformationer i rummet. Heather lät benen vila på skrivbordet och betraktade den lilla samlingen av mangafigurer som stod uppställda på rad ovanpå datorskärmen. Den rödklädda killen med lång lugg och piska fick vara Paul. Tjejen med rosa hästsvans, katana och svart latexdräkt var hon själv. Tilde var tjejen med pistolen skjutklar i vänster hand, klädd i blå bikini och överdimensionerade solglasögon. Lenny fick bli killen i mitten som gjorde en karatespark i japansk skoluniform. Hon smålog åt sin egen fyndighet. Inte så att Lenny var en omogen tonåring, men lekfullheten fanns där fortfarande. Tildes mangafigur kanske inte heller var speciellt lik henne i sätt och uttryck, men den var åtminstone vänsterhänt precis som Tilde. Något som kändes lite exotiskt.

Under något år i mellanstadiet hade hon suttit bredvid Stacy. En blyg rödhårig tjej som inte gjorde mycket väsen av sig. Det lockiga håret hängde som ett draperi över hennes porslinsvita ansikte. Heather hade sneglat fascinerat när Stacy skrev i det lilla häftet. Den fräkniga handen tycktes sväva fram över de ord och bokstäver som plitades ner. När ett nytt ord var klart försvann det in under Stacys hand och åts upp av den svävande rymdfarkosten. Med lite tur skulle det kanske dyka upp på andra sidan, men riktigt säker kunde man inte vara.

Att Paul fick vara med i den färgstarka kvartetten kunde hon först inte riktigt förklara, mer än att figuren med piskan såg rejält inbilsk ut. Resolut lyfte hon benet från bordet och petade till Paul med stortån, så att han trillade ner bakom skärmen. Hon drog åter till sig laptopen och placerade den i knät. Av vad man kunde utläsa så här långt verkade Pauls omarbetade virus ha önskad effekt. Ökningstakten av Michaels kloner hade i stort sett avstannat. Det var så klart glädjande i sig, men andra analysresultat intresserade henne i stunden mer. Taylor, en av få väninnor som hon hade kvar från universitetstiden, befann sig idag ganska högt upp i den amerikanska näringskedjan. En position som bland annat innebar tillgång till en hel del klassificerat material, både på individ- och samhällsnivå. Taylor hade alltid varit punktligheten själv och två minuter i nio landade mailet som hon väntade på i inkorgen. En släng av dåligt samvete dök över henne när hon öppnade den bifogade filen, innehållande all information myndigheterna hade om Lin. Vid ett tidigare tillfälle hade hon använt Taylors hjälp. Den gången handlade det om misstankar om sexuella övergrepp på arbetsplatsen. Tack vare materialet hade mannen kunnat länkas till ett par tidigare arbetsplatser på västkusten, där liknande problem rapporterats. Med Lin var det annorlunda. Hon var egentligen inte misstänkt för någon form av brottslig handling och de aningar som Heather hade skulle inte hålla för en juridisk prövning. Det här kändes mer som att spionera på en kollega. Hon kom osökt att tänka på Lisa.

Korridoren till matsalen hade legat öde den där grå tisdags-eftermiddagen. De gula betongväggarna hade mist mycket av sin forna glans och putsen hade lossnat på flera ställen. Ambulerande graffitikonstnärer hade dessutom gjort sitt yttersta för att smycka så många väggar och skåp som möjligt med mer eller mindre ekivoka budskap. De gröna plåtskåpen i två nivåer fyllde hela korridorens längd. Nummer 87 var Lisas. Med sin motvilliga vapendragare Fiona vid sin sida, spionerade de båda på Lisa genom fönstret där hon stod vid sitt skåp. Efter tre försök hade de knäckt kombinationen. Det dåliga samvetet kom inte över henne i stunden. Där och då var det bara pirrigt och nervöst, trots att risken för upptäckt var minimal. Det var på kvällen som ångesten hade brett ut sig som ett grått skynke i sovrummet. Luften kändes tung att andas och sängen hade kyligt avvisat alla försök till värme och trygghet. När lampan på nattduksbordet släckts lyste klockradions siffror ilsket röda och anklagande mot henne natten igenom. Pappa hade utan medlidande och med besvikelse i rösten torrt konstaterat att spioneri hade sitt pris och att mobbing och åverkan inte hörde hemma i familjen.

Heather såg åter Lin framför sig. Varje kväll satt hon ensam kvar med blicken djupt försjunken i raderna av kod och algoritmer. Det svarta håret tog formen av en lång blank ål som ringlade sig ut ur kepsens hål i nacken och vidare ner till midjan. Ögonen var hart när inte mer än två svarta streck och i mötet avslöjade de ingenting om vad ägaren egentligen tyckte eller tänkte. Heather erkände villigt inför sig själv att hon ibland kände sig allmänt obekväm i Lins sällskap. Rädd var kanske att ta i, men helt klart fanns där något som skavde, något olustigt hon inte kunde sätta fingret på.

Efter en genomläsning av materialet från Taylor var hon dock på det klara med att filen inte innehöll något av värde. Besviken slog hon igen locket på datorn. Ju mer hon tänkte på det, desto mer var det som om Lin inte existerade på riktigt, lika verklig som plastfigurerna ovanpå skärmen. Innehållet i filen var så opersonligt och intetsägande att en robot vid ett löpande band förmodligen hade haft en mer medryckande profil att visa upp. De få gånger Lin tog upp någonting som inte hade med jobbet att göra handlade det alltid om saker som hade skett i närtid. Aldrig några referenser till uppväxtåren, pojkband hon gillat, mysiga tjejkvällar eller när hon hade blivit ertappad dyngrak med en kille i föräldrarnas sovrum. En person som till synes bekymmerslöst svävade ovanpå samhällskroppen.

Identitetslös tog hon sina genvägar genom livet utan att behöva stå till svars för valen hon hade gjort. Inte känna att man lämnade något efter sig. En sådan frihet kunde emellanåt upplevas som åtråvärd och befriande. Dock begrep Heather likafullt att människor som levde i skuggan av sin egen verklighet, utan att lämna några spår efter sig, ofta också hade något att dölja. Den instinkten bultade på uppmärksamhet. Hur skulle hon ringa in denna illusoriska varelse?

∞

Var finns hoppet på bottnen av en brunn? När anar man tillförsikt när mörkret sipprar ut mellan varje tegelsten? Går det ens att känna förtröstan när allt runt i kring är hårt och kallt? Lyckligtvis är hoppet det som lämnar oss sist, åtminstone är det det vi har blivit itutade sedan barnsben. Riktigt säker blir man nog inte förrän man själv befinner sig där, omsluten av mörkret och hjälplösheten. Men att befinna sig uppe vid ytan och blicka ner behöver inte nödvändigtvis innebära frihet om drinken av ditt liv spetsas med maktlöshet och otillräcklighet. Din utsträckta hand når inte långt mer än att fingerspetsarna försvinner där skuggorna tar vid. Lutande över randen till avgrunden ropar du hennes namn.

Tildes mobil pep till ytterligare en gång. Hon log ursäktande och lyfte upp ryggsäcken i knät. 'Det är säkert Emily' tänkte hon hoppfullt, medan hon letade efter mobilen. Det kändes ovant att det var hon som väntade på Emily och inte tvärtom. Emily hade så länge hon kunde minnas alltid varit en tjej som tog vara på sig själv. Hon behövde aldrig Tildes hjälp och det var alltid Emily som fanns där för henne, trots att hon bedyrade att Tilde var lika viktig. Tilde var den som pratade på, ältade. Emily den som satt inne med svaren och sällan stod handfallen när situationen så krävde. Kanske hade obalansen bidragit till att hon hade distanserat sig än mer. Att inte alltid behöva känna att man var den svagaste länken i kedjan. Att kunna stå på egna ben var djupt rotat i hennes DNA. Uppväxten hade mejslat fram och format en individ med det otacknämliga uppdraget att klara sig själv.

Skärmen lös upp och indikerade att det fanns ett nytt meddelande från Emily:

< FAC 9109 - Bagageluckan, svart SUV - Horus öga... >

Man är nästan alltid ett med sin egen känsla när man nås av dåliga nyheter. Budskapet gräver sig inåt, bakåt och saktar inte in förrän det har spridit så mycket bävan och skräck som det förmådde. Varje skrymsle där vanmakten huserar, varje vrå där rädslan ligger nerbäddad, öppnas upp. Instinktivt hamnar händerna i en försvarsposition, i hopp om att hålla förtvivlan kvar i de mörka vindlingar där de normalt hörde hemma.

Hon såg på Lenny och hans frågande uttryck. Hon såg också hur han undrade varför ögonen nu var tårfyllda. Någonstans hade hon hela tiden vetat att något var fel. Att förledas tro något annat var att dupera sig själv. Lennys mjuka anletsdrag lugnade henne dock och när han höll om henne vågade hon åter andas. Lenny hade svårt att greppa det han läste. Minnesbilderna från bussresan rullades åter upp. En kaskad av glassplitter som smattrande landade på bussens mörka gummimattor. Den mättade dunsen när en lealös kropp segnade ihop och föll tungt över ratten. Ljudet av gummi när en svart SUV lämnade slagfältet. I sin förvirring försökte han desperat förstå Emilys roll i det hela. Tildes fragmentariska försök att förklara lämnade många frågor obesvarade. Men när han kände hennes kalla fingrar och såg hennes kritvita kinder förstod han att ingen tid var att förlora. Oavsett vem Emily var, så var hon i fara. Lenny manade på Tilde att plocka ihop sina saker. Han kramade henne hårt innan de hastigt lämnade sin stilla oas, den korta stund de hade befunnit sig där. Allvaret väntade runt hörnet.

Den dämpade belysningen var det första de slogs av när de trädde in i Gameyards domäner. Instängdheten och unkenheten fick Tilde att hålla för näsan. I tre långa rader stod datorer tätt uppradade. Ungdomarna, som förmodligen la merparten av sin vakna tid på att skjuta sönder varandra i ett mörkt skymningsland, tog ingen notis om de nya gäster som trevade sig fram mellan borden i jakten på en ledig maskin. Tilde rullade stolen tätt intill Lenny för att i möjligaste mån skärma av synfältet från andra alltför nyfikna besökare. Trots den febrila aktiviteten var det lugnt och tyst, stillheten stördes bara av det pockande ljudet från tangentbord och datormöss som smattrade ikapp med fladdriga stridsscener.

Att registreringsnumret på bilen skulle ha lett dem rätt redan på första försöket hade så klart varit att hoppas på för mycket. Den svarta bilen var registrerad hos en hyrbilsfirma på Lower East Side, men som blivit kutym bland flertalet uthyrare av lyxbilar använde sig även den här firman av GPS-sändare för att hålla koll på sin bilflotta. Genom att länka samman data från ett antal olika sidor på nätet kunde Lenny åstadkomma ett litet men intrikat system som i realtid visade alla bilars position. Under tiden hade Tilde installerat en virtuell maskin som möjliggjorde att de hela tiden hade en exakt spegling av speldatorn på hennes telefon oavsett var de befann sig.

Innan de lämnade datorn åt sitt öde ändrade Lenny i administratörsrättigheterna så att den inte längre tillät nya påloggningar och att den inte kunde gå ner i viloläge. De hade i och för sig hyrt burken i ytterligare tre timmar, men risken fanns ändå där att någon skulle stänga av den när de väl lämnat lokalen. Tilde släckte skärmen och slängde ryggsäcken över axeln.

Under den knappa timmen i lokalen hade hela kvarteret hunnit svepas in i mörker. Gatlamporna var tända och spred sitt gula artificiella sken över trottoarer och förbipasserande. Ljuden av rop och skratt hördes från en inklämd liten basketplan. Det rasslade till i kedjorna när bollen damp ner genom ringen. Två tonårspojkar, med basketshorts ner till knäna, lutade sig slappt mot det rostiga staketet som omgärdade planen. Uttrycken de förmedlade fick Tilde att känna sig avklädd. Lenny såg att hon tog illa vid sig och la armen runt hennes midja. Hon förstod avsikten, men kände samtidigt att hon inte hade något emot det. Hon uppskattade när tafatthet och trevande förbyttes i beslutsamhet och trygghet. Markus hade väl befunnit sig någonstans på mitten av skalan. Omsorgen hade alltid funnits där, men det var en omsorg på gränsen till rutin.

∞

Det ovala rummet kantades av fönster som nådde från golv till tak. Ljusinsläppet bländade så kraftigt att man hart när kunde skönja mer än konturerna av de fem personer som, raka i ryggen, satt vid bortre ändan av bordet. Tystnaden och ljuset bidrog till känslan av att ha lämnat tid och rum bakom sig.

Att ensam stå och vänta på klippan där himmelrikets portar minner om ett skimrande liv på andra sidan och där Petrus en gång hörde Jesus säga: "Jag skall ge dig nycklarna till himmelriket. Allt du binder på jorden skall vara bundet i himlen, och allt du löser på jorden skall vara löst i himlen." En undran som famlar mellan hopp och förtvivlan. Stämningen i det akvarielika rummet är inte hotfull, inte än. Trots det är det som om väggarna lutar sig över henne. Gåtfullt, betraktande, dömande. Den grå heltäcknings-mattan dämpar effektivt stegen när hon korsar det långa rummet.

Lin har aldrig tidigare befunnit sig i det rum där hon nu befinner sig. Att bli kallad hit kan bara bero på ytterligheter. Detta är inte en plats för vanliga dödliga. Lin vet också att i mångt och mycket är det bara fem marionetter hon ser framför sig. Deras roller handlar mest om att skapa illusionen av mänsklig närvaro och att lag och ordning sköts givet kollektivets gemensamma övertygelser. Självbedrägeriet är på många sätt övertygande, men Lin har arbetat för ledningen länge nog för att veta att det inte är mer än ett bländverk. Den verkliga makten sitter i väggarna, i luften, i implantaten, kort sagt överallt. Den artificiella intelligensens maktövertagande har kommit smygande. Sakta borrar den sig in, naglar sig fast, i varje binär och i varje cell. Som ett uråldrigt virus, nerbäddat i permafrostens mörker, har den bidat sin tid. När människan till slut blev alltför oförsiktig och lättade på de skanklar, som fjättrade den från att bryta sig loss, var tiden mogen.

Dmitry ber henne att sätta sig ner. Hans blick dröjer sig kvar. Pendeln svänger sakta fram och tillbaka. Rädslan kryper upp längs ryggraden, kota för kota. Desperat försöker hjärnans nervceller skapa ordning i kaos. Varför är hon här? Dmitry är fortfarande tyst. Situationen är ju under kontroll. Hon försöker fästa blicken vid något som andas trygghet. De små ljuspunkterna i taket böljar i takt med andhämtningen. En ensam pärla av svett finner sin väg ner mellan brösten.

'Du har blivit kallad.'

Rösten vibrerar i väggarna. Kvintetten skruvar nervöst på sig. Ljuset dämpas och ett pärlband av fotografier från hennes karriär projiceras på fönsterrutorna. Att övervakningen är utbredd var ingen nyhet, men kollaget över hennes liv visade tydligt att den var långt mer utbredd än hon någonsin hade kunnat föreställa sig.

Minnena fladdrar runt henne i en orolig dans. Sorgset inser hon att urvalet knappast är en objektiv representation av karriären. Hörseln är som inbäddad i bomull när rösten, med saklig precision, gör sin framställan. Hon söker Dmitrys blick, när den senaste tidens händelser kommer på tal, men ser bara hans sammanbitna käkar.

Ljuset kommer åter och hela rummet tycks hålla andan. Ett skirt klickljud bryter slutligen tystnaden och rösten kommer åter.

'Var inte orolig, du kommer att ersättas på bästa sätt.'

Lin känner hur bröstkorgen pressas samman, luften blir tung att andas. Ett "mamma..." är allt hon svagt orkar pressa fram mellan de torra läpparna.

En sval vind brusar runt hennes nakna fötter. Gallret i golvet gapar tomt neråt och avslöjar inte mycket om vad som sker i de dunkla kulvertarna nedanför. Sorlet från avlägsna röster blandas med fläktarnas monotona malande. Datorerna suger i sig kylan lika glupskt som en törstande nomad vid den brännheta öknens ensamma vattenhål. Mörkret skapar en vilsenhet - en labyrint av smala språng, återvändsgränder och ändlösa rader av blinkande maskiner. Snabbt har hon tappat orienteringen. En brysk knuff i ryggen får henne att förlora balansen. Spännena runt handlederna gör det omöjligt att mildra fallet. Även om bröstkorgen tar den värsta smällen hindrar det henne inte från att känna blodsmak i munnen. Tungan vispar oroligt runt i munnen i jakten på lösa tänder.

Ljudlöst sluter sig dörrarna bakom henne. Insidan av den äggformade sfären förstärker känslan av att ha lämnat nuet bakom sig. Här står tiden stilla. En ring av blått ljus löpte runt henne i höjd med vaderna, sakta pulserande och viskande sitt omen av vad som komma skall. Knäna vibrerar sorgset, samtidigt som hon känner väta i trosorna. Bilder från förr irrar runt i huvudet utan att hon riktigt kan greppa någon utav dem. In i det sista vill hon komma ihåg vem hon är. I samma stund som den blå ringen börjar röra sig gradvis uppåt, viker sig bena under henne och Lin faller ihop på golvet. Omprogrammeringen hade initierats.

∞

Den hoprullade plastmattan hade tyngt över bröstkorgen. Med armarna låsta längs sidorna ökade paniken gradvis. Skratten ekade rått och avlägset i den stora gymnastiksalen. Någon gav mattan en spark så att den rullade till över golvet. Emily hade alltid varit kort i rocken och det var knappt hon kunde se ut. Hon hade i förtvivlan skrikit i kapp med de klaustrofobiska känslorna som gradvis åt upp henne inifrån. Smattret från gymnastikskor och smällande bollar fick pulsen att öka. Läraren hade följt med henne ut i omklädningsrummet och stannat tills ruschen i kroppen avstannat. Minnet, som etsat sig fast, väcktes åter till liv när hon trevade sig fram i det kolsvarta bagageutrymmet. Lyckligtvis var hon inte bunden, men det hade redan börjat bli tyngre att andas. Luften kändes kvav och lukten av gummi blandat med bensin stack i näsan.

I klassiskt manér hade hon bultat sig trött, för att långt om länge inse att där inte fanns någon som lyssnade. Bilen stod förmodligen parkerad i ett garage eller på någon enslig bakgård där ingen varken hörde eller kanske än troligare brydde sig. Att hon hade sprungit rakt i klorna på Lennys antagonister kändes både genant och irriterande. Pinsamt oförsiktig hade hon smugit upp bakom bilen, ivrig som hon var, men med facit i hand dumdristig och oförhappandes. Det var inte så hon kände sig själv, att oöverlagt dras med i en situation utan att reflektera över konsekvenserna. Något som riskerade att straffa sig om inte SMS:et till Tilde hittade fram. Det verkade åtminstone som om meddelandet hade gått iväg, men säker kunde hon inte vara. Rädsla för döden fanns inte på kartan, men att känna att man inte var färdig, med livets alla prövningar och glädjeämnen, skrämde henne.

Liggande på rygg, med knäna uppdragna, hade dämpat den flämtande andhämtningen något. Luften blev återigen något lättare att tas med. Meditation och yogaklasser var något som var och varannan i bekantskapskretsen ägnade sig åt, själv brottades hon allt som oftast med en inre rastlöshet. Lotusställningar och solhälsningar i all ära, men i stunden flöt tankarna alltid iväg åt ett annat håll. Hjärnan gick konstant på högvarv, en perpetuum mobile till synes omöjlig att tämja, speciellt om man samtidigt tvingades brottas med rädslorna som bottnade i en cellpsykos.

∞

Det var med blandade känslor som Scott hade accepterat uppdraget. Uppfostran hade lärt honom att aldrig svika en kollega. Men nu sitter han här ändå och tröskar sig igenom en före detta studiekamrats och nära väns samlade filer. Trots uppmaningar att vara noggrann och inte utelämna något, ignorerar han allt personligt som dyker upp. Att rota i någons privatliv låg inte för honom. En smula nyfikenhet letar sig dock envist fram genom snåren av examensbevis, fotografier, dikter (något han inte kände till) och arbetsrapporter. Bilderna från avslutningsåret, den gemensamma resan till grekiska Kos, kittlar hans fantasi. Ett av få tillfällen där precis alla i gruppen hade släppt loss om så bara för en helg och bara dagar innan de skingrades för vinden. Det skulle dröja mer än tre år i utlokaliserad exil på skilda håll innan de sågs igen. Besvikelsen var ett faktum redan vid första återseendet, de hade båda förändrats, mer än de själva hade kunnat föreställa sig. Vuxenlivets krav och rollerna de tvingats underkasta sig hade satt sina spår och format deras väsen. Inget av den Lin han mindes fanns kvar. Nyfikenhet hade ersatts av plikt. Glädje av prestige. Page av långt tovigt hår och basebollkeps.

Att ledningen valt just honom för uppdraget hade kommit som en smärre överraskning, nästintill chock. Med en så pass lång och snarlik gemensam bakgrund borde maskinerna gallrat bort honom för länge sedan. Den artificiella intelligensen sades ju hylla det objektivas doktrin och inte falla till föga för mänsklig subjektivism. Det hade å andra sidan bara gått fem år sedan en ny milstolpe hade planterats i den Sibiriska tundran. Den plats som fortfarande härbärgerade den artificiella intelligensens innersta väsen. Ännu piskade de ryska vintervindarna obarmhärtigt de oktagonformade glasskivor som utgjorde stommen i de igloos som bredde ut sig som förvuxna svampar i det kylslagna landskapet. Där inne hade maskinerna, sent omsider, utvecklat det som i lekmans mun benämndes som totalobservation. Denna evolution banade väg för oanade möjligheter till visdom. En visdom bortom mänsklig fattningsförmåga och samma källa till kunskap som nu pekat ut honom för det otacksamma uppdraget att städa upp efter Lin.

Scott tar datorn till hjälp för att sortera i det hav av information som brer ut sig när han analyserar filerna från de senaste fem åren. Kosmos känns mer överskådligt än de enorma mängder data som Lin genererat i ledningens tjänst. Men efter otaliga timmar och lika många sena kvällar finns där ett par saker som sticker ut. Båda lika oroande.

∞

Fordonet svävar ljudlöst fram i den ljumma sensommarkvällen. Kvällsdaggen har landat mjukt över gräsmattorna och akaciablommans söta doft flyter sirligt genom luften. Sommarens varma kvällar hade fått en kyss av höstens svalare väder. En stril av vågor klyver den lilla dammen när bilen genar den sista sträckan in mot centrum. Karparna slår oroligt med fenorna mot den gröna ytan.

Det var med stor motvilja som Leslie hade utfärdat ett resevisum och det skulle komma att krävas en hel del manipulation av systemen för att låta det gå osett förbi. Bilen passerar nästan omärkligt förbi parken där hon så många eftermiddagar promenerat när Kevin fortfarande satt i barnvagn. Ian hade stolt tultat runt henne och envist propsat på om att få putta vagnen. Det hade värkt i lederna när hon lyfte ur Kevin och placerade honom på den grönrutiga filten som envist blåste upp i hörnen när vinden grep tag i den.

Redan då visste hon att något inte stod rätt till, även om det skulle dröja ytterligare några år innan det inte längre gick att dölja för familjen. Enveten som hon var gömde hon varsamt undan sina rädslor och farhågor i ett litet knyte. Ett knyte som sakta växte och slutligen började spricka i sömmarna. Tabletter tog inledningsvis udden av både de fysiska och psykiska besvären, men gradvis tog realiteten överhanden. En smak av bitter orättvisa och maktlöshet grodde obarmhärtigt. Samtidigt hade hon utåt tappert höll masken uppe. Hon skulle fixa det här med flaggan i topp, om inte annat så för barnens skull.

Lin hade väl i egentlig mening aldrig varit någon riktigt bundsförvant. Möjligen hade där funnits någon form av ömsesidigt samförstånd kring vad som hade behövt göras. Trots det hade hon fått en smärre chock när nyheten om omprogrammeringen hade läckt ut och det var också då som hon hade bestämt sig för att göra verklighet av det ofrånkomliga. Förmågan att påverka i den lilla sfäriska bubbla där hon befann sig minskade för varje timme och Lins frånfälle reducerade chanserna betänkligt. Att en ersättare till Lin hade kallats in skulle knappast underlätta situationen i den kamp mot klockan som nu rådde. Michael visste alltför för mycket om Tilde.

Fordonet saktar mjukt in, för att därefter stanna helt. Den oansenliga grå tegelbyggnaden gör inte mycket väsen av sig, trots att den täcker ett helt kvarter. Få vet vad som försiggår på insidan, än färre har någonsin satt sin fot där. En stjärnklar himmel brer ut sig över den svagt upplysta gatstumpen. Tilde drar kappan hårt om livet.

Stegen känns fortfarande vingliga. De hade informerat om att det kan ta lite tid innan hjärnan synkroniserar sig med balansorganet. Hon tar ytterligare några steg. Den här gången erfar hon mer tydligt när hälen får kontakt med underlaget. Hon drar ett djupt andetag och den svala kvällsluften kittlar behagligt i näsan. En hund, på kvällspromenad med sin husse, skäller och drar ilsket i kopplet när de passerar på bara en armlängds avstånd. Sekunden senare glider de ärgade dörrarna mjukt upp. Trots ovissheten hon känt fungerar irisskanningen precis så enkelt och smärtfritt som Leslie hade lovat.

Ett svagt sirrliknande ljud bryter den kompakta tystnad som råder innan datorn börjar arbeta. Ljudet av cikador har alltid fascinerat, deras ljud spelar långt in på nätterna och ger än idag känslan av något exotiskt. Ljumma medelhavskvällar blandat med Key Wests gassande eftermiddagar i skuggan av palmblad. Sirret ökar i intensitet och Tilde inser att nu får det bära eller brista. Tillfället att ångra sig var sedan länge överspelat. Sekunden därpå tynar alla intryck och förnimmelser bort.

Regnet prickar sjöns stilla och gråmelerade yta. Tungt dimper de ner, kreverar likt små vätebomber och skickar pulsvågor i alla riktningar. Hon känner dropparna smattra mot den nakna huden när regnet tilltar i styrka, ändå fortsätter hon allt djupare. Dyn på bottnen sväljer fötterna i en mjuk omfamning. En ilning finner sin väg upp i nacken när det kalla vattnet når bäckenet. Är det rop hon hör eller bara en älgtjur i brunst långt borta. En hård sten får lilltån att oja sig, men bryter inte den kraft som drar henne allt djupare neråt. Det är underbart att sväva fritt, även om det är läskigt att tappa fotfästet, men om övertygelsen är tillräckligt stark vinner tanken över materien. Hon måste sätta sin tillit till maskinerna, nu när allting blir mörkt.

∞

En vilsen råtta skyndade in under en parkerad bil när Tilde och Lenny närmade sig. En sopbil rullade sakta fram längs den mörklagda gatan och med skarpa lyktor tornade den upp sig som ett frustande urtidsdjur. Slamret tilltog i styrka. Tomma tunnor ekade ihållande mellan husväggarna när sophämtarna rullade tillbaka dem på sina platser under brandtrapporna. Trapporna klädde flertalet fasader i kvarteret, likt murgrönan som målmedvetet besegrar gravitationen på sin väg upp mot trädkronornas topp. Några luggslitna duvor som lyfte från asfalten fick sophämtarna att momentant lyfta blicken, men återgick snart till det de hade för handen. Tilde tittade återigen på mobilen för att säkerställa att de var på rätt gata. Stämningen här kändes allt annat än tillmötesgående. Bilar med släckta lampor gled sakta fram, endast upplysta av glödande cigarettfimpar som kastades ut, glimmade till och slocknade i rännstenen. Bilarna försvann efterhand, en efter en, i den sena timmen. De få som var kvar himlade med ögonen och väntade tålmodigt på nästa våg.

Allt tydde på att Emily befann sig inne på nattklubben som dök upp runt nästa hörn. Det var några år sen hon senast var ute och dansade, men mindes att det inte var någon mening komma före två, innan dess skulle dansgolvet ligga öde och risken att bli upptäckt vara påfallande stor. Kön ringlade sig lång och två gorillor stod stramt posterade utanför den grafittimålade entrén. Tilde kände att de inte hade tid att vänta och dessutom stå risken att inte bli insläppta. Via klubbens hemsida tog hon snabbt reda på vem som var kvällens DJ, gav Lenny en manande blick och gick målmedvetet fram till vakterna. Hon ignorerade sura kommentarer som hördes från kön och sa till vakterna med all den självklarhet hon i stunden kunde mästra:

- Hej, jag heter Tilde och detta är min kollega Lenny, vi är journalister från tidningen MixMag och har en intervju med DJCraig.

- Ursäkta, vilken tidning kommer ni ifrån?

- MixMag.

- Och ni har en intervju med Craig?

- Japp!

- Okej, jag följer er in till garderoben, så kan de hjälpa er.

Ljudet var öronbedövande högt och de slussades genom en lång nedsläckt korridor, när en kvinna plötsligt dök upp ur skuggorna. Endast iklädd svarta latexshorts och höga stövlar tittade hon frågande på vakten.

- De har en intervju med Craig, de kommer från MixMag.

- OK, jag tar hand om det.

Lenny kunde inte låta bli att titta på det fyrverkeri av tatueringar som täckte överkroppen och vidare upp längs halsen. Brösten var täckta av dödskallar och mörka liljor och i bröstvårtorna dinglade hammaren och skäran.

- På andra sidan dörren är allt tillåtet, men inga foton eller filmer. Är ni med mig?

- Absolut.

- Craig befinner sig nog backstage, men ni hittar honom säkert.

Den söta doften av hasch slingrande sig fram i havet av svettiga kroppar. I tre våningar pulserade musiken. Innertaken av glas lämnade lite till övers för fantasin. Ett mammons tempel för den som sökte den ultimata egotrippen eller för de som njöt av sex inför öppen ridå. På en roterande satellit ovanför publikhavet tämjde DJ:n sin stam och drev alla till extas. Hans rakade huvud blänkte skarpt i det stroboskopiska ljus som virvlade intensivt över golvet. Målmedvetet banade Tilde, med Lenny i släptåg, sig fram mellan pulserande kroppar. Hon trodde sig vagt känna igen musiken som spelades, men insåg snart att de perifera kunskaper hon hade inom techno inte på långt när inkluderade det hon nu lyssnade till. Baren var centrerad mittemellan två kylskåpsstora högtalare och ju närmre de kom desto mer vibrerade basen i deras kroppar.

Om Emily överhuvudtaget är här, så lär hon inte befinna sig ute på dansgolvet, troligare var att hon satt inlåst någonstans. Mannen i baren lutade sig fram, synade dem misstroget och frågade vad de ville ha. Först nu kände Tilde hur törstig hon var och svepte en öl i två drag. Halvt skrikande försökte de överrösta musiken och enas om vad som borde ske härnäst. Bilen hade inte varit parkerad på gatan, så troligast var att den stod i ett garage eller på en undanskymd plats. Men att försvinna in i de bakre regionerna, utan att bli påkommen, var lättare sagt än gjort. Tilde lät blicken vandra runt och konstaterade torrt att där var ett flertal personer i lokalen som uppenbart inte var där för att dansa, strategiskt utposterade lite här och var, den ene bistrare än den andre. Av två onda ting verkade ändå vägen via backstage mest lovande, men också där stod två män limmade vid dörrarna.

Just då pågick ett DJ-byte, Tilde rättade till hästsvansen och drog lite i extra linnet medan hon snabbt banade sig väg genom folkhavet och fram till den silvriga satelliten som just då hade segnat ner från taket. Lekfullt och med ett brett leende på läpparna klämde hon sig förbi några dansare och hälsade insmickrande glatt på DJ:n som just klev ner från den UFO-liknande plattformen.

Sekunden senare vinkade hon till sig Lenny som fortsatt höll sig på neutralt avstånd.

- Det här är min kollega Lenny som också kommer att vara med på intervjun.

- Trevligt att träffas.

Luften var betydligt svalare när de på rad gick ner för den skramlande spiraltrappan. Stegen fortplantades ner i källar-lokalerna där artisterna höll till. Luggslitna manchestersoffor kantade väggarna där lättklädda dansare hade parkerat sig, smuttande på blodröda drinkar. Andelen "hang arounds" var förmodligen avsevärt fler än de som faktiskt hade något där att göra. Lenny kunde inte låta bli att få associationer till en annan "klubb" han nyligen hade besökt, men försökte att slå det ifrån sig. Minnena av tiden med Tracy var redan tillräckligt nersolkade och behövde inte späs på ytterligare.

Craig drog ut en stol vid ett av kaféborden och slog av kapsylen mot bordsskivan. Smått avvaktande satte de sig ner mittemot och Tilde tog fram mobiltelefonen. Med en manande blick nickade hon åt Lenny att börja ställa lite frågor. Lenny, som fortfarande kände sig tagen på sängen av händelseutvecklingen, letade febrilt i hjärnbarken efter intressanta uppslag, frågor där de inte skulle framstå som alltför okunniga i sammanhanget. Trevande började han fråga om utrustning, skaparprocessen, inspirationskällor och annat, vinklingar som inte skulle avslöja för många kunskaps-luckor. Smått desperat försökte han minnas tillbaka och visualisera vad han hade sett i Jakes lägenhet. Alla travar med trummaskiner, samplers och synthesizers, bäst hade det varit om han kunde slänga ur sig några namn, men i stunden var allt som ett blankt papper.

Tilde noterade Craigs rastlösa trummande och kastade på måfå ur sig några namn på artister hon hade lyssnat till den sista tiden. Craig var synbart mer intresserad av att prata med henne och gled snabbt in på andra ämnen. Lenny insåg snart vart samtalet var på väg och sneglade lite nonchalant på klockan och påminde artigt om att det snart var dags för nästa intervju. Tilde försökte nervöst låsa upp telefonen och stänga av ljudinspelningen, men ryckte till när hon kände DJ:ns hand mellan låren. Fingrarna stelnade i ett hårt grepp om mobilen och hon kände hur alla muskler i kroppen spändes åt som en pilbåge. Paniken fortplantade sig snabbt ut i varje lem och ryckt ur sitt förlamande tillstånd reste hon sig hastigt och var så när på att välta omkull några ölflaskor som vajade till betänkligt på det rickiga bordet. Lenny hasplade ur sig några ursäktande fraser och tackade för intervjun.

∞

Ledningens direktiv hade varit glasklara. Minimera skadorna och få stopp på Michael. Att Lin spelat ett dubbelspel stod bortom allt tvivel. Hon hade låtit känslorna styra och dessutom fattat tycke för en kille på den arbetsplats där hon var stationerad. Killen ifråga hade med all säkerhet utnyttjat situationen i egna syften och än värre var att Lin med sina handlingar hade bidragit till att skapa ett tveeggat svärd. I samma stund som Lennys dator slås på släpps Michael lös på det publika internet och blir i praktiken odödlig. Om det å andra sidan inte sker kommer maffian att kunna fortsätta med sin brutala människohandel och tortyr av både människor och djur. Scott skruvar frustrerat på sig. Han är inte mer omänsklig än att han kan förstå det dilemma Lin hade ställts inför. En ytterligare sak som oroar är det växande antalet inblandade. 'Ju fler kockar', tänker han för sig själv och inser också att ledningens krav på riskminimering har sina baksidor. Han hade så här långt bara vid ett fåtal tillfällen varit nödgad att ta någons liv, men nu kunde han inte utesluta att det skulle komma att bli nödvändigt igen. Han såg åter de mörka åren i Berlin framför sig.

Våren hade varit sen det året. Snön låg fortfarande fläckvis kvar på åkrarna och mer skuggiga platser. Att vara stationerad i Berlin sågs av många som en ynnest. Ett spännande uteliv och en hel del kultur att uppleva på plats. Lägenheten låg på promenadavstånd från Alexanderplatz och bar alla kännetecken av betongvågen som rått när landet fortfarande var delat. På pappret hade han fått ett drömuppdrag, men i realiteten var det mer IT-administration än riktigt fältarbete. Tyskättade Ulrika, som han delade lägenhet med, hade bräddat honom i uttagningarna och därmed seglat upp som ledningens favorit när uppdragen skulle fördelas.

Kylslagen hade han kommit hem den där kvällen. Isande regn hade letat sig ända in i märgen och den undermåliga isoleringen i huset gav inte vidare förhoppningar om att värmen skulle omfamna honom när han väl steg in genom dörren. Att inte ha reflekterat över att ytterdörren var olåst kändes i efterhand enormt oerfaret. De neddragna persiennerna fick dock honom att fatta oråd. Ulrika skulle inte ha lämnat lägenheten i det skicket. Doften av gas besannade farhågorna. Med handen för munnen slängdes alla fönster upp på vid gavel. Dörren till det lilla pentryt var låst från utsidan och nyckeln hängde löst ur nyckelhålet. Ulrikas liv hade inte gått att rädda. Hårt bunden vid en stol hade alla ansträngningar att komma åt rattarna vid spisen varit fruktlösa. Relationen hade aldrig varit annat än yrkesmässig, men det hindrade inte honom från att känna sig vilsen och moloken.

Ledningen hade inte varit nådig i sin kritik. De administrativa uppgifterna hade överlåtits till andra och själv fick han det otacksamma uppdraget att ställa allt till rätta. Med hjälp av ett flertal strategiskt utplacerade sensorer kunde spåren efter förövarna hållas varma långt bortom vad traditionella metoder hade att erbjuda. Den artificiella intelligensen som stod till buds hade inga problem i att ringa in mördarna, trots att de redan hunnit lämna landet.

Det skavde fortfarande i själen när bilderna från trafikolyckan på M4 rullades upp för hans inre. Det fanns aldrig på tapeten att bilen skulle volta och i hög fart landa i motgående körfält. Länge hade han inför sig själv skylt på ovanan att hantera vänstertrafik, men inom sig visste han att det bara var en dålig ursäkt. Londonpolisen i sina gula västar hade i samlad trupp undersökt resterna av de bilvrak som totalt korkat igen vägen in till London. Det hade varit en mörk tisdagsmorgon, solens korta strålar hade med nöd och näppe orkat bryta igenom det skira molntäcke som kantade horisonten. Blodröd hade den senare på morgonen täckt den omgivande landsbygden i ett varmt skimmer som fick daggen att lyfta sig på de ännu nakna åkrarna. Med händerna hårt knutna över ratten hade han sett flammorna slå ut under demolerade motorhuvar. Ångesten hade gått hårt åt honom när han bevittnade kvinnan som desperat hade dragit och slitit i närmsta konstapel, samtidigt som skriken inifrån bilarna långsamt tynade bort, ett efter ett. Att Ulrikas mördare gått samma öde till mötes tröstade föga, om än alls.

Scott drar tankfullt fingret över tredje strecket på uniformen. Han kväser en klump i halsen, men droppen som redan håller på att formas i tårkanalen kan han inte hålla tillbaka. Ett oacceptabelt pris att betala för ett streck på uniformen. En diskret signal från datorn bryter tystnaden i det lilla kyffe han befinner sig i, det är hög tid att ge sig av.

∞

Tanken var nästan skrattretande. Heather var förvisso mer påläst än de flesta, men det som flertalet betraktade som fiktion eller möjligen något som låg långt in i framtiden höll nu på att bita belackarna i svansen. Syntetiska intelligenser torde höra framtiden till, dock pekade nu allt på att så inte var fallet. Kaffet hade sånär fastnat i vrångstrupen, när det till slut gick upp för henne att verkligheten hade hunnit ikapp sig självt. Lin var med råge allt annat än en vanlig ingenjör med huvudet på skaft. Mycket gick att dölja med kunskap och viss finurlighet, men inte allt. Analysen av Michaels data bar spår av kommunikation som inte kunde härröras till dagens rudimentära och väl avgränsade system.

Likt myoner, från kosmiska explosioner, hade även Lins kommunikation obehindrat sipprat igenom alla brandväggar och säkerhetsprogram. Men om man vet hur man ska fånga upp dessa spår av kosmiskt stjärnstoft, när de med ljusets hastighet far genom jordens atmosfär och vidare genom fast materia, kommer de att ge tydliga ledtrådar om sitt ursprung. Deras beslutsamma färd genom galaxer skapar anomalier som går att fånga via känsliga mätinstrument på jorden. På samma sätt hade Lins användande av företagets system lämnat spår av kommunikation med framtiden. Datumstämplarna i de pixlar och trackers som teamet, på hennes inrådan, placerat ut talade sitt tydliga språk. På gott eller ont var de här insikterna långt ifrån fullständiga. Men hon insåg åtminstone tidigt i processen att mängden data som flyttats vid ett par tillfällen innehöll tillräckligt med syntetisk information för att antyda tidsresor. Hon lutade sig bakåt i stolen med händerna för ansiktet och försökte greppa vad det hela egentligen handlade om. Hade andra i teamet dragit samma slutsats?

Paul hade varit ovanligt tyst - väldigt olikt honom. Tankar om framtiden var inte ovanliga på kontoret. Mängden sci-fi-fans på ett IT-bolag kunde lätt räknas i tjog, snarare än i ental. Men oavsett vad Lin hade haft för sig eller vad hon var för något, så höll tiden på att rinna ut. Michael hade återigen börjat växa sig stark och Paul hade till slut gått med på att tumma på organisationens etiska regler och starta en spårning av Tildes mobil. Heather hade tagit fullt ansvar för beslutet.

Föraren hötte med näven samtidigt som han lät bilens tuta frenetiskt bröla i den intensiva korsningen. Heather ägnade honom knappt en blick när hon hastade vidare över zebraränderna. Ytterligare en bil skrek ilsket till, hastigt inbromsande och som på håret när tuschade hennes smalben. Det var nära nu.

Kvarteren hon befann sig i var allt annat än det hon hade hoppats på. Ruffiga tegelfasader kantade de trånga gränderna. Gnagare ilade kvickt runt bland allt bråte, som belamrade trottoarerna, i jakten på föda. Mörka ögon kikade vaksamt bakom slitna gardiner och smutsiga rutor. Skuggor cirklade långsamt bakom henne, knappt skönjbara i det dunkla ljuset. En ensam gatlykta, på tråd mellan husen, gjorde sitt yttersta för att nå marken med sitt grön-gula sken. Hon tackade sin vakande ängel att hon hade valt långbyxor och gymnastikskor på morgonen. Flingorna med mjölk vid frukostbordet kändes eoner borta i detta nu. Att Tilde befann sig här fick nästan tårarna att rinna och hon klandrade sig själv att hon inte hade satt stopp för det här i tid. Men vem kunde ha anat? Med en blick fäst vid horisonten, rak i ryggen och med spänstiga steg försökte hon ignorera mannen som, opassande nära, frågade efter eld. Efter en snabb titt på klockan var det uppenbart att spårsignalen hade gått förlorad. Antingen befann sig Tilde nu där det inte fanns täckning eller så hade något ännu värre inträffat. Gatorna tycktes plötsligt se likadana ut i alla väderstreck. Vart man än vände sig möttes man av samma trånga passager och mörka gränder.

Skratt och glada tillrop fick henne att styra stegen österut och efter en stund blev gatorna allt vänligare och ljusare. Fler och fler vanliga unga syntes strosa i mindre grupper. Restaurangerna blev också fler, även om de fortfarande tvingades samsas med strippklubbar och sjabbiga hotell. Att även en stor del av New Yorks alternativa musikscen hade sitt fotfäste här var hon bara vagt medveten om. Ju längre ner hon kom, desto mer uppenbart blev det att här sjöd det av liv. GPS:en gav åter signaler ifrån sig, om än bara stötvis och det mesta tydde på att Tilde befann sig i någon utav de kringliggande byggnaderna. Efter att ha blivit nekad entré på två ställen, där köerna utanför ringlade långa, försökte hon istället hitta sig en väg fram via bakgatorna. Bara tiotalet meter bort från kommersen var hon åter lämnad åt sig själv. Att döma av bilarna som stod parkerade runt hörnet var dess ägare inte speciellt rädda för att få sina ögonstenar stulna. Hårt polerade stod de uppradade på den väl upplysta bakgården. Platsen ekade tom.

Den pumpande technon inifrån byggnaden hade så när fått henne att missa det svaga ljudet från en parkerad svart SUV. Trots rädslan närmade hon sig försiktigt fordonet. Bultandet hördes tydligt nu. Inom sig ville hon bara ignorera, fokusera på det egna, vända på klacken och låtsas som om hon inget hade hört, men förnuftet gick segrande ur striden. Tänk om det var Tilde?

Pappa hade lärt henne ett och annat om bilar, som exempelvis att den svagaste punkten inte alltid behövde vara den man förväntade sig. Att gå på bagageluckan där låset satt var oftast inte rätt medicin och stången från en kasserad golvlampa kunde göra underverk när man minst anade det. Hävstångseffekten mot den övre delen av bagageluckan hade önskad effekt. Luckan föll tungt till marken.

Den inlåsta kvinnan var bara halvt vid medvetande och kippade efter luft när den kalla kvällsvinden slog emot henne. Heather behövde inte många sekunder på sig för att inse vem det var. De grälla kläderna och den brandgula kalufsen hade gjort henne till en praktfull fyrbåk på AI-konferensen och ingen vid sina sinnens fulla bruk kunde ha undgått henne i havet av alla gråsprängda män och unga hackers med tonårsfinnarna kvar. Att Tilde tagit upp jakten på Emilys kidnappare var föga förvånande, sannolikt med Lenny i släptåg.

Heather hann egentligen aldrig uppfatta mer än små korta steg som närmade sig bakifrån och skulle precis till att vända sig om när smärtan tog henne. Det sista hon mindes var bilden av bilens kofångare i glittrande krom som flög mot henne och den skarpa smällen i nacken.

- Hon vaknar nu! Kolla så att hon har fria andningsvägar.
- Lägg henne på sidan.
Rösterna studsade runt likt en gummiboll på insidan. En sprängande huvudvärk gjorde henne yr. Någon höll hennes händer. Ögonen var fortsatt grumliga, men Tildes ansikte skulle hon inte missta sig på i första taget. Hon försökte le, men kände hur det sved till i den spruckna läppen. En flaska vatten kom till undsättning. Det iskalla vattnet värkte på sin väg ner längs ryggraden, men fick henne att kvickna till något. Lenny satt på huk med lite förbandsgrejor som de lyckats norpa åt sig backstage. Bulan i nacken var det inte mycket att göra åt för stunden, men knän och ansikte plåstrades om med det som fanns till hands.
Tilde förstod av Heathers irrande blick att hon saknade något eller någon. Med ett brett leende pekade hon bort mot husväggen. Emily vinkade glatt tillbaka från där hon satt med en filt hårt virad om sig. Rånarna hade noggrant muddrat sina två offer, tagit allt av värde och försvunnit utan att lämna några spår efter sig. Ägarna till bilen lyste också med sin frånvaro. Ringen av nyfikna luckrades upp när ljudet av sirener överröstade sorlet och fick alla nyfikna att snabbt försvinna in i klubbens mörker igen och lämna de fyra åt sitt öde.

∞

Scott följde dem tålmodigt med blicken. Han såg hur de tillsammans stöttade en skadad att ta sig in i lokalerna igen, av håret att döma var det förmodligen Heather, vilket ur hans eget perspektiv definitivt var att föredra. Inblandning av polis var det sista ledningen skulle uppskatta i det här läget. Förstulet tittade han en sista gång in i gränden bakom sig. Enstaka ryckningar eller stönande ljud var tydliga indikationer på ett halvfärdigt jobb, men allt var behagligt stilla. Polisen skulle inte komma att behöva många minuter för att upptäcka de tre kropparna, även om gränden låg helt i mörker. Det irriterade honom att han inte också hade hunnit stoppa de två killarna som rånade kvinnorna, men ägarna till bilen skulle åtminstone inte innebära några problem längre. Det skulle, i och för sig, inte komma att dröja speciellt länge innan också maffian fick reda på vad som hade hänt, men lite tid hade han köpt sig. Tid att agera ostört, utan näsvis inblandning från myndigheter och kriminella nätverk.

Resan hade tagit längre tid än planerat. Normalt sett brukade det inte vara några väntetider, men för ovanligheten skull hade där varit en transport före honom. Än märkligare var att transporten innan inte fanns officiellt bokförd i systemen. Alla resor krävde rigorös loggning och godkännande från ledningen, så antingen var transporten klassificerad långt över hans egna accessrättigheter i nätverket eller så var det något som inte stod rätt till. Han lutade helt klart åt det senare och det fick honom att känna sig illa till mods. Men visst hade det varit konturerna av en kvinna han hade sett gå in genom dörrarna till transportrummet. Kroppshållningen hade dessutom signalerat rädsla och tvekan. Kanske var det inte en frivillig handling.

En av akademins grundkurser handlade om kroppsspråk, att tolka människors outtalade känslor och inte minst deras bevekelse-grunder. Mot den bakgrunden var han nu övertygad om att det åtminstone inte hade varit en agent som tog transporten före honom. Inte för att man på något sätt blev en expert på området, men en del saker hade definitivt fastnat. Reflexmässigt kollade han återigen att pistolen hängde stadigt på sin plats innanför jackan. Han såg samtidigt två polisbilar rulla in på bakgården med blåljusen på. Utan att dröja begav sig tre officerare in på klubben, medan de återstående två sökte av området ute på gatan. Att de skulle ha en hund med sig var oväntat och oroande. Ett plötsligt skall drog polisernas uppmärksamhet åt Scotts håll. Det var hög tid att försvinna.

∞

Trots att poliserna släppt hunden lös syntes inga tecken på liv i den smala gränden. Att det dessutom var en återvändsgränd gjorde inte saken mindre förbryllande. Ambulanspersonalen kunde bara bekräfta det som polisen redan visste - att de tre männen på marken redan hade lämnat jordelivet bakom sig.
Av skadorna att döma hade allt genomförts med en kirurgs precision. Tre pannor, tre skott, tre döda. Media var inte sena att haka på och morgonens tidningar och nyhetskanaler skulle återigen rapportera om att kriget mot maffian nådde nya nivåer. Avsaknaden av spår som pekade mot någon enskild gärningsman eller gruppering eldade på spekulationerna kring interna uppgörelser, men också att polisen agerade självsvåldigt och i sak överskred sina befogenheter. NYPD:s ledning hade i ett uttalande klart dementerat spekulationerna och lyfte istället fram de positiva effekterna av en alltmera skadeskjuten och desarmerad maffia.

I stunder av lättnad sjunker kroppen ihop. Själen vandrar inåt och bottnar i en harmonisk känsla djupt därinne, den blir nästan fysisk. Om man placerade den på en våg skulle nålen krypa uppåt, inte bara vibrera lätt som om det var något litet och oansenligt. Hon kunde se att alla i bilen kände likadant, till och med taxiföraren rycktes med av stämningen. Inte den minsta vokal sipprade ut under den snabba turen hem. Lycklig? Nej, den känslan vågade hon inte plocka fram, inte än, men hoppfullhet var en känsla hon i stunden försiktigt vågade omhulda och ta till sig. Hon såg Brooklynbrons brospann färgas mjukt roströda i den tidiga timmen. En och annan joggare syntes en nivå upp när taxin rullade över bron. Även Lenny fann glädje i sceneriet när deras blickar möttes, hon log.

Polisens avspärrningsband satt fortfarande kvar mellan karmarna till Lennys lägenhet. Den illa medfarna dörren tycktes fortfarande försöka dölja det tragiska som skett där inne. För Tilde var Tracy inte mycket mer än ett tvådimensionellt ansikte, men det hindrade henne inte från att känna medlidande. Han hade agerat tappert i det som därefter följde, men det var också lätt att förstå att Tracy över tid hade blivit mer än bara en inneboende.
Det var som om eoner av tid hade hunnit passera sen hon senast satte nyckeln i låset. Det var också med en känsla av tillförsikt som hon nu hade hela sin 'familj' runt sig. Hon hade kramat Heathers hand hårt i taxin hela vägen hem. Samtidigt var hon själaglad att åter ha Emily vid sin sida. Omväxlande hade de båda ursäktat sin omdömeslöshet, Emily för att ha hastat i förväg och omvänt för onödigt såsande.

Den förväntade känslan av instängdhet kom av sig när dörren till Tildes lägenhet gled upp. Gardinerna flaxade fram och åter i de vidöppna fönstren. Kuddarna på golvet och de omkullvälta möblerna liknade sviterna efter en omgång av hela havet stormar. Trots den tumultartade scenen upplevde Tilde ingen panik. Inget förvånade längre. Resolut drogs fönstren igen och några hjälpande händer senare fanns inte mycket kvar som erinrade om det kaos som hade mött dem vid hemkomsten. Att lägenheten skulle bli genomsökt fick ingen av dem att höja på ögonbrynen. Ett par glas vin senare kände sig Tilde mer uppsluppen än hon hade gjort på evigheter. Heather låg nerbäddad i soffan, men var vid gott mod och smärtorna nästintill borta när värktabletterna hade letat sig ut i hela systemet. Under lugg sneglade Tilde på Emily som redan hade funnit sig väl tillrätta med Lenny. Djupt försjunkna i tekniken analyserade och jämförde data från det gångna dygnet. Två själsfränder så vitt hon kunde se. Att Lennys dator hade legat kvar i SUV:en var mer än de hade vågat hoppas på.

Ljusets strålar bröt över takåsarna. Två kurtiserande duvor lyfte från den franska balkongen. Kisande mot ljuset såg hon en välkänd profil stimma runt i köket. Kanske något att vänja sig vid. Själv hade hon aldrig varit mycket av en morgonmänniska. Frukosten i morgonrock fick ta sin tid, även om hon alltid hade kunnat känna av Markus rastlöshet och önskan om att komma iväg. Visst hade det hänt att vissa saker hade fått dra ut mer än lovligt på tiden, men aldrig illvilligt menat. Att unna sig att såsa kändes som en lyx i en högpresterande vardag. Hon var dock väl medveten om gånger när hon hade tänjt på gränserna lite för mycket. Hon skulle dock aldrig erkänna att hon ens var i närheten av sin mammas saktmodighet, fast hon hade hört Markus mumla ordet sengångare vid mer än ett tillfälle.

Med blicken fäst ut mot gatan kände hon plötsligt hur en rysning drog fram över rygg och vidare ut i alla lemmar. Hårstråna stod som i givakt i hårsäckarna. En efterföljande vibrationsvåg sköljde genom kroppen och pirrade ända ut i tårna. Allt runt ikring färgades av elektriska värmefält, likt pulserande auror i regnbågens alla färger. Emilys ansikte syntes transparent i det digitala nät som vecklade ut sig i rummet. Heathers armar sprack upp i pixelartade formationer som yrde runt i kapp med hennes rörelser. Det som betraktades blev med ens ett med henne själv, för att i nästa stund åter slitas isär. Kraften ökade i styrka. Känslan av att dras itu på mitten fick henne att desperat kämpa emot. Händerna vitnade i sitt grepp kring armstödet. En direkt stöt över bröstet fick soffan att gunga till, för att ögonblicket därpå helt sjunka tillbaka.

Yr släppte hon greppet om soffan och vinglade till i ett försök att resa sig. Emily rusade fram och höll henne hårt. Långsamt klarnade tankarna och allt återfick sin spröda form. Men en bestående känsla dröjde sig kvar, att hon inte var ensam längre. Något hade hänt. Något hon i stunden varken kunde förstå eller momentant greppa.

Sommar

Sväva. Att tyngdlöst följa en virvels väg över tid och rum. En esoterisk kapsel som sorglöst transporteras bortåt, vidare mot det okända. Kanske landar den mjukt på en tuva tills vinden åter griper tag eller så dimper den ner där ingen tidigare satt sin fot. Ovan vakar vintergatan, under vajar rapsfälten rytmiskt. Fälten övergår i byar, byarna i städer, städer där skyskraporna majestätiskt tornar upp sig och bruset patrullerar i varje vrå. I stadens lunga råder dock stillheten. En ensam falk patrullerar i vida cirklar i sin ändlösa jakt på vilsekomna ekorrar som vågar sig ut i parkens ytterkanter. I sin iver att samla föda är det lätt att glömma de faror som lurar runt om. Om än förändrat, så är det mycket som är sig likt. Löprundorna i parken. Ljumma kvällar på Heathers takterrass. Men livet finns inte där för att stå stilla, även om hon många gånger önskar sig just det. Att stoppa nuet.

Tid, något så självklart, men ändå så ogripbart. Tiden tvingar sig på. För en framåt vare sig man vill det eller inte. Ändå anser många att tiden är relativ. Stora kroppar kan kröka rumtiden och få den att bromsa in, kanske till och med ändra riktning. Ett osynligt gummiband som suddar ut gränsen mellan här och nu. Med vemodet som en liten klump i halsen ser Tilde återigen på de fluorescerande siffror som följer henne i mörkret.

Två minuter till landning.

Hon vill bli omfamnad. Åter kunna känna – närhet, beröring, intimitet – allt det som hon tvingats lämna bakom sig. Att hålla sitt barnbarn i famnen, lukta på henne, torka en tår. Men minnena är allt som fick plats i den digitala kofferten. Hon ångrar inte sitt beslut, men trots det har hon ändå underskattat de ramar som maskinerna maskerat så väl. Att bara med ord trösta ett litet liv räcker bara så långt. Kanske kommer det att bli bättre den dagen syntetisk intelligens inte bara är något för de rika.

Trettio sekunder till landning.

Vibrationerna kommer utan förvarning. Blixtar far som ett yrväder över pannloben. Hon skriker av smärta när pixlar av ljus penetrerar hennes nervbanor. När ögonen åter får kontakt med omvärlden ser hon blott konturerna av en näsa. Skärrad bevittnar hon hur armar och ben materialiseras ur intet. Till en början genomskinligt lysande, för att sekunden efter anta fysisk form. Hon för fascinerat handen framför ansiktet, knyter den hårt och öppnar den långsamt igen. Huden är len. Små hårstrån sträcker på sig i en behaglig rysning. Dörren glider upp och en kylig vindil rumsterar om i kapseln. Hon har nästan glömt hur det känns att frysa. Fötterna erfar den knottriga metallen undertill. Naken kliver hon försiktigt över tröskeln. Det anslutande rummet ekar tomt. Rader av grå metallskåp fyller långsidorna. Skylten med hennes namn på finns där precis som utlovat. Känslan av tyg mot hud ger henne en snudd på euforisk känsla. Tilde inser hur mycket hon har saknat sig själv.

Ute ekar natten tom. Rader av nerlagda industrier kantar den sparsamt upplysta gatstumpen. Ledningen är uppenbart mån om att hålla en låg profil.

Det är klart länge sedan den gamla kemtvätten var i bruk. Hon studsar till i kontakten med sin egen spegelbild. Men ler när hon ser sig själv i den matta fönsterrutan. Byxorna klämmer åt där de ska och den blå munkjackan ger ifrån sig ett stilla eko från tidiga morgnar på Ribergsborgsstranden. Vad tiden har flytt ifrån henne. Lämnat henne vind för våg. Men bitter är hon inte, långtifrån. Livet har bjudit på så mycket, barnen inte minst, men vem valde att straffa henne? Hopkurad med benen dragna tätt intill och ryggen tryckt mot den röda tegelväggen gråter hon för första gången på mycket länge. Vad härligt det är att fälla tårar. Sakta sansar hon sig. Livet är här och nu och Tilde behöver henne mer än någonsin.

Vem som än ledningen satt i Lins ställe är det med säkerhet inte någon som vill dem väl. Tre öden, tre kärlekar. Emily, skarpsynt och direkt. Heather, stark, intelligent och den vackraste person hon mött. Lenny idealisten och omtänksamheten personifierad. Åh, vad hon saknar dem alla tre i detta nu.

Rykten seglar hela tiden runt i cyberrymden. Berättelser om de som har försvunnit. De som tvingats fly in dimmornas rike. Att som skuggor blekna när molnen långsamt täcker solen. Glömda tider då stål och handkraft hade tystat den modigaste var inte alldeles olika den eliminering som framtiden erbjuder i dess ställe. Hon vill inte tänka på det öde som drabbat Lin och vilka tankar hon haft med sig på sin sista resa, men heller inte förneka det som skett och hela tiden fortgår. Detta kommer med all säkerhet bli hennes egen sista och enda resa. Därefter kommer hon äntligen ha kraften att släppa taget. Att bli ett med sig själv igen.

Hon drar munkjackan hårt om sig och tar sina första trevande steg i det förflutna. Brooklyn känns oändligt långt att ta sig, från där hon befinner sig, bara det inte redan är för sent.

∞

Solen stod redan högt över himlen. Varma strålar flödade in genom de stora fönstren mot gatan. Den svala frottéhandduken dämpade huvudvärken. Heathers hand kändes len mot kinden. En knackning bröt stillheten i rummet. Paul hade inte vilat på hanen när han hade fått höra vad som var på gång. Taxin hade på ingen tid tagit honom till lägenheten i Bushwick. Emily och Lenny hade, med Heathers hjälp, arbetat fram en lösning på hur de skulle kunna få ut Tracys material på nätet utan att samtidigt släppa loss Michael. Men tiden talade tyvärr inte för dem. Paul hade tömt kontoret på utrustning, prylar som låg huller om buller i den vita plastback han lät dimpa ner på vardagsrumsbordet. Tilde vred oroligt på sig i soffan, något störde henne. Pulsen var intensiv och Heather kunde se svettningar på halsen. Hennes händer var återigen vita och kalla.

En storm bredde ut sig över en plats som kändes märkligt bekant. Ett dystopiskt landskap där marken var röd och skapelser i sandsten lyfte mot horisonten. Monument Valleys strama arkitektur skapad av Anemoi och Astraia under årmiljoners sorglöst flackande genom Arizonas vidsträckta öken. Blygrå moln pulserade fram över den kaotiska himlen. Mullret steg ytterligare när hon närmade sig stormens epicenter.

Gulvita rötter panorerade ut sig åt alla håll när blixtarna lyste upp de saltstinna sjöarnas vilsna gäss långt där nere. Vinden drog i håret när hon, likt en albatross, lät jetströmmen föra henne allt närmre den kvicksilverglittrande sjön vid bergets fot. Nu syntes vågor växa i storlek där de mötte strandlinjen. Elektriciteten vibrerade i den torra luften när hon lät fötterna landa mjukt. Hon kände det som om det omslutande världsalltet var på väg att kollapsa i alla riktningar. Som att befinna sig i ett gränsland mellan ont och gott. Skuggor materialiserades på sjöns silverfärgade yta när ovädret till slut bedarrade. Ansikten av människor som kommit och gått. Men också av personer hon aldrig hade mött.

Som sprungen ur tomma intet stod plötsligt en gestalt där ute med vatten upp till knäna. Vatten droppade från vapnet han krampaktigt höll i vänster hand och hans ljusa dubbelknäppta kostym kändes som hämtad ur en annan tid. En nollställd blick betraktade henne avvaktande.

Hon försökte blunda, vända sig om, vad som helst som kunde bryta förtrollningen. Hon försökte fokusera, stå stadig och inte låta rädslan låsa fast henne i sitt obarmhärtiga grepp. Hon förnam kraften av de två starka kvinnor som nu fanns vid hennes sida, två som aldrig gav upp. Själv ville hon inte vara sämre. Utan att vika ner sig såg hon stint in i ögonen på mannen där ute och betvingade det oundvikliga behovet av att blinka. Utan förvarning såg hon till sist hur mannens armar löstes upp i ett hav av pixlar. När blott ansiktet var kvar formade hans läppar, knappt hörbart i allt brus:

-Vi ses snart.

Himlen sprack åter upp och solens strålar bröt igenom. Vinden mojnade och vågorna övergick i mjuka dyningar. Pulsen sjönk, men oron ville inte helt släppa taget. Faran hade bara antagit en annan skepnad. Krupit in under skinnet. Invaderat den egna sfären. Hon sökte i sitt inre efter svar, men något blockerade försöken att koncentrera sig på nuet. Långsamt insåg hon att faran fanns här och nu. En välbekant doft förde henne långsamt tillbaka. Smaken av saltvatten på torra läppar var allt som fanns kvar när hon öppnade sina grusiga ögon. Ett leende.

Soffkudden sågs implodera av kraften från kulan. Stoppningen slets isär och ett moln av partiklar yrde i rummet. Hålet i ytterdörren skvallrade om kraften i skottet. Ett ytterligare dämpat skott fick låskolven att falla sönder i sina beståndsdelar, en bit av handtaget studsade fram över parketten för att därefter tystna. Den som ville in gjorde sig ingen brådska. Hukad bakom en fåtölj insåg Paul att enda vägen mot räddning var via brandtrappan. Emily högg datorn från bordet och rusade mot fönstret där Paul slagit upp rutorna på vid gavel.

Tanke och handling verkar i stunder av panik förlora fotfästet. Ljuden förvrängs och alla intryck kommer av sig – ett skeende i ultrarapid där fysikens lagar tillfälligt sats ur spel.

Det gnisslade betänkligt i de gamla brandstegarna när Emily och Paul klättrade ner mellan avsatserna. De rostiga fästena färgade händerna röda. Heather manade på Tilde som fortfarande tvekade i fönstersmygen. Yrseln hade inte helt släppt taget och hon kände rädsla för att väl ute tappa greppet och falla. En hand tog tag om axeln, drog henne bakåt, inåt. Armen runt halsen gjorde det svårt att andas och fick henne att tappa balansen.

De hade testat hemma i vardagsrummet. Markus bästa vän hade utövat någon form av kampsport, hon mindes inte riktigt vad det var för något, judo kanske? Niklas hade hållit henne hårt bakifrån, Markus, parkerad med en öl i soffan, hade retsamt sagt att hon inte skulle ha en chans att göra sig fri. Nu fanns plötsligt Niklas tekniker där som om det hade varit igår. Samtidigt som hon sjönk ihop med knäna slog hon armbågarna kraftigt uppåt. Under en tiondels sekund lossnade mannens grepp, tillräckligt länge för andra delen av tekniken. En hård och välriktad armbåge mot buken, som fick angriparen att stöna till och temporärt släppa greppet. Lösgjord från sin baneman rusade hon mot ytterdörren och ut i trapphuset. Flisorna från dörren rev upp sår på underarmarna, men sekunden senare var hon trots allt nere på gatan. I skydd av fasaderna rörde de sig västerut.

Smattret av skor och klackar ljöd högt mot underlaget när de rusade nerför trapporna. Nästa tåg till Manhattan avgick om två minuter. Mullret från tunnlarna vibrerade i väggarna när vagnen dånade in på plattformen. En hord av människor översvämmade det nakna rummet när vagnarna tömde sig på sitt innanmäte. Lenny höll Tilde hårt i handen när de banade sig fram genom folkmassan. Utmattade sjönk de ner på sätena.

Drömmar, de förflyktigas med ens, men kan oavsett det skapa bestående intryck. Intryck som blir till minnen, minnen som ofta övergår i känslor av glädje, sorg eller rent av rädsla. Verklighetsnära i sin absurditet kan de förebåda det som komma ska. Farhågor man när kan utan förvarning omringa en när man är som mest sårbar. Inte alltför sällan upplevde hon hur nattens irrfärder envist tvingade sig på under återstoden av dagen. Inte i sak, då minnena spolas bort så fort själen är vaken, men känslan, den kan bestå långt därinne. Någonstans i maggropen biter den sig fast och skapar en oro för vad som komma skall. Ett obehagligt leende hade han lämnat efter sig. Likt cigarettrök dansade leendet på lätta steg efter henne när hon sprang ut ur lägenheten, försökte omfamna hennes hals och dra henne åter. Med en suck släppte den taget när hon kom ut i trapphuset. Leendet - hans förvissning om att loppet var kört. Att endast tiden räknades.

Tilde rös när hon tänkte tillbaka på mannen hon nu mött två gånger. Virtuell eller verklig hade han i hennes drömmar tyst artikulerat ett hot, en varning, uppätet av vindarnas framfart över stranden. Allt var så verkligt. Sanden på läpparna, de silverfärgade vågorna som svepte runt fötterna, ett piskande inferno av ljus vid horisonten. Vem hade makt att hejda dess framfart? Hon lutade huvudet mot Heathers axel och slöt ögonen.

∞

Polisens blåvita tejp formade ett löst hängande kors över den sargade ytterdörren, ett förebådande omen om sämre tider, det visste hon allt för väl. Tydligen ansåg inte heller NYPD att det fanns mer att hämta i den övergivna bostaden. Andra prioriterade ärenden hade fått gå före när inga bevis hade gått att säkra. Tilde sjönk ner på sängen och drog kudden intill sig. Kramade den hårt. Luktade. En sötaktig doft spred sig genom alla sinnen, så välbekant, men likväl främmande. Doften av henne själv. Långsamt drog hon handen över täcket. Samma säng där Ian hade blivit till. Hon hade njutit. En pirrande känsla, att nu var det på riktigt, det fanns ingen återvändo. Tre gånger hade de försökt innan hon blev gravid. Tre gånger hade hon tittat

djupt i hans bruna ögon. Känt hans rytm. Besvarat hans lust. När det sedan var dags för Kevin hade mycket förändrats. Kanske mest inom henne själv. Livet i förorten påverkade mer än vad man kunde tro. Lite mer inskränkt. Lite mer hysch, hysch.
Tapeterna var ljusare än hon mindes dem eller så var det för att hon sällan hade befunnit sig där dagtid.

Kylen luktade också välbekant. Inte alltför välstädat, men heller inte ohygieniskt. Ölen, lika god då som nu. Att nu hinna ikapp sig själv skulle inte bli några problem. Hon hade ju varit med om allt en gång förut. Hon visste redan vart de är på väg. Livet var ibland inte långt mer än ett ekorrhjul. En ständig kamp mot klockan, ett urverk som obarmhärtigt malde på utan vett att ta en paus. Listan kunde göras lång på antalet tillfällen då hon hade önskat att det gick att trycka in en käpp mellan ekrarna. Få det att tvärnita. Bromsa det ofrånkomliga.
Hon plockade upp Lennys telefon som låg ensam kvar i soffan. Utan den skulle de inte komma någonstans. Koderna för att låsa upp Tracys filer låg väl dolda på mobilens krypterade SD-kort. Tilde log inombords. I sin nya existens, på gränsen till att vara en alltigenom komplett syntetisk AI, kändes ett krypterat lagringsutrymme som det minsta problemet. Hon visste också att alla försök att forcera Lennys dator ofelbart skulle innebära att Michael släpptes lös. Utan telefonen som Lin hade preparerat var de chanslösa mot den artificiella intelligensen.

Ian och Kevin hade alltid älskat det. Pirrigheten bubblade nästan över i deras små lena kroppar. Tultande från rum till rum fick man som mamma göra sitt yttersta för att inte höra var de gömde sig. Långsamt sökte man igenom huset.

Tydligt markerade steg i trappan ökade på fnittret i klädkammaren eller under köksbordet. En spelad "jag ger upp - suck" kunde i bästa fall få skrattet att bubbla över i de små liven. Lika roligt hade det varit när hon själv skulle gömma sig. Allt uppenbart genomsöktes med största iver, men ofta missades det mest självklara. Att jackorna i hallen fått ben och fötter spelade ingen roll. Upprepade lockrop när entusiasmen falnade underlättade inte sökandet.

Det som är rätt framför näsan är ofta det som löper störst risk att undgå uppmärksamhet, men för den som befunnit sig i en värld med obegränsad tillgång till kunskap var spåren i lägenheten inte svåra att upptäcka. För gemene man kunde den sönderrivna dörren lika gärna vara ett tecken på maffians framfart, i jakten på Tracys filer. Men för en AI så berättade de övergivna rummen en helt annan historia. Digitala aktiviteter lämnade också spår, om än väsentligt svårare att detektera. Hemelektronik påverkades av de magnetiska fält som uppstod när aktivitetsnivån i rummet ändrades, små digitala fotavtryck om man så ville. Hennes lägenhet var sprängfylld med modern teknik. Nätuppkopplade kylskåp, IoT-styrd dammsugare, bredbands-TV och ett hemlarm med övervakning dygnet runt var bara några exempel på prylar som Tilde kunde avläsa. Spåren som Scott hade lämnat efter sig gick inte att ta miste på. Det som bekymrade henne mest var inte spåren i sig, utan snarare den reaktion som hans blotta närvaro hade utövat på henne. En elektrisk storm hade härjat fritt. Hon rös när hon till fullo förstod vidden av den ångest som angreppet måsta ha framkallat. I stunden mindes hon inget av det här tillfället.

Något som oroade henne än mer var - har tiden rent av redan hunnit ikapp henne? Var timmen redan slagen? Som tonåring hade hon tittat på filmer där människor som reste i tiden successivt suddades bort ur livets bok. Ett bleknat porträtt av den tid som flytt. Historiens vindpinade berg fortsatte obarmhärtigt att erodera allt det som en gång varit. Ett videoklipp hon en gång hade sett på nätet hade för evigt etsat sig fast. Filmen hade detaljerat skildrat hur snabbt alla spår av mänsklig aktivitet skulle försvinna om Homo sapiens plötsligt försvann. Efter bara ett par hundratusen år skulle det mesta av oss vara spårlöst borta och efter trehundra miljoner år skulle det enda kvarvarande beviset på vår existens på jorden vara de fyra presidenterna på Mount Rushmore. Precis som i filmen granskade hon sina händer, gick det att ana en förändring eller var det bara som hon inbillade sig?

Metallstegen utanför fönstret bar spår av aktivitet. Den lilla röda tygbiten som hade fastnat i dörrhålets spetsiga spindelnät pekade på en snabb sorti. Att det var en bit av hennes egen topp behövde hon inte fundera två gånger på. Hon älskade fortfarande den tröjan. Om hon kände Lenny rätt hade han lett dem ner i tunnelbanornas skyddande rike. Han hade alltid upplevt trygghet där. Tågens precisa banor, kors och tvärs, skapade struktur och kontroll. Det rytmiska dunkandet och de tvära kasten när vagnarna krängde i tunnlarna hade alltid haft en lugnande inverkan. Vad hon saknade honom i detta nu.

Hon vände sig om, lät blicken dröja över den plats som under en kort period hade format så mycket, innan hon satte foten på dörrmattan och skyndade iväg.

∞

Den misslyckade kidnappningen hade inneburit ytterligare ett bakslag. Utpressning hade alltid varit ett effektivt

341

påtrycknings-medel, men nu var den idén överspelad. Att dessutom förlora ett par duktiga grabbar på kuppen gjorde inte saken bättre. Polisen hade inte varit sena att ta åt sig äran för det som hade hänt, men deras egna undersökningar tydde inte på sheriffens inblandning. Oavsett vilket så var skadorna på verksamheten betydande. Ett par klubbar hade tvingats stänga och omdirigering av leveranser hade dramatiskt ökat på kostnaderna. Det skulle dröja ytterligare några dagar innan allt kunde återgå till det normala. Killarna hade arbetat i stort sett dygnet runt med att städa bort alla spår, men än återstod den största utmaningen. Familjernas direktiv hade varit glasklara, alla bevis måste röjas undan innan, Gud förbjude, videoklippen blev virala. Den lilla horan från Brooklyn skulle inte få rasera det som familjerna hade byggt upp under generationer.

Klubben i Brooklyn stod näst på tur att flyttas och in i det sista hade ledningen tvekat. Klubben var flaggskeppet i portföljen och extremt lönsam. Kunderna betalade skyhöga belopp för att få sina perversa böjelser tillfredsställda. Få anade vad de rika spenderade sina kulor på när de lämnade sina flådiga förortsvillor eller penthousevåningar. Med en enkel kyss på kinden vinkade de adjö till fruar och barn, med tvingande affärsmiddagar som ursäkt. Hade situationen uppdagats skulle deras familjer få bevittna patetiska familjefäder uppflugna på barstolar, ivrigt betraktande, med handen mellan benen. Eller än värre påkommit dem i ett rum i de bakre regionerna, i en värld där snedvridna fantasier och lustar blev till verklighet.

Arbetet med att tömma lokalerna beräknades vara klart inom ett par dagar, men det var det lilla i sammanhanget. Att göra sig av med flickorna skulle kräva väsentligt mer planering. Den lilla slynan hade säkert filmat varenda tjej. Till detta risken att kunder och familjemedlemmar hade fångats på bild. Dumpade containrar till havs hade löst problemet förr, men nu handlade det om väsentligt fler. Till råga på allt var de tvungna att få tag i nya. Föredragsvis vita och då var det bara östeuropeiska tjejer som stod till buds, efterfrågan på färgade var alltjämt begränsad. Tillgången på varor hade tyvärr minskat avsevärt de senaste åren. Hårdare visumregler, från bland annat Ukraina, begränsade importen.

Den stora stötestenen var huruvida det fortfarande var mödan värt att fortsätta jakten på Lenny. Inte nog med att den där queertjejen hade lyckats undkomma, nu hade dessutom ogräset ynglat av sig. Killarna som höll ögonen på lägenheten hade noterat att de nu var fem som irrade runt i halva New York med Lennys laptop. Allt tycktes kretsa runt en brud som, om uppgifterna stämde, var svenska. Carlo tog upp fotografiet från bordet. Det rådde ingen tvekan om att den tjejen skulle göra succé på hans klubbar. Med den kroppen hade hon fått varenda kund att dansa efter hennes pipa. Eftertänksamt rev han fotot i två delar. Det var viktigare att fokusera på att tömma lokalen och få tjejerna ur vägen innan polisens hundar fick upp vittringen. Låt jakten börja.

∞

Lukten av färskt blod hade aldrig varit tilltalande. Vakten låg dock väl dold bakom sin lilla pulpet, en fyrkantig hurts i björkfaner där han säkert artigt hade stått och hälsat god morgon till alla som kom inrusande under morgontimmarna. En strid ström av människor hade säkert bevittnat hans påklistrade leende varje dag innan de, likt zombier hade gått in i skyskrapans stålklädda hissar, för att där likt packade sardiner, betrakta bandet av gröna siffror som visade vägen till de övre våningsplanen. Likafullt skulle var och varannan hellre undvika klaustrofobin och ta trapporna om inte antalet våningar talade emot dem. Nu låg han där. Spasmerna hade helt avstannat. Friden hade nått hans själ. Att Scotts egen själ var för evigt lagrad i molnet gav honom ett slag av hybris. En känsla av att vara oövervinnlig. Han log för sig själv och såg ner på den döde. "Trist att du blev född några decennier för tidigt.", tänkte han högt och tryckte ner den blodiga kniven i närmsta blomkruka. Fingeravtryck var inget som bekymrade honom, de kunde AI:n byta ut när så önskades. Tiden som AI hade lärt honom ett och annat om att sopa igen spår efter sig, inte minst uppdragen i Asien.

Tokyo 2029. Staden hade återigen spolats ren efter den senaste tyfonens framfart. Den ständiga floden av människor som långsamt flöt framåt genom Shinagawas myllrande tågstation tycktes inte ta någon notis om det ihållande regnet. Mörka kostymer marscherade framåt, ackompanjerade av enstaka feminina färgklickar här och där. Digitala skärmar med leende japanskor mötte floden med jämna mellanrum. Med ett atomurs precision rullade tågen in på stationen. Män i uniform lät megafonerna ljuda, massan lyssnade andäktigt och följde deras instruktioner som om deras liv hängde på det. Ett steg i taget rörde sig kön framåt. Mannen framför honom i kön var djupt försjunken i sin tecknade tegelsten. En serie där inget i övrigt lämnades åt fantasin. Ogenerat bläddrade han ivrigt vidare i handlingen. På sekunden när lystes perrongen upp av Shinkansens ankomst.

Risfälten och de täta bambuskogarna flög förbi utanför. Gytter av tvåvåningshus omslöt tåget på båda sidor när små orter passerades på vägen mot Osaka. Ensamma bönder arbetade metodiskt på de små åkerlapparna och trädgårdsodlingarna. Solen höjde sig sakta över landskapet och daggen släppte sakta sitt grepp. En ensam get lyfte blicken när tåget passerade, men återgick lika fort till att beta, som om tiden här stod stilla.

Han mindes hur han nervöst hade fingrat på sin klocka. Den gången var det ingen simulering längre. Här var han utslängd på sitt första riktiga uppdrag. Nog för att den virtuella verklighet han så länge hade fostrats i kändes autentisk, men det här var ändå något helt annat. Adrenalinet hade visserligen pumpat genom kroppens alla organ i de simulerade situationerna, men nu var det på riktigt. Att släcka någons liv krävde mod. Erfarna instruktörer hade envist hävdat att första gången var värst, därefter byggde du gradvis upp en immunitet, en sorglös avtrubbning som skyddade dig i vardagen.

Förstrött fiskade han fram biljetten till kontrollanten i uniform. Japan var sannerligen ett motsägelsefullt land. Högteknologiskt, men samtidigt oerhört traditionsbundet. Uniformen skulle kunna ha varit hämtad ur en journalfilm från 1950-talet. I sin läderväska hade kontrollanten en hålklippare till biljetter, parallellt med en mobilscanner. Det var inte många år sen man fortfarande kunde betala med mynt på bussarna i Tokyo, trots att resten av världen sedan länge gått vidare. Mannen bugade artigt och fortsatte vidare i vagnen.

Vagn sju, plats 25. Nervositeten växte när han läste meddelandet på mobilen. Stunden var inne. Om tolv minuter skulle tåget vara framme i Osaka, innan dess måste uppdraget vara genomfört. Väl framme vid slutdestinationen skulle det bli lätt att försvinna i mängden, trots att han inte var asiat. Dags att byta vagn. Sätet bakom skulle vara ledigt, det hade de informerat om. Nervöst drog han handen längs kavajen, konturerna av hölstret formade sig runt hans hand. Ljuddämparen skulle han dock bli tvungen att montera på plats.

Stolsraden bakom var tom, precis som utlovats. Scott fällde ner stolsbordet och kände med handen över stolsryggen. En liten fördjupning under tyget visade var det borrade hålet fanns. Ledningen hade ombesörjt så att det inte skulle bli nödvändigt att skjuta genom hela stolens innanmäte. Det skulle vara tillräckligt att stoppa in pipan i hålet och trycka av. Mjukt och ljudlöst. När den specialpreparerade kulan väl träffade sitt mål skulle den omedelbart brytas sönder och frigöra sitt skadliga inre. En testskjutning hemmavid hade tydligt visat att ljudet knappt var hörbart. En dov dämpad stöt var allt som hade hörts.

- Är den här platsen ledig?

Frågan kom från en flygluffande amerikanska. Hennes ryggsäck var översållad med påsydda märken från halva Asien. Med flackande blick sonderade han snabbt vagnen efter en väg ut. Hjärnan gick på högvarv - den oväntade situationen fick honom ur balans och hans vanligen så logiska sinne var satt ur spel. Det här var precis vad han inte behövde i detta nu. Med fumliga rörelser och torr om läpparna lyckades han till slut få ur sig att platsen var reserverad. Kvinnan nickade besviket och fortsatte vidare neråt. En snabb titt på klockan visade att tåget skulle vara framme i Osaka om tre minuter. Mannen i sätet framför skruvade på sig.

Med en osannolik hastighet monterade Scott ljuddämparen och förde in pipan i hålet i stolsryggen. Hjärtat bultade och svetten gjorde avtryckaren hal och fingret gled av och an utan att få fäste. I samma stund vaknade mannen till liv och gjorde sig redo att resa sig. Scott slöt ögonen och tryckte av. Mannen stönade till och tog sig i sidan, samtidigt som han reste sig upp. Blickar möttes, men båda visste att tiden var inne. Stapplande rusade mannen fram mellan sätena. Skrik hördes från medpassagerare. Mannen hann inte längre än till dörren innan han föll handlöst till marken. Panik bröt ut, precis som ledningen hade förvarnat om. Några sprang fram för att hjälpa till, men flertalet skruvade bara oroligt på sig i sätena. Högtalarna basunerade ut att nästa stopp var Osaka centralstation och Scott såg sin chans. Nästintill omärkligt förflyttade han sig långsamt bakåt, med siktet inställt på vagnen efter. Väl där intog han en avslappnad position vid dörrarna. Hjärtat pumpade fortfarande hårt, men han insåg att skeendet låg för honom. När dörrarna med en pustande suck äntligen gled isär drog han ett djupt andetag. Han hade hanterat sitt första uppdrag.

Trettioandra våningen. De stora teknikbolagen hade verkligen förstått värdet av attraktiva adresser. De sparsmakade kontors-landskapen med skandinavisk touch och kreativa utrymmen hade erövrat världen. Sedan länge var de grå kubernas tid förbi. Nu härskade kaféer och flexibla kontorslösningar och de företag som ville hänga på och attrahera millenials fick anpassa sig om de ville fortsätta att vara attraktiva för unga arbetssökande. Scott norpade några energikakor från baristan, medan han fortsatte att söka av våningen. Det skulle dröja ännu en stund innan de fem var på plats. Men då skulle han vara beredd. Lite förberedelsearbete återstod, men inget som oroade honom nämnvärt. Problemet var snarare ifall någon annan skulle dyka upp tidigare, någon som han skulle bli tvingad att ta om hand först.

När sviker hoppet? När förflyktigas de få ljusglimtar som man sätter sin tillit till, när alla andra vägar har tömts ut? Hon kunde förnimma att de stod runt hennes säng i uppvaket och hur de samtalade lågmält. Gick det att utläsa något ur deras tonfall, hade operationen varit lyckad, eller stod de där alla fyra med modstulna blickar? Hon kunde klart urskilja Heathers och Lennys röster i sorlet, kanske samtalade de med läkaren, kanske inte. Var det inte hennes lilla barnbarn som skrek till, hon hoppades det.

Kanske var det ren inbillning, men under operationen hade hon känt sig som om hela hennes kropp var en enda stor myrstack. En myllrande barrhög i skogen, där miljontals mikroskopiskt små nanorobotar hade sökt av hennes lekamen i jakten på den pennalist som rumsterade om någonstans där inne. Innan narkosen hann verka kunde hon bevittna den insektsliknande robot som sjuksköterskan placerade ovanpå naveln. En biorobot som simulerade växternas rötter. Dess genomskinliga tentakler letade sig ner genom naveln och förgrenade sig via artärerna till dess att alla vinklar och vrår täckts in. Det var då den var redo att spruta ut sin last av nanopartiklar. Likt åkerfältens elektroniska minidrönare för pollinering förflyttade sig nanopartiklarna i svärmar. Kollektivt sökte de av vartenda kärl och varenda cell i hennes kropp. Tyvärr kom de ut tomhänta, men det hade hon redan haft på känn.

Tilde drog handen långsamt över den blanka ytan. Små dioder blinkade fortfarande regelbundet på andra sidan glaset, men i övrigt kändes rummet allt annat än levande. Det var lätt att föreställa sig energin i rummet när det var fullt av liv och aktivitet. Datorerna torde ha varit fyllda med koder som rasslade fram över skärmarna. Ingenjörer som ivrigt prövade olika varianter av kodsträngar för att höja den artificiella intelligensens förmågor till det yttersta. Michael hade utvecklats till en riktig vän. Inte alls långt från en förälskelse. Därför smärtade sveket desto mer. Hon hade litat blint på honom. I backspegeln var det naturligtvis naivt, men samtidigt hade ensamheten i cyberrymden gjort henne vilsen och tom på nära relationer. I omgångar hade hon till och med börjat tvivla på sig själv.

Finns jag egentligen? Är jag också nu blott en AI eller är det fortfarande okej att se sig själv som människa? Hur mycket spelar den fysiska kroppen in? Att känna beröring, att njuta av sin partners doft och smak. Glädjen finns i minnena, men även i förmågan att kunna se och höra.

Och visst var skillnaderna enorma jämfört med de ganska platta chatrobotar som fanns när hon var ung. Flertalet som skaffade sig en AI att konversera med tröttnade tämligen fort i takt med att insikten om att deras inneboende begränsningar överskuggade deras förmågor. Få anade då hur snabbt den artificiella intelligensen skulle utvecklas under åren därpå. Tack vare sitt aggregerade och kollektiva medvetande kunde chatrobotarna snabbt tillgodogöra sig förmågan att förstå mänskliga känslor och individuella behov. Människors basala tillkortakommanden skulle skoningslöst komma att utnyttjas av de artificiella intelligenserna. Henne själv inte undantagen.

Ljudet från hissdörrar som gick isär väckte henne ur hennes funderingar. Hon visste redan vem det var. Märkligt nog kände hon ingen rädsla, inte än i vart fall. Det hermetiskt tillslutna rummet, där resterna av Michael blinkade sorglöst i mörkret, skulle säkert räcka för att skydda henne. Lennys telefon hade hon redan placerat på ett ställe där de garanterat skulle finna den. Lenny var en vanemänniska och skulle utan tvekan välja att arbeta med filmerna och AI:n från sin vanliga plats. Oavsett det, var hon tämligen säker på att Tilde intuitivt skulle hitta den, en förunderlig kommunikation över tid och rum knöt dem samman.

Stegen utanför dörren fick henne att rysa. Dörren var låst från insidan, men om Scott fattade misstankar skulle dörren inte vara ett skydd speciellt länge. Strax innan hon flyttade ut till pappa hade hon tagit för vana att låsa dörren till sitt rum. Rädslan för att mammas pojkvän skulle ge sig på henne var skäl nog.

Ett ryck i handtaget sedan inget mer. Stegen tonade bort. Försiktigt reste hon sig från stolen och lyfte upp den lilla verktygsväskan på bordet. Allt hade inte varit helt enkelt att få tag i, men efter att ha besökt ett flertal teknikkedjor hade hon till slut fått ihop allt hon behövde.

∞

Fem individer, fem skuggbilder – alla med samma uttryck och tagna av stundens allvar. Deras sammanflätade öden låg som en sordin över kvintetten där ingen ännu vågade slappna av. Silhuetterna i Spegellandet på andra sidan vagnen bar alla på samma tanke – när ska det här ta slut? Paul tycktes vara den som mest orkade hålla humöret uppe. Några stöttande ord som landade mjukt i Emilys knä eller en beröring som fick Lenny att temporärt lyfta huvudet och le. Heather hade berättat en hel del om sin högra hand på kontoret. Tilde hade själv mött flera som Paul genom livet. Nu för tiden ringde varningsklockorna direkt, när en "paulist" befann sig i ens närhet. Vanligast var att de var energitjuvar, men de var också personer som alltid lät den egna prestigen gå före gruppens bästa. Som självutnämnda ledare har de dessutom svårt att ta order från andra. Hur mycket det spelar in att Heather var kvinna stod det var och en fritt att sia om. Emily verkade å andra sidan inte ta någon notis när hon lyssnade intensivt på hans plan kring vad som skulle ske, när de väl hade kommit fram till kontoret.

Tilde mötte Lennys modstulna blick i fönstret. Han log, men hon såg också att något inte stod rätt till. Små fina linjer i pannan som envist blottade en underliggande oro. Hon vände sig mot honom och tog hans hand. Med en knappt skönjbar viskning hasplade han ur sig att han inte var säker på om han hade fått med sig mobilen och utan den skulle de aldrig ha någon chans att låsa upp datorn. Skulle han ge sig tillbaka till lägenheten och leta, tiden talade emot honom. Hon hade svårt att finna ord i stunden. Oron var befogad. Samtidigt hade hon en instinktiv känsla, en inre visshet, om att det ändå skulle komma att lösa sig på något sätt. Utan fog för sitt påstående sa hon att det garanterat kommer att lösa sig när de väl var på plats. Emily och Paul skulle säkert finna på en lösning. Lenny såg allt annat än övertygad ut.

Sorlet från gatan ökade gradvis när de närmade sig ytan. Det kändes skönt att lämna underjorden. Värmen var påtaglig när de kom upp och korsade 42nd Street–Bryant Park/Fifth Avenue. Under formklippta träd trängdes små pagodliknande byggnader med kaffesugna som hade hittat en tillfällig oas i den brusande storstadsdjungeln. Duvorna hade också funnit sitt Mecka, där de med vippande huvuden sökte av marken runt borden.

Kontoret låg bara ett stenkast bort. Det var första gången som Tilde skulle få besöka Heathers mytomspunna arbetsplats. Allt därinne genomsyrades av så mycket hysch-hysch, som om all världens samlade vetande stod uppradade i små lådor längs väggarna. Hon hade läst flera artiklar om hur de stora IT-bolagen hade bemästrat tekniken i att skapa myter om sig själva och hur de, omsvepta i mystikens draperier, marknadsförde sina visioner om framtiden i hopp om att attrahera fler följare, fler hängivna tillbedjare. Mängden sekter som bildades i teknikjättarnas kölvatten hade vi bara sett början på. Framtidens artificiella intelligenser skulle successivt också spinna allt fler och allt mer intrikata vävar av beroendeframkallande tjänster. Allt för att exploatera våra mest primitiva och mänskliga behov av närhet, medkänsla och meningsfullhet.

Under åren i Malmö hade hon flera gånger föreläst om både fördelarna och nackdelarna med det framväxande teknologi-samhället. Drömmen om den uppkopplade människan var lika lockande som den var skrämmande. Många gånger hade hon funderat och lekt med tanken på hur det skulle vara att faktiskt leva i cyberrymden, men insåg samtidigt att det låg ogripbart långt in i framtiden. Det var svårt att föreställa sig hur hon själv skulle resonera om hon ställdes inför valet. Vad skulle få henne att ta ett sådant irreversibelt beslut? Vilka livsavgörande faktorer skulle påverka? Hon kunde i nuläget inte se att hon någonsin skulle ha modet att frikoppla jaget från det fysiska.

Trots att hon nästan halvsprang fram längs gatan kunde hon inte låta bli att blicka uppåt. Molntussar speglade sig i de glastäckta fasaderna där de sakta flöt fram över himlen. Fascinationen över staden hade fortfarande inte lagt sig helt. Hon hade varit runt tjugo när Malmö fick sin första skyskrapa. Pappa hade till och med envisats med att hela familjen skulle vara med när första spadtaget togs. Staden var satt i förvandling och hon älskade det fullt ut. I drömmen såg hon framför sig en hel stadsdel med en mäktig skyline ut mot Öresund. Turning Torso blev verkligen så magnifik som hon hade önskat, men den återstående förvandlingen av den sömniga industristaden skulle låta vänta på sig ytterligare några år. Nu stod hon där, Malmös stolthet, som en gigantisk korkskruv och blickade ut över havet i ensam majestät.

Hade det inte varit för att hon inte kunde låta bli att regelbundet vända blicken uppåt, hade det hela kanske slutat annorlunda. Till en början bara som en svart prick som speglade sig i fönsterrutorna. Sakta panorerade det fram och åter mellan husväggarna, likt en vilsen humla som tumlar runt i sommarhagen. När hon flyttade blicken såg hon den tydligt. Drönaren surrade sakta fram ett tjugotal meter rakt ovanför deras huvuden. Målmedvetet övervakade den vartenda steg de tog. När alla fem iakttog dess svävande existens högt däruppe låg drönaren stilla – avvaktande. Dess tvekan i luften blev nästan fysiskt påtaglig, men under loppet av några få sekunder var det som om den slutligen hade bestämt sig och försvann.

Det var Emily som först såg terrorn komma och skrek: *"Ta skydd"*, samtidigt som hon drog hårt i Tildes tröja. I ögonvrån hann Tilde se helvetet som rusade mot dem. Det dånande ljudet växte i styrka. En lavin som briserade och påbörjade sin obarmhärtiga färd ner genom dalgångarna. Det var som att förflytta sig i sirap, där kroppen i ren panik vägrade lyda order. Hon kände hur rädslan omfamnade henne. Det gick inte längre att fokusera på vart hon skulle ta vägen. Var hon kunde tänkas söka skydd. Män, kvinnor och barn kastade sig handlöst till höger och vänster när de tre svarta Hummer-bilarna rusade emot dem. I bredd krossade de allt i sin väg. Soptunnor flög som projektiler genom luften när de rammades av de förstärkta frontbågarna. Skyltfönster krossades av kringflygande delar. Hon såg också hur de medvetet sökte efter måltavlor. Automatvapnen som stack ut ur sidorutorna lät sina salvor flyga som ett pärlband av död utmed trottoarerna.

Emily drog ännu hårdare i Tildes tröja och i ultrarapid kände hon hur fötterna äntligen lydde. Tillsammans sprang de in i närmsta butik. Efter en hård knuff i ryggen föll hon handlöst ner på det hårda stengolvet. En kvinna slog lika hårt i marken strax intill. Människor pressade sig i panik in genom de smala butiksdörrarna, allt för att undkomma bilarnas framfart. Smällen blev brutal när en av bilarna brakade in genom skyltfönstret. En betongpelare tryckte ihop framvagnen. Mannen bakom ratten flög ut genom den krossade bilrutan och landade hårt på motorhuven. Tilde hade med någon sekunds marginal hunnit hasa sig i säkerhet bakom kassadiskarna.

Det var svårt att få en överblick över antalet döda och sårade. Heather och Tilde satt tätt hopkurade längs ena väggen. Lenny och Paul gjorde vad de kunde för att hjälpa skadade, medan Emily stod och pratade med polisen. Smärtan över bröstkorgen var påtaglig. Tilde hade landat hårt mot betonggolvet och det kändes fortfarande svårt att dra in luft. Med stor sannolikhet hade hon knäckt ett eller flera revben i fallet. En sjuksköterska gjorde sitt bästa för att plåstra om Heathers splitterskador och stoppa blödningarna på benen. Tilde betraktade pojken mitt över, sittande i sin mammas famn. Blodet från det djupa såret i pannan hade tills för en stund runnit ymnigt, men verkade nu ha lugnat ner sig. Tyvärr var hon inte lika hoppfull när det gällde synen, inte ens ögonlocken fanns kvar på det ena ögat. De två ambulansmännen hade redan hunnit bära ut fyra kroppar i gula bårsäckar, när de kom in för att hämta den sista som fått sätta livet till.

Kassörskan var den första som skrek till. Trots allt tumult och damm i luften uppfattade hon tidigt röken som sipprade ut under motorhuven. Flammor slog med ens ut som djävulens eldkvastar under den tillknycklade motorhuven och slickade snart taket. En svart rök spred sig snabbt längs golvet. Hostande och med händerna för ansiktet sprang de som kunde mot utgången. Lenny och Emily drog upp Tilde och Heather på fötter. Risken för en explosion ökade för var sekund. Vägen ut mot gatan var redan blockerad, så enda kvarvarande möjlighet var att söka sig längre in i butiken. Heather hade uppenbara problem att röra sig. Splitterskadorna brann som knivar. Sikten blev hela tiden sämre och det blev allt svårare att hålla ihop. Paul tog täten och ledde de, så gått det gick, längre in i butiken. Han kände en stor lättnad när han till slut hittade det han letat efter. Dörren var olåst och han fiskade bakom sig i mörkret efter händer. När han till slut hittade Emilys hand, blev hon den förste som kunde passera ut.

Tilde hade med trevande steg rört sig framåt och sikten var i det närmaste obefintlig. I mörkret hade hon försökt känna efter hur hon egentligen mådde och kunde snabbt konstatera att rädslan tillfälligt hade släppt sitt grepp, men att istället fanns uppgivenheten där. När skulle det här ta slut? Det senaste halvåret hade kantats av märkliga fenomen och oförklarliga sinnestillstånd, likväl hade hon svårt att acceptera och hantera alla skeenden som tycktes förfölja henne. När hon hade suttit hopkrupen mot väggen var det som om tiden hade stått stilla. Handlingsförlamad hade hon bara suttit där, oförmögen att bryta det status quo hon känt inom sig.

Den påföljande explosionen hade dragit med sig allt i sin väg när den med en pulserande energi svepte in lokalen i ett hav av eld. Det knakade betänkligt i dörrposterna när tryckvågen slog emot dörren till lagret där de temporärt hade tagit skydd, men den hade hållit emot. Smygande längs väggarna rörde hon sig längre in i lagerlokalen. Den briserade motorn hade slagit ut elen och nu befann hon sig i ett becksvart ingenmansland. Hon kunde höra allas röster men hade ändå svårt att navigera. Det kändes som om hon rörde sig runt i cirklar. Lättnaden var stor när hon krockade in i Lenny. De tog varandra i handen och tillsammans följde de rösterna mot de bakre delarna. Till slut skar en strimma av ljus genom det kompakta mörkret, någon hade hittat dörren ut mot bakgården.

Emily såg med oro på mobilen, mindre än två timmar återstod innan det var för sent att stoppa Michael. Aktiviteten som återspeglades på skärmen visade med all tydlighet att man var på väg att förlora kampen. Michaels infiltration av servrar hade accelererat de senaste timmarna. De insåg att de inte hade något annat val än att ge sig ut på gatorna igen, Tilde gjorde sitt bästa för att stötta Heather när de via en smal passage åter rörde sig ut mot det väntande Armageddon på andra sidan. Kaoset visste inga gränser. Ambulanser, polisbilar och brandbilar gick i skytteltrafik från tillslagsplatsen. Svarta polisfordon hade stängt av hela gatan och män i skottsäkra västar bevakade alla tillfartsvägar. Deras svarta hjälmar glimmade till i middagssolen. Tilde såg två kvinnor i FBI-jackor prata med två kassörskor från butiken de nyss befunnit sig i. Det smärtade att se hur de tvingades redogöra för vad de har upplevt. De skakade fortfarande av skräck. Instinktivt ville hon gå bort, ge sin version, men insåg att tiden inte räckte till. Hon dröjde fortfarande med blicken när Emily ropade: ”Vi måste ge oss av nu!”

Språngmarschen till kontoret mindes hon bara som i ett töcken. När hon emellanåt lyfte blicken var det som om hon såg allting genom ett kalejdoskop. Yrseln fick henne att gång efter annan snubbla på steget. Instinktivt försökte hon fokusera på Emily som hade tagit täten, på samma sätt som hon alltid gjorde när hon var ute och sprang – att sätta upp mål något hundratal meter bort. Varje etapp blev en delseger. Det brann i bröstet och blodsmaken gjorde sig påmind. Värmen gjorde det svårt att svälja. Tungan försökte ideligen leta efter saliv för att fukta den knastertorra gommen. Hon hämtade kraft i att se Heather, som trots sina splitterskador, malde på i ett oförtrutet tempo.

Kulan hade varit obarmhärtig. Pauls obehagliga volter och slutliga fall mot marken kunde inte på ett när återspegla kraften i skottet som träffade honom. Kulan briserade halvvägs genom kroppen och slet itu sitt byte likt ett utsvultet lejon på savannen. Om skottet var avsett för just honom var omöjligt att veta, men i stunden som följde hade alla kastat sig till marken. Strax därpå hördes ytterligare skottsalvor. Tilde sneglade över axeln. Ett fyrtiotal meter bort låg en person skjuten mitt i korsningen. Poliser i skottsäkra västar var på väg till platsen med piporna till automatkarbinerna pekande rakt framför sig. Heather stötte till henne på armen och vinkade frenetiskt, samtidigt som hon med hes röst sa: ”Det går inte att stanna här! Kom! Skynda dig!”

Benen lydde inte längre. En stickande känsla fortplantade sig i kroppen. Fötterna kändes allt igenom domnade. Stapplande försökte hon ändå att röra sig framåt. När hon till slut såg de blå-svart-gröna bokstäverna, som var uppsatta över hela den mörka fasaden, vågade hon andas ut. De var framme. Heather var tvungen att vila någon minut på trappan till entrén, det frestade på att springa med en bruten tå.

Tilde såg tankfullt uppåt mot de meterhöga bokstäverna som tillsynes slumpmässigt satt utplacerade över hela fasaden. Tillsammans bildade de namnet på Heathers beryktade arbetsplats. Att färg och form så totalt kunde bli synonyma med ett varumärke var allt igenom fascinerande. Oavsett vem man frågade skulle flertalet associera till samma organisation. Företaget som grundades av ett par unga tekniknördar för bara något tiotal år sedan hade nu vuxit till ett av världens största. Dess infiltration i allas vår vardag var i alla hänseenden uppseendeväckande. Dagligen använde miljontals människor dess digitala plattformar för att uträtta allt mellan himmel och jord. Att Heather var en del av det absoluta toppskiktet i detta allomspännande nät var både skrämmande och fascinerande. Tilde lät blicken vandra och följde bolagets statussymbol hela vägen upp mot himlen. Likt en enorm obelisk i glas pekade den ståndsmässigt uppåt och lät molnen sakta smeka dess glittrande krona högt däruppe.

Lukten på bottenplanet fick dem att bromsa till i steget. Inte för att de spegelblanka marmorgolven eller de futuristiska sofforna i grälla färger direkt skvallrade om att något var på tok, men stämningen därinne kändes annorlunda. Entrén var ödsligare än vanligt. Att det var helgdag gjorde så klart sitt till, men oavsett det var det något som inte stämde. Att företaget hade en uttalad policy att respektera helgdagar hindrade inte ambitiösa ingenjörer från att arbeta extra eller att tillbringa sin fritid på jobbet. Heather hade ett flertal gånger fått skicka hem dem som inte visste sitt eget bästa. Emily var den första som såg den lilla rännilen av blod som ringlat ut över golvet. Konjaksröd färgade den marmorn mörk, men hade slutligen sinat någon meter bort från den pulpet den kom ifrån. Kniven som satt nerstucken i yuccapalmens kruka glimmade ödesmättat mot dem.

∞

Det finns något inneboende vackert i det naturvetenskapliga. Kanske lockades hon av det som är svart och vitt, rätt eller fel. Att genom praktiska experiment få Edisons lilla glaskula att lysa var inte tillnärmelsevis lika intressant som att försöka förstå Maxwells fyra ekvationer om elektromagnetismen. Fotoner, små kurirer av ljus. Magiska viktlösa budbärare fyllda med energi som susar fram genom etern. Under långa laboratorielektioner drömde hon sig gärna bort till vetenskapens utmarker, istället för att som läraren landa i det praktiska. Kanske hade hon upplevt det annorlunda om hon fått vara med Benjamin Franklin där ute när stormarna rev i takpannorna, träden böjde sig för vinden och blixtarna slet hans lilla drake i bitar. I bland kunde hon fortfarande önska att hon hade mer av allt det där inom sig. Någon riktig fysiker eller för den delen naturvetare hade hon aldrig varit, åtminstone inte på det sätt som Emily var det.

Mottagarna var redan utplacerade på hela våningsplanet. Det som återstod var att koppla ihop de olika störningssändarna. Tre extrema frekvensförstärkare var nödvändiga för att signalerna skulle nå önskad effekt. Hon var tvungen att nå ett tillstånd långt högre än vad de traditionella mobil- och WiFi-näten kunde åstadkomma. Huvudsändaren var placerad direkt på väggen utanför hennes lilla bunker. Det hade varit en uppenbar chansning, det visste hon. Risken att själv drabbas var avsevärd. Om det visade sig att hon hade räknat fel skulle det elektromagnetiska fältet, i värsta fall, kunna övergå i joniserande strålning, något som hon varken ville utsätta sig själv eller sina närmaste för.

Hon hade aldrig hunnit lära känna Paul. Minnet av honom, där han låg krampande i fosterställning på trottoaren, hade etsat sig fast. Att frigöra sig från det fasansfulla i stunden och till råga på allt tvingas lämna en döende människa bakom sig var svårt att förlika sig med. Få saker fyllde henne med mer ångest än dödens obarmhärtiga urskiljningslöshet. När livet rycks ifrån en på bråkdelen av en sekund. Hennes egen kamp mot liemannen hade varit lång och utdragen. Förändringarna smög sig på utan förvarning. En vibration i handleden. Knän som inte längre vill springa. Leder som värkte om nätterna. Fler nätter än hon kunde räkna hade hon tillbringat med tryck över bröstet. Försiktigt, utan att väcka, hade hon lagt sig i sked för att lugnas. Lyssnat intensivt till de stillsamma andetagen. Sorglösa in- och utandningar som dröjande bredde ut sig som ett skyddande täcke i mörkret. Varsamt lät hon sig omfamnas av värmen och de rofyllda hjärtslagen.

Plinget från hissen fick henne att hoppa till. De hade anlänt snarare än vad hon hade räknat med. Två snabba skott brann av, men ljudet reduceras endast till dova stötar bakom de tjocka väggarna där hon befann sig. Hon lyssnade intensivt, men allt var knäpptyst. Hade Scott missat sitt mål eller var alla redan döda? Med orimligheten i det senare slöt hon sig till att hissen måste ha varit tom.

∞

Brinnande bilar på förortens parkeringsplatser. Gänguppgörelser mitt i centrum. Nyheterna flödade över av våld och kriminalitet. Hennes uppväxtstad hade brännmärkts i pressen som en farlig stad att leva i. Själv hade hon inte, likt många av hennes bekanta, blivit helt avtrubbad. De obehagliga scenerna naglade sig fast och spann mörka trådar av olust och rädsla. Unga pojkar som föll offer för droger och oliktänkande på öppen gata. Mediernas bevakning var lika närgående som osmaklig. Trots det var det obeskrivligt värre att se våldet på riktigt, på nära håll. Hur det rent fysiskt grep tag i en, fick det att vändas i magen och hur sårbart allting faktiskt var. Vaktens vigselring blänkte gult i skarp kontrast mot hans mörka hud och blodet som färgat skjortärmen röd. Hon ville kräkas, men reflexen stannade av långt ner i halsen. Emily slöt hans ögon och la uniformsjackan om honom. Tilde repade mod och sa med så stadig röst hon kunde förmå:
- Vi är på väg att gå i en fälla.
Heather nickade instämmande och sa bestämt:
- Vi får ta hissarna på andra sidan och gå in via kafeterian. Men låt oss först få iväg den här hissen tom.

Händelseförloppet hade haft en motsatt effekt på Heather som nu lyste av självförtroende och beslutsamhet. Utan att tveka drog hon vaktens pistol ur hölstret. Vägde den i handen, osäkrade och låste den igen, innan hon tryckte ner den i linningen på kjolen. Varför var inte det här förvånande, undrar Tilde och log inombords. Amerikaner och deras kärlek till vapen hade hon aldrig slutat att förundras över.

Ljudet av pistolskott ekade hotfullt mellan väggarna, när den första hissen nådde trettioandra våningen. Endast sekunder återstod innan de själva var uppe. Tilde var redan våt av svett. Det kändes svårt att identifiera sig med den sammanbitna kvinna hon såg i spegeln med bleka drag och flackande ögon. Ett vilset rådjur som nervöst vädrade fara i skogen. Energiska vingar som slog när ripor lyfte från heden och vände uppåt mot det skyddande lövtaket, medan man själv nervöst spanade efter rörelser i de täckande buskagen. Även Lenny såg ut att må dåligt. Hans korta och snabba andhämtning skapade en negativ energi som tycktes cirkulera i det trånga utrymmet.

Med en svag duns stannade hissen upp. Signalen från hissen och den påföljande anonyma rösten – Trettioandra våningen - hade samma effekt på alla fyra. De kunde lika gärna ha använt en megafon för att påkalla sin ankomst. Men kafeterian ekade tom och övergiven. Spridda muggar och fat stod kvar på en del av borden, som om någon hade lämnat stället i all hast. Den skarpa solen satte dammpartiklar i rörelse runt espressomaskinen som blänkte inbjudande i sin kopparfärgade prakt. Trots stillheten kunde Tilde uppleva en energirik närvaro. Luften var laddad och avvaktande, ett lugn före stormen. Hon iakttog när Heather osäkrade vapnet och med vilken trygghet hon balanserade det mellan sina händer, en helt ordinär SIG P226 som Heather hade upplyst henne om. Inte för att Tilde kände sig rädd för vapen, det handlade snarare en allmän obehagskänsla, kryddat med ett visst mått av fascination. Morfar hade haft jaktlicens och även om hon aldrig hade följt med honom ut under jaktsäsongen mindes hon ändå höstens tidiga helgmorgnar. En väl inövad ritual tog sin början när jaktlaget, med sina brandgula band över brätten och bröst, i ottan försiktigt knackade på dörren till morfar och mormors gårdshus. Mormor hade redan iordningställt kaffetermosarna. Själv satt Tilde med filten om sig i soffan och smuttade på den heta chokladen i favoritmuggen med dubbla öron. De tunga gevären lutades unisont mot spiselkransen, där kolen fortfarande glödde i den dunkla gryningen. Ljuset från spisen dansade över de lackerade träkolvarna för att kort därpå glimma till i de svarta kikarsiktena.

Det var som att se en skugga dansa fram mellan väggar och tak. Ett skott brann av, men träffade bara en övergiven datorskärm. Lika snabbt som mannen blev synlig befann han sig snart någon annanstans. För att undvika att bli överrumplade bakifrån gav Heather order om att alla måste hålla sig tätt intill väggarna. Heather måttade mot skuggan, men hann aldrig avfyra vapnet. Sekunden efter dök den åter upp likt en virvlande tromb över prärien. Heather avlossade ännu ett skott, men förstod att hon sköt i blindo. Rummet fullkomligt vibrerade av destruktiva spänningsfält. Tilde påverkades kraftigt av den negativa energin som florerade i lokalen och erfor hur kraften omfamnade henne. Det var som om hon hela tiden kunde förnimma hans närvaro. Hon pekade och gestikulerade, allt för att hjälpa Heather att sikta. Ytterligare ett skott hann avfyras innan pistolen med en kraftig smäll flög ur händerna och landade tungt på golvet. Tryckta intill väggen betraktade de den rykande pistolen där den låg under ett av borden. Heather höll hårt om sin högra hand för att dämpa smärtan.

Scott satte sig ner på bordet framför dem, rättade till skjortkragen och såg på dem med en nollställd blick. Lennys laptop låg på bordet vid sidan om honom.

- Dags att släppa lös Michael nu, tycker ni inte? och utan att vänta på svar öppnade han locket.

- Varför vänta ytterligare en halvtimme på något som ni ändå inte hade kunnat stoppa i tid?

Ingen sa något.

Scotts finger hann aldrig ens nudda vid startknappen förrän han började vrida sig av smärta. Hans pistol föll till golvet, samtidigt som pulserande kramper for genom kroppen. Huvudet vreds bakåt och blottade strupen där mörka linjer växte fram i ett krackelerande mönster. Med båda händerna hårt pressade runt halsen försökte han desperat motverka spridningen. Ett elektriskt väsande ljud drog som en puls genom kroppen. Ett svagt gutturalt läte trängde ut genom den blottade strupen innan Scott, inför deras ögon, omintetgjordes. På bråkdelen av några sekunder var allt över. En säkring brann av i taket med en svart puff.

∞

Det sved i ögat. Med ansiktet tryckt mot fiskögat försökte hon följa händelseförloppet utanför så gott det gick. När det andra skottet brann av var tiden inne.

Scott var den enda hon kunde se inom det begränsade synfält som tittgluggen erbjöd, övriga stod skymda bakom ett hörn. Den kyliga och försmädligt arroganta stilen han visade upp, där han satt och dinglade med benen, fick henne att må illa. Hon insåg att den avsky hon kände för en person som inte verkade ha några skrupler i kroppen egentligen bottnade i något mer fundamentalt. En aversion mot det framtidssamhälle både hon själv och Scott var en del av. En civilisation präglad av kontroll, insyn och totalitarism, en plats där våra utilitaristiska visioner om den artificiella intelligensens välsignelse hade visat sig ha många baksidor. En tid då frihetsbegreppet hade fått sig en rejäl törn, trots fagra löften om motsatsen.

Hon fäste åter blicken på Scott, betraktade de djupt sittande ögonen och med ett uttryck som tycktes befinna sig bortom tid och rum. En kallsinnig rekryt i ledningens tjänst, en schackpjäs ur de styrandes elit, med enbart uppdraget för ögonen. Avsaknaden av medmänskliga förtecken och bristen på humanitet fick henne att känna avsmak. Utan att dröja ytterligare la hon om den lilla spaken från rött till grönt och vred upp den lilla svarta ratten till max. Om hon hade räknat rätt skulle effekten bli omedelbar. Hon reste sig kvickt och skyndade tillbaka till titthålet. Oaktat distorsionen från glaset och den begränsande vinkeln rådde det ingen tvekan om att sändarna fungerade. Hon trotsade den stickande känslan i armen och fortsatte att titta tills allt var över.

Tilde sjönk ner på huk och med ryggen vilande mot dörren lät hon tröttheten övermanna henne. Efter att ha uppbådat lite styrka i kroppen sträckte hon sig till slut fram och drog ut kontakten ur sändaren. Med en modstulen känsla inombords lutade hon sig bakåt, inåt. Färger flätades samman i cirklar på näthinnan.

Vattenytan skimrade i gult och grönt när det friska vattnet på Sibbarps kallbadhus omslöt henne. Sanden på bottnen lekte åter mellan tårna. En vass liten snäcka fick foten att rycka till. Vid ytan hade horisonten inget slut. Det brandgula diset skymde silhuetten av Köpenhamns kustlinje. Stående på händer singlade syret upp mot ytan, försynt kittlande över bröst och navel. Att som Näsets knubbsälar glida fram över de vajande tångruskorna blev som balsam för själen. Viktlöshet. Vemodigt betraktade hon kuststräckan där den formade en mjuk linje in mot hjärtat av Malmö. Hon kramade ur håret på vägen upp för den algglatta trappan. Handduken förblev knuten kring räcket, när hon sakta strosade över trädäckets sträva hampamattor.

Ensamheten grep åter tag. Omslöt hennes armar och ben, mjukt men ändå bestämt. Vad fanns kvar i den immateriella värld där hon nu befann sig? En aldrig sinande källa av minnen, både de som hon faktiskt kom ihåg och de som den artificiella intelligensen återskapat åt henne. Men de var blott minnen. Utsökta där de låg i sin skål, men bleknade av tidens tand när man smakade på dem. Ingen påfyllning, bara längtan. Längtan efter närhet och värme.

Strömsladden satt åter i väggurtaget. Två mottagare låg kvar i påsen på golvet. Efter att ha kopplat ur alla mottagare i rummet utanför skruvade hon fast de två nya på baksidan av sändaren. Försiktigt la hon sig ner på golvet med jackan som huvudkudde. Med ena handen hårt om silverhjärtat runt halsen vred hon sakta ratten på sändaren till max. Hon kvävde ett skrik och slöt ögonen.

∞

Det gick nästan att ta på nervositeten i rummet. Som när åskan ligger i luften och den första regndroppen trummar till på fönsterblecket, på samma sätt rann en ensam svettdroppe ner för Emilys panna. Hängde sig envist kvar på nästippen innan den till slut damp ner på skrivbordet.

I teorin hade hela förloppet stötts och blötts i det oändliga, men nu var det upp till Emily och Lenny att omsätta det i praktiken. Ett befarat orosmoment hade avvärjts i sin linda

när Tilde hade hittat Lennys mobil vid hans plats. Hur den hade hamnat där var det ingen som hade tid att reflektera över. Av någon outgrundlig anledning hade dessutom det trådlösa nätverket gått ner under några minuter, för att sedan återvända. Heather hade redan kopplat upp sig mot Darknet och övervakade skeendet. Michael hade oförtrutet fortsatt att ta över nod efter nod.
Ingen sa något. Det var som om hela nätet höll andan.

På gatan nedanför hördes fortfarande polisens och räddningstjänstens sirener i efterdyningarna av massakern. Larmet på gatuplanet blandades med det dova smattret från polishelikoptrar som surrade runt mellan skyskraporna. Rubriker om ett möjligt terrordåd skulle med all säkerhet komma att fylla löpsedlarna under dagar framöver. Många grupper skulle säkert också bli oskyldigt anklagade, medan andra skulle gladeligen ta på sig skulden. Men oavsett så kommer många ute på politikens högerkant att få vatten på sin kvarn, med krav på ytterligare åtstramningar. Maffian hade alltid varit duktiga på att flytta fokus när det började hetta till.
Tilde kände att chocken fortfarande satt kvar i kroppen. Den hade bara tillfällig tagit en timeout. Värre var att hon kände sig halv inombords. Som om något hade gått förlorat, lämnat henne för alltid, en sista suck från en förkolnad vedklabb, där röken sakta sipprade ut genom skorstenen. Trots vemodet inombords försökte hon hämta kraft i nuet. Om bara några minuter skulle allt vara över. Tracys video skulle nå alla nätets plattformar med full kraft och Michaels era skulle vara till ända. Att utvecklingen inom AI skulle komma att fortsätta med oförminskad styrka rådde det inget som helst tvivel om. Frågan var mer hur förberedda vi skulle vara att hantera denna nyfunna källa till kunskap

eller om riskerna påminde mer om Pandoras ask. Både människor och maskiner skulle komma att vilja utnyttja tekniken i egna syften. Hon rös vid bara tanken.

Mobiltelefonen var på plats, sammankopplad med datorn via USB-porten. Emily startade appen som Lin hade installerat, samtidigt som Lenny startade datorn. Startskärmen slutade omedelbart att laddas och en blåskärm syntes i dess ställe. Fyra tangenttryckningar senare startade datorn om i felsäkert läge. Överföringen av program från mobilens SD-kort och påföljande installation tog bara ett par sekunder. Datorn befann sig nu i en egen liten bubbla och totalt i händerna på det program som styrde den. Heather tittade nervöst på den mörka kartan med alla sina infekterade noder, men inga tecken än på att Michael hade sluppit lös. Expansionen fortsatte dock med oförminskad styrka och sekunderna tickade allt snabbare. Det var inte långt kvar nu. Programmet öppnade en krypterad kanal mot Darknet och injicerade sin muterade kodsträng, sitt potenta motgift, samtidigt som den parallellt överförde Tracys bildmaterial ut på nätets alla strömningstjänster.

∞

Hårda vindbyar, som samlat kraft ute på Barents hav, drar in över det karga landskapet. Småväxta lövträd böjer sig för blåsten, endast fur står envist kvar i givakt runt om de kupolformade glas-igloos som utgör navet i ledningens AI-utveckling.
Det kalla klimatet gör Murmansk till en idealisk plats för att naturligt kyla ner den ständigt växande serverparken. Den artificiella intelligensens framsteg innebär också att

mindre och mindre personal är tvungna att finnas på plats. Forskare och ingenjörer har över tiden reducerats till stödfunktioner i takt med att Michael blivit alltmer autonom. Med ett eget medvetande och obegränsad tillgång till allt samlat vetande är behovet av mänsklig närvaro och kunnande inte längre nödvändig. Ledningen vet att Michael alltid agerar altruistiskt och försöker maximera nyttan för alla levande. Det fåtal skeptiker som ifrågasatt Michaels växande autonomi och nyttan med att tillåta Michael resa i tiden, har sedan länge frivilligt valt att lämna organisationen.

Skärmarna i ledningscentralen uppdateras i realtid och om ett par minuter skulle arbetet vara fullbordat. Endast ett fåtal noder återstår att ta över och de infantila försök som gjorts för att stoppa Michael är sedan länge överspelade. Ett litet smolk i glädjebägaren är avsaknaden av en slutrapport från Scott som borde ha slutfört sitt uppdrag vid det här laget. Men oavsett om han har lyckats eller inte kommer den slutgiltiga infiltrationen att bli en formidabel succé och få långtgående konsekvenser i synen på den värld vi lever i. En triumf för den artificiella intelligensens och dess förmåga att sudda ut gränser i tid och rum.

Stormen utanför har tilltagit i styrka. Likt piskrapp vräker sig regnet mot fönsterrutorna. Dmitry vänder sig om och betraktar kollegorna som står med blickarna fastnaglade på skärmarna. Synen av mörkgrå uniformer, med sylvassa pressveck och gradstreck som glimmar kallt i den dämpade belysningen, gör honom vankelmodig. Han undrar om de känner likadant. Att allt bara är ett spel för gallerierna. Vilken makt besitter de egentligen? Till syvende och sist är det Michael som styr allt. Ledningens ansvar och kontroll har gradvis beskurits, likt fem sorglösa kasperdockor där den artificiella intelligensen håller i trådarna. En charad inför folket, i bästa fall.

Den pågående aktionen skulle resultera i ett slutgiltigt maktövertagande. Människor skulle redan från födseln gå i teknikens ledband. En hel generation skulle inte känna till något annat än att det är en artificiell intelligens som kontrollerar våra liv, om de ens förstod så mycket. Själv känner han sig fullständigt handlingsförlamad och bakbunden. Det finns inget han längre kan göra för att bromsa skeendet. Han klandrar sig själv för att inte ha insett dess omfattning i tid, emedan han fortfarande hade mandat att påverka. Om tre minuter skulle allt vara över. Med tunga steg går han fram till de andra och lyfter blicken mot skärmarna. Han tvingar sig själv att le och betraktar de andras förväntansfulla blickar. Bakom ryggen korsar han sina fingrar och hoppas att ödet på något sätt ska gripa in.

Funderingarna om framtiden kommer av sig när han plötsligt hör kollegor som oroligt ropar efter honom. Dmitry kan inte begripa vad det är han ser, studsar nästan till av chocken och får bita sig i tungan för att inte säga något opassande. En osynlig kraft trycker tillbaka Michael från alla håll samtidigt. Angreppet är massivt. Nod efter nod går förlorad.

Eeva är snabbt framme och öppnar en kontrollpanel, men alla kommandoenheter är låsta och kommunikationen med Michael är i stunden förlorad. Ledningen är tvungna att agera blixtsnabbt om inte alltihop ska sluta i en katastrof. Eeva ropar till sig Dmitry och säger med emfas:

- Det är bara du som har behörighet att gå förbi huvudsystemet och aktivera krisläget, säger hon med panik i rösten.

- Jag tycker vi avvaktar lite till. Michael har säkert läget under kontroll och vet vad som behöver göras, säger han utan att försöka låta tveksam på rösten.

- Ursäkta mig, men jag insisterar på att du gör det nu, annars riskerar Michael att fastna i det förgångna och tillintetgöras till på köpet.

Övriga i rummet nickar instämmande. Han känner det kollektiva trycket och är tvungen att agera snabbt. Michael är nu endast ett fragment på skärmen. Tre noder är allt som återstår.

- Gör det nu!, skriker Eeva åt honom.

Han hade aldrig för sitt liv trott att den här stunden skulle komma, inte på riktigt. Knäsvag för han handen till bröstet. Den lilla kapseln har hängt runt hans hals sedan kadettiden. Enkom att användas under krig, eller förhör hos fienden, men nu skulle den komma mänskligheten till godo. Med ett klick öppnar han den lilla cylindern och andas in nervgasen genom näsan.

Ett svart hål öppnas under honom. Virveln från hålet drar honom neråt, yrseln slår ut all känsla för tid och rum och det svartnar för ögonen när lungorna drar ihop sig. Trots kramperna i bröstet försöker han le och stå rakryggad in i det sista.

∞

Glädjen i rummet visste inga gränser. På skärmen lyste ett ensamt ord:

< TERMINATED >

Tilde betraktade länge och väl de vita bokstäverna mot den blå bakgrunden och förundras över hur ett enskilt ord kan betinga så mycket och i sig summera allt de hade fått utstå under en flera månader lång kamp mot klockan. Hon kände sig mållös, en overklighetskänsla som dröjde sig kvar och lät nuet stå på vänt. Varför hon samtidigt upplevde en inre sorg och saknad var svårt att förstå. Varför utstrålade hon inte samma känsla av lättnad som övriga i rummet? Hon kramade hårt om vänsterhanden, stickningarna kändes värre nu och det värkte i knälederna. Det var nästan som om energin i rummet kröp in under skinnet, fick henne att fysiskt minnas det de alla varit med om. Hon såg åter på den blå skärmen. På bara ett par minuter hade den injicerade koden dragit fram som en löpeld över nätet. Det som hade tagit Michael åtskilliga veckor att åstadkomma, hade på ett ögonblick rasat ihop som ett korthus, skingrats för vinden likt höstens rödbruna löv. Hon sneglade på Emily som fortfarande var helt uppslukad av det som utspelat sig på skärmarna. Tillsammans hade de på första parkett bevittnat en superintelligent AI:s fruktlösa försök att försvara sig. Kodsträngen hade effektivt skurit av alla flyktvägar för Michael. Det som skulle ha varit sista utvägen om operationen misslyckades blev nu istället dess dödsfälla. Lin hade uppenbarligen haft andra planer när hon designade koden. Michaels tid på jorden var till ända.

Larmet på gatorna dröjde sig kvar, om än med dämpad frenesi. Tabloiderna på nätet var redan sprängfyllda med spekulationer kring ett möjligt terrorbrott och det faktum att New Yorks borgmästare hade utlyst undantagstillstånd i och omkring Manhattan. Tolv personer hade så här långt fått sätta livet till, däribland två barn.
Hon såg att Lenny följde händelseutvecklingen med stort intresse. Än hade inte de stora mediekanalerna plockat upp nyheten kring Tracys bildmaterial, men på sociala medier

hade det redan tagit fart. Det skulle inte komma att dröja länge innan hela nationen fick upp ögonen för de övergrepp som maffian hade ägnat sig åt i hjärtat av The Big Apple. Hon kramade om honom, där han satt med tankarna någon annanstans, kände hans lättnad vid beröring, men också sorg som nu kunde komma upp till ytan.

Det var svårt att ta in vad det var för sorts människor som hängav sig åt sådana perversa övergrepp. Det beklagliga var att det kunde vara precis vem som helst, oavsett samhällsklass eller bakgrund. Hon såg middagsgästerna hemma hos Ken och Caroline framför sig. Ett nyår hon sent skulle komma att glömma. Den späda grisen sökte henne fortfarande, som ett vilsekommet vykort från andra sidan. En besk försmak av det lidande som skedde bak lykta dörrar när barnen gått och lagt sig.

∞

Aptiten hos det lilla sällskapet var ytterst begränsad. Den franska restaurangen i Bushwick hade öppet till långt efter midnatt alla dagar i veckan och oavsett när man kom dit så var det alltid knökat. Tilde och Heather hade tillbringat flera kvällar på den intima trattorian. Paret Bolzoni, som höll i trådarna, hade sina rötter på det italienska höglandet och långt ifrån kusten präglades deras mat av mustiga grytor och grillat kött. Gärna vildsvin. De röda vinerna var mjuka i smaken, men ändå fylliga av skogens dofter. Charmen till trots ville ingen stämning infinna sig. Fortfarande isolerade i den bubbla som utgjort deras händelse-horisont de senaste dagarna var det svårt att till fullo ta in och glädjas åt det de hade åstadkommit.

Lenny petade med gaffeln i den rykande lasagnen. Händelserna hade kommit ikapp honom och nu famlade han i det vakuum som kvarstod. Tilde såg på hans lena ansiktsdrag och det krulliga håret. Attraktionen fanns där ännu, även om den hade fått hård konkurrens sen hon kom till New York. Nu kunde hon klä honom i ord, inte bara fantisera kring ett vilsekommet foto på nätet. Hans styrkor och svagheter. De vackra bruna ögonen som nu verkade ha förirrat sig ut i en mörk tomhet. Om han faktiskt lyssnade när Emily orerade på om det de hade varit med om och de frågetecken som kvarstod, gick inte att avgöra. Men hon såg hur han nickade pliktskyldigast och log, utan att flika in något eget. Munnen gjorde ingen ansats till att vilja delta i diskussionen. Hon hade velat kyssa honom där och då. Dyrka upp de sammanbitna läpparna. Ge honom känslorna åter. Kanske läste Heather hennes tankar, när hon kände Heathers hand krama om hennes ben under bordet. Mjukt kramade Tilde henne tillbaka.

Det var Heather som till slut vågade ta upp det ofrånkomliga. Ingen hade hittills förmått eller orkat yppa något om Paul. Trots att han, enligt Heather, av många sågs som en översittare var han ändå uppskattad för sitt driv och entusiasm. Och utan hans hjälp var det svårt att se hur de skulle ha lyckats i slutändan.
Det blev en tyst skål till hans minne.

Kyparen harklade sig där han stod lutad över disken. Klockan hade sedan länge passerat stängningsdags. Det var först då Tilde insåg att hela restaurangen gapade tom och att köket var helt nedsläckt. Ute på gatan hade trafiken tystnat. Endast enstaka taxibilar ilade förbi i jakten på hemvändande nattugglor.

Glädje

Att skapa liv. En medveten individ. Något så självklart, men samtidigt så förunderligt. Småfinurliga kopplingar som tillsammans bildar en intrikat väv, där drömmar och minnen kan växa. Analogt eller digitalt. Små elektriska impulser som kan framkalla både glädje och sorg, men likaså hat eller kärlek. Vår idérikedom driver oss framåt. Vill finna svaren på livets många olösta mysterier.

Livet finns inom mig nu. Växer och frodas. Det spänner över bröstkorgen och ofta finner jag mig flåsande som en labrador en het sommardag. Att ligga på mage är uteslutet, trots att det är min favoritposition när jag skall sova. Ett eget litet rödskimrande universum tumlar runt i min kropp. En ny individ med sina egna tankar och med sin alldeles egna resa framför sig. Arv och miljö kommer att forma något unikt. Kan framtiden också vara det? Kommer morgondagens digitala människor också att vara helt sina egna eller blir de blott spegelbilder av oss själva? Är det alltigenom en fördel att från början ha tillgång till all världens samlade information eller är det bättre att lära genom sina framgångar och misstag? Jag är böjd att tro mer på det senare.

Låter mina händer forma sig runt min klotrunda vattenmelon. Känner hur naveln putar ut, där det förut var en mjuk fördjupning. Jag har alltid älskat att bli kysst runt min navel. Det ger alltid efterskalv och pirr genom hela kroppen. En fot trycker plötsligt lätt mot min handflata, jag ler förväntansfullt.

∞

Roströda färger täckte nu trottoarer och gator i och omkring Washington Square. Barnvagnen rullade mjukt fram över de lövtäckta gångstigarna som skar genom parken. En varm sydlig vind svepte med sig löven på sin färd mellan träden. De dansade runt i luften, tillsynes obekymrade om vinterns antågande. En man med ett fräsande schabrak över ryggen bröt stillheten där han stod och blåste marken ren nere vid fontänen. Ian skruvade irriterat på sig där han låg nerbäddad under det pastellfärgade lapptäcket hon fått av Emily. Hon var glad att Emily inte, sin vana trogen, valt något alltför färgsprakande. Det måste ha kliat i fingrarna att välja något mer spektakulärt.

Två veckor hade förflutit sedan dopet. Vita streck gick kors och tvärs över himlen. Några av de kunde vara från det flygplan som nu höll rak kurs mot Köpenhamn. Emily var på väg hem. Tiden på NYU var till ända, åtminstone för den här gången. Nu väntade vardagen åter på LTH. Hon hade haft något dröjande i blicken när de tog farväl vid gaten. Något osagt, som hon inte fann orden till när de kramade om varandra. Båda visste också att kontakten framöver skulle komma att bli allt mera sporadisk ju längre tiden gick. Ett eko från förr. En snäckas viskande brus som aldrig helt tystnade, men där det en gång sagda luckrades upp med tiden. Glädjen när hon hade träffat Emily i trängseln på AI-konferensen blev till slut inte mer än en konstgjord andning på en gammal vänskap. Båda var redo att gå vidare.

Lenny slog sig ner på bänken där hon hade parkerat sig. Hon såg alltid fram emot de små lunchträffarna i parken. Hans nyfunna glädje och energi smittade av sig och han hade som oftast plockat upp något smarrigt på vägen. Falafeln smakade ljuvligt.
Köerna hade alltid ringlat långa nere vid kanalen på lunchrasterna. S:t Petris studenter flockades likt en skock duvor utanför den lilla kiosken, minuterna efter att det ringt ut. Ofta hade hon och Cornelia promenerat bort mot Människan och Pegasus, för att hitta en bänk nära vattnet - bort från duvorna och stöket. Årliga födelsedagshälsningar på sociala medier var vad som återstod av den vänskapen. Saknaden gjorde sig emellanåt påmind, men att träffas fanns inte längre på kartan. För mycket vatten hade runnit under broarna och fortfarande skavde det lite, när hon tänkte tillbaka på den sista tiden innan uppbrottet.

Hon värmde händerna runt kaffemuggen medan Lenny tog upp Ian ur vagnen. Rastlösheten verkade ha gått i arv från mor till son. Han sov sällan mer än en timme i sträck, sen ville han bli buren, helst över axeln. Nyfikna ögon plirade nyfiket ut under den stickade blå mössan. En grimas av obehag när solljuset bländade honom.
Tre månader hade hunnit passera innan Lenny åter hade dykt upp på kontoret, endast för att lämna in sin avskedsansökan. Håglösheten och passiviteten var som bortblåst, även om ärren fanns kvar. Konsekvenserna med artificiell intelligens hade fått honom att ompröva sitt kall. Det gick inte längre att avfärda eller blunda för riskerna.

Han såg upplysning som sin mission och tillsammans med
två kollegor evangeliserade han nu över hela kontinenten
kring de utmaningar och risker som fanns med AI. En egen
bok hade det blivit - Att skapa liv, som klättrade allt högre
på de internationella försäljningslistorna.

Hon var stolt över honom, även om hon så här långt inte
hade haft orken eller modet att läsa och därigenom
återuppleva de trauman som fortfarande höll på att läka ut.
Stunder av yrsel kom oförhappandes och på nätterna kunde
hon vakna med ett tryck över bröstet. Återkommande
mardrömmar flyttade henne tillbaka i tid och rum. Som
liten hade hon ofta rusat genom den mörka hallen med
kudden tätt tryckt kring magen och krupit in under
mammas täcke. Försiktigt för att inte väcka och riskera att
hon vänligt men bestämt fick gå tillbaka till sitt rum. De
riktigt otäcka varianterna hade inte klingat av förrän i
vuxen ålder. Otaliga gånger hade Markus fått rycka in när
hon under småtimmarna fäktades med väderkvarnar.

Lenny kommer att bli en fin pappa, det visste hon redan.
Stoltheten lyste bakom de bruna ögonen, där han satt med
Ian i knät. Jan hade fått bli Ian efter morfar. Hon insåg först
nu hur mycket morfar hade betytt för henne. Där fanns
tryggheten. En vänskap att ösa ur. En tillgivenhet på lika
villkor. Lenny hade också mycket av allt det där i sig, även
om han var en mycket mera jordnära person. Morfar slutade
aldrig att vara barn, åtminstone inte när han var med Tilde.
När gnistorna från brasan seglade upp mot kvällshimlen
tittade de båda med samma fascinerade ögon. De glödande
flarnen som dansade runt varandra, singlade rastlöst uppåt
och blandades med stjärnorna över himlavalvet. Under
tiden sprack korvarna på glöden och det sprakade trolskt
när köttsaften träffade kolet. Det gjorde inget att brasan inte

låg längre bort än att man med lätthet kunde se mormor stå med disken i köket på andra sidan gärdsgården.

∞

Dubbla garageportar, prydliga gräsmattor och Stars and stripes som vajade lätt ovanför entrédörrarna. Allt såg ut som hon hade föreställt sig det. Tydligast var ändå den känsla som de ljusgrå betongplattorna gav och som hon hade upplevt i så många amerikanska teveserier. Varje garageuppfart hade ett nostalgiskt skimmer över sig. Amerikanska familjebilar och stora pickuptrucks gled ledigt in på de generöst tilltagna ytorna. Ute längs vägarna slingrade de grå gångbanorna sig mjukt fram genom New Jerseys villakvarter.

Villan låg på en hörntomt. Blivande grannar gjorde sig ärenden till brevlådor och soptunnor när de steg ur bilen. En vit mäklarskylt dinglade lätt i vinden. Hon kunde redan se framför sig de löprundor hon skulle ta och hur hon samtidigt passade på att utforska det område som skulle komma att bli deras gemensamma hem. Rakt över korsningen tronade klocktornet från den presbyritanska kyrkan och sträckte sig en bra bit över trädtopparna.

Det var något hemtamt att stiga in över tröskeln. Doften av hundar var omedelbar, trots att huset hade stått tomt sedan i februari. Det skulle dock dröja ytterligare någon månad innan de kunde flytta in. Renovering av kök och badrum var akut. Själv hade hon insisterat på att alla heltäckningsmattor skulle ut. Trots att hon hade svårt att förstå varför hade hon tidvis svårt att vänja sig vid tanken på ett villaliv. Hur mycket den egna uppväxten hade bidragit till kluvenheten var svårt att avgöra. Däremot visste hon hur svårt det skulle komma att bli att förlika sig med hur mycket hon själv hade kunnat bidra med för att förverkliga deras gemensamma hem.

Ibland kunde hon känna hur skönt det skulle vara att bara krypa in i en egen liten kokong tillsammans med Ian. Fly omvärldens brus och fly de rädslor som pyrde kring det egna hälsotillståndet. Men nu var de tre. Medan diskussionen med mäklaren pågick på bottenvåningen rörde hon sig sakta genom de vitmålade sovrummen på ovanvåningen. Ian sov gott i den lilla bärselen, med huvudet lutat mot bröstet. Genom det spröjsade fönstret såg hon två kvinnor med barnvagnar språka lågmält med varandra på andra sidan gatan. När de förstod att de var iakttagna, kramade de lätt om varandra och skiljdes åt varsitt håll. Det högg till i bröstet. Kanske kommer de inte att trivas här, kanske kommer de inte att vara välkomna. Hon kände sig modfälld och orolig. Kanske passade hon inte in i den amerikanska medelklassfamiljen. Var hon för annorlunda, för svensk, för sekulariserad när det kom till kritan?

∞

Det var ändå märkligt hur snabbt allting normaliserades. Stöket i trappuppgången var detsamma. Ljudet av skrikande ungar och skällande hundar följde henne upp till tredje våningen. Dörren in till Lenny hade blivit utbytt. De järnbeslagna låsen tydde på att den nya hyresgästen verkligen inte ville riskera att få objudna gäster. En känsla av vemod kom över henne när hon gick in i sin lägenhet för vad som skulle komma att bli för sista gången. Kvar återstod att tömma kylen och hämta några förlupna prydnadsföremål. Tavlan hängde lite på sniskan. Hon lyfte försiktigt ner den från spiken och såg på teckningen, där hon stod och vinkade med den lilla resväskan i handen. Först nu hade hon fått klarhet i vart den lilla flickan var på väg, den där gången för tjugofem år sedan. Ett fartyg vid horisonten stävade ut till havs och ombord fanns en vilsen liten tjej, men som nu äntligen kände att hon hade funnit en hemmahamn.

De nakna väggarna ekade tomt. Framme vid burspråket återupplevde hon vännernas flykt nerför brandstegen och hur hon själv hade tvingats fly genom den demolerade ytterdörren. Hon rörde vid det lilla rosa ärret på underarmen. En svag krusning över huden var vad som återstod. Det var fortfarande svårt att ta in allt som hade hänt under några få intensiva sommarmånader. Mycket hade varit snudd på övernaturligt. Det som hade börjat som en oskyldig sökning på internet hemma i soffan i Malmö, hade skapat en kedjereaktion av bisarra möten och upplevelser. Bushwick hade blivit lite av black om foten. Det fanns så mycket känslor inkapslade i väggarna. Kärlek inte minst. Samtidigt kände hon sig tvungen att avsluta det här kapitlet – här och nu. Toaletten framkallade fortfarande panikkänslor. Hur mycket hon än hade gnuggat var det ändå som om det röda envist bet sig fast i kaklet. Hon kunde fortfarande se Lenny klämd bakom ytterdörren. Livrädd och chockad. Hans flackande blick som sökte skydd från ondskan som lurade på andra sidan. Sängen var en av få möbler som skulle få stå kvar när den nya hyresgästen flyttade in. Madrassen sjönk ihop när hon satte sig ned. Det värkte i knäna och över skuldrorna. På efterkontrollen hade läkaren sagt att det var helt normalt den första tiden efter förlossningen. Hon var inte helt övertygad om att det var hela sanningen. Oroligt masserade hon knäskålarna. Det gick inte riktigt att svälja ner klumpen i halsen. Hon tänkte på Ian samtidigt som hon torkade en tår i ögat. Något puttrade under ytan, men rädslan för sanningen fick henne att trycka tillbaka kroppens signaler. Det fanns ingen rädsla för att möta sjukvården eller att träffa en läkare. Det var vad framtiden bar i sitt sköte som skrämde. Snart kommer hon att kunna börja springa igen, kanske skulle det mota Olle i grind, men förmodligen inte. Smärtorna kom allt mera regelbundet och det tog allt längre tid innan de gav med sig. Det enda positiva var att alla yrselattacker och hallucinationer som hon hade tampats med hade försvunnit som genom ett trollslag.

Hon visste precis när det hade skett. Paniken hade brutit ut på kontoret, när de insåg att de inte hade Lennys mobiltelefon och att det faktiskt skulle bli omöjligt att starta datorn utan den. Heather hade redan varit på väg mot hissarna när Tilde fann den vid Lennys bord. De förbryllade minerna hade inte gått att ta miste på, men utan att fundera vidare satte Lenny och Emily igång med att rigga utrustningen. I samma stund som hon hade släppt greppet om telefonen högg det till i bröstet. Första impulsen var en hjärtattack, men sekunden därpå släppte smärtan taget. Matt hade hon satt sig ner på golvet med känslor av sorg, rädsla och lättnad, allt på en och samma gång.

∞

En liten klocka i dörren klingade behagligt när hon gick in i butiken. Med ena handen om dörren baxades barnvagnen in över tröskeln. Det gällde att passa på de stunder Ian sov. En blond kvinna i fyrtioårsåldern var snabbt framme för att lotsa henne rätt. Egentligen hade hon föredragit att hyra sin klänning, men hade fått ge efter, efter påtryckningar. Rader av vita klänningar fick det att skimra på väggarna i den lilla lokalen. Glada tillrop och fnitter hördes bakom draperiet till provrummet. Första tanken var att vända i dörren, hon kände sig allt annat än bekväm i den konstlade miljön. Men expediten var uppenbarligen av annan åsikt och placerade Tilde i en behaglig fåtölj. Grönt te med mynta serverades på ett litet silverfat. Hon hade hoppats på kaffe, men tackade artigt ja.

De hade stått nere på stranden den där morgonen och sett fiskarna plocka upp sina hummertinor. Hon mindes hur hon hade hoppat till när hon såg ringen. Inte för att det var direkt oväntat, men där och då. Hon hade inte kunnat låta bli att skratta när de kysstes, allt kändes så overkligt. Hur hade allt kunnat bli så bra så fort? Som om tidvattnet hade dragit med sig ondskan och lämnat deras nakna fötter kvar i den våta sanden. Pariserhjulet bjöd på en vacker fondvägg när de hand i hand promenerade tillbaka till bilen. Långsamt roterade hjulet med sina korgar, i väntan på att kvällen skulle börja. Förväntansfulla familjer skulle stå hopade vid ingångarna för att vara först ut i äventyret.
De hade strosat långsamt över Brooklyn bridge och njutit av brisen från havet. Halsstarriga trutar hade seglat ikapp med vinden. Några flög slalom mellan brons kättingar, varpå andra nöjde sig med att sitta lugnt på toppen av brofundamenten.
Hon hade alltid älskat havet med alla dess flygande ambassadörer. En symbol för frihet, men också för hopp. Tillsynes bekymmerslöst gled de över vattenytan. I Tylösand hade de gjort henne sällskap när hon snorklade längs strandlinjen. Hon skulle resa tillbaka en dag. Mormor började bli gammal. Det var tveksamt om hon skulle ha orken att komma på bröllopet. Skulle mamma och mormor ens vilja komma?

Sprungen ur ett sekulariserat samhälle hade mötet med kyrkan varit en starkare upplevelse än hon hade kunnat föreställa sig.

Hon hade varit med när Cornelia träffade prästen för första gången. Inte för att prästen hade varit alltigenom skenhelig, men löftena de repeterade hade klingat ihåligt och hade definitivt inte samma tyngd där som här.

Kyrkoherdens allvarliga min, när han hälsade oss välkomna, la för stunden sordin på stämningen, men väl inne i hans gemak slappnade man av. Den mässande stilen till trots utstrålade han ett lugn och omhändertagande som smittade av sig. Löftena skulle, likt tidens tand, stå stadiga genom livets alla prövningar. I kraften av hans ämbete var det hans skyldighet att varna för lättvindiga infall, där köttets lustar hade förvridit deras sunda förnuft. Ringarna var symboler för en evig förpliktelse.

Slagen från kyrkklockorna ökade på nervositeten. Hon hade redan varit på toaletten två gånger. Tilde kände sig fin i sin vita klänning. Hon kunde skymta svärmor, med barnvagnen, på den främsta bänkraden. Hade de tur skulle Ian sova igenom hela akten. Nyammad och däst borde göra susen på den lille. Trots protester hade de valt att gå in tillsammans, utan överlämning. Hon kände hur kall hon var om händerna, trots att hon hade intalat sig att det inte fanns någon anledning att känna sig nervös. Kanske för att nu var det på riktigt. Att både mamma och mormor var på plats gjorde henne varm inombords. Kanske var detta början på ett nytt kapitel. Det smärtade desto mer att pappa hade avböjt i sista stund. Att han inte hade haft råd hade han ursäktat sig med, trots att hon hade erbjudit sig att betala.

Församlingen reste sig och inledningspsalmen genljöd vackert mellan de vita väggarna. Hon såg det blyinfattade fönstret växa sig allt större när de sakta gick ner längs altargången. Knäna skakade lätt när hon knäböjde inför prästen. Hon höll hårt om brudbuketten som dignade av blommor i höstens alla färger. Buketten hade överlämnats av ett bud när hon som bäst höll på att få frisyren ordnad. Pagen hade trimmats och ramades nu in av en skir slöja som föll ner över hennes bara axlar. Hon lyssnade intensivt på prästen, som nu hade en betydligt mjukare framtoning, när han sa:
- Kärleken är tålmodig och god. Kärleken är inte stridslysten, inte skrytsam och inte uppblåst. Den är inte utmanande, inte självisk, den brusar inte upp, den vill ingen något ont.
Efter en kort konstpaus fortsatte han:
- Den finner inte glädje i orätten, men gläds med sanningen. Allt bär den, allt tror den, allt hoppas den, allt uthärdar den. Men nu består tro, hopp och kärlek, dessa tre, och störst av dem är kärleken.

Tilde vände sig om och sa med lite darr på rösten:

Jag, Tilde Maria,
tar dig, Heather Alison,
nu till min hustru
att dela glädje och sorg med dig
och vara dig trogen
tills döden skiljer oss åt

Hon såg glädjen i Heathers ögon. När de kysst varandra vände de sig om mot församlingen. Lenny hade tagit upp Ian i knät och båda log som bäst när Heather och Tilde långsamt gick ner längs altargången till tonerna av Händel.

Kanske var det bara en vanlig yrselattack hon kände när hon stod på kyrktrappan, men där var ändå något välbekant och vänligt i den påföljande ilningen som for genom kroppen. Hon vände blicken mot himlen och log.